SUTTON KRiMI

ALICE SPOGIS

BURNOUT

für immer auskuriert

Ein Juist-Thriller

SUTTON KRIMI

Hochheimer Straße 59
99094 Erfurt
www.suttonverlag.de
www.sutton-belletristik.de

Gestaltung und Satz: Sutton Verlag

ISBN: 978-3-95400-218-4

Druck: CPI books GmbH, Leck
Titelbild: © Sutton Verlag unter Verwendung eines Fotos von Britta Gädtke.
Besuchen Sie auch ihren Blog: www.glasgefluester.de

Die Veröffentlichung dieses Werkes erfolgt auf Vermittlung der Literaturagentur Lesen & Hören, Anna Mechler, Berlin.
www.agentur-lesenundhoeren.de

Für Elmo und alle,
die wissen,
was es bedeutet.

Über die Autorin

Alice Spogis, Jahrgang 1969, hat die Juristerei fürs Schreiben an den Nagel gehängt und war jahrzehntelang in leitender Stellung als Journalistin und PR-Beraterin tätig. Seit einigen Jahren arbeitet sie ausschließlich als Autorin mit Schwerpunkt im kriminalistischen Genre. Nach zahlreichen Wettbewerbsbeiträgen und Kurzgeschichten präsentiert die »Mörderische Schwester« nun ihren ersten Spannungsroman.

Die meisten Menschen sind Mörder.
Sie töten einen Menschen.
In sich selbst.

Stanislaw Jerzy Lec,
Sämtliche unfrisierte Gedanken.
Herausgegeben und aus dem Polnischen von Karl Dedecius

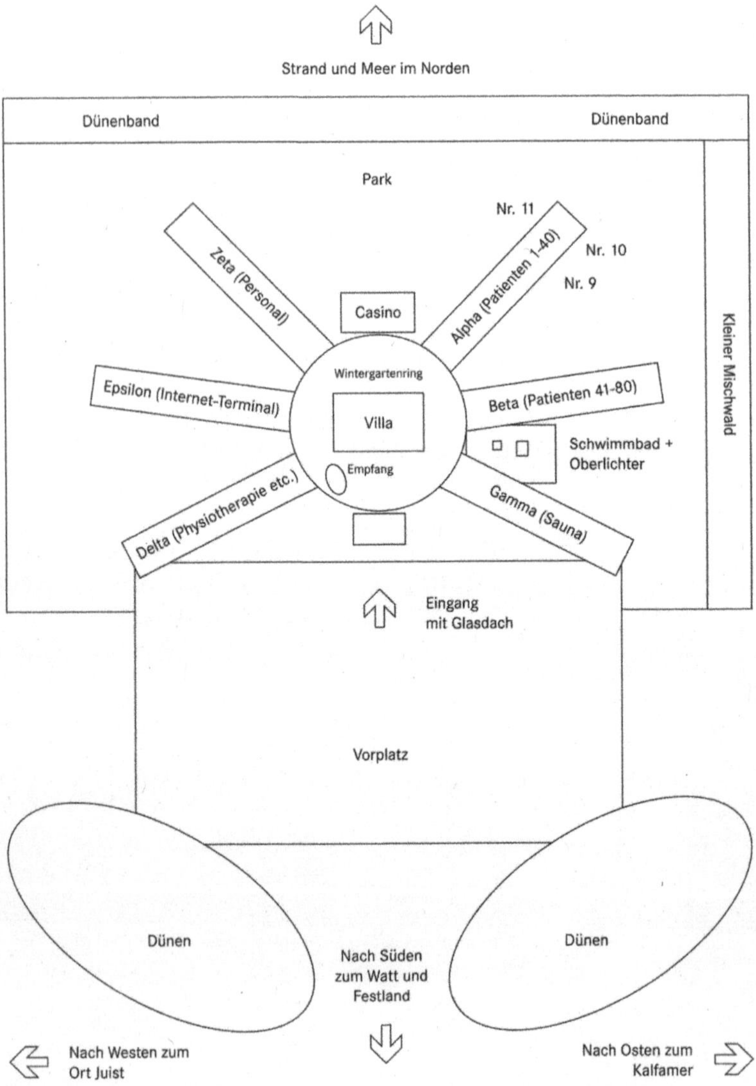

Die Rehabilitationsklinik Dunenburg

Prolog

Das darf nicht wahr sein. Es war die falsche Dosis. Ganz sicher. Zu wenig. Anders ist es nicht zu erklären. Unkonzentriertheit. Wegen der Unterzuckerung, das wäre einleuchtend. Aber ich bin selbst schuld, war unachtsam. Muss es in Ordnung bringen.

Jetzt bloß die Nerven behalten.

Gut, dass ich die Vorhänge zugezogen habe. Alle sind so vertrauensvoll. So kindlich unbedarft. Als wäre das hier ein sicherer Ort. Dabei gibt es keinen auf dieser Welt. Das Leben hat eiserne Klauen und kann dir jederzeit den Boden unter den Füßen wegreißen. Dir alles kaputtschlagen was du hast, dein Lachen, dein Fühlen, deine Identität. Das Licht. Wer hier ist, muss das doch wissen. Ich weiß es. Und doch ist da immer diese Hoffnung. Bitte, bitte, ich tu, was du willst. Mach du nur, dass alles wieder gut wird.

Ja. Das werde ich. Auf meine Art.

Seltsam, dass ich so ruhig bin.

Ich ertaste den Puls im Dunkeln. Nehme die Schere und spreize sie. Verleihe dem therapeutischen Basteln einen neuen Sinn.

Es ist so bitter, dass ich kaum schlucken kann. Ich will es nicht. Aber ich kann nicht mehr zurück. Der Ausgang ist versperrt. Der Weg hat nur noch eine Richtung.

Hinein in die Finsternis.

Bevor ich die Schere ansetze, verharre ich. Alles still auf dem Flur. Hier drin auch. Dann soll es so sein. Wenn man weiß, wie es richtig geht, ist es leicht: an der Vene entlang, nicht quer. Ich lege mir den linken Arm zurecht, steche tief und ziehe die Schneide schnell durch das weiche Fleisch, bis über die Einstichstelle in der

Beuge hinweg. Die Haut klafft auf. Der kleine Punkt verschwindet in dem Spalt, aus dem sich das Blut ergießt wie Lava.

Mir wird schlecht.

Ich wollte das nicht.

Nicht so.

Aber Zögern ist das größte Übel. Wer das tut, schafft es nicht mehr. Wenn ich hier eins gelernt habe, dann das. Das passiert mir kein zweites Mal.

Ich wechsle die Schere in die andere Hand und schlitze auch den rechten Arm bis zur Beuge auf. Nicht mehr ganz so tief, mit weniger Kraft. Es tut nicht weh. Mein einziger Trost. Nur kurz wird der Atem heftiger, dann verflacht er wieder und läuft langsam aus.

Wie die Brandung jenseits der geschlossenen Fenster.

1. Kapitel

Montag, 13. Juni

Mein Leben ist ein Acker voller Tretminen. Eine davon geht gerade hoch.

»Jemand zugestiegen?«

Grünschattierungen rauschen an mir vorbei wie ein monotoner Refrain. Felder, Hecken, Bäume. Ich nehme sie nicht wahr, erlebe sie nur als Kulisse für meine Gedanken. Alles verloren, flüstern sie. Immer wieder, einem Mantra gleich. Als wüssten sie nicht, dass ich es längst begriffen habe. Den anderen Reisenden kann ich mit dem Blick aus dem Fenster entkommen, mir selbst nicht.

Langsam wende ich mich von der Landschaft ab, durch die meine Augen seit einer Viertelstunde hindurchstarren. Der Schaffner kämpft noch mit der Abteiltür. Sie hakt in der Mitte und es bereitet ihm Mühe, seinen massigen Körper durch den Spalt zu zwängen. Kaum hat er es geschafft, ist mir, als schrumpften Raumvolumen und Atemluft um die Hälfte. Mein Nacken beginnt zu kribbeln. Eine leise Panik schleicht sich von dort an. Es ist das Gleiche wie mit Aufzügen. Enge will Flucht.

Seine Frage hängt noch in der Luft und löst geschäftiges Kramen in Jackentaschen und Handgepäck aus. Das reißt mich aus der Starre. Mit schweißfeuchten Fingern durchwühle ich meinen Rucksack nach dem gefalteten Papier und ertaste … nichts.

Hitze schießt mir in die Ohren. Himmel, das darf nicht wahr sein. Ich habe den Wisch doch eben noch eingepackt.

»Fahrschein«, blökt es zu mir herunter.

Ja, ja, ich suche doch.

Eine Schrecksekunde glaube ich, das war's. Dann finde ich den Zettel und halte ihn hoch. Er klebt so sehr an meiner Hand, dass der Schaffner ihn mir förmlich wegreißen muss.

»Ihre Legitimation«, sagt er, ohne mich anzusehen, und ich reiche ihm meinen Personalausweis nach.

»Der interessiert mich nicht. Ich will Ihre Legitimation. Ihre Kreditkarte.« Jetzt sieht er mich mit hochgezogenen Augenbrauen an. Um mich herum wird es ganz still.

»Das Plastikding, mit dem Sie Ihre Fahrkarte bezahlt haben!«, fügt er hinzu, als würde ich schlecht Deutsch verstehen. Tatsächlich verstehe ich kein Wort, obwohl Deutsch meine Muttersprache ist.

»Ich … ich habe das Ticket bezahlt. Im Internet. Sonst hätte ich es doch gar nicht ausdrucken können.«

Er verdreht die Augen. »Können Sie nicht lesen? Steht doch unten drauf. Wenn Sie mit Kreditkarte gezahlt haben, müssen Sie die mitführen.«

»Aber wozu? Der Ausdruck ist doch der Beweis!«

Er sieht durch mich hindurch aus dem Fenster, dann fixiert er mich. »Wenn Sie mir Ihre Kreditkarte nicht geben, ist das Ticket ungültig.«

Mir fällt nichts ein, was ich dazu sagen könnte. Die Mastercard liegt zu Hause, in der Nische hinter dem Kühlschrank. Ich war sicher, dass ich sie dort, wohin ich gerade unterwegs bin, nicht brauchen würde. Das Kleingedruckte meines ersten Online-Fahrscheins habe ich glatt übersehen. Früher wäre mir sowas nicht passiert. Früher, das war vor drei Monaten. In einem anderen Leben.

»Tsss.« Er seufzt tief und unterstreicht es mit einem ausladenden Kopfschütteln.

Mir ist, als löse sich der Sitz unter mir auf. Wortlos sehe ich ihn an. Das scheint ihn herauszufordern. Seine Haltung strafft sich und der Ausdruck in seinen Augen wird hart.

»Zwei Möglichkeiten. Entweder Sie zahlen jetzt hundertzwei Euro fünfzig oder der nächste Halt ist für Sie Endstation!«

Etwas in mir regt sich. Ein alter Rest Widerstand und das Wissen, dass ich bloß schlappe 80 Euro bei mir habe – als Reserve für besondere Ausgaben.

»Das sehe ich nicht ein. Ich habe einen bezahlten Fahrschein!« Noch dazu hatte er mich bloß ein Drittel gekostet, plus Sitzplatzreservierung.

Der Schaffner macht einen Schritt auf mich zu, als wolle er mich mit seiner vorgeschobenen Wampe zerquetschen. Ich versuche, an ihm vorbei Luft zu holen. Ausweichen kann ich nicht. Das Abteil ist voll besetzt und der ganze verdammte Intercity gleicht schon am Vormittag einer Pressfleischkonserve, die in der Sonne schmort. Sie brät uns, als wolle sie alle Prognosen zur Klimaerwärmung toppen.

Doch ich kann sowieso nirgendwo anders hin. Ich muss diesen Zug nehmen, wenn ich mich retten will.

Der Fahrschein-Sheriff zuckt mit den Augen nach links und versucht, eine Schweißperle zu ignorieren, die ihm über Stirn und Schläfe an der Wange herunterläuft, kurz am Kinn verharrt und dann ihren Weg Richtung Kragen nimmt. Es ist nur ein Moment der Irritation, doch irgendwie untergräbt das seine Autorität. Sein Gesichtsausdruck sagt mir, dass er mich dafür bestrafen wird.

Steck ein Würstchen in eine Uniform und schon wird es zum General, der Fahnenflüchtige erschießt. Diesmal trifft er sogar die Richtige, so feige wie ich aus meinem Leben abgehauen bin. Und das macht ihm bestimmt auch richtig Spaß. Er sieht aus wie einer von der Sorte, die besonders gern nachtreten, wenn jemand schon am Boden liegt. Sofort setze ich mich aufrecht hin und konzentriere mich auf die geschlossenen Knöpfe seiner marineblauen Jacke. Sie sind blank poliert und leisten Schwerstarbeit. Der Rest des Anzugs ist genauso in die Jahre gekommen wie sein Träger. Vor der Brust umklammert er sein Kartenlesegerät, als müsse er eine schwere Laserkanone balancieren. Damit zielt er direkt auf meinen Kopf. Seine Augen funkeln mich aus Schlitzen an und lassen mir keinen Zweifel: Die Schlacht ist eröffnet. Held der Ordnung gegen Anarchistin.

»Okay. Sie stehen jetzt sofort auf und packen Ihren Kram zusammen! In zehn Minuten sind wir in Rheine. Das war's dann. Verstanden?«

»Oder was?«

»Oder es setzt eine Anzeige.«

Ich mache den Fehler, mich zurückzulehnen. Ein Stich durchfährt mich. Sofort wird mir übel vor Schmerz. Ich fluche innerlich und keuche. Das Einzige, was ich soeben provoziert habe, ist das Aufreißen meiner äußerst unpraktisch gelegenen Wunde. Eine schwache Entgegnung ist alles, was ich noch zustande bringe.

»Sie wissen doch ganz genau, dass ich den Fahrschein bezahlt habe. Ist Ihnen das denn noch nie begegnet? Menschen? Die ihre Kreditkarte vergessen haben, weil sie in Gedanken ganz woanders sind?«

»Wir haben unsere Vorschriften«, zückt er die Keule der Paragrafen reitenden Handlanger und setzt ein zynisches Grinsen auf.

Er hat mich. Er weiß es.

Im Abteil wird es unruhig.

»Das können Sie doch nicht machen!«

»Sie sehen doch, dass es der Frau nicht gut geht!«

»Gibt es denn keine andere Lösung?«

Wäre ich nicht so abgeschnitten von der normalen Welt, würden mich die Versuche meiner Mitreisenden rühren.

So blicke ich nur weg. Draußen vorm Fenster ziehen Kornfelder mit leuchtenden Mohntupfern vorbei. Vögel stürzen sich durch das Flimmern der Hitze über den Ähren. Mein Hirn versucht krampfhaft, die schweißgetriebenen Ausdünstungen um mich herum in den Geruch des Sommerbodens zu verwandeln. Würzig. Von der Wärme emporgetragen. Doch die Fenster sind verriegelt, lassen nichts durch. Wie meine Kapsel.

Ich sage nichts mehr. Mit Kleingeistern zu diskutieren, ist wie Kieselsteine gegen die Zugspitze zu werfen. Die Appelle der anderen prallen denn auch wirkungslos an dem Mützenträger ab.

»Also, was ist jetzt?«

Ohne jede Gnade lässt er mir die Wahl.

»Rausfliegen oder zahlen. Bar oder Kreditkarte.«

Am liebsten würde ich ihn mit seiner roten Krawatte am Zugende festbinden.

»Ich habe keine Kreditkarte dabei.«

»Dann Euros.« Seine Lippen vibrieren.

»Mein Bargeld reicht nicht.«

In seinem Blick sehe ich Triumph und vor meinem geistigen Auge das Ende meiner Reise, bevor sie richtig begonnen hat. Müde lege ich den Kopf in die Hände.

Er sitzt vor seinem Japan Sencha Extra Fine und müht sich trotz seiner Verfassung, dem grünen Tee den vollmundigen Charakter abzuringen, den die Karte verspricht. »Leicht und duftig« soll er sein. Wie gern würde er das auch von sich behaupten. Stattdessen kann er nicht umhin, missmutig aus dem Fenster zu sehen. Die Sonnenterrasse ist gut gefüllt, was angesichts der Außentemperatur kein Wunder ist. Sie erinnert ihn an einen sommerlichen Vormittag in Spanien, an eine Zeit, die so unbeschwert war, dass es ihm heute vorkommt, als habe er sie nur geträumt. Deswegen sitzt er auch drinnen, in der Stube. Weil er das Licht nicht erträgt und auch nicht das Lachen der anderen, die sich ihren Aufenthalt auf der Insel mit rechtschaffener Arbeit verdient haben. Und weil er sich verstecken muss, bis er die Kraft hat, sich ihrer Weltsicht entgegenzustemmen. Bei dem Gedanken lacht er bitter auf und wendet sich wieder dem mit seinen hellblauen Akzenten urig gestalteten Inneren des »Lütje Teehuus« zu. Verborgen im Januspark ist das historische Insulanerhäuschen genau der richtige Ort, um sich zu verkriechen, ein wenig verwunschen und anheimelnd, beinahe wie eine Nische des Lebens, in der einem nichts Schlimmes widerfahren kann.

Der Mann am Tisch schräg gegenüber scheint dieses Gefühl nicht zu teilen. Er hat sich vom Treiben hinter der Scheibe abgewandt und hockt mit krummem Rücken vor seinem Matjes, den er mit so viel Argwohn fixiert, als könne er ihm noch im letzten Moment vom Teller springen. Fast macht es den Eindruck, als wünsche der Typ sich das sogar. Gesunde Esslust sieht jedenfalls anders aus, denkt der Mann mit dem grünen Tee, der sowieso nicht nachvollziehen kann, warum manche Menschen den schmackhaften Salzhering nur bestellen, wenn die Jahreszeit es diktiert.

Zum x-ten Mal rührt er in seiner Tasse und sieht zu, wie der andere mit fahrigen Bewegungen zu essen beginnt. Dabei ist der mürrische Fischfreund so angestrengt darauf bedacht, seinen Mund zu treffen, dass er die Beobachtung nicht bemerkt. Auch nicht die aufmerksamen Augen des schrankbreiten Kerls im Rollkragenpulli, der sich ihm gerade von der Seite nähert.

»Seit wann sitzt du aufm Trocknen?«

Der Bullige knallt ihm ein Bier neben die Hand. Ein Geruch nach Pferd nimmt mit ihm Platz.

»Moin, Berno, alles im Lot?«, gibt der andere sich unbefangen und stochert in seinen Bratkartoffeln herum. Die Knöchel, mit denen er sein Besteck umfasst, sind augenblicklich weiß geworden. Als er das sieht, lässt er Messer und Gabel los und legt die Hände neben den Teller.

Der grüne Tee ist plötzlich uninteressant. Der Mann lässt ihn stehen und verbirgt seinen Kopf halb hinter der Speisekarte. Er tut so, als würde er das Angebot studieren, aber seinen zusammengekniffenen Augen entgeht nichts und seine Ohren stehen voll auf Empfang. Ihm kommt die Ablenkung gerade recht und sei sie auch noch so banal.

»Nee, keen Stück.« Der, der Berno genannt wird, leert die goldschimmernde Flüssigkeit in seinem mitgebrachten Glaskrug fast bis zum Grund. Er wartet, bis die Bedienung herüberschaut, und macht mit den Fingern ein »V« in ihre Richtung.

»Heute is' wieder Döskopp-Tag an der Dunenburg. Gefällt mir nich'.«

»Hm.« Der Matjesmann nickt und schaut auf die Restpfütze im Glas seines Kumpels. Er schnaubt ein bisschen zu übertrieben. »Apfelschorle. Mannomann. Wenn du schon blaumachst, kannst du auch Bier trinken.«

»Jo. Jeden Tag im Jahr und immer Bereitschaft sind 'ne Zumutung«, sagt Berno, »da darf man sich schon mal 'ne Auszeit nehmen. Aber Alkohol ist 'ne andere Hausnummer. Für mich jedenfalls.«

Seinem Freund scheint das Thema unbehaglich zu sein. Er schiebt den nahezu unberührten Matjesteller von sich weg und verschränkt die Arme.

»Jaja, du Aufpasswauwau. Wann kommen denn deine Festlandjungs?«, versucht er ein selbst für den Mann hinter der Speisekarte ziemlich durchsichtiges Ablenkungsmanöver.

»In einer Woche. Hoffentlich 'n paar Gescheite diesmal. Man weiß ja nie, was die einem so schicken.«

»So oder so wär's mir lieb, wenn du sie im Blick behältst.«

»Dir vom Leib, meinst du wohl. Was macht denn deine Front?« Berno nimmt der Bedienung den nachbestellten Saft ab und schiebt seinem Sitznachbarn das frische Bier zu. Der wiegt leicht den Kopf hin und her und sieht aus, als hätte er Schmerzen dabei.

»Schatten im Dunkeln. Vorhänge zu. Sendeschluss. Immer das Gleiche«, antwortet er und reibt sich den Nacken.

Vielleicht tut ihm wirklich was weh, denkt der Mann mit dem erkalteten Tee. Aber er sieht noch mehr im Blick des anderen.

»Und keiner muckt was«, Berno kippt das zweite Glas und rüstet sich zum Aufbruch. »Da kriegst du keinen Haken rein, solange die sich nix zuschulden kommen lassen.«

Sein Gesprächspartner zuckt die Schultern. »Wie du so gerne sagst: Wo kein Kläger, da kein Richter«, erwidert er. »Aber wir geben nicht auf, bis wir rausgekriegt haben, was dahintersteckt. Wir werden Rottmann packen. Das schwör ich dir. Er kann sich nicht ewig verstecken. Bis dahin zündeln wir weiter.«

Berno steht auf und klopft ihm auf die Schulter, bevor er verschwindet.

Sein Freund sieht ihm hinterher und schüttet das Bier in einem Zug hinunter, wie um seinen Mutpegel konstant zu halten.

Eine solche Entschlossenheit bringt der Beobachter bei seinem Tee nicht mehr auf. Er klappt die Karte zu, legt fünf Euro auf den Tisch und geht in Richtung Tür. Erst jetzt nimmt der Mann gegenüber ihn wahr. In seinen Augen flackert Angst.

»Wie viel brauchst du?« Dem Geräusch nach zückt die Frau neben mir ihre Brieftasche. Mein Blick bleibt am Boden kleben. Seit ich dieses Abteil betreten habe, versucht sie mir ebenso hartnäckig ein Gespräch aufzudrängen wie ich zurückschweige.

»Zweiundzwanzig fünfzig.« Meinen Stolz habe ich also auch zu Hause gelassen. Aber ich muss mein Ziel erreichen, das ist alles, was zählt.

Ohne zu zögern gibt sie dem Schaffner 30 Euro. Umständlich wühle ich mein Barvermögen aus dem Rucksack hervor, um meinen roten Kopf zu verbergen. Sobald der Vollstrecker das Abteil mit zackigem Schritt verlassen hat, bedanke ich mich bei ihr.

»Du kriegst es so bald wie möglich wieder«, verspreche ich.

»Klar, du entkommst mir sowieso nicht mehr«, sagt sie und findet das witzig. Ich kann nicht lachen.

»Mach dir mal keinen Stress«, fügt sie schnell hinzu. »Kannst es mir auf Juist zurückgeben. Wir haben ja massig Zeit.«

Irritiert schaue ich sie an.

»Wiebke Ingelbach«, sagt sie und zwinkert mir mit einem Auge zu. »Wir müssen doch zusammenhalten!«

Noch immer verstehe ich nichts.

»Die Unterlagen der Klinik«, hilft sie mir auf die Sprünge. »Ich hab auf dem Bahnsteig neben dir gestanden, als du sie rausgeholt hast. Ich fahr da auch hin. Ist das nicht toll? Dann kennen wir uns schon. Wie heißt du überhaupt?«

»Ella Brandt«, antwortet der höfliche Teil in mir brav. Der Rest möchte am liebsten durch das geschlossene Fenster springen und neben dem Gleis verbluten. Das fehlt mir gerade noch. Ich kann mich selbst schon nicht ertragen. Angesichts der Vorstellung, dass Wiebke mir von nun an Gesellschaft dabei leistet, fängt meine Magensäure sofort an zu brodeln. Wie selten in meinem Leben fiebere ich der nächsten Begegnung mit einem Geldautomaten entgegen und stoße ein stilles Gebet in den Äther, dass Norddeich einen hat.

Ich schließe die Augen, blende mich aus und täusche meiner neuen Freundin vor einzuschlafen. Zumindest die Erschöpfung ist nicht gespielt. Drei Fehler an einem Tag sind drei mehr, als ich in meiner Situation verpacken kann. Die Klinik ist meine letzte Chance – so greifbar wie eine windgepeitschte Hanfleiter über dem Tretminenfeld.

Er weiß, dass er sich mit dem Rückweg beeilen sollte. Heute ist Ankunftstag und er hat wahrlich keine Lust, gleichzeitig mit den Neuen einzutreffen. Denn bis sie sich eingewöhnt haben, werden sie ihn mit aufgerissenen Augen verfolgen. Erst allmählich, wenn sie verstanden haben, wo die Grenze verläuft, werden ihre Blicke anders sein – in der Summe nicht weniger, aber besser verborgen. Das macht es ihm zumindest etwas leichter, damit zu leben. Nicht, dass er die Aufmerksamkeit herausfordern würde, ganz im Gegenteil. Er weicht ihr aus, wo er kann. Dass sie wie ein Makel an ihm klebt, ist nicht seine Schuld.

Das nicht.

In dieser Hinsicht hat er sich nichts vorzuwerfen.

Leider erlöst ihn das kein bisschen.

Deshalb treibt die Unruhe ihn immer wieder hinaus und zwingt ihn, sich zu bewegen. Nur wenn seine Füße so sehr schmerzen, dass er kaum noch laufen kann, erinnert er sich daran, wer er einst war und dass er sich geschworen hatte, den Kampf nicht aufzugeben. Alles, was er will, ist ganz normal zu leben.

Aber er steckt in einem Teufelskreis fest. Erst flieht er vor seiner Vergangenheit ans Tageslicht, wird wahrgenommen und muss sich dann sputen, um rechtzeitig vor dem allgegenwärtigen Interesse ins dunkle Kämmerlein zurückzuflüchten.

Doch trotz seines Drangs, die Klinik vor den Neuankömmlingen zu erreichen, wählt er nicht den kürzesten Weg dorthin. Und das liegt nicht daran, dass er seine Füße noch mehr fordern will. Er muss den Schlenker machen, weil er ihn bereits auf dem Hinweg genommen und an dem frei stehenden, grauen Haus in der Dünenstraße etwas mitbekommen hat, von dem er sich wünscht, es wäre Einbildung gewesen.

Mit Wasser fühle ich mich seit jeher in Einklang. Vor allem in Form von Meer. Schon als Kind habe ich es nie erwarten können hineinzuspringen. Immer bin ich darauf losgestürmt und habe es begrüßt wie einen lang vermissten Freund. Stundenlang konnte ich mich von ihm tragen lassen und mit ihm spielen, bis meine Eltern die Geduld verloren. Nur mit Mühe und unter großem Protest konnten sie mich herausziehen und in die ungeliebte Kleidung stecken. Es fühlte sich an, als hätten sie mir heißes Wachs über die Haut gezogen, gegen das alles Brüllen nichts half.

Irgendjemand hat einmal gescherzt, ich sei wohl eher eine Nixe, die versehentlich an Land geraten sei. So habe ich mich tatsächlich oft gefühlt. Wie im falschen Element gestrandet. Im Herzen ein Fisch, der gezwungen ist, in der Wüste zu leben. Und seitdem Sand gefressen hat, bis er vor Kurzem fast dran krepiert ist.

In den nächsten vier Wochen werde ich reichlich Wasser um mich haben. Das ist das einzig Positive, was ich dazu sagen kann.

Nur deshalb habe ich mich für die Klinik entschieden. Weil sie auf einer Insel in der Nordsee liegt, möglichst weit entfernt von allem.

Und weil ich keine andere Idee mehr hatte. Ich kann mich nicht dazu durchringen, mit Begeisterung an diesen Psychokram zu glauben, den sie dort veranstalten, um die Gestrauchelten wieder gesellschaftsfähig und hamsterradtauglich zu machen. Ich weiß nur, dass Wasser mich heilt. Es ist der einzige Ort, wo ich loslassen und vergessen kann.

Unter normalen Umständen würde ich mich also freuen.

Stattdessen lehne ich an der Reling der Fähre und denke ans Springen. Es wäre so einfach.

Aber ich stehe bloß still, bewegt nur durch das Schiff, das bei Hochwasser durch die Fahrrinne pflügt und Kurs auf den Anleger nimmt, während rechts in der Ferne die Konturen Norderneys mit dem schmutzigen Blau der See verschmelzen.

Der Wellengang ist landrattenfreundlich, nur selten klatscht das Wasser hoch bis zur Brüstung und sprüht mir feine Gischt ins Gesicht. Eine Wohltat nach der Tortur im Zug. Tief atme ich die Luft, die nach Salz, Tang und Schiffsöl riecht, und beobachte, wie ein paar Touristen den kreischenden Möwen trotz der »Füttern verboten«-Schilder ungelenk ihre Essensreste zuwerfen.

Die meisten sehen aus, als wären sie schon jenseits der Arbeitsgrenze. Bestimmt wollen sie noch schnell die Gunst der nächsten anderthalb Wochen nutzen, bevor die Sommerferien beginnen und die Insel mit Familien fluten. Bis eben haben sie fast alle drinnen gesessen und Würstchen oder Kuchen verputzt, als ginge es nach Alcatraz. Jetzt können sie die Ankunft kaum noch erwarten.

Mir geht es genauso. Weniger aus Vorfreude, sondern weil ich Wiebke endlich abzuschütteln hoffe. Die letzten anderthalb Stunden des Alleinseins verdanke ich nämlich einzig der gnädigen Fügung, dass meine aufdringliche Retterin seekrank ist. Bleich wie ein ausgewaschenes Handtuch kauert sie seit Beginn der Überfahrt in einer Ecke des Bordbistros, verdreht die Augen in regelmäßigen Abständen zur Decke und versucht angestrengt, das Wogen der Fähre zu ignorieren.

Umso besser für mich. Denn sobald ich im Zug nicht mehr so tun konnte, als würde ich schlafen, hat sie endlos auf mich eingeredet. Dass ich dabei aus dem Fenster gesehen habe, hat sie nicht weiter gestört. Nach zwei Stunden verbalem Dauerfeuer weiß ich jetzt unter anderem, dass sie aus einem Schweinemastkaff im Münsterland stammt und wegen zwei Fehlgeburten eine Depression hat. So munter, wie sie drauflosplapperte, halte ich das für ein Gerücht.

»Bipolar«, hatte sie getönt, wie um meinem Unglauben vorzubeugen, »manische Phase!«

Als wäre das eine Auszeichnung.

»Deshalb hasse ich meinen Namen auch so«, ließ sie mich wissen, ohne dass ich eine Frage gestellt hatte. »*Wiebke*, das klingt doch schon nach Wankelmut. Und außerdem dick!«

Da ist was dran. Wiebke ist ziemlich rund um die Hüften und wiegt sie beim Laufen wie ein schwankender Kutter.

»Greta!«, sagte sie schließlich. »Das wäre mein Traum.«

Ich schwieg peinlich berührt. Für mich klang beides nach pummeliger Nervensäge.

Nicht zum ersten Mal frage ich mich, warum wildfremde Menschen sich ständig dazu bemüßigt fühlen, mir ihre Lebensgeschichte aufzudrängen. Als hätte ich ein »Erzähl mir alles«-Gesicht, das ihnen wie durch einen unsichtbar auf die Stirn tätowierten Code signalisiert: Lass es raus! Hier hört endlich mal jemand richtig zu!

Scheinbar bin ich von Natur aus vertrauenswürdig. Für die Journalistin Ella war das lange eine zuträgliche Gabe. Für das heutige Wrack ist es ein Grauen.

Das Wasser versöhnt ihn für den Moment. Er liegt mit geschlossenen Augen auf dem Rücken und lässt sich von den sachten

Schwingungen treiben. Niemand wagt es, ihn zu stören. Die Pause zwischen den beiden Schwimmgruppen gehört heute ihm allein, als gäbe es eine stille Übereinkunft deswegen. Zum Glück, denn er ist immer noch ziemlich durcheinander.

Als er auf seinem Rückweg an dem grauen Haus vorbeikam, zeigte es sich als schönstes Sommertags-Idyll. Nichts deutete mehr darauf hin, dass die Geräusche real waren, die ihn auf dem Hinweg erschüttert hatten.

Ein plötzliches Poltern riss ihn aus seinen Gedanken, als er gerade im Begriff war, das Haus hinter sich zu lassen. Obwohl die geschlossenen Fenster die Lautstärke deutlich dämpften, klang es so, als wäre im Inneren etwas Größeres zusammengebrochen. Spontan musste er an eine Holzkonstruktion denken, die auf einen harten Grund schlägt und zerbirst. Ein betagtes Schrankregal vielleicht, das die Last seines Alters nicht mehr tragen konnte.

Doch noch während er sich darüber wunderte, warum er dann keine Gegenstände krachen hörte, die hinterherstürzten, folgte ein menschlicher Aufschrei, dunkelstimmig und irgendwie erstickt. Beinahe so, als wäre jemand unter etwas begraben.

Erschrocken drehte er sich um und ging zurück, um zu herauszufinden, ob jemand sich in Not befand und seine Hilfe brauchte.

Just in diesem Augenblick öffnete sich die Haustür und eine auffallend attraktive Frau mittleren Alters kam heraus. Sie entdeckte ihn und ein Lächeln trat in ihr Gesicht, das umso aufgedrehter wurde, je länger sie ihn ansah.

Da keimte die Panik in ihm hoch und statt sich nach ihrem Wohlergehen zu erkundigen, wandte er sich ab und entfernte sich zügig.

Erst als er am »Lütje Teehuus« ankam, fiel ihm ein, dass die Frau viel zu elegant gekleidet gewesen war. Zumindest, wenn der Müllsack, den sie in der Hand gehalten hatte, auf einen Hausputz schließen ließ. Wie von einem niederkrachenden Schrankregal ramponiert sah sie auch nicht gerade aus.

Seit ihm diese Details bewusst sind, gehen sie ihm nicht mehr aus dem Sinn und er martert sich mit dem Vorwurf, die Frau nicht wenigstens gefragt zu haben, ob alles in Ordnung war. Mit der Antwort hätte sie ihm auch gleich ihre Stimmlage verraten. Dann hätte er vielleicht einschätzen können, ob sie es war, die geschrien hatte.

Oder jemand anderes.

Im Nachhinein blieb ihm jedoch nur, denselben Weg zurück zu nehmen und auf irgendeinen Hinweis oder eine zweite Begegnung zu hoffen. Leider vergeblich. Das Gefühl, sich übersensibel in etwas hineinfantasiert zu haben, hielt ihn davon ab, näher zu treten und durch die unteren Fenster zu spähen.

Als er das Haus zurückließ, stand es friedlich im Grün der umgebenden Büsche und er kam sich wie der letzte Trottel vor.

Geschieht dir recht, denkt er und dreht sich mit einer weich fließenden Bewegung in die Bauchlage. Noch immer wütend über sich selbst, verausgabt er sich anschließend im Delfinschwimmen, bis die nächsten psychisch Versehrten zum Rückentraining eintrudeln.

Mein Plan war, vom Schiff zu sein, noch bevor Wankel-Wiebke merkt, dass es sich nicht mehr bewegt. Das ist gründlich danebengegangen, denn ich habe ihren Drang unterschätzt, endlich wieder festen Boden unter die Füße zu kriegen. Jetzt steht sie neben mir an der Mole und zieht die Stirn kraus. Entgegen ihrer augenscheinlichen Erwartung stürmt uns kein freudiges Begrüßungskomitee entgegen, das uns samt der Koffer in Empfang nimmt.

Stattdessen wimmelt es am Anleger von Handkarren mit Werbeschriftzügen von Hotels und Ferienwohnungen, die vermuten lassen, dass die Ankömmlinge ihren Weg in die Unterkünfte allein finden müssen. Die meisten unserer Mitreisenden scheinen sich auszukennen. Sie laden ihr Gepäck auf die »Wüppen«, wie sie die Karren mit Insidermiene nennen, und folgen zu Fuß der breiten Straße, die auf den in Sichtweite liegenden Hauptort zuführt. Er heißt genauso wie die Insel.

Für alle, die nicht laufen können oder wollen, stehen alternativ ein paar Pferdekutschen bereit, denn Juist will autofrei und beschaulich sein. Ich bin mir allerdings nicht sicher, ob mir das allgegenwärtige Hufgeklapper nicht ebenso auf die Nerven geht wie die fliegenübersäten Hinterlassenschaften der so eigenwillig riechenden Tiere. Vielleicht sind mir Pferde auch einfach nur zu groß.

Meine ungeliebte Begleiterin hingegen mustert die Zossen erleichtert und guckt sich flugs ein Gespann aus.

»Das da drüben!«, ruft sie und schunkelt los. Ihr Hintern ist beachtlich. Arsch sprengt Jeans. Der Kutscher ihres Zielobjekts sieht sie indes nur von vorn. Das reicht ihm. Er wirft noch einen abschätzenden Blick auf ihre beiden Koffer und schaut dann weg.

»Ich laufe lieber«, werfe ich ihr hinterher, weil ich mir sicher bin, dass Bewegung auf Schusters Rappen nicht zu Wiebkes Lieblingsbeschäftigungen gehört.

»Spinnst du? Das ist doch viel zu weit!«

Ich frohlocke mit unbewegter Miene. Zum Glück hat sie keine Ahnung. Juist ist mit siebzehn Kilometern zwar die längste aller Sandbänke im ostfriesischen Wattenmeer, aber trotzdem gut überschaubar. Auf meinem Faltplan sieht die Insel aus wie eine schmale Kante, die irgendwann in grauer Vorzeit vom Festland abgebrochen und nach Norden weggetrieben ist. Gerade mal 900 Meter misst sie an der breitesten Stelle. Ungefähr mittig liegt Juist-City mit dem Fähranleger und ein Stückchen links davon die zweite nennenswerte Siedlung namens Loog. Daneben erstreckt sich in beide Längsrichtungen nahezu unbewohnte Landschaft, die westlich über den Hammersee hinaus bis zum Billriff reicht und gen Osten im Nationalparkgebiet Kalfamer endet. An der Grenze dieser Schutzzone im Nordosten, nur wenige Hundert Meter Luftlinie entfernt vom Flughafen, thront die Klinik in den Dünen.

Wenn ich der Deichstraße An't Diekskant bis zur Flugplatzstraße folge und dann den Abzweig hoch zur Klinik nehme, sind es von hier aus etwa vier Kilometer bis dorthin. Mit den Koffern und meiner Wunde als Handicap brauche ich schätzungsweise eine Stunde dafür. Entschlossen, das zu schaffen, wische ich Wiebkes Einwand mit einer Handbewegung weg und drehe mich um.

»Außerdem sind wir doch schon viel zu spät dran! Wir hätten vor drei Stunden einchecken müssen!«

»Eben!«, rufe ich über die Schulter zurück und sehe aus dem Augenwinkel, dass sie ihre Koffer bereits in die Kutsche hievt. Der Fahrer macht keine Anstalten, ihr zu helfen. Ich vermute, dass ihn das nicht vor ihrem Redeschwall retten wird.

»Dann kommt es doch jetzt auch nicht mehr darauf an. Außerdem will ich zur Bank!« In Norddeich hatte ich das nicht mehr geschafft, bevor wir auf die Frisia-Fähre umstiegen, und ich habe nicht vor, Wiebke ihr Geld noch einen Tag länger zu schulden.

Der Kutscher lässt ihr keine Zeit für eine Erwiderung, gibt dem Fuchs ein Kommando und fährt an. So schnell ich kann, laufe ich los. Nach ein paar Schritten sehe ich bloß noch zwei Schemen, die sich schneller als gedacht entfernen. Wiebke fuchtelt noch immer mit den Armen, als könne sie mich damit überzeugen, dass ich einen Fehler mache.

Für heute hat die Körpertherapie ein Ende. Er berührt schon die Tür, um den Bewegungsraum zu verlassen, ist aber nicht schnell genug.

»Entschuldige. Hast du mal einen Moment Zeit?« Die schmale Kleine mit den dunklen Bindfadenhaaren steht hinter ihm. Mascha Holm, wenn er sich richtig erinnert.

Verdammt nochmal, geh, befiehlt er sich und verharrt.

»Ich mein, ich darf doch Du sagen, oder?«

Er schweigt. Aber das reicht nicht. Es reicht nie. Er macht immer denselben Fehler.

»Ich würde gern … könnten wir vielleicht … einen Spaziergang machen? Ich muss dringend mit jemandem reden.«

Seine Brauen ziehen sich zusammen und ebenso seine Eingeweide. »Warum ausgerechnet mit mir?«

Sie nestelt an einer Strähne herum und hat sichtlich Hemmungen, ihm direkt in die Augen zu sehen.

»Weil du nicht so bist wie die anderen«, überwindet sie sich schließlich zu sagen. Es klingt wie ein Geständnis.

»Aha. Und wie bin ich dann?«

Er ahnt bereits, was kommt, und möchte am liebsten schreien. Stattdessen atmet er hörbar aus. Aber auch das schreckt sie nicht ab.

»Na, irgendwie … vertrauenswürdig. Du hältst dich aus allem raus. Lässt einen in Frieden, machst dich nicht lustig … Du weißt schon.«

»Hm. Und da hast du dir gedacht, dem kannst du was anvertrauen?« Er sagt es absichtlich spöttisch.

»Ja«, druckst sie und schaut auf ihre Füße, bleibt aber stehen.

Er überlegt, wie er ihr auf die Schnelle möglichst schonend sagen kann, dass er kein Interesse hat. Weder an ihr als Person, noch an ihrem Geheimnis.

Da blickt sie hoch und sieht ihn bedrückt an. »Bitte, schick mich nicht weg.«

Der Mann, der er früher war, hätte das auch nicht getan. Er hätte sich wenigstens angehört, was ihr auf dem Herzen liegt. Der Rest, der heute davon übrig geblieben ist, muss sich jedoch schützen.

»Tut mir leid«, sagt er, »ich habe wirklich noch ein strammes Programm vor mir.«

»Dann morgen?«

Schon wieder ein Fehler. Er ist einfach noch viel zu nett, als dass sie lockerlassen würde. Er legt sich gerade ein paar Worte zurecht, mit denen er sie harsch abbügeln will, da fällt ihm etwas ein. Er kann den Spieß umdrehen und ihre Anhänglichkeit genauso gut für sich nutzen. Zwar sträubt sich sein Gewissen, aber am Ende siegt der Selbsterhaltungstrieb.

»In Ordnung«, sagt er und geht.

Obwohl es auf sechs Uhr zugeht, hat die Sonne noch Kraft. Ich spüre sie auf meinen Lidern, während ich mit geschlossenen Augen auf der begehrten Terrasse des »Café Baumann's« am Kurplatz sitze und hoffe, dass ihre Strahlen tief in meinen Körper dringen und es schaffen, meinen erstarrten Kern zu schmelzen. Behutsam taste ich nach dem doppelten Wodka, setze das Glas an und verfolge, wie sich der letzte Schluck meine Speiseröhre hinab in den Magen brennt. Nach dem Schock über meinen Kontostand war der Wodka bitter nötig und, da ich dann schon einmal mit dem Ruinieren zugange war, habe ich mir aus purem Trotz auch noch ein knusprig-zartes Geflügel-Ananas-Baguette nebst einer Tasse Kaffee gegönnt, die ich mir ebenfalls nicht leisten kann. Immerhin, meine erste Nahrungsaufnahme heute.

Wie eine normal begüterte Juist-Touristin lege ich einen frischen Zwanziger aus dem Bankautomaten an der Carl-Stegmann-Straße auf den Tisch und verlasse das Café, um zum Anleger zurückzugehen. Manche der kleinen Läden schließen bereits; geübte Hände schieben Ständer mit Strandmatten, Strohhüten, Postkarten und Souvenirs zurück in das Dunkel ihrer Geschäfte. Viel habe ich bislang nicht gesehen, aber so verwaist, wie die Straßen sind, zieht das Leben ohnehin erst mit der Hauptsaison in ein paar Tagen ein. Ein bisschen kommt es mir vor, als bewege ich mich nach Drehschluss durch eine verlassene Filmkulisse. Fehlt nur noch, dass der Wind entwurzeltes Buschwerk über das Pflaster kegelt.

Inzwischen ist der Anleger ausgestorben. Nur an der Mole daneben dümpeln ein paar Sportboote und Yachten. Möwen so rund wie überfütterte Katzen laufen am Kai Patrouille und puhlen mit spitzen Schnäbeln in den Steinfugen herum. Aus der Nähe wirken sie wie aus Pappmaché gebastelt.

Weit und breit ist keine Kutsche mehr zu sehen. Gut. So komme ich nicht in Versuchung, mich gleich heute in den totalen Bankrott zu schmeißen. Ich ziehe meine Koffer wie bockige Kinder hinter mir her und schlage den Weg ein, den Wiebkes Fahrer genommen hat.

Zwanzig Minuten später bin ich erledigt. Der Schweiß rinnt mir aus allen Poren, mein Shirt klebt am Rücken, meine Haare locken sich feucht im Nacken. Immer wieder rutschen kantige Steinchen zwischen die Rollen meiner Koffer und blockieren sie. Wütend gebe ich ihnen einen Tritt und lasse mich entkräftet am Rand einer Düne auf den Hintern fallen, was ich wegen der Wunde sofort bereue. Der Schmerz treibt mir die Tränen in die Augen und ich verberge sie in meinen Händen. »Du Idiot!«, schelte ich mich. »Du hast wirklich ein Bescheuerten-Patent! Verreck doch am besten gleich hier, du schaffst es sowieso nie mehr auf die Füße, du –«

Abrupt halte ich inne und horche auf. Jetzt bilde ich mir schon ein, Hufe klappern zu hören. Leise. Wie aus einer anderen Zeit. Halluzinationen. Klar, bei Wodka und Kaffee statt Wasser. Morgen steht's in der Zeitung: Patientin kam nie in Klinik an, weil sie auf dem Weg dorthin in vorsommerlicher Jahrhunderthitze verdurstete ...

Für eine Zigarette würde ich jetzt töten, schießt es mir durch den Kopf. Einen dämlicheren Zeitpunkt zum Aufhören hätte ich mir nicht aussuchen können.

Das Geräusch kommt näher.

Meine Einbildung wird zu einem Fleck am Horizont. Ich sitze erhöht und kann die strauchbewachsene Senke hinter mir überblicken. Von dort bewegt sich etwas auf mich zu, das mit jedem Meter schärfere Konturen gewinnt.

Ich glaube es kaum, als ich es erkenne. Es ist eine Kutsche. Gezogen wird sie von einem Pferd wie ich es noch nie gesehen habe. Es sieht aus wie ein Kaltblüter, ist dafür aber eine Spur zu gedrungen. Sein kompakter Leib ist weiß und von großen schwarzen Flecken übersät wie der einer Kuh. Die blond-schwarze Mähne und der Schwanz sind mit Lederbändern zu Zöpfen geflochten, die wie dicke Taue an ihm herabhängen und ihm die gezähmte Wildheit eines Indianers verleihen.

Der Wagen dahinter ist aus Holzbohlen zusammengezimmert und trägt einen Kutscher, der mir nicht minder verwegen vorkommt. Sein Schädel ist voll heller Stoppeln, die ungefähr genauso lang sind wie sein unrasierter Bart. Seine Kraft scheint der seines Pferdes in nichts nachzustehen. Wäre er unter dem marineblauen Rollkragenpullover nicht so muskulös, hätte er Ähnlichkeit mit dem knurrigen Fernsehkommissar aus Köln. Nicht unbedingt der Mensch, dem eine erschöpfte Frau in der Einöde begegnen möchte.

Als er auf meiner Höhe ist, hält er die Kutsche an. Sie ist leer. Das Pferd tingelt leicht vor, als wäre es ungehalten über die Rast. Trotz seines eher geringen Stockmaßes könnte es mir locker vom Kopf fressen.

»Moin.« Der Mann verzieht keine Miene, blickt mich unverwandt an.

»Hallo.« Das klang schon mal besser.

Ohne mich aus den Augen zu lassen, deutet er mit dem Kinn neben sich.

Ich schüttle den Kopf. »Kein Geld.«

»Deswegen machst du so'n Scheiß?«

Meine Schultern zucken wie von selbst. Es gab Zeiten, da habe ich mich gefreut, wenn jemand Fremdes mich noch geduzt hat. Jetzt komme ich mir vor wie pickelige dreizehn, obwohl ich fast drei Mal so alt bin.

»Steig auf«, sagt er und es klingt wie ein Angebot, das ich nicht ablehnen sollte.

Ich zögere trotzdem. Können meine Probleme noch größer werden? Vermutlich ja.

»Kost' nix.« Er springt ab und schnappt sich meine Koffer.

»Warum?«, frage ich matt und bar jeder Gegenwehr.

»Weil du aussiehst, als würdest du gleich hier krepieren. Darum.«

Mühsam hieve ich mich auf den Bock. Alles tut weh. Keine Ahnung, wie Rentner-Touristen da je raufkommen sollen.

»Ich fahr nicht jeden«, sagt er, als hätte er meine Gedanken gelesen. »Schon gar nicht zur Klinik.«

Nur leicht zieht er an den Zügeln und die Kutsche ruckelt los. Wir rollen schweigend, ich starre über die Felder und Wiesen in die Weite und es scheint eine Ewigkeit zu vergehen, bis er wieder spricht.

»Meine Leute suche ich mir aus. Auf Dösköppe habe ich keine Lust, egal, ob Kliniker oder Touristen.«

Na, da bin ich gespannt. Ich blicke ihn nur schräg von der Seite an und warte auf die Fortsetzung.

»Mit dir isses was anderes. Wirkst nicht dösig, nur neben der Spur. War mir gleich klar, wie du vom Schiff kamst.«

Ich bin mir todsicher, dass ich ihn am Anleger nicht gesehen habe. Trotz eingeschränkter Wahrnehmung. Das Gespann hätte ich mir gemerkt. Ein Blick nach unten zeigt mir, dass es selbst bei nur einer Pferdestärke nicht klug ist, spontan vom Bock zu springen. Mit gebrochenen Knöcheln bin ich vollkommen wehrlos. Mal abgesehen von den Koffern, in denen sich fast alles befindet, was ich noch habe. Mir wird ganz mau.

»Das ist kein guter Ort.« Unvermittelt wechselt er das Thema.

»Welcher Ort? Die Klinik?«

Er brummt nur, was ich als »Ja« werte. Danach versinkt er wieder in Schweigen. Was soll das?

»Wenn die mir nicht helfen können, dann keiner.«

Glaube ich das selbst?

Ein paar Schwalben sausen über unsere Köpfe hinweg in die Dünenfelder. Er blickt ihnen nach und schnaubt.

»Die können sich doch selbst nicht helfen. Fliegen alle wie die Vögel. Keiner von denen ist länger als sechs Monate da. Die sind schon wieder weg, bevor sie richtig angekommen sind.«

»Sprechen Sie von den Therapeuten? Die Therapeuten werden alle nach sechs Monaten entlassen?«

»Kannst jeden Kutscher fragen. Irgendwann sitzen sie viel schneller wieder auf dem Bock, als sie gedacht haben, und jammern einem die Ohren voll.«

»Kommen die denn ausschließlich vom Festland?«

»Die ganze Besatzung. Nicht ein Job für die Hiesigen. Für die sind wir nur Inselaffen.«

Das ist es also. Der blanke Neid. Hätte ich mir denken können, dass es um sowas geht. Ich würde den Insulanern allerdings auch nicht zutrauen, dass sie in Psychosomatik versiert sind.

Der Wagen hüpft über eine Erhebung und ich verlagere meine Sitzposition, bis der Schmerz in ein dumpfes Pochen übergeht.

»Da stimmt was ganz und gar nicht.«

Er sagt es sachlich, nicht eine Spur mystisch und genau das jagt mir einen Schauer über den schwitzigen Rücken.

»Woran machen Sie das fest?«

Er klopft auf seinen Bauch und streicht sich dann mit der kräftigen Hand über die Nase. »Ich kann das riechen.«

Irritiert werfe ich ihm einen Blick von der Seite zu. So viel Esoterik hätte ich diesem Baum von Kerl gar nicht zugetraut. Ein Spinner also. Klar, er trägt ja auch einen Rollkragenpullover, obwohl es bullewarm ist. Aber wenigstens müffelt er nicht so streng wie sein Gaul, dessen Geruch das Einzige ist, was ich im Moment noch als real erlebe.

»Okay«, gehe ich zum Schein auf ihn ein. »Und was soll ich Ihrer Meinung nach jetzt tun?«

Statt einer Antwort hebt er den Kopf und deutet mit dem Stoppelkinn nach vorn. Der Weg steigt an und wir fahren eine Anhöhe hoch, hinter der sich eine dünenumsäumte Ebene öffnet.

Ich sehe ein Dach. Es gehört zum Herzstück der Klinik, einer mächtigen alten Jugendstilvilla, deren Anblick sich wie ein Plakat über sechs Stockwerke nach unten entrollt, je näher wir kommen. Von ihr gehen sternförmig sechs postmoderne Glastrakte ab, die in das umliegende Gelände hineinragen und mich, seit ich das Luftbild im Prospekt gesehen habe, an die Arme eines Kraken erinnern, der unter einem Algenteppich nach Beute tastet.

Das Abendlicht lässt die Fenster der Villa gleißen. Darüber zeigt sich der Himmel in einem verwaschenen Blau, das von rosa beleuchteten Wolkentupfern durchsetzt ist. Sie erinnern mich an Gischt auf Wellenkämmen und lösen sich genauso flüchtig beim Hinsehen auf. Wieder sausen Schwalben darunter hinweg, diesmal in Richtung Seeseite, dem Wind entgegen.

Ich habe das Gefühl, ein Trugbild zu sehen, so friedlich und feierlich wirkt der Komplex im Gegensatz zu meiner tosenden inneren Verwahrlosung. Mit einer unerträglichen Selbstgewissheit strahlt er mir seine Mission entgegen: »Rehabilitationsklinik Dunenburg – Heilkurort für die Seele« prangt über dem Portal. Klingt verheißungsvoll. Für mich ist es jedoch das Sinnbild meiner Kapitulation.

Mein Fahrer bedenkt mich mit einem langen Blick. »Gib gut auf dich acht.« Er senkt seine Stimme. »Und komm zu mir, wenn was is'.«

Ich fröstle trotz der lauen Luft.

Wir rollen über die Zufahrt auf eine gepflasterte Freifläche, die so protzig groß ist, dass ich an den ehemaligen Paradeplatz vor Münsters Schloss denken muss. Erst nach etlichen Metern kommen wir unter dem gläsernen Vordach des Eingangs zum Stehen. Es ist niemand zu sehen. Keine Spaziergänger in Zwangsjacken, aber auch kein Mensch, der mich willkommen heißt. Das Pferd trippelt wieder unruhig.

»Ruhig, Quincy«, mahnt der Kutscher den Hengst. »Er spürt es auch.«

Ich versteinere sofort. Quincy? Aus was für einem Film hat er das denn? Plötzlich bin ich sicher, dass der Mann sich einen bösen

Spaß mit mir erlaubt. Sofort klettere ich vom Bock. Er steigt ebenfalls ab und stellt mir die Koffer vor die Füße. Ich bedanke mich nur, weil ich gut erzogen bin, und will schleunigst verduften, da spüre ich seine Pranke auf meiner Schulter.

»Frag nach Berno Hansen«, sagt er zum Abschied. »Und gebe Gott, dass du es nie tun musst.«

Wie angenagelt stehe ich neben meinen Koffern auf dem Terrakotta-Pflaster und höre, wie die Kutsche losfährt – und nach ein paar Metern noch einmal stoppt. Seine Augen brennen Löcher in meinen Rücken. Ich zwinge mich, weiter nach vorn zu sehen. Was für eine billige Anmache. Und dann auch noch unter dem Deckmantel religiösen Geschwafels. Ob er sich Hoffnungen macht? Am Ende des Tages läuft es doch immer auf das Gleiche hinaus. Hätte ich mir denken können. Schon dieses: »Du bist was anderes.« Es macht mich nicht einmal mehr wütend. Nur noch müder.

Endlich setzt das Pferd sich erneut in Bewegung. Vor Erleichterung fange ich wieder an zu atmen. Dünsteten da nicht seine Knödel in Riechweite, könnte ich mir einreden, bloß schlecht zu träumen. Meine Gedanken spielen da allerdings nicht mit. Mit flatterndem Magen starre ich auf den Eingang der Klinik. Ich habe keine Vorstellung, was mich da drinnen erwartet. Denke ich wirklich, dass ein Psychodoktor mir helfen kann? Vor allem: wobei? Mein altes Leben will ich nicht mehr. Ein neues übersteigt meine Vorstellungskraft. Also, was zum Teufel mache ich hier? Vielleicht sollte ich mich umdrehen und abhauen, solange mich noch keiner entdeckt hat. Ein Zimmer im Ort nehmen und morgen mit der ersten Fähre wieder zurückfahren.

Bloß, wohin?

Die Erinnerung daran, dass ich keine Wahl habe, holt mich auf den Boden zurück. Verdammt, hat der Kerl mich angekratzt mit seiner Spökenkiekerei. Ich wette, er hat nicht zum ersten Mal den Beschützer gespielt, um sich gleich darauf als Kurschatten anzudienen. Wo kam der denn auf einmal so praktisch im passenden Augenblick daher, mitten in der Pampa? Ich schüttle den Kopf über mich selbst und lege meinen Fluchtreflex an die Kette.

Nicht schon wieder wegrennen. Diesmal nicht. Wenn hier einer mein Schatten ist, dann nur ich selbst. Und um das zu ändern, bin ich schließlich hier. Einen Versuch bin ich mir schuldig.

Wie auf ein Stichwort gleiten die gläsernen Flügel der Eingangstür beiseite und ein Trupp von Leuten marschiert mit Zigaretten in der Hand und neugierigem Seitenblick an mir vorbei. Sie reden über das Abendessen und schlendern lachend nach rechts über den Vorplatz zu einem Unterstand. Die offizielle Raucherecke, wie es scheint.

Na prima. Ich hatte gehofft, das ganze Gelände wäre tabu. Andersrum kommt es jetzt auch nicht mehr darauf an, wie dick die Schlinge um meinen Hals ist. Ich umklammere meine Trolleygriffe so fest, dass es wehtut, und gehe hinein.

Der weiche Teppich im Windfang schluckt das Geräusch meiner Schritte. Eine weitere Tür gleitet zur Seite und ich stehe im warmen Licht der Abendsonne. Sie ergießt sich durch das gläserne Dach des Rings, der sich wie ein Wintergarten um die sandfarben gekalkten Mauern der Villa schmiegt. Erst blendet sie mich, dann gewöhnen sich meine Augen an die Helligkeit und ich sehe überall riesige Kübel mit Feigenbäumen und Dattelpalmen, die fast die Decke berühren. In den beigen Sofas und Sesseln dazwischen sitzen hier und da einzelne Gestalten, die sich in ein Buch vertieft haben. Andere unterhalten sich oder beschäftigen sich gruppenweise mit einem Gesellschaftsspiel. Immer wieder flammt Gelächter auf, ertönen Rufe oder Anfeuerungen. Vor dem Eingang zur Villa, wo vom Wintergarten ein Teil mit Kübelpflanzen abgetrennt ist und eine Empfangshalle bildet, plätschert ein Springbrunnen und fast ist mir, als müssten exotische Vögel die wohltemperierte Luft mit heiseren Schreien füllen.

Das hatte ich nicht erwartet.

Irritiert über die Abwesenheit all dessen, was ich mit einer Klinik verbinde, steuere ich auf den Empfang zu, der links von mir als cremeweißer, gewölbter Halbkreis auf einer erhöhten Ebene thront wie ein gelandetes Ufo. Die Frau dahinter, ein mütterlich-runder Typ mit dunkelblond gefärbten Haaren, ist schätzungsweise Ende fünfzig und erinnert mich ein bisschen an die Klementine aus der Waschmittelwerbung meiner Kindertage. Sie wirft einen Blick auf ihre Uhr und mustert mich mit gerunzelter Stirn. »Rita Kalo« steht auf dem Schild an ihrer Rüschenbluse. Wahrscheinlich geht sie in Gedanken schon ihre Standpauke durch.

»Ich hab's nicht eher geschafft«, sage ich schnell. »Ich hatte unterwegs einen Zusammenbruch.«

Ihre Gesichtszüge entspannen sich einen Hauch. Vielleicht ist sie ja ganz herzlich, wenn man nicht gerade fünf Stunden zu spät kommt.

»Geben Sie mir bitte Ihre Papiere.« Die Szene im Zug noch plastisch vor Augen, kämpfe ich gegen ein Déjà-vu, doch diesmal gibt es nichts zu beanstanden. Sie notiert meine Daten und reicht mir etwas, das sich wie ein Radiergummi anfühlt.

»Ich werde jemanden rufen, der Sie zu Ihrem Zimmer bringt. Dort finden Sie eine Mappe mit allen nötigen Informationen. Wenn Sie heute noch etwas vorhaben, beachten Sie bitte die Schließzeit um dreiundzwanzig Uhr.«

»Kann ich noch etwas zu essen bekommen?« Mein Magen meldet erstaunlicherweise wieder einen leise bohrenden Hunger an. Scheinbar wirkt die Seeluft schon.

»Abendbuffet nur bis sieben.«

Doch ein Terrier. Mir wird ganz flau.

Auf der Uhr hinter ihr ist es keine zehn Minuten nach. Ich überlege, wie ich sie erweichen kann. Da nehme ich aus dem Augenwinkel eine Bewegung neben mir wahr.

Ein Mann passiert die Rezeption. Er geht nicht, er schreitet. Kerzengerade, die Schultern gestrafft, trägt er das Kinn mit dem grauen Spitzbart eine Spur zu hoch. Seine Gegenwart verändert die Atmosphäre im Raum. Sie ist jetzt spürbar gespannt.

Die Spieler kommen mir erheblich stiller vor als noch vor einer Minute und Klementine sortiert plötzlich konzentriert ihren Papierkram. Es ist, als nähmen sich die anderen Existenzen vor ihm zurück, versuchten, möglichst wenig Platz und Atemluft zu beanspruchen, um nicht versehentlich seine Aufmerksamkeit zu erregen.

Niemand außer mir sieht ihn an. Wahrscheinlich schießt der Blitz durch seine bebrillten Augen und erschlägt mich auf der Stelle, wenn er es bemerkt. Aber er beachtet weder mich noch sonst jemanden, blickt geradeaus auf ein nur für ihn erkennbares Ziel und durchmisst die Halle mit ausgreifendem Schritt, dem sein schätzungsweise halb so alter Begleiter der kürzeren Beine wegen kaum folgen kann. Während des Laufens redet der Jüngere ununterbrochen auf ihn ein.

Kurz bevor sie den Springbrunnen erreichen, greift Graubart in die Tasche seines makellos weißen Kittels. Es überrascht mich, dass er einen trägt. Immerhin gibt sich hier alles Mühe, gerade nicht wie ein Krankenhaus zu wirken. Außerdem dachte ich, Kittel seien für Seelenflicker schon lange nicht mehr zeitgemäß. »Zu viel lieber Gott und Über-Ich«, hatte ein befreundeter Journalist mal gewitzelt, der für eine Liste die besten Ärzte und Therapeuten finden sollte.

Graubart drückt dem anderen ohne ihn auch nur anzusehen oder den Schritt zu verlangsamen etwas in die Hand, das eine Medikamentenschachtel sein könnte. Wie gegen eine unsichtbare Wand gelaufen bleibt der junge Mann stehen und schließt den Mund. Offenbar ist das nicht das, was er sich vom bekittelten Meister erhofft hatte. Der setzt seinen Weg so ungerührt fort, als habe er eben bloß ein lästiges Insekt von seinem kahlen Schädel geschnippt, und nimmt die fünf Stufen hoch zum Eingang der Villa. Der Jüngere starrt ihm hinterher, wie er durch das eingefasste Portal verschwindet. Es dauert einen Moment, bis er es schafft, sich mit gesenktem Kopf abzuwenden und wieder in Bewegung zu setzen. Diesmal scheint er seine Füße kaum noch vom Boden hochzubekommen.

Als habe jemand den Finger von der Pausentaste genommen, kommt auf einmal wieder Leben in den Wintergarten. Auch die Kalo findet ihre Stimme wieder. Ich hatte sie ganz vergessen.

»Ach ja, wenn Ihr Therapeut es genehmigt, kriegen Sie bei mir auch eine Telefonkarte, die wir hier aufladen können.« Sie sagt es so beiläufig, als hätten wir die ganze Zeit nett miteinander geplaudert.

»Warum das? Ich meine, warum brauche ich dafür eine Erlaubnis?«

Und wozu gibt es Handys?

Zu einer Antwort kommt sie nicht.

»Rita, meine gute Seele, rufen Sie mir schnell eine Kutsche?«

Neben mir liegen mit einem Mal wie aus dem Nichts gewachsen feingliederige Hände auf der Theke.

Klementines Gesichtsausdruck ist nicht wiederzuerkennen. Was ich eben noch als die verhärteten Züge einer Frau gewertet habe, die nicht mehr viel vom Leben erwartet, hat sich in ein weich gezeichnetes David-Hamilton-Bild verwandelt. Sie lächelt! Und legt sich die Hände an die Wangen, um die Röte zu verbergen, die darunter an Kraft gewinnt.

Neugierig wende ich meinen Blick von ihr ab und dem Mann an meiner rechten Seite zu. Er fängt ihn auf und zwinkert mir zu. Mein erster Gedanke ist, dass sein Gesicht überhaupt nicht zu dem vollen, fast weißgrauen Schopf passt. Es ist zu jung. Glatte, elastische Haut, Grübchen auf den Wangen, wenig Falten, wenn auch ein bisschen viel Schatten um die Augen. Anfang bis maximal Mitte vierzig. Wahrscheinlich überarbeitet. Ein frischer Minzduft geht von ihm aus und kitzelt mich in der Nase, mehr Weichspüler als Aftershave. Er sieht aus wie ein erfolgreicher Feuilletonist, ist in dieser Umgebung aber wohl eher einer der Klinikärzte. Auf jeden Fall ein reinrassiger Schwiegermutter-Typ. Mit seinem Lächeln reißt er die Frauen bestimmt reihenweise zu Boden.

Die Kalo hält sich denn auch nur mit Mühe auf ihrem Drehstuhl und grient, was die erschlafften Gesichtsmuskeln hergeben. »Sie wissen doch, dass der Chef das nicht gern sieht.«

»Ach Rita, diesmal ist es wirklich ein Notfall. Ich stehe heute Morgen vom Frühstück auf und knicke um. Den ganzen Tag humpel ich schon herum wie ein alter Dackel.« Dabei sieht er sie auch an wie einer, den Kopf leicht schräg gelegt.

Kriegt er sie wirklich so billig rum?

»Aber Sie wissen genau, dass ich Ärger bekomme, Seitz. Wir dürfen ihm doch keine Angriffsfläche bieten.« Unruhig sieht sie sich um, als spüre sie den Blick des Allmächtigen im Nacken. Wenn sie damit den Kerl meint, der vorhin durch die Halle stolziert ist, kann ich sie verstehen. Er wirkte wie jemand, mit dem man keinen Ärger bekommen möchte. Mein Nachbar Seitz offensichtlich auch nicht, denn er macht ein betretenes Gesicht.

Fragt sich bloß noch, welche Angriffsfläche man jemandem mit einer Kutschenbestellung bietet.

»Das bleibt doch unter uns«, sagt er und reibt seine Rechte in einer nervös wirkenden Geste am Oberschenkel des vorgeblich verletzten Beins entlang. »Wenn *Sie* es ihm nicht sagen. Und …« Er dreht sich wieder zu mir um und lächelt mich mit hochgezogenen Brauen an. Seine Augen haben die Farbe von dunklem Waldhonig. Sie lächeln nicht mit. Etwas Gehetztes glitzert darin.

Ich schüttle nur den Kopf.

»Na also. Unsere junge Unbekannte hält auch dicht.« Dass er mich nicht knufft, ist alles.

Rita Kalo sieht mich kurz an, als hätte ich einen Joint in der Hand und einen »Legalize it«-Sticker am Revers. »Warum rufen Sie die Kutsche nicht selbst?«

»Weil mein Büro neben seinem ist.« Dem Tonfall nach sagt er es ihr zum tausendsten Mal, obwohl sie es genau weiß. »Und er ist doch gerade hochgegangen, oder etwa nicht?«

Entweder der Mann hat hellseherische Fähigkeiten oder das Spiel eben genau beobachtet und im Hintergrund auf seine Chance gelauert.

Die Kalo seufzt tief und vernehmlich. Es ist ein Ritual, das begreife ich allmählich.

»Bit-te.« Augenaufschlag von unten.

»Also gut. Ich sage dem Kutscher, dass Sie draußen vor der Düne warten. Schaffen Sie das mit Ihrem Fuß?«

Seitz beugt sich über die Theke und haucht ihr einen Kuss auf die Wange. »Danke, Rita. Sie sind ein Schatz.«

Eine Erfahrung, die ich nicht teile. Aber vielleicht fehlt mir dafür das entscheidende Detail.

Rita Kalos glühende Wangen verraten mir, dass ihr Blutdruck gerade wieder gefährlich steigt.

Seitz wendet sich zum Gehen, hält noch einmal inne und wühlt in seiner Jeanstasche. Kurz darauf fördert er einen verformten Marsriegel zum Vorschein, den er mir in die Hand drückt. Eigentlich mache ich mir nichts aus Schokolade, besonders dann nicht, wenn sie körperwarm ist und aussieht, als habe ein Elefant darauf seinen Nachmittag verbracht, sage aber vor lauter Überraschung trotzdem danke.

Er hat uns tatsächlich schon länger beobachtet.

»Sie werden sich schon an die Regeln gewöhnen«, flüstert er mir zu und kommt dabei meinem Ohr so nah, dass er es fast berührt. Mein Nacken fängt wieder an zu kribbeln. »Man muss nur wissen, wie man sie auslegt.« Er reibt sich die Hände an der Jeans ab, streift sein Jackett über und geht langsam zum Ausgang. Das rechte Bein zieht er nach. Verdammt gute Show.

An Kalos Seitenblick sehe ich, dass ich bei ihr jetzt völlig verschissen habe.

»Bitte unterschreiben Sie mir noch eben die Aufnahmepapiere«, sagt sie mit zuckersüßem Lächeln. »Und wenn Sie etwas brauchen, können Sie sich immer gern an mich wenden.«

Ihre Worte klingen dünn.

Na großartig. Du mich auch.

»Hallo, ich bin Schwester Agatha und habe heute Nachtdienst. Na, dann wollen wir mal.«

Für eine Erwiderung bleibt mir keine Zeit. Mit mehr Kraft als ich ihr zugetraut hätte, schnappt sich das Persönchen den größeren meiner beiden Koffer und düst davon. Ich kann ihr auf den Scheitel gucken, was mir selten vergönnt ist. Energisch fegt sie mit ihren geraden Stäbchenbeinen an der Villa vorbei und ich muss mich ranhalten, um sie einzuholen. »Verwaltung« lese ich gerade noch auf einem Schild neben dem Portal. Über den Rücken hinweg wirft Agatha mir eine Umfeldbeschreibung zu.

»Da sind die Therapiezimmer drin und über den Zugang im Keller kommt man ins Thermalbad, das zwischen Trakt Beta und Gamma unter dem Park liegt. Haben Sie das schon gesehen? Es hat ganz tolle Oberlichter.«

Sie wartet meine Antwort gar nicht erst ab, dirigiert mich nach rechts in Richtung des Alphatrakts, der von hier aus am weitesten entfernt liegt.

»Auf der Rückseite der Villa ist die Kantine, im Wintergarten. Casino sagen wir hier dazu, klingt mondän, nicht?«

Oder nach gnadenloser Selbstüberschätzung, was ich mit einem vom Kutscher abgeguckten Brummen zum Ausdruck bringe. Zu mehr hätte ich auch keine Gelegenheit.

»Von da aus hat man einen ganz fantastischen Blick auf den Park. Architektonisch ist die Klinik mit der alten Dunenburg etwas ganz Besonderes. Wo der Name herkommt, dürfen Sie mich aber nicht fragen, ich bin nicht von hier.«

Was sie nicht sagt. Erinnert mich an Berno Hansens Worte. Interessiert mich momentan allerdings nicht die Bohne. Was mich wirklich beschäftigt ist, dass ich an diesem Tag nicht einem Menschen begegnet bin, der zu meiner Gefühlslage passt. Kein gutes Zeichen.

»Vielleicht, weil das Ding so groß ist. Irgendwie schon beeindruckend. Liegt ja auch in den Dünen. Na, jedenfalls gehen davon alle sechs Trakte ab. Alpha, Beta, Gamma, Delta, Epsilon und Zeta.«

Schwester Agatha redet in einer Tour und zieht mich mit ihrer Stimme hinter sich her wie einen Esel am Nasenring. Mag sein, sie fürchtet, dass ich sonst zusammenbreche. Zu Recht wahrscheinlich.

»Jeder Trakt hat bloß zwei Stockwerke. In Alpha und Beta auf der Nordostseite sind die Patienten untergebracht, also auch Sie. Nur zwanzig Zimmer pro Etage plus das Schwesternzimmer. Alles schön klein und übersichtlich, nicht so anonym wie in diesen Großkliniken. Sie werden sich bestimmt wohlfühlen. In Gamma ist die Sauna und gegenüber, im Westen, sind dann die Physiotherapie, die Ergotherapie und die Gymnastikräume. Alles, was man sonst noch so braucht, Bibliothek, Internetplatz, Tischtennisraum und so weiter, finden Sie in Delta und Epsilon. Klingt kompliziert, ist aber ganz einfach. Zeta können Sie sowieso gleich wieder vergessen, da wohnt das Personal.«

Schon passiert. Ich höre einfach nicht mehr hin, lasse den Wortstrom an mir vorbeifließen und blicke durch die bodentiefe Verglasung des Wintergartens nach draußen. Auf den Scheiben tummeln sich jede Menge Insekten, schwarze Punkte im Gegenlicht, die den Blick auf den Park dahinter trüben. Vereinzelt kommen uns Patienten entgegen. Fast alle wirken in sich gekehrt, nur hier und da treffen sich unsere Augenpaare. Die meisten sehen rasch wieder weg.

Vor einem mannshohen Busch, der kurzzeitig den Ausblick verdunkelt, wirft das Glas mein Spiegelbild zurück. Wäre ich nicht so müde, hätte ich wahrscheinlich einen Satz nach hinten gemacht. Ich sehe verboten aus. Wie eine wandelnde Untote, mit hohlen Wangen und Augen, die sich in den Schädel zurückgezogen haben. Mir wird gleichzeitig heiß und kalt und ich bewege mich bloß deshalb noch, weil ich gleich eine Tür hinter mir schließen kann.

Der Weg bis zu meinem Zimmer kommt mir endlos vor, dabei sind wir keine zwei Minuten unterwegs. Meine Beine bewegen sich so anmutig wie Massivholzstelzen im Tiefschlamm.

Inzwischen muss ich mich bei jedem Schritt mächtig konzentrieren, damit ich mir meinen kleinen Trolley nicht ständig in die Hacken ziehe, zwinge mich dann aber in einen automatischen Rhythmus, den ich wahrscheinlich bis Tibet laufen könnte.

»Da sind wir. Station Alpha.« Agatha stoppt ihr Bandwurmgerede mitten in meine Apathie hinein und sieht mich fragend an. »Oben oder unten?«

»Hm?«

»Wie lautet denn Ihre Zimmernummer?«, fragt sie, die ich für den Privatgebrauch künftig nur noch Schwadronata nennen werde.

Ich lenke meinen Blick auf das Ding, das sie hier Schlüssel nennen und das ich die ganze Zeit über mit der freien Hand umklammere wie den Knopf für den Schleudersitz. Es ist ein rundes, bauchiges Stück Plastik, so groß wie ein Euro und mit aufgedrucktem Alphazeichen. »Einfach die Zimmernummer vor das Schloss halten«, hatte die Kalo gesagt. Tatsächlich. Auf der Rückseite ist eine Zahl eingraviert.

»Neun.«

»Also Erdgeschoss. Mit Alpha haben Sie aber richtig Glück!«

Schon wieder ist sie mir zehn Schritte voraus.

»Der Patiententrakt liegt am nächsten zum Meer. Alle Zimmer haben einen wunderschönen Blick auf den Park und Ihres liegt am äußersten Ende. Wenn die Düne nicht wäre, könnten Sie fast ins Wasser greifen.«

Oder das Wasser nach mir.

»Und denken Sie an die Blutabnahme morgen früh. Um halb sieben. Wir erwarten Sie nüchtern und pünktlich!« Agathas Stimme dringt dumpf und anklagend durch die Tür, die ich ihr soeben vor der Nase zugemacht habe.

Nüchtern. Klar, kein Problem mit nur einem Marsriegel als Abendmahl. Über das Hungergefühl bin ich inzwischen sowieso längst wieder weg. Allerdings hätte ich nichts dagegen, mich auf der Stelle sinnlos zu betrinken und mir den Hals kratzig zu rauchen. In der Klinik ist natürlich offiziell nichts aufzutreiben und Juist-City ist im Moment so gut erreichbar wie der äußere Ring unseres Sonnensystems.

Eigentlich alles genau so, wie meine Ärztin es mir eingehämmert hat. In reiner Seeluft an Leib und Seele genesen, so stand es auch auf der Homepage. Aber ich weiß schon jetzt, dass mein Vorsatz, mir hier Rotwein und Nikotin abzuerziehen, auf eine harte Probe gestellt werden wird, denn durch das auf Kipp geöffnete Fenster dringt verräterisch der Duft brennenden Tabaks. Ich kämpfe gegen den Impuls, meinen offenbar auf die Regeln scheißenden Nachbarn anzuschnorren. Einzig der Gedanke, dass ich dann auch noch den letzten Rest meiner Würde los bin, hält mich davon ab.

Inzwischen hat Agatha gemerkt, dass sie keine Antwort mehr erhalten wird, und tritt endlich den Rückzug an. Mit einem Ohr an der Tür verfolge ich, wie das Flap-Flap ihrer Birkenstocksandalen im Gleichklang mit ihrem ärgerlichen Gemurmel verebbt. Ich seufze, weil ich weiß, dass es so nicht geht, aber ich konnte sie keine Sekunde länger ertragen.

Der Qualm schlängelt sich jetzt in dünnen Fäden an dem fahlen Vorhang vorbei in mein Zimmer. Ich gehe zum Fenster und obwohl ich es extra laut zuknalle, wie um mich selbst zu ohrfeigen, nagt die Versuchung weiter an mir. Mit pantomimisch übertriebener Aufmerksamkeit wende ich mich meinem Zimmer zu, um das Verlangen auszublenden. Auch keine gute Idee.

Das also ist Alpha 9. Willkommen im Raumschiff Dunenburg. Die Besatzung ist leider komplett irre, aber lassen Sie sich zu Ihrer eigenen Sicherheit nicht anmerken, dass Sie das wissen. Und nun: guten Flug!

Wenn ich Angst kriege, werde ich blödsinnig und tue so, als wäre alles nur ein Film. Dieser hier ist gar nicht lustig.

Beklommen nehme ich das Zwielicht in mich auf, das durch Terrassentür und Fenster dringt. Noch immer zu viel, um das abgeschabte Parkett zu verheimlichen. Darauf steht in der Mitte des Raumes ein buckeliger Sessel, geduckt wie ein Tier, das jeden Augenblick auf die Möbel drum herum losspringen kann. Die Bodenregale und das Bett sehen aus, als würden sie sich vor ihm an die Wände drücken. Wie Gefangene, die nicht entkommen können. Ich schiebe dieses Monster so weit wie möglich an die Seite. Alles ist viel zu wuchtig für den Raum. Trotzdem erfasst mich ein Gefühl tiefer Leere, wenn ich die kahlen Wände und Borde sehe. Der tote Fernsehbildschirm spiegelt schwach mein blasses Gesicht.

Das Zimmer ist erheblich schlimmer, als ich erwartet hatte. Ohne jede Seele. Hier fühlt es sich wie Klinik an, wie Einsamkeit und Krankheit.

Ich wappne mich für das Bad. Auf dem Weg dorthin laufe ich gegen eine verchromte Säule, die ich bis eben noch gar nicht wahrgenommen hatte. Sie steht genau im kürzesten Laufweg zwischen Bett und Nasszelle und stützt ein über dem Schrank in den Raum hineingezogenes Kofferregal wie ein Hochbett. Unten wäre für die Trolleys auch kein Platz.

Ich reibe mir die Schulter und werfe einen Blick in das weiß geflieste Quadrat. Gut, dass ich nicht pfundig bin. Es wäre mir ein Rätsel, wie ich dann die Duschtür zuziehen oder die Haare meiner Vorgängerin aus den Ritzen puhlen sollte. Denn offensichtlich kippt das Reinigungspersonal den Essigreiniger, dessen scharfer Geruch mir in die Nase beißt, nur alibimäßig ins Klo. Mir wird sofort übel und ich will nur noch eins: raus an die Luft und runter zum Strand. Sollen die Koffer doch warten. Mit dem Öffnen der Glastür schwappt mir das ferne Rauschen des Meeres wie ein Lockruf der Sirenen entgegen. Mir ist, als könnte ich sein Salz auf der Zunge schmecken.

Auf der Terrasse zögere ich. Die hintere Tür lässt sich von außen nicht verriegeln. Aber was soll man mir noch nehmen? Das halbe Dutzend Bücher, das ich in der wahnwitzigen Hoffnung mitgeschleppt habe, wenigstens wieder lesen zu können, wo

Schlaf schon seit Monaten ein kariertes Eichhörnchen ist? Oder die Klamotten, die ich eingepackt habe, um mich unsichtbar zu machen zwischen all den angeschlagenen Persönlichkeiten in verschiedenen Stadien der Verzweiflung? Egal. Ich setze darauf, dass sie alle mehr als genug mit sich und der Aufgabe beschäftigt sind, für das tägliche Rennen wieder sattelfest zu werden, um sich für meinen Kram zu interessieren.

»Zuziehen reicht.«

Ich fahre zusammen und blicke in die Richtung, aus der die Stimme kommt. Links neben mir ragt ein Kopf aus Alpha 8, das Gesicht halb verdeckt von kinnlangen, dunklen Spaghetti-Haaren.

»Habe ich laut gesprochen?« Ich mache mir keine Mühe, meinen Ärger zu verbergen.

»Entschuldigung. Tut mir leid. Ehrlich. Ich wollte dich nicht erschrecken. Aber ich kenne das Stirnrunzeln. Am Anfang war ich auch so skeptisch.«

»Ach, und dann hat sich das gelegt?«

»Ja. Hier geht keiner an deine Sachen. Mir ist in drei Wochen nichts weggekommen.«

»Na, dann liegt's vielleicht an deiner positiven Ausstrahlung.«

Irritiert schaut sie mich an, dann senkt sie den Blick.

»Schon gut«, lenke ich ein. »War alles ein bisschen viel heute.«

Vorsichtig wagt sie sich aus der Deckung, tritt aus ihrem Zimmer heraus. »Verstehe ich. Aber hier sind wirklich alle ganz nett. Wir sitzen doch in einem Boot. Na ja, bis auf wenige Ausnahmen. Aber die gibt's wohl überall. Ich bin übrigens Mascha. Mascha Holm.«

Sie ist ungefähr so groß wie ich, aber deutlich schmaler. Fast anorektisch wirken ihr dünnes Gelenk und die magere Hand, die sie mir über die kniehohe Terrassenmauer hinweg mit einem schüchternen Lächeln entgegenstreckt.

Das ändert alles. Ich ergreife sie, weil Mascha mir plötzlich schutzbedürftig vorkommt, und sage ihr meinen Namen, obwohl ich mir nach Wiebke Zurückhaltung geschworen habe. Aber irgendwie rührt mich ihre Statur. Sie hat etwas von einem unschuldigen kleinen Jungen. Verpackt allerdings in eine knallenge Jeans und eine veilchenfarbene Bluse, die einen schmalen Streifen heller Haut über ihrer Hüfte durchblitzen lässt.

»Okay. Ich geh dann mal. Wir sehen uns.«

»Pass auf dich auf«, sagt sie und sieht mit einem Stirnrunzeln zu, wie ich auf den Rasen trete, zu dem meine Terrasse sich öffnet. Herrje. Warum meinen heute bloß alle, sie müssten mir eine Warnung mit auf den Weg geben?

Der Park, der das gesamte Klinikareal umschließt, ist weitläufiger als ich vermutet habe. Nach Osten wird er durch einen kleinen Mischwald begrenzt, der knapp hundert Meter vor meinem Zimmer beginnt, nach Norden von bewachsenen Dünen.

Ich laufe ein paar Schritte bis zum Ende von Trakt Alpha und passiere dabei das letzte Appartement. Die Terrasse sieht verlassen aus. Keine Wäsche, die über dem Mäuerchen trocknet, dafür ein Liegestuhl, der zusammengeklappt an der Wand lehnt, als hätte ihn ewig niemand benutzt. Merkwürdig. Ich hätte schwören können, dass der Zigarettenqualm von dort gekommen ist. Doch Fenster und Tür sind zu, die geschlossenen Vorhänge trotzen meinem neugierigen Blick.

Hinter dem Gebäude öffnet sich das Gelände nach Norden. Sandige Pfade schlängeln sich über Rasenflächen hinweg und labyrinthartig in kleine Buschgruppen hinein. Die untergehende Sonne wirft ihre Strahlen zwischen den Ästen hindurch und versprengt Lichtpunkte im Unterholz, als wollte sie es in Szene setzen. In unregelmäßigen Abständen laden hölzerne Sitzbänke mich ein, der Erschöpfung endlich nachzugeben. Doch meine größere Sehnsucht gilt dem Meer, zu dem ich einen Durchgang suche.

Ich halte mich rechts und gelange zu einer Bank, die wie ein Geheimversteck hinter verwildertem Gestrüpp verborgen ist. So etwas zieht mich magisch an. Ich steuere auf sie zu und als hätte ich es geahnt, führt von hier aus ein verborgener, nur wenig ausgetretener Pfad direkt zu den Dünen.

Je weiter ich ihm folge, desto mehr lichtet sich das Buschwerk und der Boden geht in Sandhügel über, auf denen sich Krähenbeerenteppiche angesiedelt haben. Ständig flattern Schmetterlinge an mir vorbei, unter denen ich nur die Pfauenaugen benennen kann und die ich so nah am Meer nicht vermutet hätte. Dann sehe ich die Ursache. Ein riesiger, violett blühender Sommerflieder ist über und über von den bunt flatternden Insekten bedeckt und leuchtet in der tief stehenden Sonne wie ein oszillierendes Kunstwerk. Ich bleibe stehen und spüre meine Kehle enger werden. Wie lange ist es her, dass ich so etwas Schönes wahrgenommen habe?

Es dauert, bis ich mich losreißen und meinen Weg entlang der mannshohen Hügel des Dünenbandes fortsetzen kann. Bald werde ich ein zweites Mal belohnt und stoße auf einen Spalt zwischen den Sandbergen. Wie ein Fenster gibt er den Ausblick auf metallicblaues Wasser frei. Lichtreflexe tanzen darauf wie Wunderkerzensterne. Sofort packt mich die Magie der anrollenden Wellen mit einer Intensität, als wäre ich wieder ein Kind. Hastig streife ich meine Ledersandalen ab, kremple die Hosenbeine bis zu den Knien hoch und betrete den Holzsteg, der durch die Dünen zum Strand führt.

Ich kann es kaum mehr erwarten, die Sandkörner unter meinen Füßen zu spüren, und renne los, stoppe am Ende der Holzplanken jedoch abrupt.

Vor mir liegt ein breites, feinsandiges Band. Von hier bis zum Wasser sind es mindestens 200 Meter. Rechts kann ich den Strand bis zum Ostende der Insel verfolgen. Links, in Richtung der Orte, erstreckt er sich so weit mein Blick reicht. Und was ich dort sehe, hat mich eben stutzen lassen: In der Ferne, jenseits einer mir nicht erkennbaren Trennlinie, tummelt sich menschliches Strandleben. Ich dagegen stehe in einer Art Bannmeile – naturbelassen und bar jeglicher touristischer Nutzung. Keine Strandkörbe und keine Imbissbuden, nicht einmal Mülleimer finden sich hier. Lediglich ein altes Volleyballnetz schaukelt ausgeleiert im Wind, begleitet vom leisen Quietschen seiner rostigen Befestigungsschlaufen. Abgesehen von ein paar reglosen Gestalten, die bäuchlings auf Handtüchern liegen und ihrer Hautfarbe nach so aussehen, als hätten sie sich mithilfe von Brandbeschleunigern zu Tode geröstet, sieht die Ödnis vor dem Klinikgelände aus wie evakuiert.

Ich zögere. Soll ich mir das antun? Mein Bauch sagt mir, dass mein geplanter Spaziergang wohl eher ein Spießrutenlauf wird als die ersehnte Erholung, sobald ich das Treiben im Westen erreiche. Die Laufrichtung, aus der ich komme, wird mich sofort enttarnen.

Noch während ich mit mir ringe, doch wenigstens bis zum Wasser zu gehen, vibriert es in meiner Jeans. In dunkler Vorahnung hole ich das Handy aus der Tasche und klappe es auf. Ich habe eine Nachricht bekommen und natürlich ist sie von dem Menschen, an den ich jetzt als Allerletztes erinnert werden möchte.

Langsam zwinge ich meine Füße vom Steg und bewege mich auf die auslaufenden Wellen zu. Ich komme nicht weit. Mein Kopf blockiert wie ein verkantetes Zahnrad. Den ganzen Tag über ist es mir halbwegs gelungen, ihn aus meinen Gedanken zu schubsen, sobald er sich hineinzuschleichen versuchte und sein Gesicht sich vor meinem geistigen Auge zu manifestieren begann. Jetzt ist alles wieder da und ich habe keine Kraft mehr, mich zu wehren. Wie ein nasser Sack lasse ich mich in den Sand fallen. Ich will die Nachricht nicht lesen, nicht erinnert werden, öffne sie aber doch.

Er will wissen, ob ich gut angekommen bin. Aus jedem seiner Worte trieft der Vorwurf, dass ich mich nicht gemeldet habe, wie Schleim aus der Schnupfennase. Sofort spüre ich den Schmerz und mache mich steif. Am liebsten würde ich das Handy in einem weiten Bogen ins Meer werfen. Aber erstens komme ich nicht bis dahin, weil mich noch einige Meter von der Wasserlinie trennen und ich schon über weit geringere Distanzen beim Jugendsportabzeichen gescheitert bin. Zweitens macht es nichts besser.

Ihm zu antworten kommt nicht in Frage. Ich klappe das Handy zu und balle meine Faust darum. Auf halbem Weg zur Hosentasche halte ich inne. Meine Augen haben eben etwas wahrgenommen, das mein Hirn erst jetzt erreicht. Er hatte die SMS schon um kurz vor sieben abgeschickt. Bekommen habe ich sie erst jetzt, fast eine Stunde später, hier am Strand. Was bedeutet, dass ich in der Klinik keinen Empfang habe. Deshalb also der Witz mit den Telefonkarten, die man wahrscheinlich völlig problemlos vom Therapeuten »verschrieben« bekommt, wenn man nur bereit ist, ein kleines Vermögen dafür zu zahlen. Geld vor Genese. Das Gleiche wie überall.

Keine Ahnung, warum ausgerechnet diese Erkenntnis mich wieder in die Senkrechte treibt. Es ist wohl der berühmte Tropfen, der das Fass an diesem Tag zum Überlaufen bringt und mich aufschäumen lässt. Oder das Meer, das mir rauschend seine Energie zuschaufelt. Zusammen mit der Erinnerung, dass ich mal jemand war und hierhergekommen bin, um wieder jemand zu werden. Wenn ich jetzt aufgebe und mich der Verzweiflung überlasse, haben sie endgültig gewonnen, die Schaffner, die Kalos und die Wiebkes dieser Welt und all die anderen Buchhalter des Wahnsinns.

Von einer wilden Wut getrieben springe ich auf und marschiere los in Richtung Westen. Soll doch glotzen, wer glaubt, er sei auf der sicheren Seite.

Zügig laufe ich gegen meinen inneren Aufruhr an und verfolge die Möwen, wie sie im Sinkflug durch die Wasseroberfläche brechen und mit zappeligen kleinen Fischen im Schnabel wieder Kurs auf den blassgoldenen Himmel nehmen. Kaum spüre ich das Wasser an meinen Füßen, werde ich klarer. Es ist kalt und erdet mich, macht meine Schritte gleichmäßiger und lässt meine Anspannung im Rhythmus der Wogen allmählich abfließen.

Ausläufer der Wellen umschließen meine Knöchel und ziehen beim Zurückfließen den feuchten Sand unter meinen Fußsohlen mit sich. Ich drehe mich um und schaue zu, wie das Wasser die entstandenen Abdrücke gleich wieder löscht.

Ein paar Schritte weiter zucke ich zurück. Noch soeben kann ich verhindern, meinen Fuß aufzusetzen. Erschrocken starre ich auf das fleischfarbene Etwas im Sand unter mir. Erst auf den zweiten Blick erkenne ich zwischen Muscheln, Algen und Treibholz, was es ist: ein abgetrennter Kopf. Sieht aus wie der von Ken, dem Dauerfreund von Plastik-Barbie. Er lächelt immer noch, auch ohne seinen Astralkörper. Ich bringe es nicht über mich, auf ihn zu treten, und mache einen Bogen. Mein Puls beruhigt sich nur mäßig.

Eine halbe Stunde später erreiche ich den offiziell zum Baden zugelassenen Strandabschnitt und betrete ihn als sei nichts dabei.

Blicke folgen mir, der Exotin, die sich wie eine schlecht verkleidete Außerirdische an den halbnackten Leibern der Sonnenanbeter vorbeibewegt, während die noch die letzten warmen Strahlen einzusaugen versuchen.

Die meisten von ihnen sind bereits in Auflösung begriffen, raffen ihre Sachen zusammen, packen grelle Schirme, buntgemusterte Badehosen und blanke Busen ein. Der Rest hockt sich zwischen den Strandkörben so dicht auf der Pelle, dass für Intimabstand kein Platz ist.

Was hier an Muscheln lag, ist unter dem Andrang, der tagsüber geherrscht haben muss, zermahlen oder in Burgen und Gräben verbaut worden. Der Sand drum herum sieht aus wie planiert. Diverse Schilder von »Hunde verboten« bis »Achtung! Gefährliche Strömung« scheinen ausschließlich als praktische Halter für Taschen, Strandsegelverpackungen und trocknende Handtücher zu dienen. Ich mag mir nicht vorstellen, was in wenigen Tagen hier los sein wird, wenn die Saison beginnt, und bin froh über die Einsamkeit des Strandes vor der Klinik, auch wenn sie mich brandmarkt.

Am Ende zahlt sich meine Strategie, einfach stoisch weiterzulaufen, aber aus. Gelegentlich muss ich noch einem Frisbee ausweichen, bevor es mir den Kopf rasiert. Eine knappe Stunde später jedoch ist der Strand wie leer gefegt und wird nur noch von Möwen bevölkert, die den Sand dort, wo die Kühltaschen standen, nach Krümeln durchpflügen. Erst als das Billriff in Sichtweite kommt, drehe ich um und mache mich auf den Rückweg. Ein gutes Stück, bevor ich wieder am Klinikabschnitt bin, setze ich mich in den abgekühlten Sand und schaue dem Mond dabei zu, wie er an Farbe gewinnt und genauso einsam in der Luft hängt wie ich.

Ein Geräusch lässt mich hochfahren.

Eindeutig ein Stöhnen.

Wie stürzendes Geröll bricht es in meine stille Versenkung. Erst leise, dann immer eindringlicher.

Ich bin doch nicht so allein, wie ich dachte. Dem Schreck folgt die Neugier. Aus der letzten Strandkorbgruppe neben mir dringt verräterisches Keuchen. Helle Laute fallen unregelmäßig darin ein. Wegen des Schattens der Markise sehe ich keine Gesichter, nur zwei Beinpaare und einen nackten Hintern, der sich rhythmisch bewegt. Er leuchtet weiß im schwindenden Licht. Der Rest ist gut gebräunt.

Vor dem Korb ist eine Decke ausgebreitet, daneben läuft, halb unter Kleidungsstücken verborgen, eine Flasche Rotwein aus und befleckt den Sand. Was für ein Frevel.

Die beiden sind so beschäftigt, dass sie mich nicht bemerken. Ob es Psychos sind? Ich ducke mich und schleiche mit abgewandtem Blick vorbei.

Die Frau schreit. Reflexhaft zucke ich noch einmal herum. Dann wende ich mich ab und renne, während ich gleichzeitig heftig schlucke. Meine Zunge schmeckt trotzdem bitter. Musste das sein? Ich hatte mich gerade ein bisschen gesammelt. Das Meer wollte ich sehen, sonst nichts.

Erst am Klinikstrand werde ich langsamer. Mit gesenktem Kopf stapfe ich zum Holzsteg zurück. Am Rand meines Blickfeldes nehme ich wahr, dass in einiger Entfernung zum Aufgang ein paar Leute sitzen. Sie lachen leise und reichen Flaschen herum. Ich ignoriere sie und konzentriere mich stattdessen darauf, nicht auf eine der Muscheln zu treten, die mit ihren aufgesperrten Mäulern wie gefräßige kleine Monster auf meine Füße lauern. Durch den dunklen Filter der beginnenden Nacht kann ich nur noch ihre Schemen ausmachen.

Ich dagegen bin zu einer Muschel geworden, die sich wohl nie wieder öffnen wird.

Oben angelangt, reibe ich meine Füße ab, an denen der Sand klebt, als wären sie geteert. Dann ziehe ich meine Sandalen an und sehe mich ratlos um. Setz mich irgendwo aus und ich verhungere. Meine Orientierung ist ungefähr so gut ausgeprägt wie die Sehfähigkeit eines Maulwurfs. Glücklicherweise entdecke ich dort, wo ich Alpha vermute, ein paar helle Kegel und gehe ihnen entgegen.

Kurz bevor ich die versteckte Bank erreiche, stoppe ich jäh. Schon seit ein paar Schritten mahle ich mit dem Kiefer. Jetzt realisiere ich, warum.

Da sitzt jemand, vornübergebeugt. Den breiten Schultern nach zu urteilen, ein Mann. Unschlüssig verharre ich. Ich muss an ihm vorbei, weil ich mich mit den offiziellen Wegen noch nicht auskenne. Aber ich will niemandem begegnen. Schon gar nicht allein in einem zwielichtigen, menschenleeren Park. Abgesehen vom entfernten Rauschen der Brandung hinter mir ist es vollkommen still. Die Gruppe am Strand ist für Hilferufe zu weit weg.

Besser kein Risiko eingehen. Ich finde schon einen anderen Weg. Vorsichtig setze ich einen Fuß zurück. Ich bin überzeugt, kein Geräusch gemacht zu haben, doch die Gestalt auf der Bank fährt mit einem Satz hoch und sieht in meine Richtung. Als hätte sie meine Anwesenheit instinktiv erfasst.

Unsere Blicke treffen sich.

Sofort rutscht mir das Herz in den Magen. Die Augen des Mannes sind so weit aufgerissen, dass mich ihr Weiß trotz des schwachen Mondlichts anspringt. Es scheint sie völlig zu beherrschen. Die Pupillen schwimmen darin wie verlorene Seelen, ohne Ausdruck. Wirre kurze Haare umrahmen das starre Gesicht. Es ist kantig und grob zerfurcht, voller tiefer Schatten. Die Art, wie er mich mit halb geöffnetem Mund anglotzt, reglos und ohne zu blinzeln, lässt meine Poren schrumpfen und jagt mir jedes feine Härchen in die Höhe.

Der ist nicht vor dir erschrocken, schießt es mir durch den Kopf, der ist irre.

Ich zögere keine Sekunde länger, drehe mich um und renne zurück zum Strandaufgang. Die Büsche prügeln mir ihre kleinen Ruten ins Gesicht. Ich achte nicht auf sie, laufe einfach weiter Richtung Wäldchen. Vor der letzten Düne schwenke ich nach rechts und flüchte halb blind vor Panik an der Baumlinie entlang. Weiter in dieser Richtung müsste ich zur Wiese vor meinem Zimmer gelangen. Falls nicht, habe ich ein Problem.

Abgebrochene Ästchen bohren sich durch die Ritzen meiner Sandalen, meine Lunge pumpt den Atem mit lautem Keuchen aus mir heraus. Mein Körper fühlt sich an wie kurz vor der Verschrottung, als ich endlich das Gras erreiche. Erst auf meiner Terrasse drehe ich mich um.

Hinter mir ist nichts als Schwärze.

Mit letzter Kraft drücke ich die Tür nach innen auf und stolpere in mein Zimmer. Sofort verriegle ich alles und reiße die Vorhänge zu. Meine Hände zittern mit meinen Beinen um die Wette, während ich mich im Dunkeln zum Bett taste. In voller Montur werfe ich mich darauf nieder und ziehe mir die Decke über den Kopf.

2. Kapitel

Dienstag, 14. Juni

Wie Peitschen schnellen die Äste aus den Büschen hervor und wickeln mich ein. Für jeden, den ich abschlage, schießen hydraartig zwei neue aus dem Dickicht und greifen mit Klauen aus Blättern nach mir. Ich sprinte zur Seite, schlage Haken, stolpere über Wurzeln, raffe mich hoch, falle wieder, krieche auf allen Vieren durch den Dschungel, die Knie wund und blutig, den Körper voller Striemen und Kratzer. Um mich herum nur dichtes Grün, eine Welt ohne Licht und Ausweg. Hinter mir weiße Augen, körperlos, die jede meiner Bewegungen verfolgen und sich mit stoischer Ruhe nähern.

Ich muss weg. Weg von hier, schlage meine Ellbogen in die Erde und robbe voran wie ein Hund mit verletzten Hinterläufen. Jemand, dessen Stimme mir vertraut vorkommt, ruft: »Wir müssen zusammenhalten!« Und dann, zwei Oktaven tiefer: »Du entkommst mir nicht.« Hastig sehe ich mich um, doch da ist niemand. Ich bin vollkommen allein. Dennoch kommt etwas näher. Direkt hinter mir.

Dicke Tropfen platschen mir auf den Rücken und vermischen sich mit dem Schweiß auf meiner nackten Haut. Die kurzen, schnellen Atemstöße dröhnen mir im Kopf, ich bekomme keine Luft mehr, kralle mich mit den Händen an den Wurzeln des Waldbodens fest und sinke immer tiefer hinein.

Hufgeklapper entfernt sich. Feuchte Erde dringt mir in den Mund, lässt mich würgen und speicheln. Ich bin schwach, so schwach, kann nichts mehr sehen. Mit letzter Kraft stemme ich mich hoch, spüre die Adern an meinem Hals schwellen, spucke den Fremdkörper aus und schnappe nach Luft.

Schlagartig springen meine Lider auf. Es dauert ein paar Sekunden, bis ich begreife, wo ich bin, und es schaffe, mein hilfloses Japsen in einen regelmäßigen Atemrhythmus zu zwingen. Fahl drückt sich der Morgen durch die Vorhänge meines Patientenzimmers und holt mich in die Realität zurück, von der ich nicht weiß, ob sie besser ist als der Albtraum eben, der noch in mir nachklingt wie ein Schrei in einer Katakombe.

Ich hänge im halben Liegestütz über dem Kissen und starre auf den nassen Umriss, der sich beulig darauf abzeichnet. Vorsichtig, als lauere noch etwas unter mir im Laken, schiebe ich mich auf die Knie und lege mir die Arme um die Brust, um das Schlottern zu unterdrücken.

Shirt und Jeans kleben mir am Körper, der sich anfühlt wie nach einem schlimmen Fieber. Innen jedoch, wo das Bild der leeren weißen Augen umso mehr verblasst, je weiter ich über die Schwelle der Nacht ins Diesseits trete, bin ich eiskalt.

Mit flatternder Hand ziehe ich das Handy aus der Hosentasche und blinzele auf das Display. Viertel vor sieben. Wenn es hochkommt, habe ich vier Stunden geschlafen. Großzügig gerechnet und jedes kurze Wegnicken mitgezählt. Das Gefühl, vom Leben gefressen zu werden, war vorher schon da. Mit den Erlebnissen von gestern ist es zu einer Lawine angeschwollen, die mich zu ersticken droht. Immer wieder hat sie mich aus dem Schlaf gerissen und einem Steinchen gleich durch das Bett gerollt. Ich fühle jeden einzelnen Knochen. Als wären meine Muskeln über Nacht verschwunden, mein Skelett durcheinander gewürfelt und von einem Irren wieder zusammengesetzt worden. Alles fühlt sich falsch an, nur von meiner Körperhülle zu einer Einheit verschnürt. In Wahrheit bin ich bloß noch eine Attrappe, die vorgaukelt, ein taugliches Mitglied der menschlichen Gesellschaft zu sein.

Mit brennenden Augen wende ich mich zum Fenster, um zu sehen, ob mir wenigstens die aufgehende Sonne ein bisschen

Wärme verspricht. Doch es scheint zu früh für Verheißungen. Ein schwaches Licht zeichnet nur eben zartgrau die Schatten der Rahmen auf die Vorhänge.

Aus dem Zimmer nebenan dringt ein Rauschen. Mascha duscht. Noch so ein früher Vogel und offenbar nicht der einzige, denn draußen vorm Fenster versammeln sich kaum gedämpfte Stimmen und besiegeln damit die Nacht. Ich kann mich nicht einmal empören, so sehr steckt mir die Angst vor meinem Traum in den Gliedern. Außerdem fürchte ich, versehentlich wieder einzudösen und mich ihm erneut auszuliefern. Davor schützt die Helligkeit mich schon längst nicht mehr.

Siedend heiß fällt mir plötzlich ein, dass ich vor einer knappen halben Stunde zur Blutentnahme gemusst hätte.

Mit einem Seufzer schiebe ich mich zur Bettkante, setze meine zerschrammten Füße aufs Parkett und zwinge mich in die Höhe. Auf weichen Beinen wackele ich zur Terrassentür, schiebe die Vorhänge beiseite und die Klinke in die Waagerechte. Sofort drängt sich kühle Luft in den Raum, begleitet von kläglich anmutendem Vogelgezwitscher. Schönes Wetter klingt anders. Jubilierender. Wenig überraschend zeigt der Himmel sich denn auch in blassgrauem Waschbeton und sprüht mir feinen Niesel entgegen, der zu Wasserperlen verdichtet von Bäumen und Büschen tropft.

Auf der Wiese steht ein geschätztes Dutzend Jogginganzugträger im Halbkreis um eine Frau, die ihre Hände gen Himmel streckt, als flehe sie eine Gottheit an. Die anderen bemühen sich nach Kräften, es ihr gleichzutun. Kein Mucks dringt über ihre Lippen. Manche haben die Augen geschlossen. Unwillkürlich muss ich an ein Sektenritual denken und schaudere.

Ich sollte mich sputen.

Nach einer eiskalten Katzenwäsche stehe ich sieben Minuten später vorm Schwesternzimmer, trage ein frisches Shirt und habe die Locken mit einem Gummiband gebändigt. Die Schlange der Übermüdeten ist so lang und gewissenhaft pünktlich, dass mein Verschlafen noch nicht aufgefallen ist. Wie das blühende Leben sieht hier keiner aus. Die meisten der Wartenden lehnen schlaff an der Wand, als bräuchten sie eine Krücke. Nur ein Mann um die vierzig fällt aus der Reihe. In mehreren Anläufen versucht er ziemlich erfolglos, die anderen dumm von der Seite anzuquatschen. Schließlich findet er sein Opfer in einer untersetzten Mitpatientin, die schwer verweint und noch ein bisschen mitgenommener aussieht als der Rest. Schwarze Schatten unter ihren Augen bilden einen harten Kontrast zur käsebleichen Gesichtshaut und geben ihr das Aussehen einer Pandabärin.

Eine knickt unter der Attacke solcher Schwätzer immer ein. Normalerweise bin ich das. Doch meine Erleichterung darüber, dass Panda den Job übernommen hat, währt nicht lang. Immer wieder schwenkt der Blick dieses Typen zu mir. Nicht, dass er unattraktiv wäre: schmale Silhouette, konturierte Gesichtszüge, sonnengebräunte Haut, volles blondes Haar. Durch sein aufdringliches Gerede schlägt er sich jedoch komplett aus dem Feld.

»Ist heute meine letzte Blutentnahme«, tönt er Panda gerade unüberhörbar für alle entgegen.

Er ist so gut, dass er schon nach vier Wochen wieder raus darf. Er hat's geschafft, der Held. Panda kommentiert es mit angemessener Ehrfurcht und ich bin nur froh, dass er als Nächster dran ist. So, wie er sich benimmt, ist Mister »Bin ich nicht smart?« garantiert ein Grenzen missachtender Borderliner und ich Ausbrennerin bin viel zu kraftlos, um meine verkohlten Linien zu verteidigen.

Kurz schießen mir Erinnerungsfetzen in den Sinn, flackern Bilder von dem Magazin auf, das ich erfunden habe und das jetzt von einem dynamischen, weichgesichtigen Breitcord-Arsch kommerzialisiert wird. Nur eins meiner Babys, für die ich mein Leben auf später verschoben habe. Ein Später, das es jetzt nicht mehr gibt. Aufgerieben in Sechzehn-Stunden-Tagen und zermalmt unter den Absätzen ebenso billiger wie willfähriger Grünohren. Ich merke, wie mir die Beine wegsacken und bin froh, als ich endlich aufgerufen werde.

Danach schleppe ich mich zur Kantine. Ich muss unbedingt etwas essen, sonst kippe ich um. Der Schokoriegel in meiner Tasche sieht inzwischen aus wie eingeschweißter Hundekot. Angewidert schiebe ich ihn zurück, bringe es aber nicht fertig, ihn wegzuwerfen.

Gleich darauf vergeht mir der Appetit auch schon wieder. Im Casino darf ich meinen Sitzplatz nicht selbst wählen. Statt das spärliche Tageslicht an der vollverglasten Fensterfront tanken zu dürfen, muss ich mit dem mittigen Sardinenstuhl an einem Sechsertisch Vorlieb nehmen. Der Platz an der Sonne ist den Depressiven vorbehalten.

»Wir denken uns schon was dabei«, ranzt die Platzanweiserin mich an. »Ingeborg« steht auf dem Schild an ihrem Blusenrevers. Ihr Ton konterkariert das gekünstelte Lächeln, das ohnehin nur mit viel Interpretation als solches zu erkennen ist. Widerwillig quetsche ich mich zwischen zwei untrainierte Männer mittleren Alters, damit die paritätische Ordnung gewahrt ist.

»Holla, die Waldfee!«, sagt der eine.

»Frischfleisch!«, kommentiert der andere und reibt sich die Hände. Sein Grinsen ist so breit, dass er die Nachtischbanane quer fressen könnte. Fehlt nur noch, dass einer von beiden mich »väterlich« tätschelt. Fast warte ich darauf, um endlich losschreien zu können. Schon stehe ich wieder und halte Ausschau nach Ingeborg.

»War doch bloß 'n Spaß«, rudert der Blondflusige zurück, aber da bin ich schon unterwegs. Das »Stell dich doch nicht so an« des Spackos neben ihm kann ich mir denken.

»Also, ich hab keinen anderen Platz für Sie. Die sind alle im Vorhinein nach bestimmten Kriterien festgelegt.« Ingeborg bedenkt mich mit einem Blick als wäre ich Ungeziefer. »Die beiden sind doch Anwälte!«, fügt sie hinzu, als ob das ein Synonym für Gutmensch wäre. »Also ich verstehe das nicht.«

Was ich interpretiere als: »Ich glaube kein Wort davon.«

»Ganz arme Jungs sind das, voll im Burnout.«

So, wie die aussehen, tippe ich ja eher, dass Alkohol ihr Problem ist, sage aber nichts. Wäre bloß schön, wenn die Herrschaften in Sachen Kampf für das Recht zur Abwechslung mal präventiv tätig würden. Könnten bei sich selbst anfangen.

Just in diesem Augenblick sehe ich Mascha hereinkommen und auf einen Tisch am Fenster zusteuern, an dem genau zwei Plätze unbesetzt sind. Mein Drang, mir eine Klette ans Bein zu binden, ist extrem begrenzt, aber vielleicht ist sie das geringere Übel verglichen mit der Aussicht auf dreimal am Tag zwei Portionen Spaßvogel vom Dienst.

»Offensichtlich sind Sie nicht darüber informiert, dass ich auf therapeutische Anweisung von Doktor Seitz neben Frau Holm sitze.« Hoch gepokert. Gespannt beobachte ich Ingeborgs Gesicht.

Ihre Augen weiten sich. Sie öffnet den Mund, als wolle sie etwas sagen. Dann schließt sie ihn, zuckt mit den Schultern und nickt bloß. Mit der rechten Hand deutet sie auf den freien Platz am Vierertisch. Im Weggehen schüttelt sie den Kopf und dreht sich noch einmal mit verkniffener Miene nach mir um.

Mascha freut sich, mich zu sehen, und stellt mir eifrig die übrigen Tischnachbarn vor. Der fleischige Typ namens Walter, der sich schnaufend seiner Nahrungsaufnahme widmet, und eine dürre Rothaarige, genannt Cherry, die starr wie ein myxomatosekrankes Kaninchen vor einem Teller mit genau einer Cocktailtomate sitzt, blicken hoch und sehen mich erwartungsvoll an. Ich nicke kurz und vergesse ihre Namen umgehend.

Mit schweifendem Blick lasse ich die Atmosphäre im Saal auf mich wirken. Er gehört zum Wintergarten-Ring und beschwört in mir die Erinnerung an einen zwei Jahrzehnte zurückliegenden Landschulheim-Aufenthalt herauf. Ich lupfe die weiße

Tischdecke und bin nicht überrascht, darunter auf Resopal zu stoßen. Die Dekoration oberhalb lässt auch auf einen eher funktional orientierten Geist schließen: ein Chromaufsteller mit unserer Tischnummer und vor jedem Platz die Patientenkarte mit aufgeklebtem Namen und Ernährungsvorgaben hinter Acryl. Frische Blumen hätten auch nur gestört. Allein der Blick nach draußen ins üppige Grün ist so schön, wie Schwester Agatha behauptet hat.

Genießen kann ich ihn trotzdem nicht, weil mein Gehirn von den Reizen, die meine Ohren ihm melden, bereits völlig überlastet ist. Obwohl hier maximal 80 Leute gemeinsam speisen, so denn ihre Therapiepläne das zulassen, klingt die Geräuschmelange aus klapperndem Besteck, quietschend über das Linoleum gezogenen Stühlen, Husten, Lachen und Gesprächsfetzen nach überfüllter Großkantine.

Da das Frühstück als Büffet serviert wird, ist die Menge ständig in Bewegung. Brandet an die Auslagen, schaufelt sich die Teller mit hellen Brötchen und Weißbrot voll, garniert sie mit bleichen Käse- und Wurstlappen, greift zu Marmelade und Margarine in Plastikpäckchen, staubigem Fertigmüsli mit Dosenfrüchten oder in den Korb mit Eiern, von denen nur das Küchenpersonal eine ungefähre Ahnung hat, wie lange sie gekocht wurden. Bepackt wie im All-inklusive-Urlaub strömen die Patienten zurück an die Tische, die halbkreisförmig in Reihen mit schmalen Durchlässen zum Park hin angeordnet sind. Dazwischen patrouillieren Helferinnen in weißen Blusen mit Rollwagen auf und ab. Mit stoischem Gesichtsausdruck schenken sie wahlweise wässrigen Tee oder Kaffee nach und räumen das verschmutzte Geschirr nebst angenagten Überbleibseln ab.

Keine Minute ist vergangen und ich kann meinen Po auf dem harten Holzstuhl im Nierendesign bereits nicht mehr ruhig halten. Verstohlen schiebe ich mir das rechte Bein unter. Aus der erhöhten Position entdecke ich Wiebke ganz am anderen Ende des Saals. Sie hat das Geld, das ich ihr vorhin auf dem Weg zum Casino in die Hand gedrückt habe, mit einer beleidigten Geste eingesteckt.

Botschaft angekommen. Hoffe ich.

Die irren Augen von der Parkbank erblicke ich dagegen nirgends, was mich kein bisschen beruhigt.

Erst jetzt bemerke ich die Stille an meinem Tisch und lenke meine Aufmerksamkeit zurück. Alle sehen mich an. Irritiert starre ich zurück.

»Hast du gleich deine Einführungsgruppe bei Seitz?«, wiederholt Mascha ihre Frage.

Ich nicke und bin überrascht, wie plötzlich Leben in die glanzlosen Augen der mageren Roten von gegenüber kommt.

»Du Glückliche«, sagt sie mit einem sehnsüchtigen Flackern im Blick. »Seitz ist der Beste. Der Einzige hier, der einen wirklich versteht und sich kümmert.«

»Ist er dein Therapeut?«

Sie schüttelt den Kopf und ihr Mund zuckt, als wolle sie gleich anfangen zu heulen.

»Dann wechsel doch zu ihm.«

»Das geht nicht«, sagt sie, den Blick auf ihre unberührte Tomate gesenkt, »das habe ich schon vor zwei Wochen versucht. Aber mit seiner Erfahrung als leitender Psychologe übernimmt er nur die schwer depressiven Fälle.«

Einen Moment lang überlege ich, ob ich ihr ehrlich sagen soll, dass sie mir mit ihrem mangelnden Appetit und geschätzten Körpergewicht von kaum 45 Kilo durchaus wie ein psychisch schwerer Fall vorkommt, als Mascha meine Gedanken unterbricht.

»Magst du, dass wir nach deiner Einführung spazieren gehen? Ich zeig dir den Park.«

Noch bevor ich ihr antworten kann, tritt ein Mann an unseren Tisch und deutet ein Kopfnicken in Maschas Richtung an. Ich verschlucke mich, obwohl ich noch keinen Bissen angerührt habe. Wahrscheinlich, weil er in dieser Inszenierung einer Irrenanstalt aussieht, als käme er von einem anderen Planeten. Das Gros der Anwesenden ist fünfzig plus, was sie nicht daran hindert, Jogginghosen in allen Farben, Mustern und Längen mit überwiegend geschmacklosen Badelatschen, Turnschuhen, Muskelshirts und

Tops zu kombinieren. Eine dezentere Bedeckung hätte den meisten deutlich mehr geschmeichelt.

Dieses Exemplar jedoch bricht altersmäßig nach unten aus und hat seine schlanke Gestalt in eine dunkelblaue Bootcut-Jeans und ein ausgewaschenes, graues Longshirt gesteckt. Obwohl die Kleidung seinen Körper fast vollständig bedeckt, hat er an seinen Füßen damit gegeizt. Sie sind nackt und für einen Mann ungewöhnlich ästhetisch, was mich irgendwie anrührt, auch wenn ich seine Barfüßigkeit zum Frühstück höchst exotisch finde. Zumindest hat er sich offenbar weder dem hiesigen Flip-Flop-Zwang noch der legeren Bekleidungskonvention unterworfen, was ich ihm hoch anrechne. Er ist bestimmt der einzige Mann hier, der Bulgaris »Aqua« nicht für eine Spirituose hält. Zumindest meine ich, etwas von dem edlen Männerduft an ihm zu erschnuppern.

Sein Haar passt auch nicht in diese Umgebung. Es ist glänzend und fast schwarz, nahezu ohne Silberfädchen, dabei schätze ich ihn bald zehn Jahre älter als mich, auf mindestens Mitte vierzig. Und ich muss schon tönen. In einer gepflegten Unbändigkeit fällt es ihm lang in den Nacken und lässt ihn zusammen mit seiner olivfarbenen Bräunung ein bisschen indianisch wirken, unnahbar und fremd, verknüpft mit einer anziehenden Ausstrahlung, die einen gleichzeitig auf Distanz hält.

Mist, warum habe ich kein T-Shirt mit Ausschnitt angezogen? Meine Gedanken werden mir peinlich. Aus dem Augenwinkel registriere ich, wie Mascha sich von ihrem Stuhl hochstemmt und sich auf ihn zu bewegt. Ich frage mich, was er von diesem Persönchen will, und könnte mir dafür direkt eine scheuern.

Warum fühle ich mich so spontan zu ihm hingezogen? Sofort schelte ich mich wegen dieser unerklärlichen Faszination. Sie kommt mir kleinmädchenhaft vor. Lächerlich. Doch dieser Mensch fesselt meinen Blick so sehr, dass ich ihn nicht freiwillig abwenden kann. Er muss ihn spüren, denn er sieht mich plötzlich an. Für einen Augenblick stelle ich das Atmen ein. Augen in der Farbe des Ozeans und mit einer ebensolchen Tiefe fixieren mich. Die buschigen Brauen und dunklen Schatten drum herum verstärken ihr Blau wie ein Passepartout. Doch in der Iris spiegelt sich genauso wenig eine erkennbare Regung wie in den klar gezeichneten Konturen seines Gesichts, das mit dem Grübchen am Kinn und den fein geschwungenen Lippen gleichzeitig markant und feminin wirkt.

Ertappt beginne ich, mit gesenktem Kopf an meinem Gürtel zu nesteln, der inzwischen dringend eines weiteren Lochs bedürfte, und spüre seinen Blick auf mir ruhen. Gespielt desinteressiert sehe ich zu meinem mopsigen Nachbarn hinüber, dessen feuchte Achselhaare sichtbar unter dem roten Muskelhemd hervordrängen, als rängen sie ebenso nach Luft wie ihr Träger.

Mir wird immer unbehaglicher auf meinem Stuhl, ich rutsche hin und her und versuche, eine schmerzlose Position für meinen Hintern zu finden, dessen Zwacken mich mit unbarmherziger Deutlichkeit quält. Schweiß bricht mir aus, obwohl ich nicht einmal in der Sauna nennenswert schwitze. Was soll er jetzt von mir halten?

Bestimmt ist er schon genug von sich eingenommen, wenn ich sehe, welche Blicke er allerseits von der weiblichen Belegschaft erntet. Einem wie ihm rennt wahrscheinlich alles vor der Menopause die Bude ein und ich habe mich gerade auch noch schön eingereiht mit meiner unverhohlenen Glotzerei.

Ich beschließe, ihn ab sofort nicht mehr anzusehen. Jedenfalls nicht so auffällig. Ein Kurschatten ist sowieso das Letzte, was ich in meiner Situation gebrauchen kann. Definitiv eine Baustelle zu viel.

Ich zwinge mich hoch und gehe, ohne die beiden zu beachten, die jetzt etwas abseits vom Tisch stehen und leise miteinander reden, vorbei zum Büffet. Mir entgeht trotzdem nicht, dass Maschas Kopf hochzuckt, als ich sie passiere. Und dass der Barfußmann die Arme verschränkt hält.

Sollen sie ihr Geheimnis doch für sich behalten.

Zurück am Tisch versuche ich, die Ingredienzen, die ich zusammengetragen habe, in eine Mahlzeit zu verwandeln, werde aber unterbrochen, weil mein Tischnachbar mit dem

Adipositas-Warnaufkleber auf seiner Setkarte sein Leberwurst-Brötchen auf halbem Weg zum Mund verharren lässt. Wie gebannt starrt er auf einen Punkt hinter meinem Kopf. Neugierig folge ich seinem Blick und drehe mich um.

Eine große Frau schwebt leichtfüßig in den Saal; die lange, blonde Wallermähne wippt zart im Takt ihrer Schritte wie ein Schleier aus Licht und lässt ihre samtig leuchtende Haut noch bronzener strahlen. Ihre schlanken Beine bewegen ihren Körper, der in einem konturbetonten, rosafarbenen Sommerkleid steckt, katzengleich durch die Tischreihen.

Mit einem Mal scheint das Casino heller. Die Männer straffen ihre Schultern. Selbst Walter, dessen Name mir, warum auch immer, jetzt wieder einfällt, versucht vergeblich, den Bauch einzuziehen.

Barbie lebt.

Sehr zielstrebig und mit dem Lächeln einer Zahnarztfrau steuert sie auf Mascha und ihren Flüsterer zu.

»Wer ist das?«, frage ich Walter leise.

Die Rote verzieht das Gesicht wie unter Schmerzen, sticht das Messer in die Tomate und springt auf. Der lange, seltsam dunkle Flaum auf ihren Unterarmen steht ab wie elektrisiert.

»Cinderella.« Sie spuckt das Wort aus und rauscht davon. Ihre staksigen Bewegungen haben etwas von einer Vogelscheuche aus brüchigem Holz.

»Cherry«, ruft Walter ihr lahm hinterher, mehr aus Reflex, denn aus Überzeugung, während er den Blick nicht vom Objekt seiner Begierde nimmt.

Das platziert sich gerade direkt vor Maschas Gesprächspartner und wendet der anderthalb Köpfe Kleineren den Rücken zu. Ich kann nicht verstehen, was sie sagt, sehe nur Maschas ungläubigen Blick und Cinderellas unentwegtes Blendax-Lächeln.

»Susann Mayfeldt«, sagt Walter, als würde das alles erklären.

Der Barfußmann langt an ihr vorbei, berührt Mascha flüchtig an der Schulter und sagt vernehmlich und ohne den gereizten Unterton zu verbergen: »Bis später.«

Dann dreht er sich um und geht zum Büffet. Mascha nickt mir entschuldigend zu und verschwindet in die andere Richtung. Cinderella-Susann lächelt noch immer. Sie sieht aus wie festgefroren.

Ich angle meinen Therapieplan für diese Woche aus einem der Fächer, die neben dem Casinoeingang in die Wand eingelassen und den Zimmernummern zugeordnet sind. Für heute stehen nur die Einführungsgruppe und das Kennenlern-Gespräch mit meinem persönlichen Therapeuten auf dem Programm. Jens Schefer heißt er. Hoffentlich ist das nicht so ein allwissender Doktor Sommer, der mir mit einfühlsamer Stimme und Sorgenfalten des Mitgefühls auf der Stirn seine guten Ratschläge ans Herz und die Hand auf die Schulter legt.

Auf dem Weg in die sechste Etage der Villa rumort das Marmeladenweißbrot in meinem Magen, als wäre es noch lebendig. Vielleicht war es keine so ausgereifte Idee, statt des Aufzugs die Treppe zu nehmen.

Im obersten Stockwerk angelangt, muss ich mir einen Augenblick Zeit gönnen, um wieder zu Atem zu kommen. Ich stemme die Hände in die Hüften, beuge mich vornüber und hechle wie eine Schwangere. Durch den Vorhang meiner Haare, die ich aus Gründen, die ich mir nicht eingestehen will, wieder offen trage, sehe ich vor mir im leeren Gang eine fliehende Bewegung. Etwas Dunkles huscht aus meinem Blickfeld. Schnell richte ich mich auf, erkenne aber nur den Fahrstuhl am Ende des Gangs, aus dem die anderen Neuankömmlinge mit hängenden Schultern und ihren Diagnosen entsprechend deprimiert hervorquellen. Seitz' Therapieraum liegt direkt daneben. Er steht an der offenen Tür, eine Hand auf die Klinke gelegt.

Mit dem Puls am Anschlag arbeite ich mich den Gang entlang auf ihn zu. Mein Schnaufen dröhnt mir dabei im Ohr. Die Stimme höre ich deshalb erst, als ich das Zimmer auf halbem Weg zum Therapieraum fast erreicht habe. Sie ist männlich und klingt gepresst. Wie wenn jemand sich aufregt und bewusst die Lautstärke drosselt.

»Herrgott, dein Ultimatum ist überflüssig ... Nein. Die Bank hat mir schon eins gestellt. Ja, weiß ich doch ... Die Ergebnisse sind ja auch gut. Aber diese eine Woche brauche ich mindestens noch für Jericho. Nur diese eine ... «

»Dr. Carl Rottmann« steht auf dem Messingschild neben der Tür. »Direktor« darunter. Sie steht eine Armlänge weit offen. Ich bleibe stehen und lausche. Berufskrankheit. Trotz allem, unheilbar. Der Blick ins Zimmer offenbart einen Kaventsmann von Schreibtisch, so groß, dass es für mindestens zwei Muskelpakete von Schleppern garantiert kein Vergnügen war, ihn hier heraufzutragen. Dunkel gebeiztes Holz. Teurer Hochflor-Teppich davor.

Der Mann dahinter ist aufgesprungen. Kommt in Richtung Tür. Ich erkenne den grauen Spitzbart wieder. Sein Schritt ist schnell. Wirkt gehetzt.

»Ihr könnt den Anteil des Keta–« Er bricht abrupt ab.

Seine Augen weiten sich, als er mich vor der Tür stehen sieht.

Eine Sekunde später knallt sie mit einem Rums vor meiner Nase zu.

Ich zucke zusammen, als hätte er mich geschlagen. Seitz steht immer noch am Ende des Ganges. Er hat die Szene beobachtet, runzelt die Stirn und winkt mich zu sich.

Wohlwissend, dass ich mich ungebührlich verhalten habe, trotte ich mit gesenktem Kopf auf ihn zu. Zehn Meter noch, dann wird er mich streng ansehen und mir sagen, dass man nicht an fremder Leute Türen horcht.

Plötzlich höre ich ein Klicken neben mir und sehe noch soeben, wie eine andere Tür sich schließt. Sie liegt direkt neben

Rottmanns Büro. »Bewegungsraum« steht in übertrieben großen Lettern darauf wie ein Imperativ. Ich passiere sie und blicke in Seitz' jungenhaftes Gesicht, das jetzt wieder ganz entspannt wirkt. Er kneift ein Auge zu und lächelt.

»Hat das Mars geholfen?«

Fast erwarte ich wieder einen freundschaftlichen Knuff. Vor Erleichterung vergesse ich alles andere.

»Jeder von Ihnen ist etwas Besonderes«, eröffnet Seitz seine Ausführung und blickt mit wachen Augen in die Runde. Er sitzt entspannt, die jeansbedeckten Beine locker übereinandergeschlagen, die schmalen Hände auf dem Knie abgelegt und sieht in seinem weißen Kittel aus wie frisch gewaschen.

Sieben der neun Frischlinge fixieren den Teppich, als gingen dort ungewöhnliche Dinge vor sich.

»Ihre Diagnose spielt für uns erst auf den zweiten Blick eine Rolle.«

Zwei Köpfe gehen zögerlich hoch.

»In erster Linie sind Sie alle Menschen. Menschen, die etwas Wichtiges gelernt haben. Sie sind an eine Grenze gelangt, an der Sie nicht so weitermachen können wie bisher. Das macht Sie besonders gegenüber vielen anderen dort draußen, die das noch nicht verstanden haben.«

Jetzt hat er sie alle am Wickel. Speziell die weibliche Fraktion. Er macht eine Pause, sieht einen nach dem anderen an.

»Das habe ich schon lange geahnt«, wirft Wiebke ihm ihre Selbstüberschätzung wie auf Kommando entgegen. »Deshalb bin ich freiwillig hier.« Mit vorgestreckter Brust sieht sie sich nach Beifall lechzend um.

Ich weiß nicht, ob ich klatschen oder brechen soll.

Seitz verwandelt das Zucken seiner Mundwinkel in ein Lächeln.

»Einsicht ist ein guter Ansatz, liebe Frau Ingelbach. Aber da dürfen Sie nicht stehen bleiben. Und das gilt für uns alle. Entscheidend ist jetzt, dass Sie auch die volle Verantwortung übernehmen. Für Ihr Leben und damit auch jede einzelne Handlung. Ja, sogar für Ihre Gedanken. Und wir sind hier, um Sie an Ihrem Point of no return abzuholen und Ihnen dabei zu helfen. Was immer Sie brauchen finden Sie hier. Unsere Türen stehen Ihnen weit offen.«

Rottmann vor Augen muss ich so husten, dass ich einen Schluckauf kriege. Seitz bedenkt mich mit einem längeren Blick und wartet, bis ich mich wieder gefangen habe.

Was dann folgt, macht mich wundern. Nach diesem sülzigen Einstieg war ich auf Gemeinplätze gefasst. Auf das weichgespülte, standardisierte Geschwätz, das man mit seinem herkömmlichen Halbwissen von Therapeuten erwartet. Doch mit jedem Wort, das Seitz an uns richtet, werden die Gesichtszüge seines Publikums weicher, fallen verschränkte Arme nach unten, öffnen Augen sich weiter.

Er greift allgemeine Beispiele aus dem Alltag heraus und berührt damit dennoch jeden Einzelnen auf seine ganz intime Weise, obwohl er niemanden persönlich anspricht und nackt auf die Rampe zieht.

Es ist ein bisschen so, als sei er wie ein Geist in unsere Haut geschlüpft. Er spricht in Bildern, mit Herz und Gesten, als wüsste er genau, wovon.

Um mich herum sehe ich die Leute nicken. Manche werden unruhig angesichts der Leichtigkeit, mit der er sie erkennt, wippen mit den Füßen oder kneten ihre Hände im Schoß. Eine Frau hat ganz gläserne, rote Augen bekommen und entblättert verstohlen ein Taschentuch.

Selbst ich fühle mich angesprochen und kann nicht verleugnen, dass seine Worte mich treffen wie warme Sonnenstrahlen. Allein seine weiche Stimme hat eine tröstende Wirkung auf mich. Wie Wundercreme für die Seele. Zum ersten Mal habe ich das Gefühl, ernst genommen zu werden, mich einem so genannten Profi nicht erst mühsam erklären zu müssen. Aber zugleich die intuitive Gewissheit, dass ich diesmal die richtigen Worte finden würde, wenn ich es wollte.

Die Wärme simmert noch in mir nach, als er schon längst zum organisatorischen »Wie läuft was in der Klinik?« übergegangen ist, von Teilnahmepflichten und alltäglichen Abläufen spricht. Beim wiederholten Blick auf meinen Therapieplan fährt mir der Stachel der Enttäuschung jetzt umso tiefer ins Fleisch. Irgendwie hatte ich gehofft, dass dort unter »Ihr Therapeut« plötzlich sein Name steht. Immerhin haben Seitz und ich ein »Geheimnis«. Da hätte er mich doch unter seine Fittiche nehmen können. Mein erhabenes Gefühl sackt in sich zusammen wie ein Soufflé und geht im allgemeinen Aufbruch unter.

Seitz schließt seine Ausführungen mit einem aufmunternden Bonmot: »Und denken Sie immer daran: Stehen Sie zu dem, was Sie sind.«

Dann geht er zur Tür, wo er zum Abschied etliche Hände schüttelt. Sein Bein zieht er immer noch nach. Unmerklich, wenn man nicht darauf achtet. Genauso, wie es keinem außer mir aufzufallen scheint, dass er seine Finger nach jeder Fremdberührung hastig an der Jeans abstreift.

Er will nicht, dass sie auf die Idee kommt, ihn anzufassen und sei es auch nur flüchtig. Also achtet er darauf, sie mit schroffen Antworten davon abzuhalten, obwohl sie seit zehn Minuten recht nah unter dem Schirm nebeneinanderher gehen. Aus dem gleichen Grund steckt seine freie Hand tief in der Hosentasche.

Der Regen wird garstiger, als sie den Park durchqueren und Kurs auf den Strand nehmen. Noch immer hat Mascha sich nicht dazu durchringen können, ihm zu verraten, was sie umtreibt. Bisher knetet sie nur ihre Finger. Er schweigt dazu und versucht, sich innerlich zu wappnen.

Am aufgewühlten Wasser angekommen, rafft sie schließlich ihren Mut zusammen. »Wie geht es dir hier in der Klinik?«, fragt sie schüchtern.

»Großartig. Und selbst?«

Sie ignoriert die Ironie in seiner Stimme. »Mir auch.«

»Na, dann ist ja alles prima.« Er kickt eine größere Miesmuschel weg und bereut es postwendend, als der Schmerz in seinen großen Zeh schießt. Er hatte vergessen, wie scharf die Ränder sein können. Sofort quillt ein Blutstropfen aus dem Riss.

»Na ja … nicht so ganz«, sie stockt und schiebt sich ein paar fliegenden Strähnen hinter die Ohren. »Ich fühle mich nicht so, wie ich sollte. Ich meine, ich fühle mich viel besser als vorher, richtig gut sogar, aber …«

Auf seinen verdrehten Blick hin, fährt sie hastig fort.

»Irgendwas stimmt nicht.«

»Könntest du das etwas klarer formulieren?« Vergeblich versucht er, den Schirm nach dem Wind auszurichten.

»Ja. Nein. Ich weiß einfach nicht, wie ich das beschreiben soll. Mir ist irgendwie –«

»Lass mich raten«, geht er dazwischen. »Du bist verwirrt. Die Therapie tut dir gut. Aber sie ist auch verdammt hart. Direkt danach kommst du dir immer wie ein Häufchen Elend vor. Sobald das abgeklungen ist, traust du dir jedoch zu, es da draußen zu schaffen.«

»Schon, ja. Aber –«

»Keine Sorge. Das ist völlig normal. Jedem geht das so. Handeln musst man trotz der Angst.«

»Okay, aber –«

»Du fürchtest dich vor einem Rückfall, weil du denkst, dass du dir nicht trauen kannst. Stimmt's? Womit hast du es denn versucht?«

Sie wirft ihm einen erschrockenen Seitenblick zu und schluckt. »Ich … ich weiß nicht, was du meinst.«

»Mascha«, sagt er nur und ist sich sicher, dass sie die Ungeduld heraushört. Es geht hier schließlich nicht um einen romantischen Spaziergang im Regen. Demonstrativ schlägt er den Rückweg ein.

Während sie ihm erzählt, was dazu geführt hat, dass sie vor drei Wochen in die Klinik kam, hebt er beiläufig etwas Blassbuntes vom Sandboden auf, ohne näher hinzusehen, und steckt es ein. Später wird er sein Fundstück abwischen und begutachten, ob es für seine Sammlung taugt.

Schneller als es Mascha ihrer gequälten Miene nach lieb ist, erreichen sie die Dunenburg.

»Du darfst nicht aufgeben«, sagt er beim Reinlaufen zu ihr. »Einfach immer weitergehen. Das ist das ganze Geheimnis.«

Nur noch bis zu ihrem Zimmer wird er sie begleiten, dann hat er sein Ziel erreicht. Aus der Klinik haben genug Leute sie zusammen spazieren sehen. Nun wird es Zeit, den Abstand wieder zu vergrößern.

Neben dem Zimmer, in dem gleich meine erste Einzelstunde stattfindet, sind zwei harte Plastikstühle aufgestellt und machen mir das Sitzen ohne Schmerzen schwer. Vielleicht werde ich das nie mehr können.

»Analfissuren«, sagte der Spezialist, den ich vor einem Jahr aufgesucht hatte, weil ich nicht wusste, dass man solche Pein haben kann, »Analfissuren können entstehen, wenn der Muskeltonus zu hoch ist.«

Der Mann hatte eine polierte Glatze und die nervtötende Angewohnheit, Informationen, die er für wichtig hielt, mindestens fünfmal zu wiederholen. Das galt so ziemlich für alles. Trotzdem habe ich sein Fachchinesisch nicht verstanden.

Das gelang mir erst, als er sich mit einem Periskop von der Größe eines XL-Dildos auf höchst quälende Weise einen

Überblick oder besser: Einblick verschaffte. Danach bildete ich mir noch eine halbe Stunde später ein, das Folterinstrument zu spüren. Im Vergleich zu dem, was noch auf mich zukommen sollte, war das allerdings ein Besuch im Musikantenstadl.

Beim nächsten »Analfissuren können …« fuhr ich ihm in die Parade. Mein Langmut ist nicht gerade sprichwörtlich. Besonders nicht unter solch entwürdigenden Umständen.

»Was heißt das auf Deutsch?«

»Das heißt, Sie haben den Hintern zu fest zusammengekniffen. Und zwar so lange, bis die Schleimhaut auf Steißhöhe gerissen ist. Nicht zu knapp, würde ich sagen. Arsch auf. Klar genug?«

Welch grandiose Metapher. Das hatte ich nun von meiner Einbildung, dass ich drei Jobs gleichzeitig jonglieren kann.

Die erste OP nahm ich mangels Zeit für solche Fisimatenten in einer Tagesklinik mit. Was genau es bedeutete, dass der Riss nicht genäht, sondern die Wundfläche durch Wegschneiden vergrößert wurde, dämmerte mir in meiner post-operativen Benommenheit erst, als die Sprechstundenhilfe mir für zu Hause eine Großpackung Morphium in die Hand drückte.

Normalerweise soll diese Methode dazu dienen, die Selbstheilungskräfte des Körpers anzuregen. Dass ich offenbar keine hatte, merkte ich ziemlich bald. Mein erster D-Day auf dem Klo streckte mich für zwei Stunden auf die Kacheln nieder. Bewegungsunfähig vor Schmerz und das Morphium außer Reichweite.

Danach habe ich meine Nahrungsaufnahme für eine Weile auf Brühe ohne alles beschränkt. Was mich letztlich doch nicht vor dem Gang zur Guillotine bewahrt hat und noch dazu den Heilungsprozess verhinderte. Mit dem Ergebnis, dass eine zweite OP unumgänglich war.

Nun, man stirbt nicht daran. Man wünscht es sich nur.

Badezimmer sind seitdem allerdings ein Problem.

Ärzte auch.

Und noch einige andere Dinge, an die ich jetzt nicht denken will. Zur Ablenkung schaue ich mein Handy an. Mir fällt niemand ein, dem ich eine SMS schreiben möchte. Das passt gut, denn ich sehe nicht einen Empfangsbalken in der Anzeige. Es bestätigt, was ich am Strand schon vermutet habe: Das Raumschiff Dunenburg liegt nicht nur auf einer entlegenen Nordseeinsel, fern vom heimischen Desaster und jeglichen urbanen Strukturen, sondern auch mitten in einem kapitalen Funkloch. Quasi Outer Space.

Also denke ich an den Barfußmann. Was hat ihn wohl eine solche Aversion gegen Schuhwerk entwickeln lassen, dass er seine nackten Füße auf das klebrige Casino-Linoleum setzt? Ob er so auch in die Therapien geht?

Rätselhaft. Und interessant. Ich wähnte mich geheilt von Anwandlungen dieser Art. Aber nun bin ich gegen meinen Willen neugierig. Seine Geschichte ist bestimmt dreimal spannender als die der wandelnden Trainingsanzüge, von denen gerade ein übergewichtiges Exemplar an mir vorbeischlappt und sich gedankenverloren am Sack kratzt.

Dass diese Susann vorhin im Casino nicht bloß einen Kaffee mit ihm trinken wollte, war offensichtlich. Aber was hat er mit Mascha? Überrascht bemerke ich, dass ich empört bin.

Mir kann es doch egal sein, wenn er sich wie ein gewöhnlicher Straßenköter benimmt und die Abwesenheit der häuslichen Aufsicht nutzt. Und mit wem. Geht mich doch nichts an.

»Frau Brandt?«

Dieses Gelände liegt seit Monaten brach und ich habe nicht vor, es beackern zu lassen. Hier schon gar nicht.

»Frau Brandt?«

Das sind nur Hormone. Biologie. Es ist so still um mich geworden, dass ich schon meine Uhr ticken höre. Das ist alles. Lächerliche Pheromone. Nichts weiter. Geruchlose Lockstoffe, die angeblich nur unbewusst über ein spezielles Organ in der Nase wahrnehmbar sind. Für Frauen im Schweiß der Männer verborgen. Pah. Dafür bin ich nicht mal nah genug rangekommen. Obwohl er bestimmt gut riecht. Besser als der Gestank hier.

»Frau Brandt?«

Jetzt wird mir klar, wie ich auf diesen abwegigen Mist komme. Mein Gehirn hat die Flucht vor dem kleinen, hageren Kerl mit der Hornbrille vor mir ergriffen. Er mieft unglaublich streng nach Ziegenkäse. Das dunkelgelockte Haar auf seinem Kopf lässt ihn aussehen wie maximal Mitte zwanzig. Die Hände, die er in seine Jeans eingehakt hat, sind glatt wie ein Kinderpopo. Torfbraune Augen blicken mich aus einem weichen, runden Gesicht an.

Grundgütiger. Gibt es für Therapeuten kein Mindestalter?

Ich war so vertieft, dass ich ihn bis eben nicht wahrgenommen habe. Nur unterschwellig gerochen. Ob das ein Anzeichen für schleichende Realitätsverleugnung ist? Oder eher für gesunden Selbstschutz?

»Jens Schefer«, sagt er und reicht mir die Hand. »Wir beide sind verabredet, auch wenn Sie das in Ihr Unbewusstes verdrängt haben.«

Sein Lachen klingt, als würde jemand Wurst hacken.

Nach zehn Minuten habe ich bereits genug von Jens Schefer erlebt, um zu wissen, dass er so unfähig ist, wie er aussieht.

Er dagegen hält sich für einfühlsam und kompetent und dünstet munter vor sich hin. Mit zusammengekniffener Nase und reiner Mundatmung rutsche ich auf dem ausgenudelten Sessel hin und her. Er sitzt mir gegenüber, hat ein konzentriertes Gesicht aufgesetzt und tippt sich gelegentlich mit dem Zeigefinger an die Lippen, während ich versuche, die letzten drei Monate in einer einigermaßen nachvollziehbaren Schilderung zusammenzufassen. Die Hälfte lasse ich weg. Seelenstriptease auf Knopfdruck liegt mir nicht, insbesondere da ich den Verdacht habe, dass seine eigene Lebenserfahrung auf eine DIN-A4-Seite passt. Ich rede nur, weil er gesagt hat, dass er meine Verweigerung sonst vermerken muss, der infantile Petzlappen.

Kaum bin ich fertig, beugt er sich vertraulich vor.

»Ihr Lebensthema ist ganz klar das Loslassen, oder besser: Nicht-Loslassen-Können.«

Interessant.

»Also, wenn ich nicht alles losgelassen habe, dann weiß ich es nicht. Ich habe meine Jobs geschmissen, meinen Freund verlassen, bin ausgezogen …«

»Jaaa. Das sieht erst mal so aus, nicht? Aber etwas richtig loszulassen, bedeutet auch, bei sich selbst ankommen zu können. Und da sehe ich noch großes Potenzial für unsere Zusammenarbeit.«

Mir wird ganz schlecht bei der Vorstellung auf je eine weitere Einzelsitzung pro Woche mit Jens Schefer. Mein Verstummen deutet er offensichtlich als Zustimmung. Selbstzufrieden lehnt er sich zurück, faltet bedeutungsschwanger die Hände vor der Mitte.

»Unserem Kenntnisstand nach müssen sich die meisten Patienten hier erst einmal einleben. Das braucht Zeit und Ruhe. Wir bieten Ihnen einen sicheren Schutzraum dafür. Sofort in medias res zu gehen, würde Sie nur überfordern.«

»Aber ich bin nicht wie die meisten. Ich muss endlich was tun und dazu brauche ich Hilfe. Zeit verschwendet habe ich schon mehr als genug.« Drei endlose Monate der Einsamkeit ziehen an meinem inneren Auge vorbei. Ich werde verrückt, wenn mir hier nicht einfällt, wie es mit mir weitergeht. »Ich habe nur vier Wochen. Das ist meine letzte Chance und die will ich nutzen! Begreifen Sie das?«

Angesichts seiner Sprechblasen geht mir die Contenance aus. Er zuckt ein bisschen zurück, versucht aber, es sich nicht anmerken zu lassen.

»Das Wichtigste ist erst einmal, dass Sie zu sich finden und herausbekommen, wer Sie sind und was Sie wollen. Dann werden wir besprechen, wie Sie die Verantwortung für sich übernehmen können.«

»Hören Sie auf mit den Leerformeln. Ich brauche konkrete Hilfen. Und das möglichst schnell. Kein Gelaber.«

Einen Moment starrt er mich mit offenem Mund an, als wüsste er nicht recht weiter. Dann steht er auf, holt etwas aus seiner Schreibtischschublade und schiebt es mir über den kleinen Bistrotisch zwischen uns zu. Tabletten. »Citalopram«. Antidepressiva. Ich kenne die Dinger von meiner Ärztin. Da haben sie auch schon nicht geholfen. Etwas anderes scheint ihnen nie einzufallen.

»Sie wissen doch genau, dass selektive Serotonin-Wiederaufnahmehemmer erst in zwei Wochen zu wirken beginnen. Außerdem bin ich nicht depressiv, wie Sie meiner Akte ja sicher entnommen haben.«

Langsam habe ich die Windmühlenkämpfe satt.

Er nickt. »Trotzdem. Philosophie dieser Klinik ist es, die Patienten erst einmal zu stabilisieren. Doktor Rottmann ist der Überzeugung, dass dadurch die Bedeutung vieler Probleme auf wirkungsvolle Weise reduziert werden kann.«

Ja klar. Gesundschrumpfung, sozusagen. Kein Wunder, dass die Probleme kleiner werden, wenn man sie immer schön in Psychopharmaka-Watte packt. Man darf die ach so praktischen Helferchen bloß nie wieder absetzen, sonst sind die Gespenster alle wieder da. Doch mit dieser Erfahrung komme ich hier offenbar nicht weiter. Gegen den lieben Gott alias Klinikchef Rottmann darf man nicht anstinken. Wobei Schefer sich buchstäblich alle Mühe gibt.

»Was ist mit dem Telefon? Bekomme ich eine Karte?«

»Konzentrieren Sie sich jetzt ganz auf sich«, sagt er nur. »Die Außenwelt dringt schon schnell genug wieder in Sie ein. Schneller als Ihnen lieb ist. Sie werden sehen, dass ich recht habe, und mir noch dankbar sein, dass ich Sie vorerst davor bewahre.«

Das ist der Moment, wo ich ihm auf den fröhlich gepunkteten Teppich speien sollte. Stattdessen erhebe ich mich, ohne die Tabletten eines Blickes zu würdigen. Er schweigt und begleitet mich zur Tür.

Draußen bewegt Susann sich gerade durch den Gang wie eine Elfe beim Probeschweben. Schefers Augen fangen an zu glänzen.

»Frau Mayfeldt!«

Er lässt mich stehen und stelzt auf sie zu.

Mit der höheren Instanz war ich nie besonders gut befreundet, aber in dieser Sekunde bitte ich sie inständig, Schefer über eine plötzliche Teppichwölbung stolpern zu lassen. Dabei verabscheue ich Opportunismus wirklich. Wie schnell die eigenen Prinzipien doch auf dem Schleudersitz landen.

Er stürzt natürlich nicht.

Und ich habe nur bekommen, was ich erwartet habe. Vielleicht ist das tatsächlich des Pudels Kern. Das ganze verdammte, simple Geheimnis des Lebens. Obwohl das so auch nicht ganz stimmt. Was ich bekommen habe, ist erheblich schlimmer als befürchtet.

»Frau Brandt?«

Ich zucke zusammen, noch völlig in der Frustration über meine Lusche von Therapeut gefangen. Nicht schon wieder er. Jetzt braucht er auch nicht mehr angeschissen kommen. Ich will bloß noch in mein Zimmer. An einem der nächsten Tage werde ich Seitz aufsuchen und ihn bitten, mir jemand anderen zuzuteilen. Am besten sich selbst.

Aber es ist die Kalo, die mich aus dem Portal der Villa hat treten sehen und nach mir ruft. Sie sitzt in ihrem Empfangs-Ufo wie die Spinne im Netz und erwartet offenbar, dass ich sofort weiß, von wem und woher die Stimme kommt.

»Ihr Mann hat angerufen«, sagt sie, als ich mich nähere.

»Er ist nicht mein Mann.«

»Er macht sich Sorgen.« Aufgesetzte Stirnfalten untermalen ihre Worte, die kein bisschen so klingen, als könnte sie seine Bangigkeit nachvollziehen.

»Wenn Sie mir endlich meine Telefonkarte geben, kann ich mich auch um meine privaten Angelegenheiten kümmern.«

»Hat Ihr Therapeut zugestimmt?«

Ich zögere einen Augenblick zu lange, bevor ich nicke.

Sie nimmt den Hörer in die Hand und wählt eine interne Nummer.

»Schon gut. Legen Sie wieder auf.«

»Sie können Ihren Mann gern von hier aus zurückrufen.«

Ganz sicher nicht.

»Später vielleicht. Und er ist nicht mein Mann.« Nicht mehr, füge ich im Stillen hinzu, ob verheiratet oder nicht.

Ich weiß sowieso nicht, was ich ihm sagen soll. Hallo Schatz, steck dir deine jämmerlichen Floskeln in den Arsch und lass mich in Frieden?

Kurz bevor ich mein Zimmer erreichte, fährt mir der Schreck wie ein Stromstoß in die Glieder.

Die Person, die gerade aus Alpha 10 in den Gang tritt, ist der Psychopath von gestern Abend. Mein Herz stolpert. Die Zeit friert fest. Meine Kopfhaut fängt an zu kribbeln und Panik krampft sich in meinem Nacken fest wie ein Vogel mit scharfen Krallen. Wir stehen keine fünfzehn Meter voneinander entfernt und starren uns an.

Er macht eine halbe Drehung und schließt die Tür, steckt den Schlüssel ein und kommt mit schleppenden Schritten auf mich zu. Langsam. Als hätte er Schmerzen.

Ein Schritt. Zwei.

Erschüttert wird mir klar, dass er mein zweiter Nachbar ist. Ich kann mich nicht bewegen, warte wie gebannt von diesen stierenden Augen, dass er mich packt und frisst.

Dann bleibt er plötzlich stehen. Hebt leicht den Kopf, blickt an mir vorbei und kräuselt die Nase.

Hinter mir höre ich Stimmen. Absätze auf dem Linoleum. Sie kommen näher. Ich bin nicht mehr allein. Etwas Schweres fällt von mir ab und löst die Betäubung. Ich wende mich um und sehe Mascha. Neben ihr, ohne Körperkontakt, der Barfußmann.

»Ella!« Sie klingt, als wäre sie ebenso erleichtert wie ich.

Sofort hakt sie sich bei mir ein wie meine beste Freundin. Obwohl ich nicht mag, wenn mich jemand ungefragt berührt, bin ich ihr dankbar.

»Lysander und ich waren gerade spazieren. Du glaubst nicht, wie fies das Wetter draußen ist. Gut, dass du nicht mitgekommen bist.« Es wirkt beinahe fröhlich, wie sie drauflosquasselt, und ich würde ihr am liebsten glauben, dass sie so unverkrampft ist wie sie sich gibt. Wären da nicht dieser schrille Misston in ihrer Stimme und die Tatsache, dass sie mich festhält, als könne die Gestalt, die ihren Weg in unsere Richtung nun wieder fortsetzt, mich mit bloßen Augen einsaugen.

Als sie auf unserer Höhe ist, wage ich einen Seitenblick und stocke. Gestern Abend in der Dunkelheit wähnte ich mich einem Monster gegenüber, das in meiner Fantasie zu einem Riesen wuchs, während ich vor ihm floh. Nun stelle ich fest, dass dieser Mensch kaum größer ist als ich. Was ich sah, waren Schatten. Aber das ist es nicht, was mich aus der Fassung haut und ein zweites Mal hinschauen lässt. Sein ganzer Körper sieht aus wie aus einem Stein herausgemeißelt. Von einem wütenden oder unfähigen Schöpfer. Alles an ihm wirkt breit, kantig, grob und ohne Ästhetik, schlicht: wie hingerotzt.

Nur eins nicht.

Die aus der Nähe sichtbaren Wölbungen in Brusthöhe.

Ich ziehe scharf die Luft ein. Dann ist er vorbei und wankt den Gang hinunter wie ein sedierter Amokläufer.

Mascha lässt mich los. Ich sehe sie an, mein Gesicht eine einzige Frage.

»Habe ich mir das eben eingebildet?«

Ich weiß, dass es Männer mit Brüsten gibt. Aber meistens sind sie dann nicht bloß breit gebaut, sondern auch bierbäuchig.

Der Barfußmann schüttelt den Kopf. »Lysander« rieselt es in mein Bewusstsein wie der Nieselregen draußen an die Scheiben. Das Mysterium hat auch noch einen Namen, der nach Sehnsucht klingt.

»Das war Danny Karst.«

»Danny für Daniela oder Daniel?«

»Daniela, offiziell. Aber die Frage ist nicht ohne. Keine Ahnung, was dahintersteckt. Oder da drin.« Lysanders Stimme ist angenehm dunkel. Beruhigend fast, ignoriert man den Inhalt seiner Worte.

»Am besten gehst du ihr aus dem Weg«, sagt Mascha.

»Na, du bist lustig. Sie wohnt neben mir!«

»Ja, aber sie kommt selten raus. Nur manchmal zum Essen. Und …«

»Und was?«

Mascha zuckt mit den Schultern, als wäre es ihr spontan entfallen. »Beachte sie einfach nicht. Bisher war sie harmlos.«

Das sind Amokläufer vorher immer.

»Eigentlich kann sie einem nur leidtun.«

Na prima. Wozu dann das Schauspiel mit der Busenfreundin eben?

»Ehrlich gesagt tue ich mir im Moment mehr leid.«

Mascha berührt vorsichtig meine Schulter, wie zur Entschuldigung.

Lysander hebt die Hände, tritt zwei Schritte zurück und verlässt uns mit einem nur eben angedeuteten Lächeln.

Sie sieht ihm hinterher, die Lippen zu einem Strich gepresst. Da ist wohl etwas nicht gut gelaufen.

»Lass uns nachher zusammen in die Sauna gehen. Ein bisschen Ablenkung tanken. Dienstag ist Frauentag. Das hilft dir bestimmt, auf andere Gedanken zu kommen.«

Sie klingt wie jemand, der im Dunkeln singt.

Als sie meinen Blick sieht, fügt sie rasch hinzu: »Danny kommt garantiert nicht hin.«

Mit einem satten Klatschen landet meine Kladde auf dem Parkett. Der Kuli fliegt gleich hinterher. Meine Gedanken sind

Silberfische, die unter der Oberfläche glitzern. Jeder Versuch, sie zu greifen, lässt sie auseinanderjagen. Nicht einen kriege ich aufs Papier gepackt, wo ich sie ordentlich sortieren wollte. Festhalten.

Ich muss an Schefers Worte über das Loslassen denken und schnaube. In dem Moment klopft es an der Tür und ich springe vom Bett auf wie in flagranti erwischt.

Mascha.

»Kommst du?« Sie tritt geduckt ein, als fürchte sie, auch gleich auf dem Boden zu landen. Mein Ausbruch war also vernehmlich. Ich muss mich besser verbergen lernen. Und daran denken, die Tür zu verriegeln.

Mir ist nicht nach Sauna. Entspannung ist ein Wort mit elf Buchstaben. Aber das Zimmer zieht sich mit jedem meiner Atemzüge zusammen. Hitze als Alternative zum Wahnsinn. Ich hab sonst keine und nicke.

»Du schreibst auch.« Mascha blickt auf meine Kladde.

»Nein. Ich verbessere meinen Spin.«

Toll, Ella. Weiter so.

Sie lächelt unsicher, scheint aber fest entschlossen, nett zu mir zu sein. Warum bloß?

»Ich nehm dann schon mal deinen Bademantel«, sagt sie und schlüpft nach draußen in den Gang, wie um durch das Pfand sicherzugehen, dass ich auch wirklich mitkomme.

Mascha und meinem entführten Bademantel folgend, betrete ich wenig später einen Vorraum mit zehn Schließfächern. Viel Andrang erwarten die hier nicht.

Was bei ihrem Verständnis von Wellness kein Wunder ist: Die Umkleide hat den Charme eines Auffanglagers. Alles wirkt sehr übersichtlich und marode. Die metallenen Fächer sind verbeult und gähnen uns hohl entgegen. Gegenüber ist die Wand kahl und schmucklos, unterbrochen nur von zwei Spiegeln und ein paar korrodierten Handtuchhaken. Im unteren Drittel wetzt eine Bank aus billigem Plastik die Fliesen stumpf. Rechts geht's dem

Geruch nach zur keramischen Abteilung und vor uns führt ein schmaler Gang an einer Holzfront vorbei, die mehr schlecht als recht eine finnische Blockhütte imitiert. Im Ruhebereich dahinter stehen kreuz und quer Plastikliegen, von denen ich annahm, dass so etwas Unansehnliches heutzutage gar nicht mehr hergestellt würde. Dem Grad ihres Verschleißes nach zu urteilen, sind sie allerdings auch mindestens hundert Jahre alt.

In der Sauna selbst schlägt mir der Geruch von trockenem Holz und eingebranntem Schweiß entgegen. Wir quetschen uns zwischen zwei ältere Frauen, die wie gestrandete Buckelwale auf dem dunklen Holz liegen und ölig glänzen. Ein sachter Anflug von Panik legt sich auf meine Brust.

Für den Moment beneide ich Mascha um ihren Körper, der aussieht, als habe er mit zehn Jahren beschlossen, dass es an Rundungen nun genug sei. Ihre winzigen Brüste erscheinen mir wie Andeutungen für die Richtung, in die es hätte gehen können, wenn Mascha sich entschieden hätte, Raum in der Welt zu beanspruchen. So aber fügt sie sich überall ein und verschmilzt mit dem, was sie vorfindet. Vielleicht nicht die schlechteste Lösung. Das würde auch mir so manches erleichtern.

Ein Quäntchen Luft zu kriegen, zum Beispiel. Wir sind keine fünf Minuten hier und ich fühle mich wie vakuumverpacktes Dörrfleisch. Meine Haut ist heiß und trocken und deshalb zögere ich keine Sekunde, als die beiden Moby Dicks uns fragen, ob wir Lust hätten, die Abkühlung im Meer zu nehmen.

Da die Sauna im Keller von Trakt Gamma liegt, gelangen wir über eine Treppe nach draußen in ein Freiluftquadrat, dessen eingrenzender Holzzaun uns durch eine Tür auf die feuchte Wiese entlässt. Fest in unsere Bademäntel gewickelt eilen wir durch feinen Sprühregen an den Zimmern vorbei und am Wäldchen entlang zum Durchgang. Die Terrassen sind verwaist, ihre Besitzer pünktlich beim Abendbrot. Ebenso leer präsentiert sich der Strand bei diesem Wetter und ich kann meine Sorge vor Gaffern mit dem Frottee fallen lassen.

Es kostet mich einen Moment der Überwindung, dann sprinte ich ins Wasser, bis es mir tief genug erscheint, und stürze mich kopfüber hinein. Endlich zu Hause.

Sofort schwillt mir ein Kloß im Hals. Warum bloß habe ich so lange gewartet?

Rufe holen mich zurück in diese Welt. Am Strand sehe ich die anderen in ihren Bademänteln winken. Mit ein paar schnellen Zügen habe ich sie erreicht. Nur ungern verabschiede ich mich von den Wellen, wickle mich wieder ein und folge ihnen. Der Regen hat zugelegt. Perlengroße Tropfen prasseln jetzt auf meinen Schädel. Nässe von oben hasse ich so sehr, wie ich das Meer liebe. Wir rennen zurück.

Er ist allein auf dem Flur. Da er sich eine Weile nicht gerührt und somit den Bewegungsmelder ausgetrickst hat, bleibt der Gang dunkel. Deshalb hat er die Frauen schon auf dem Hinweg zum Strand beobachten können, ohne dass sie ihn sahen.

Er weiß, dass viele der Saunagänger die See zur Abkühlung nutzen. Diese vier eilen durch den Starkregen zurück, als ob es einen Unterschied machte, aus welcher Richtung das Nass käme. Belustigt schüttelt er den Kopf.

Mascha ist unter ihnen und das ist ihm sehr recht. Es bedeutet, dass sie beschäftigt ist. Vielleicht freundet sie sich ja sogar mit der Neuen an, die knapp hinter ihr durch den Regen läuft, und findet in ihr die Zuhörerin, die sie sucht. Sein Blick heftet sich an der gestern frisch Angekommenen fest, weil er glaubt, etwas an ihr zu erkennen, das sie von den anderen abhebt. Eine Art Unbeugsamkeit, die sie trotz ihres offensichtlich angegriffenen Zustandes ausstrahlt und die ihn reizt, seine Augen länger auf ihr verweilen zu lassen, als es für sie beide gut ist.

Zurück in der Blocksauna muss ich unbedingt aufheizen. Die beiden Volumenwunder verschwinden zum Büffet, Mascha bleibt bei mir. Sie braucht nicht viel Treibstoff und ich bin seit dem Bad im Meer so niedergeschlagen, dass mir der Appetit vergangen ist. Lang ausgestreckt liege ich auf dem Rücken und lausche dem Knacken des Ofens.

»Du hast geweint.«

Oh nein. Ein Kugelblitz saust durch meine Eingeweide. »Mascha, …«

»Wenn du nicht drüber reden willst, kein Problem. Ich konnte das früher auch nicht. Hab versucht, es mit Tabletten zu sagen.«

Bitte nicht. Ich schaff das nicht mehr.

»Aber jetzt ist alles gut. Das hier war die beste Entscheidung meines Lebens.«

Scotty, jetzt wäre der Moment, mich hochzubeamen.

Vielleicht kapiert sie es, wenn ich schweige.

»Weißt du, ich habe da diese spezielle Therapie gemacht.«

Keine Chance. Ich muss hier weg.

»Eigentlich darf ich nicht darüber sprechen. Weil jeder selbst drauf kommen muss. Aber wenn es dir so schlecht geht … red doch mal mit Rottmann. Nur bitte verrat mich nicht!«

Tränen schießen mir in die Augen. Wenn ich jetzt rausrenne, kann ich die nächste Zeit nicht mal mehr unbefangen zum gemeinsamen Frühstück erscheinen.

»Klar. Es ist nicht einfach. Vor allem die Nebenwirkungen nicht.« Mascha reibt sich mit beiden Händen übers Gesicht, als wolle sie etwas wegwischen. Was es auch ist, ich will es nicht wissen. Meine Knochen fühlen sich schwer an, als ich mich aufrichte.

Sie spricht einfach weiter. »Mir schlägt das immer auf … na ja du weißt schon. Da unten. Wie als hätte ich meine Tage. Das ist eben mein Problem. Kind bleiben. Aber jetzt pack ich es an! Ich hab mich noch nie so stark gefühlt. Einfach weitergehen!«

Bevor die Details kommen, bin ich schon an der Tür. Scheiß aufs Frühstück.

»Na, ist doch großartig«, bringe ich noch soeben heraus. »Du schaffst das bestimmt. Tschuldige, ich muss unbedingt nochmal abkühlen. Mir platzt der Kopf.«

Draußen hat der Wind aufgefrischt und schiebt den Regen in schrägen Streifen über das Gelände. Mein Bademantel saugt ihn auf und macht sich schwer. Es ist trostlos, schon bis auf die Knochen nass zu sein, bevor ich das Meer überhaupt erreiche. Aber die Gefahr, dass Mascha mir zum Strand folgt, ist gering. Sie hat vorhin schon gezittert wie ein Nackthund.

Im Stechschritt mache ich mich auf den Weg. Einmal noch eintauchen. Mich reinigen. Maschas Seelenmüll abwaschen. Er ist noch oberflächlich und frisch. Nicht so verkrustet und eingewachsen wie mein eigener.

Mein Fehler, dass ich den Kopf gesenkt halte. Als ob es was nützen würde. So sehe ich nichts außer dem nassen Pfad unter meinen Badeschlappen. Erst im letzten Moment registriere ich, dass im Dünendurchgang etwas anders ist als sonst. Der Steg hat zwei senkrechte Latten.

Quatsch.

Beine!

Ich reiße den Kopf hoch und sehe den vierschrötigen Körper.

Danny.

Sie steht mitten auf dem Steg. Die Arme verschränkt und im Begriff, sich breitbeinig zu positionieren wie ein Kerl. Auf keinen Fall komme ich ohne auszuweichen an ihr vorbei.

Wie angewurzelt bleibe ich stehen. Der Wind zerrt an meinem Revers, das ich schnell mit einer Hand zusammenraffe und festhalte. Regenwasser rinnt über mein Gesicht, läuft mir in die Augen und bringt meine Wimpern wie wild zum Zucken. Ich muss an den Rat denken, den man Leuten gibt, die Angst vor

Hunden haben. Auch wenn sie kläffend und knurrend auf einen losstürmen, darf man keinesfalls Angst zeigen.

Aber was, wenn die Bestien einen reglos anstieren und noch dazu menschlich sind?

Ich habe Maschas »Beachte sie einfach nicht« noch im Ohr und überlege fieberhaft, wie ich in dieser bizarren Situation so tun könnte, als wäre nichts.

Schließlich mache ich ein paar Schritte nach vorn und hoffe, dass sie zur Seite tritt, wenn ich sie nett darum bitte. Angeblich ist sie ja auch eine Frau. Was also sollte sie von mir wollen?

Meine Zuversicht reicht jedoch nur, bis ich sie rieche. Ihrem Dunst nach ist Danny voll bis zum Anschlag. Was die muffige Beinote bedeutet, will ich mir gar nicht vorstellen.

»Na Süße?«, höre ich sie zum ersten Mal sprechen. Ihre Stimme ist kratzig und ohne jede Melodie. »Soll ich dich mal schön *durchlassen*?«

Sie beginnt, mit den Hüften zu kreisen, was so grotesk ist, dass ich einen Augenblick zu lange brauche, um zu begreifen, was sie meint. Im nächsten ist sie schon bei mir und packt mir grob an den Busen, den Mund aufgerissen, als wolle sie reinbeißen. Ihre Stummel sind bräunlich verfärbt und stinken nach Fäulnis.

Ich würge und stoße meine Fäuste nach vorn in ihre Brust. Sofort gerät sie aus der Balance und stolpert keuchend zurück. Ihre Augen werden immer kleiner.

»Noch so'n Miststück. Meint immer, ihr seid was Besseres. Ich werd –« Weiter kommt sie nicht, weil sie so stark husten muss, dass ihr Oberkörper wie unter Peitschenhieben zuckt.

Sie hatte ihre Chance, ich ergreife meine. Blitzschnell wende mich ab und renne, dass meine Lunge mir im Hals pulsiert. Der linke Badeschlappen verfängt sich in einer Wurzel. Ich stürze, rapple mich hoch und rase ohne ihn weiter.

Vor dem Abgang zur Sauna setzt mein Herz aus. Bei meiner übereilten Flucht vor Mascha habe ich nicht darauf geachtet, die

Außentür angelehnt zu lassen. Ein Versäumnis, für das ich jetzt bezahlen muss. Dank meines Sturzes hat Danny beachtlich aufgeholt. Unter Keuchen und Fluchen nähert sie sich mit platschenden Schritten. Als ich mich umwende, um meine Alternativen abzuschätzen, erreicht sie gerade den Holzzaun und versperrt mir den Ausweg.

Ich trommele an die Stahltür, dass der rostige Lack abplatzt, und lehne mein Gewicht dagegen, aber das massive Ding bewegt sich keinen Millimeter. Ich rufe nach Mascha. Warum hilft sie mir nicht? Sie muss mich doch hören!

Inzwischen bin ich kopflos vor Panik und werfe mich wie ein Rammbock gegen das Türblatt. Es gibt so unerwartet nach, dass ich erstarre. Ein hauchfeiner Spalt hat sich geöffnet.

Als Danny aufheult, fahre ich herum und sehe noch soeben, wie sie stolpert. Der Wind hat ihr die Zauntür in den Rücken geschmettert. Sie schüttelt sich, stabilisiert sich wieder und stapft schwerfällig auf mich zu.

Ich nutze ihren kurzen Knock-out und nehme ein paar Schritte Anlauf. Mit aller Kraft schmeiße ich mich gegen die Tür und schaffe es endlich, sie nach innen aufzudrücken. Der Spalt ist jetzt gerade so breit, dass ich mich hindurchzwängen kann. Beim flüchtigen Blick auf das Schloss begreife ich auch, warum es nicht einrasten kann: Ein abgebrochenes Streichholz klemmt darin fest. Ganz sicher ist das nicht von selbst hierhin gekommen. Entweder hat da jemand weitsichtig für eine nächtliche Rückkehrmöglichkeit jenseits der Sperrstunde gesorgt. Oder Ähnliches erlebt wie ich. Ich lasse das kleine Stück Holz stecken und sprinte aus dem Keller in Richtung Trakt Alpha, wo hoffentlich andere Menschen sind. Wie ihr leerer Spind mir zeigt, hat Mascha die Sauna nämlich längst verlassen.

3. Kapitel

Mittwoch, 15. Juni

Ich sitze aufrecht im Bett und lehne an der Wand, die das Bad vom Wohnbereich trennt. Ihre Kälte durchdringt meinen Rücken. Das ist gut. Es betäubt den pochenden Schmerz im Lendenwirbel und hält mich in der Wirklichkeit fest. Wie mit einem Dämmschalter herbeigedreht, gewinnt das Licht des Tages an Kraft und löscht meine Träume. Ähnlich einem Polaroid, nur umgekehrt. Der letzte Traum war so real, dass ich ihn gar nicht schnell genug vergessen kann.

Ein schwarzer Schatten stand reglos vor meinem Bett und blickte auf mich herab. Nur das. Ich lag starr vor Entsetzen und wagte kaum zu atmen. Dann war er verschwunden. Ich träumte das Geräusch der ins Schloss schnappenden Tür. So echt, dass ich davon hochgeschreckt und hingerannt bin.

Sie ließ sich nicht öffnen, obwohl ich auf meinem Radiergummischlüssel herumgedrückt habe wie eine Irre. Wahrscheinlich habe ich ihn damit kaputt gemacht. Wenn ich mir von Kalo Ersatz besorgen will, muss ich wohl hinten raus und um das Gebäude herumlaufen.

Der Griff der Terrassentür ist nach wie vor eine exakte Parallele zum Rahmen. Verriegelt. Seit gestern Abend hat er sich nicht verändert. Das habe ich zwölfmal überprüft.

Das Zimmer fühlt sich noch immer so leblos an wie am ersten Tag. Es kann also nur ein Traum gewesen sein. Trotzdem muss ich gegen Danny was unternehmen.

Stattdessen sitze ich hier wie ein paralysiertes Kaninchen und warte auf das Tageslicht.

»Schlecht geschlafen?« Walter packt sich ein halbes Dutzend Löffel Fleischsalat auf das Brötchenunterteil, garniert es mit zwei gekochten Eiern und schmatzt dabei, noch bevor er es im Mund hat. Ich verspüre eine plötzliche Solidarität mit Vegetariern, obwohl ich sonst gerne die Theorie verfechte, dass Pflanzen auch Empfindungen haben. Mascha steht noch in der Müslischlange.

»Nein, ich probe schon mal für die Verlängerung.«

Er glotzt mich an wie einen sechsbeinigen Seehund und ich bin froh, dass man die nicht essen kann. Zeit für einen Themenwechsel.

»Wo ist Cherry?« Das in Alufolie gewickelte Paket an ihrem Platz fesselt meine Aufmerksamkeit.

»Nicht gekommen. Ist ja heut Mittwoch.« Ohne aufzusehen, wendet Walter sich dem Rührei mit Bauchspeck zu, als hätte er davon nicht selbst schon genug.

»Was ist denn da drin?«

»Käsekuchen mit Sahnefüllung. Zwei Stück.«

Mascha kommt mit Dosenobst zurück. Müsli war aus. Ich bin noch nicht zufrieden.

»Und warum liegt der da?«

»Damit sie's isst. Tut sie aber nicht.« Walter verdreht die Augen. Wahrscheinlich hat er damit sein Wortkontingent für diesen Tag verbraucht.

»Mittwochs kriegt sie morgens immer eine Extra-Kalorienbombe, damit sie zunimmt«, sagt Mascha. »Wir sollen sie ermuntern, dass sie die isst. Vorsichtshalber kommt sie aber erst gar nicht.«

Das scheint Mascha jedoch weit weniger zu beunruhigen als die grellpinkfarbene Kirsche auf ihrem Löffel.

»Das muss doch aber auffallen, wenn das Päckchen immer liegen bleibt.« Ich bin baff. Die Klinik missbraucht ihre Patienten als Hilfssheriffs. Wie kann man psychisch angeschlagene

Laien mit der Aufgabe belasten, eine Magersüchtige durch bloßes Zureden zu mästen?

Walter reicht's. Er stemmt sich hoch, schnappt sich wie selbstverständlich das Alupaket und verschwindet.

»Wir wollen nicht, dass sie Ärger kriegt.«

Entgeistert sehe ich Mascha an.

Die Morgensonne zeichnet eine goldene Kontur um ihr Haar, was die Unschuld, mit der sie das sagt, noch unterstreicht.

Nach diesem Witz von Frühstück stehe ich am Empfang und bitte Kalo-Klementine um ein Spezialkissen für den Nacken, wenn ich auch wenig Hoffnung habe, meinen Schlaf damit in erholsamere Gefilde zu locken. Vielleicht bändigt es wenigstens den körperlichen Schmerz.

Während sie sich aufrafft, um etwas Passendes aus dem Kabuff hinter dem Ufo hervorzukramen, rekapituliere ich den Verlauf des Morgens.

Die heiße Dusche hat nicht vermocht, die Anspannung wegzuspülen, die sich wie ein Korsett um mich gelegt hat, seit ich Danny zum ersten Mal begegnet bin.

Die Tür zum Flur konnte ich jedoch plötzlich wieder problemlos entriegeln. Vielleicht lag der Fehler im elektronischen System und nicht in meinen verkrampften Fingern. Kalo hat keine Erklärung dafür und ich bezweifle, dass sie sich weiter damit beschäftigen wird, eine zu suchen.

Mein eigenes Technikverständnis reicht ungefähr so weit wie meine derzeitige Überzeugungskraft. Die Bitte, mir dringend einen Termin bei Seitz zu beschaffen, bügelt sie mit einem lapidaren »Der ist krank« nieder. Gefolgt von einem Blick, der keine Nachfrage duldet.

Das Kissen verdanke ich Maschas Tipp. Ansonsten sagte sie während des restlichen Frühstücks kein Wort zu viel. Weder zu meiner Verfassung, noch zu dem gestrigen Abgang aus der Sauna. Stattdessen hat sie mich gefragt, ob ich sie heute Abend auf das Sommerfest am Kurplatz begleite.

Lieber würde ich mich im Sand vergraben und wahrscheinlich bin ich nachher auch platt wie eine Flunder. Mein Terminplan für heute ist dichter beschrieben als der Filofax von Angela Merkel. Aber Maschas Blick war so flehentlich und ich so voller Schuldgefühl, dass ich nicht nein sagen konnte. Ich bereue es schon jetzt.

Wieder ein Kreis. Nur dass wir diesmal stehen. Zwölf zur Tanztherapie Verdonnerte mit null Lust, sich zu bewegen. Die Besetzung der Gruppen ist dem Nachrück-Prinzip geschuldet. Was bedeutet, dass zwei Gestalten den Kurs bald überlebt haben, während den anderen zehn die Vorfreude auf acht Mal Rumhampeln in vier Wochen nachdrücklich ins Gesicht geschrieben steht. Ich frage mich, welcher Sadist die Pläne macht. Dem verhuschten Therapeuten mit neckischem Pferdeschwanz, der so aussieht, als käme er geradewegs von der Uni, geht es scheinbar genauso. Sein linkes Bein ist dünner und etwas kürzer als das rechte. Er schwitzt schon jetzt und ist nur dadurch von den Patienten zu unterscheiden, dass er außerhalb des Kreises steht und alle ihn ansehen.

Unter den alten Hasen erkenne ich den geschwätzigen Borderliner von der Blutentnahme wieder. Julian Sachs, der einzige Mann in dieser Runde, hält sich für einen gottgeschaffenen Frauenversteher.

Als ich mich auf den Boden werfe, weil ich finde, dass man die Aufgabe, Kontakt mit dem Raum aufzunehmen, nur mit einem solchen Zusammenbruch kommentieren kann, ist er sofort zur Stelle. Mein »Zisch ab!«, interpretiert er als Aufforderung, mir sanft zu erklären, worum es bei der Sache geht. Bloß gut, dass Mr. Schmeißfliege bald rauswechselt.

Wiebke feuert mir einen Blick zu, den ich nicht verstehe.

Nach einer Stunde habe aber selbst ich kapiert, dass Tanztherapie mit Tanzen rein gar nichts zu tun hat, sondern nur damit, sich vor allen zum Affen zu machen, indem man die Konsistenz der Wände erstreicheln und wütende Bäuche pantomimisch zum Ausdruck bringen soll. Noch dazu ohne Musik. Eines der beiden Moppelchen aus der Sauna furzt lautstark und wird puterrot. Wahrscheinlich, weil sie die Bauchübung zu wörtlich genommen hat. Ihr bleibt der tiefe therapeutische Sinn dahinter offenbar auch verschlossen. Ich bin die Einzige, die lacht.

Tadelnde Blicke sind die Antwort.

Der diplomierte Zopfträger macht sich eine Notiz für die Akte. *Subversive Zelle,* wahrscheinlich.

Als wir uns auf den Boden setzen und mit geschlossenen Augen in uns hineinspüren sollen, was uns bewegt, klinke ich mich aus und genieße die Sonne. Inzwischen hat sie fast den Zenit erreicht und streichelt meine Haut mit ihren warmen Strahlen. Dank seiner großzügigen Verglasung gleicht der Bewegungsraum einem Brutkasten. Der Eiswüste in meinem Inneren kann das kaum etwas anhaben, aber das Hecheln einiger meiner »Mittänzer« klingt bedrohlich nach Überhitzung.

Ich höre, wie jemand ein Fenster öffnet und sich wieder setzt. Aus dem Raum nebenan dringen Worte wie Viren in unseren Kokon aus Stille. Die mühsam beherrschte Stimme erkenne ich sofort wieder, weil ich ihr schon einmal gelauscht habe: Sie gehört Rottmann. Den Pausen nach zu urteilen, telefoniert er auch diesmal.

»Dein Knie interessiert mich nicht.«

Ich öffne die Augen und erinnere mich. Der Bewegungsraum liegt direkt neben Rottmanns Büro. Vielleicht darf hier deshalb niemand tanzen.

»Dann meinetwegen dein Fuß, Herrgott. Du weißt genau, dass ich Wichtigeres zu tun habe.«

Unser Therapeut zuckt hoch wie aus einem Sekundenschlaf.

»Natürlich wirst du dich um die Herde kümmern. Seit wann braucht ein guter Therapeut zwei gesunde Beine fürs Schäfchenzählen?«

Oha. Rottmann spricht mit Seitz.

»Morgen will ich dich hier wiedersehen. Du bist selbst Arzt. Lass dir was einfallen.«

Schneller als ich erwartet hätte, hinkt Zöpfchen zum Fenster und packt die Klinke.

Sie rutscht ihm aus der schweißfeuchten Hand. Das Fenster bekommt dadurch einen Schubs und schwingt mit Schmackes in den Rahmen. Flugs dreht er den Griff nach unten und blickt zur Tür wie ein Hund, der Papas Pantoffeln gefressen hat. Sieht aus, als hätte er schon öfter einen Anschiss bekommen. Vermutlich darf man auch nicht lüften, wenn der Chef nebenan telefoniert.

Als nach zwei Minuten noch immer nichts passiert ist, tupft er sich die Schweißtropfen mit einem Stofftaschentuch von der Stirn und leitet die Schlussrunde ein.

Seitz ist also morgen wieder da. Gut. Ich werde ihn abfangen, egal wie. So geht das hier nicht weiter. Ich will endlich echte Hilfe statt Beschäftigungstherapie.

Vor meinen Augen wälzt sich die Adipositasgruppe aus dem Wasser. Es ist noch heftig aufgewühlt und schwappt röhrend in den Überlauf des runden Beckens. Obwohl ich es nicht will, muss ich immer wieder hinsehen und an Kloßsuppe denken. Mein Magen rebelliert und das liegt nicht allein an der strammen Taktung meines Tageprogramms, die mir nur Zeit für ein hastig verschlungenes Mittagessen ließ. Ich schäme mich für mein Schwanken zwischen Faszination und Abscheu und bin froh, als unser Aquafitness-Trainer kommt.

Nacheinander ruft er uns auf und hakt die Namen auf seiner Liste ab. Bei »Danny Karst« stockt er und blickt kurz hoch.

»Ich frag nur der Form halber: Wieder nicht da?«

Die anderen ziehen die Mundwinkel auseinander und schütteln die Köpfe. Offenbar kennen sie das schon.

»Na, egal«, sagt er, macht eine Notiz und wirft die Liste auf eine Bank. Dann klatscht er ein paar Mal in die Hände und grinst, als würde er sich darauf freuen, uns richtig einheizen zu können. Mit einem schnellen Völkerball im Wasser nimmt er uns schonungslos zur Brust und verdirbt mir sofort den Spaß. Schwimmen ist mein Element, aber ein Spiel, bei dem man stehen und laufen muss, kann ich in einem Becken mit einem Meter fünfzig Wasserhöhe beim besten Willen nicht gewinnen.

Die wenigen Männer der Gruppe leben sichtlich auf, werfen hoch und hart. Ein paar Frauen recken ihre Arme wie wild in die Luft, um den Ball abzufangen. Vergebens. Bei einer von ihnen löst sich ein Pflaster von der Beuge und treibt in meine Richtung. Ich mache eine Welle mit meinem Unterarm und versuche hektisch, es wegzuschwemmen.

In dem Moment klatscht der Ball vor mir ins Wasser. Heftig schwappt es mir in Mund und Nase, lässt meine Kontaktlinsen schwimmen und spült mir das Pflaster genau zwischen die Finger, wo es sich verheddert. Auf seinem Fließ erkenne ich verwaschenes Rot. Mir wird übel, ich verliere den Boden unter meinen Zehenspitzen und japse wie ein Anfänger gegen meinen Würgereiz an.

Erschöpft und wütend rudere ich zum Rand. Mir reicht's. Eine Heilkur habe ich mir definitiv stressfreier vorgestellt. Das hier ist schlecht kaschierter Leistungskampf, wie ich ihn nicht mehr austragen will.

Auf meinen Linsen brennt das Chlor wie Feuer. Ich kralle mich an die Beckenkante und blinzle zur Decke, um mir Erleichterung zu verschaffen. Sonnenstrahlen dringen durch die sechs parallel angeordneten Plexiglashauben und werfen gleißende Flecken in Handtuchgröße auf das Wasser. Durch das Oberlicht direkt über mir sehe ich den klaren Himmel und sehne mich nach Alleinsein und dem Blick in beruhigende Weite.

Plötzlich verdüstert sich das Oberlicht neben meinem um eine minimale Nuance. Mehr spüre ich die Verringerung des einfallenden Lichts, als dass ich sie sehe.

Bedeckt sich der eben noch makellose Himmel? Bloß nicht, ich will doch gleich noch zum Strand. Wenn Regen kommt, kann ich das vergessen. Denn dann bin ich da unten allein und davor werde ich mich tunlichst hüten.

Ich hangle mich drei Armlängen am Beckenrand entlang, um durch das benachbarte Oberlicht zu sehen.

Etwas Dunkles zuckt zurück. Ungetrübtes Blau strahlt mir entgegen.

Keine Wolken.

Die anderen toben und schreien ungebrochen. Außer mir hat niemand etwas bemerkt. Wobei – was habe ich denn schon gesehen? Oben ist wahrscheinlich nur jemand an der Lichtklappe vorbeigegangen und hat einen Schatten geworfen. Eines der natürlichsten Gesetze der Welt. Dennoch jagt mein Puls mir das Blut mit Hochgeschwindigkeit durch den Körper. Und dann weiß ich es plötzlich: Der Schatten einer laufenden Person streift mit ihr vorbei, er zuckt nicht jäh hinweg. Es sei denn, er stand vorher still. Und hat uns hier unten beobachtet.

Bis zum Qi Gong bleibt mir wenig Zeit. Eine knappe Dreiviertelstunde, dann muss auch ich mit ausgestreckten Armen in göttinnenverehrender Pose auf der Wiese stehen. Bis dahin will ich die Kraft der See getankt haben. Den chlorverseuchten Badeanzug habe ich sofort gegen Bikini und Strandkleid getauscht, beides in meiner Lieblingsfarbe Schilfgrün. Dann harrte ich hinter dem Glas meiner Terrassentür aus und wartete auf zufällige Strandgänger. Das Glück meinte es gut mit mir. Zwei Frauen, die ich schon mal im Casino gesehen habe, zogen plaudernd draußen vorbei. Ich schnappte mein Handtuch und heftete mich mit ein paar Schritten Abstand an ihre Fersen. Auf dass Danny diesen Bann akzeptiert.

Unten am Strand steuern die beiden auf eine größere Gruppe von Leuten zu, die dort mit Stoffmuscheln ein regelrechtes Biwak errichtet haben. Geblendet vom bunten Chaos bleibe ich stehen. Überall sind Handtücher verstreut, liegen Bälle, Bücher und Sonnencremeflaschen herum.

Mittendrin lümmeln Kliniker auf Pause, deren mehr oder minder bleiche Pelle stumm nach Hautkrebs schreit. Wespen und Marienkäfer sirren, angezogen von klebrig-süßen Düften, auf Getränkedosen los und werden hektisch weggeschlagen. Aus einem Weltempfänger wummert Lady Gaga ihre aufgesetzte Schrille in die hitzige Luft.

Mittendrin entdecke ich Susann. Wie eine Statue steht sie zwischen den anderen, die Augen mit der Hand verschattet, den Blick gen Horizont gerichtet, als erspähe sie dort etwas, das ein Normalsterblicher nicht sehen kann. Ihre Haare blähen sich im Wind wie eine goldene Fahne.

Graziös langsam beginnt sie, sich auszuziehen, gibt jedem gierigen Auge die Chance, ihren wohlgeformten Körper zu scannen. Scheinbar völlig in sich versunken beugt sie sich hinab und lässt Shorts und Top, beides natürlich mit den Labeln teurer Marken versehen, nachlässig in den Sand fallen.

Dabei streckt sie ihre cellulitefreien Beine durch, was sowohl deren Länge als auch die geschmeidige Biegsamkeit ihrer Wirbelsäule perfekt zur Geltung bringt. Nicht zu vergessen ihre Brüste, die sichtlich beengt in den knappen Stoffdreiecken schaukeln, als wollten sie Anlauf für den Sprung in die Freiheit nehmen.

Wieder aufgerichtet räkelt sie sich der Sonne entgegen, zupft ihr Höschen zurecht und läuft mit einer Anmut, die eine Gazelle an den Abgrund der Missgunst treiben würde, in die anlandenden Wellen.

Das Wasser dürfte trotz der heutigen Sonnenstunden noch immer fischkalt sein, aber Susann zuckt nicht einmal mit der

Wimper, als sie sich hineinstürzt und seiner Bewegung überlässt. Kaum akklimatisiert, krault sie mit kräftigen Schlägen in Richtung Horizont. Ihre Technik, das kann ich als ehemalige Schulschwimm-Meisterin von hier aus sehen, ist so sauber wie das Weiß ihres Bikinis. Bald kann ich ihren Kopf nur noch als Punkt ausmachen.

Vereinzelt blicken ihr noch ein paar Exemplare der Gattung homo testosteronus schmachtend nach, dann verfällt die Strandbesatzung wieder in nachmittagssatte Lethargie.

Ich beschließe, mich von den Psychos abzusondern. An weiteren Inszenierungen à la »Cinderella entsteigt den Fluten« habe ich keinen Bedarf und in Richtung Juist-City ist der Strand belebt genug, um mich vor Dannys Attacken zu schützen. Hoffe ich.

Er hatte beobachtet, wie Ella sich vorhin von den anderen entfernte. Sie war ziemlich lang im Wasser. Doch seit geraumer Zeit liegt sie nur da, die Stirn auf die verschränkten Arme gestützt, und rührt sich nicht mehr. Fast wirkt es, als hätte sie die Zeit vergessen. Ein Blick hinüber zum Abschnitt vor der Klinik zeigt ihm, was er sehen will. Dort leert sich der Strand zusehends und damit wächst seine Chance, sie allein zu erwischen, wenn sie zurückkommt. Er klappt sein Buch zusammen, streicht sich den Sand vom Körper und macht sich auf den Weg. Wenn er sie im richtigen Moment abpassen will, sollte er vorbereitet sein.

Wieder ein Pieks. Und ein Problem. Nicht, dass ich davon eine Sammlung anlegen wollte. Den ganzen Mist neuzeitlich als

Chancenkatalog zu definieren, kommt mir nun wirklich nicht in den Sinn.

Auf meiner Haut tummeln sich Marienkäfer en masse. Ich weiß nicht, ob sie beißen oder pinkeln, aber es tut weh. Wahrscheinlich muss ich sie als Verbündete sehen, die mich nur höflich wecken wollten. Denn nach meinem ausgiebigen Bad im Meer bin ich offensichtlich eingedöst. Die Uhr meines Handys verrät mir, dass ich eine gute Stunde weg war. So viel zu Qi Gong. Schöne Scheiße.

Ärgerlich streife ich die Viecher ab und rapple mich hoch. Der Strand ist leer wie Death Valley. Klar, in zwanzig Minuten beginnt die abendliche Brotzeit, einer der drei Höhepunkte des Tages. Schnell werfe ich mir das Kleid über und raffe meine wenigen Sachen zusammen. Das getrocknete Salz auf meiner Haut kribbelt und lässt den Stoff beim Laufen unangenehm scheuern.

Ich beschleunige meinen Schritt und bete zu was auch immer, dass am Durchgang zum Park diesmal keine Überraschung auf mich wartet. Weder Handtuch noch Flip-Flops sind wehrhafte Mittel gegen böses Blut und mein Körper ist weit über die für eine Verteidigung dienliche Betriebstemperatur hinaus erhitzt.

Ein paar Meter vor mir löst sich jemand aus dem Wasser und läuft zum Strandaufgang. Ich fahre zusammen. Dann erkenne ich ihn. Lysander bleibt neben dem Steg stehen wie ausgebremst. Sein Rücken bebt vom Atmen.

Erst bin ich erleichtert. Im Schutz seines Windschattens komme ich unversehrt durch die Passage. Aber warten zu müssen, bis er sich auf den Weg macht, will mir nicht gefallen. Von hinten ansprechen möchte ich ihn auch nicht. Beides dürfte ziemlich plump wirken. Ohne Deckung stehe ich hinter ihm, trete unschlüssig von einem Bein aufs andere und beobachte, was er macht. Noch hat er mich nicht bemerkt.

Langsam, als wolle er es raufen, fährt er sich durch das tropfende Haar, aus dem ein Rinnsal den dezent muskulösen Rücken hinabläuft. Seine eng anliegende Panty-Badehose hat das gleiche Schwarz wie sein Schopf und offenbart einen wohlgeformten Hintern, der in schlanke Beine übergeht. Gut, dass er nicht sehen kann, wie ich ihn mustere und mich dabei ertappe, wie ich mir mit der Zunge über die Lippen fahre.

In dem Moment dreht er sich um und kommt auf mich zu. Anders als sein volles Haar vermuten lässt, ist sein Körper mit Ausnahme der Unterarme und Schienbeine glatt. Haare sind nur da, wo sie für meinen Geschmack hingehören.

Ein kleines Amulett an einem Lederband liegt in der Vertiefung zwischen Hals und Brustansatz und tänzelt leicht bei jedem Schritt. Wie winzige Kristalle bedecken Wassertropfen seine braune Haut und perlen an seinen Flanken herab.

Er zieht seine buschigen Brauen zusammen und verengt seine Augen so sehr, dass die feinen Lachfältchen in den Außenwinkeln wie Furchen wirken. Sie blitzen vor Wut. Ihre Farbe ähnelt der Reflexion des Meerwassers an einem klaren Morgen. Etwas in ihnen durchdringt mich, hindert mich, den Blick abzuwenden.

»Würdest du mir helfen?« Irritiert registriere ich den freundlichen Unterton in der angerauten Stimme. Sie nimmt mich ein und ich wünschte, er würde ewig weitersprechen, damit ich ihr lauschen kann. Ich muss mich zwingen, nicht abzudriften. Sofort werde ich verlegen und reibe mir die Arme, um die Gänsehaut zu überspielen.

»Klar.« Mehr bringe ich nicht raus. Klar? Wieso klar? Ich weiß doch nicht mal, was er will.

Er räuspert sich. »Irgendein Spaßvogel hat meine Klamotten mitgenommen. Ich brauche jemanden, der in mein Zimmer geht und mir was Neues holt. Und ein Handtuch mitbringt. So triefnass will ich nicht ins Haus.«

Und vermutlich auch nicht so nackt.

Himmel, Ella, reiß dich zusammen!

»Okay. Aber wie komme ich rein? Ich meine, hast du noch deinen Schlüssel?«

Mir ist ein bisschen mulmig bei dem Gedanken, wie eine Voyeurin in seinem Schrank herumzuwühlen, aber ich kann ihn unmöglich so stehen lassen. Außerdem kommt diese Fügung meiner angeborenen Neugier sehr entgegen.

Er schüttelt den Kopf. »Der Schlüssel liegt im Zimmer. Die Tür ist auf.«

Die Hälfte des Stegs habe ich schon hinter mir, als mir einfällt, dass ich etwas Wesentliches vergessen habe. Ich drehe mich um und sehe, wie das Zucken um seinen Mund in ein Grinsen übergeht.

»Alpha neunundzwanzig«, sagt er. Weiter nichts. Offenbar scheint er darauf zu vertrauen, dass ich schon was Gescheites raussuchen werde.

Sein Zimmer liegt genau über meinem und ist vollkommen anders, als ich es mir vorgestellt habe, auch wenn ich mir einbilde, keine Erwartung gehabt zu haben. Das Bett ist ordentlich gemacht und unter einer weich aussehenden, kamelhaarfarbenen Decke verborgen. Bis auf das Sideboard, das von Büchern und aufgelesenem Strandgut überquillt, und den Nachttisch, auf dem ein paar beschriebene Seiten nebst Meisterstück von Montblanc liegen, ist der Raum penibel aufgeräumt. Magnetisch zieht das Geschriebene mich an, aber ich verbiete es mir, auch nur einen Schritt darauf zuzutun. Er hat mir sein Vertrauen gegeben.

Nur an das Sideboard gehe ich etwas näher heran, um mir die Bücher anzuschauen. Es sind mindestens zwanzig, darunter eine Abhandlung über das quantenphysikalische Paradoxon von »Schrödingers Katze«, ein Buch über das Meer, zwei Kriminalromane und schließlich ein Titel, der mir die Nackenhaare aufstellt: »Wenn das Leben schmerzt«. Der niederländische Autor René Diekstra ist ein Insider für Suchende. Ich selbst habe ihn nur durch Zufall entdeckt und meine eigene Ausgabe inzwischen so oft gelesen, dass sie fast auseinanderfällt. Ich nehme das Buch in die Hand wie ein Sakrament und wage nicht, es aufzuschlagen.

Mir ist, als hätte ich mir den Kopf gestoßen. Für so tiefgründig hätte ich Lysander nicht gehalten. Um meine Verwirrung abzustreifen, drehe ich mich weg und sehe mich weiter im Raum um. Mein Blick bleibt an mehreren großformatigen Malereien hängen, die mit Kreppband an den Wänden befestigt sind und alle nur ein einziges Motiv zeigen: Wellen, mal realistisch, mal verfremdet, auf braunes Packpapier gebannt. Der Fernseher ist mit einem weißen Therapielaken verhüllt, davor steht ein Strauß bunter Wiesenblumen. Ob sie von einer Frau stammen? Mascha womöglich?

Familienfotos entdecke ich keine.

Ohne es zu wollen, bin ich seltsam angekratzt von dem, was ich hier sehe: die Zuflucht eines Mannes, der Unmengen teils sehr spezielle Bücher mit hierhergeschleppt hat und sie, dem Zustand nach zu urteilen, auch tatsächlich liest. Was für ein männliches Wesen an sich schon so bemerkenswert ist, dass man ihm einen Orden dafür verleihen müsste.

Noch dazu ist es ihm gelungen, sich in dieser Umgebung ein atmosphärisches Zuhause zu schaffen, und sei es auch nur für begrenzte Zeit, das meine eigene Sehnsucht nach einem Schutzraum spiegelt. Und meine Unfähigkeit, ihn für mich zu finden.

Etwas in mir wird ganz weich und dehnt sich langsam vom Magen in die übrigen Eingeweide aus.

Ich will das nicht fühlen und balle die Fäuste.

Da merke ich, dass ich noch immer das Buch in der Hand halte. Kaum habe ich es an seinen Platz zurückgestellt und will mich vom Sideboard entfernen, schrecke ich zusammen. Erst jetzt sehe ich die beiden blicklosen Augen, die mich aus dem Treibgut heraus anstarren. Zwischen all den Fundstücken vom Strand liegt fein säuberlich poliert der abgetrennte Kopf von Barbie-Ken. Lysander wollte offensichtlich auch nicht drauftreten. Es dauert einen Moment, bis ich es schaffe, mich von dem Anblick loszureißen und rückwärts zu wanken. Als ich das Bett hinter mir spüre, knicken meine zittrigen Beine wie von selbst ein und ich lande auf dem Überwurf, wo ich so lange sitzen bleibe, bis mein Herzschlag sich wieder beruhigt. Wie lächerlich ist das denn? Jetzt fürchte ich mich schon vor einem Puppenkopf aus Plastik.

Ruckartig springe ich auf und werde aktiv. Erst stapfe ich ins Bad, nehme ein Handtuch vom Heizgerippe, dann wende ich mich Lysanders Kleiderschrank zu, als wäre es eine Selbstverständlichkeit. Hier empfängt mich die gleiche Ordnung eines Menschen, der seinem Leben offenbar eine klare Struktur zu geben weiß. Wie zu erwarten, keine Ballonseide, nur ein gutes Dutzend Shirts und Hemden, zwei Jeans, ein Baumwoll-Mohair-Pullover und geschmackvolle Unterwäsche. Mey. Klar.

Mit roten Ohren greife ich beherzt in den Schrank, als wimmle es drinnen vor Skorpionen, fische eine schwarze Panty-Short, ein braunes Shirt und eine Jeans nebst eng geflochtenem Ledergürtel heraus.

Hier kann ich gar nicht danebengreifen. Trotzdem bin ich so aufgeregt, dass mir das Shirt herunterfällt. Beim Aufheben halte ich überrascht inne. Sieh an. Der Barfußmann hat auch rahmengenähtes Schuhwerk. Das allerdings hat er in die hinterste Ecke seines Schranks verbannt. Einen Moment stehe ich da und schaue es an, als könne es mir sein Geheimnis verraten. Dann mache ich mich auf den längst überfälligen Rückweg.

Auch diesmal ist die Luft rein, Danny nur ein flüchtiger Umriss in meinen Gedanken, fast so, als trüge ich einen Schutzschild.

Während Lysander sich abtrocknet und anzieht, blicke ich aufs Meer und bedaure, dass ich hinten keine Augen habe.

»Danke. Du hast was gut bei mir«, sagt er schließlich und strubbelt sich mit dem Handtuch durch die Haare.

Der Wind hat abgeflaut. Die Wasseroberfläche liegt vor mir wie ein gigantischer titanfarbener Spiegel. Nur an der Wasserlinie kräuseln sich die Wellen. Es sieht aus, als würden sie den Sand kraulen.

Himmel. Ich bin sowas von durcheinander und meine Assoziationen geben mir ernsthaft zu denken.

Das 1. Juister Sommerfest der Saison ist genau die mittelschwere Katastrophe für mein brachliegendes inneres Gleichgewicht, die ich am Morgen auf mich hatte zukommen sehen. Ehrlicher Titel wäre »Mumienschieben mit zoologischem Einschlag« gewesen.

Außer Mascha und mir haben sich noch ein paar andere Klinikfreaks zum Kurplatz an Juists Südseite gewagt. Wahrscheinlich aus reiner Verzweiflung über das nicht vorhandene Abendprogramm in der Dunenburg. Nach mehreren Wochen täglicher Nabelschau scheinen manche kurz vor einem Lagerkoller zu stehen und haben nervöse Eigenschaften wie Augenzucken und hysterisches Lachen ausgebildet.

Schon von Weitem schlägt uns das schräge Rumtata der Seniorenkapelle entgegen. Ich mache Anstalten, gleich wieder umzudrehen. Meine zarte Begleiterin zerrt mich jedoch mit erstaunlicher Dickköpfigkeit weiter. Wir schieben uns in eine der Bankreihen und werden begafft wie geflohene Käfighennen. Ich glotze zurück. Ein Fehler.

Kaum ist Mascha verschwunden, um Wein zu besorgen, kann ich mich der Aufforderungen zum Tanz kaum erwehren. An sich schade, denn ich tanze gern. Aber am liebsten allein und mit geschlossenen Augen, um mich vom Rhythmus tragen zu lassen. Ganz sicher jedoch nicht zu Schlagermusik und in den nächsten dreißig Jahren auch unter Garantie nicht mit einem Krückstockbesitzer.

Mascha scheint sich nicht halb so zu quälen wie ich. Im Gegensatz zu mir sieht sie aus wie nach einer Frischzellenkur. Die glatte Haut ihrer Wangen ist leicht gerötet und ihre Augen leuchten, als hätte sie Taschenlampen dahinter versteckt. Entweder geht es ihr wirklich blendend oder sie gehört zu den Menschen, die ihre Misere mit einem fröhlichen Lächeln überspielen können.

Auf beides kann ich gerade gar nicht gut wechseln. Meine Nerven fühlen sich an wie Bindfäden, die sich unter dem permanenten Gesäge der Rentnerband aufribbeln. Ich spüre, wie meine Gereiztheit bis knapp unters Kinn schwillt, und frage mich, wann ich es wohl endlich lerne, »nein« zu sagen, wenn ich »nein« meine. Ein Ei zwischen zwei N, so schwer kann das doch nicht sein.

Einziger Vorteil meiner Situation ist der unbeschränkte Zugang zu Alkohol, der in der Klinik natürlich tabu ist. Nach drei Gläsern Rotwein schmeiße ich meine guten Vorsätze über Bord und schnorre mir eine Zigarette von meinem Nachbarn. Der erste Zug ist wie Karussell fahren, danach bin ich wieder voll auf Droge und kein Raucher am Tisch ist mehr sicher vor mir.

Mascha geht inzwischen jede halbe Stunde zum Toilettenwagen und kommt verlegen an sich herumnestelnd zurück. Währenddessen kralle ich mich immer unkontrollierter an meinen traubenhaltigen Tröstern fest.

Wenn nur Lysander hier wäre. Dann hätte ich wenigstens einen Anblick, der meinen Augen schmeichelt. Nach unserer Begegnung am Strand hat er es jedoch offenbar vorgezogen, für den Rest des Tages zu verschwinden. Definitiv die klügere Entscheidung.

Nach mir schier unendlich erscheinenden zweieinhalb Stunden torkeln wir allein zurück. Die Chance, dass wir es bis zum Einschluss um elf schaffen, geht nahezu gegen null, aber Mascha beruhigt mich.

»Schert doch eh keinen. Außerdem is meine Terrassentür auf. Machen alle im Parterre. Wasmeinsu, was hier abends immer abgeht?«

»Sowas wie der Paarungsakt, dem ich Montagabend unfreiwilligerweise beiwohnen durfte?«

Mascha stolpert über ihre eigenen Füße. Ich kann sie gerade noch auffangen und wieder einnorden. Dabei fällt mir auf, dass wir im Dunkeln laufen, obwohl der Weg zur Dunenburg von Laternen gesäumt ist. Sie sind alle aus. Das macht es mir schwer, den Gesichtsausdruck meiner Begleiterin zu deuten.

»Was ist hier eigentlich los?«

»ADI.«

»Wer ist Adi?«

Sie kichert. Mann, hat die Schlagseite.

»Nicht Adi. A-Anti-Dunenburg-Insiative.«

»Wovon redest du?«

»Die machen den gansen Kwatsch. Laternen kaputt unwasweißich. Und aussserdem lauern die uns auf.«

»Um uns zu entführen und in Strandkörben zu vögeln, oder was?«

Mascha bleibt stehen und guckt mich an. »Was soll das?«

Plötzlich klingt sie stocknüchtern. An ihrem Unterton merke ich, dass ich zu weit gegangen bin. Die Leichtigkeit von eben ist schlagartig weg. Aber ich kann keine Rücksicht nehmen, der Alkohol macht mich forsch. Schlimm genug, dass Danny mich zur Zielscheibe auserkoren hat und mir bis in meine Träume folgt. Wenn ich mich noch auf weiteren Mist gefasst machen muss, will ich das jetzt wissen. Mascha ist nächste Woche weg, ihr kann's egal sein.

Außerdem verheimlicht sie was, so wie sie den Kopf abwendet und an mir vorbei ins Dunkel starrt.

»Du warst das am Montagabend am Strand, oder?«

Während meines Spaziergangs zum Billriff hätte sie genug Zeit gehabt, um ans Wasser zu kommen. Ein heimliches Rendezvous würde auch das aufgebrezelte Outfit erklären, das sie trug.

Sie macht einen Schritt auf mich zu und fast rechne ich damit, dass sie auf mich losgeht. Dann seufzt sie und ergreift meine Hände. »Bitte verrat mich nicht.«

»Warum sollte ich? Was du in deiner Freizeit machst, geht mich nichts an. Solange du es freiwillig tust.«

Sie nickt und klingt überrascht. »Ja, genau das ist es. Früher hätte ich sowas nie gekonnt. Machen, was ich will. Jetzt fange ich endlich an zu leben.«

»Kein Grund, sich zu schämen. Du hast bloß eben davon gesprochen, dass uns hier jemand auflauert. Da dachte ich …«

»Nein. Ich meine, ja. Die ADI macht immer so Aktionen. Hab ich gehört. Aber das hat nichts zu tun mit …« Sie blickt auf ihre Füße, obwohl sie die kaum erkennen dürfte.

»Er ist verheiratet, stimmt's?«

Schulterzucken.

»Lysander?« Irgendetwas in mir spannt sich wie eine Gitarrensaite.

Ihr Kopf schnellt hoch. »Nein. Wir reden nur.«

Jedenfalls in der Öffentlichkeit. Die Szene im Casino taucht vor meinen Augen auf. Maschas Zucken, als ich sie und Lysander auf dem Weg zum Büffet passiert habe. Als hätte ich sie bei etwas Verbotenem ertappt.

»Wer ist es dann?«

Sie schweigt beharrlich. Als würde sie ihren heimlichen Liebhaber allein dadurch verlieren, dass sie mir seinen Namen offenbart.

»Na, da hat dir ja jemand schwer den Kopf verdreht«, sage ich säuerlich. »Aber keine Sorge. Von mir droht keine Konkurrenz. Ich hab die Nase erst mal voll von dem ganzen Mist.«

»Er ist so ... sensibel«, himmelt Mascha gegen meine miese Stimmung an und mir wird klar, warum sie den ganzen Abend so unerschütterlich von innen heraus glüht.

»Er weiß sogar, wie man am Strand eine schöne Atmosphäre schafft. Mit Kuscheldecke und Wein und Mondschein«, schwärmt sie, derweil mich der Verdacht beschleicht, dass der Typ sich offenbar sehr gut mit zweckdienlicher Romantik auskennt.

»Bestimmt bringt er nachher wieder alles mit. Bis auf den Mond«, giggelt sie.

Also sind sie noch verabredet. Ich spare mir einen Kommentar, um ihr den Spaß nicht zu verderben.

Den übrigen Rückweg spricht sie von Zuversicht, Freiheit und wiederentdeckten Gefühlen und dass sie ihre Mutter nun endlich dazu überreden wird, in ein Altenpflegeheim zu gehen. Dann kann auch sie selbst endlich in ihr neues Leben starten.

Vor ihrer Terrasse angelangt, drückt sie mich und verschwindet zum Frischmachen im Bad. Ich schleiche mich unterdessen durch ihr Reich über den Flur zu meinem Zimmer. Für Schlaf bin ich jetzt viel zu aufgewühlt.

Also nehme ich meine Stabtaschenlampe in Anschlag und schlüpfe gleich wieder raus in den Park. Ich bin entschlossen, sie jedem über den Kopf zu ziehen, der mir zu nahekommt, egal ob als Danny oder ADI. Noch macht der Restalkohol mich mutig. In dieser einsamen Stunde bin ich es leid, mich zu verstecken, vor wem auch immer. Zur Not schreie ich die ganze Klinik zusammen.

Auf einer Bank mache ich Rast und zünde mir meine letzte »VanAndern« an. Das Feuerzeug habe ich auch »geliehen«. So, wie es aussieht, werde ich aber demnächst selbst wieder eins in den Kreislauf einbringen und der ausgleichenden Gerechtigkeit damit Genüge tun.

Meine Gedanken schweifen unfreiwillig zu Lysander. Was soll ich von dem Mann bloß halten? Am besten mich selbst auf Abstand. Auch wenn sie es abstreitet, irgendwas ist da mit ihm und Mascha und damit kann er mir sowieso gestohlen bleiben. Die Heftigkeit, mit der ich die Zigarette austrete, überrascht mich selbst.

Als ich die Kippe in der nächsten Mülltonne entsorgen will, staune ich nicht schlecht. Sie ist randvoll mit Flaschen, ehemals gefüllt mit Wein, Bier und härteren Kalibern. Dazwischen klemmen leere Chipstüten und zerdrückte Zigarettenschachteln. Berge von Kippen und Flipsreste garnieren das Stillleben. In allen weiteren Blechtonnen, die ich aus Neugier öffne, zeigt mir der Lichtstrahl meiner MagLite das gleiche Bild.

Wer auch immer nachts hier rumschleichen mag, hat offenbar gewaltigen Bedarf an legalen Suchtmitteln. Besser ich begegne ihm doch nicht. Oder ihr.

Hi, vllt. interessierts d. ja, was Agfa mir gest. Nacht erzählt hat. U. jetzt sag nich, d. alte Kiffer. Er hat P. getr. Nein, lies weiter. D. war auch i. d. Dburg u. er sagt, jetzt is sie ’n Zombie. Sei vernünftig u. hau da ab.

4. Kapitel

Donnerstag, 16. Juni

Es ist hoffnungslos. Seit einer knappen halben Stunde sitze ich vor einem haselnussbraunen Bogen Packpapier und versuche das Unmögliche.

Ich soll malen, was in mir ist. Es fließen lassen. Was immer *es* auch sein mag. Genauso gut hätte man mir auftragen können, Wasser aus einem Stein zu pressen.

Jedes Mal, wenn ich hochschaue, nickt diese Frau Gartner mir aufmunternd zu. Sie ist motiviert wie eine Grundschullehrerin am ersten Arbeitstag. Hinter den Glasbausteinen, die ihr immer wieder den Nasenrücken hinunterrutschen, wirken ihre dunklen Knopfaugen surreal groß. Ihre Aufgabe ist es, mir den therapeutischen Nutzen des meditativen Malens näherzubringen.

Die anderen kennen ihn schon und sind bereits damit beschäftigt, sich gegenseitig die Gouache-Farben wegzuschnappen. Einzig ich bin neu und vollkommen ratlos.

Dass Lina Gartner aussieht wie eine Comicfigur, macht mir die Selbstfindung nicht leichter. Die ganze Zeit muss ich an dieses Spiel für Kinder denken, bei dem man aus verschiedenen Körperabschnittskarten die irrwitzigsten Figuren zusammenlegen kann. Bei ihr waren die Peanuts Vorlage: die Haare sind von Frieda, das Gesicht ist eindeutig Marcie, der Rumpf könnte von Lucy sein und die Sandalen gehören zu hundert Prozent Peppermint Patty.

Als sie darin einen Schritt auf mich zu macht, gebe ich vor, angestrengt in mir zu forschen, und lasse meine zusammengekniffenen

Augen wie beiläufig schweifen, um zu linsen, was die anderen fabrizieren.

Mascha neben mir trägt offenbar die Sonne in sich. Ihr DIN-A3-Format kreischt mir in Orange, Rot und Gelb entgegen, lediglich am unteren Rand ist ein daumennagelgroßer, schlammfarbener Klecks auszumachen, der möglicherweise aber eher künstlerisches Unvermögen als einen tieferen Sinn ausdrückt.

Vier Stühle weiter schöpft Lysander aus einem unendlichen Reservoir und legt ein weiteres Exemplar für seine Meeresbilder-Sammlung an. Er ist die Ruhe in Person, schwingt den Pinsel mit sicherer Hand und konzentrierter Miene.

Während ich beobachte, wie Susann fröhlich lächelnd, aber dadurch nicht weniger untalentiert, versucht, die Eleganz weißer Lilien einzufangen, begreife ich das Universalprinzip der Klinik allmählich: Hier kann jeder machen, was er will. Er muss nur so tun, als würde er die Regeln befolgen und sich nicht beim Gegenteil erwischen lassen.

Das kommt mir entgegen, weil ich nicht vorhabe, mein inneres Desaster in dieser Runde preiszugeben. Bevor ich heute Morgen nach dem Frühstück feststellte, dass mein Handy spurlos verschwunden ist, ging es mir noch relativ gut. Ich war felsenfest überzeugt, es in der Hosentasche zu haben. Aber da war es nicht. Und auch sonst nirgendwo in meinem Zimmer. Ich habe alles gründlich inspiziert.

Nicht, dass es einen Unterschied macht. Es gibt immer noch niemanden, den ich anrufen möchte. Aber die Tatsache, dass ich meinem Verstand nicht mehr trauen kann, hat mich mental ins Schlittern gebracht. Richtung schwarzes Loch. Und das, obwohl ich letzte Nacht fünf Stunden am Stück geschlafen habe. Trotz meines gestrigen Ausfalls in Sachen Wein und Zigaretten. Oder gerade deswegen. Vielleicht sollte ich damit weitermachen. Angesichts meiner aufgewühlten Stimmung erscheint mir ein gewisses Maß an Betäubung geradezu verlockend. Sie könnte mir auch helfen, das Blut zu vergessen, das meine Toilettenschüssel vorhin aussehen ließ wie nach einer Geburt.

Ich mustere alle Farben außer Rot und suche krampfhaft nach einem Bild, das dieses Tabu umgeht. Es will mir kaum mehr aus dem Kopf.

Bei Grün und Braun habe ich plötzlich die rettende Idee: Vor meinen Augen formiert sich ein Reh. Keine zehn Meter stand es von mir entfernt, als ich heute früh nach dem Aufwachen wie üblich den Vorhang beiseiteschob, um das Wetter zu prüfen. Das Licht war noch matt und lag wie ein Schleier über dem erwachenden Morgen. Ich beobachtete, wie das Tier sein Maul über die taunasse Wiese führte, die Ohren wie Peilsender aufgestellt, und wagte nicht, mich zu bewegen. Mein Atem war flach und ich spürte, wie sich ein seltsamer Frieden in meinem Bauch ausdehnte.

Bis eine Handvoll gleichgültiger Gestalten heranstapfte, um noch vor dem Frühstück das Meerwasser zu treten.

Sofort war der mystische Augenblick zerstört. Das Reh hob den Kopf und stob in den Wald davon. Vielleicht sollte ich einen Totenschädel in mein Gemälde mit einbauen.

Bald bin ich so vertieft, dass ich die Pinkelpause ignoriere und weiterzeichne. Fast habe ich den Umriss geschafft, da reißt mich eine aufgeregte Stimme aus der Konzentration und mein Kopf schnellt wie von einem Seil gezogen nach oben.

»Gib das sofort wieder her!«

Bis eben saß Mascha friedlich an ihrem Tisch und hat die Pause genutzt, etwas in ein schulheftgroßes Ringbuch zu schreiben. Erst als ich sah, wie sehr sie die Lippen dabei zusammenpresste, fiel mir auf, dass sie Linkshänderin ist. Sie gab sich größte Mühe, bloß nichts zu verschmieren. Sonderlich geübt sah das nicht gerade aus.

Jetzt steht sie bebend neben mir und blickt zur Tür. Dort lehnt Susann und zupft an einer aufgeblätterten Seite.

»Ei, was haben wir denn da? Etwa das geheime Tagebuch von Dornröschen?« Mit hochgezogenen Augenbrauen wirft sie Mascha ein breites Grinsen zu.

»Das geht dich nichts an. Gib's wieder her!« Mascha geht auf sie zu und greift nach dem Buch.

»Oh, oh.« Susann stellt sich auf die Zehenspitzen, streckt den Arm aus und schwenkt die Kladde über Maschas Kopf hin und her wie ein Pendel.

Binnen Sekunden kreist mein Blick einmal durch den Raum. Alle schauen zu, auch Lina Gartner sagt keinen Mucks, bewegt nur stumm die Lippen und geht dann ins Hinterzimmer. Lysander hat den Raum vorhin zur Pause verlassen und ist noch nicht zurück.

Also mal wieder ich.

Ich kann sowas nicht ertragen. Das hat mich schon in der Schule angekotzt, wo mein Banknachbar Uli, genug gestraft mit Brille und roten Haaren, vom Rudelführer unserer Klasse und seinen um ihn herumbuckelnden Maulhelden ständig eins vor die Mappe gekriegt hat. »Feuermelder einschlagen« nannten sie das. Uli hat heute zwar kaum noch Haare, dafür aber das höhnische Lachen noch immer im Ohr.

Susann ist mindestens fünfzehn Zentimeter größer als ich. Aber das ist mir gerade scheißegal. Mit der rechten Hand schnappe ich mir das Purpurrot von Maschas Tisch, mit der linken meinen Stuhl und gehe zur Tür. Genau vor Susann stelle ich den Hocker ab, steige auf die Sitzfläche, schraube den Deckel vom Rot und halte es ihr über das Feenhaar.

»Das Buch. Oder du siehst gleich aus wie abgestochen.«

Widerstandslos reicht Susann mir das Ringbuch. Sie ist völlig perplex, ihr Mund aufgerissen wie ein lautloses »O«.

Ich drehe mich um und gebe Mascha die Kladde. Ihre Augen glitzern und laufen aus.

»Du solltest besser darauf aufpassen.«

In dem Moment kommt Lysander zurück, einen Kaffeebecher aus dem Automaten in der Hand. Als wäre sein erstaunter Gesichtsausdruck das Zeichen für den Abpfiff, löst die Situation sich auf. Lysander sieht erst Mascha an, dann mich. Ein paar Sekunden zu lang. Ich weiche nicht aus. Für den Rest der Stunde ziehe ich mich jedoch in meine Kapsel zurück und lasse die verstohlenen Blicke meiner reizenden Mitpatienten daran abgleiten.

In der obligatorischen Abschlussrunde erklärt Mascha ihr Bild als Vorfreude auf ihr neues Leben, wobei ihre roten Augen sie wie eine Lügnerin aussehen lassen.

Lysander sagt ohne weiteren Kommentar, das Meer sei Katharsis, was ihm nicht wenige hohle Blicke einbringt.

Mit einem Tonfall, der an ein beleidigtes Kind erinnert, verkündet Susann schließlich, dass weiße Lilien die schönsten Blumen der Welt seien und sie einen Strauß als Geschenk von jemandem erhalten habe, der sie liebe.

»Grabschmuck«, flüstert Mascha so laut, dass jeder es hören kann.

Ich enthalte mich und schweige. Da ich in etwa so gut malen kann wie in mich hineinschauen, sieht mein Reh aus wie eine Kreuzung aus getupftem Frischling und Deutschem Pinscher.

Auf den Totenkopf habe ich aus gegebenem Anlass verzichtet. Ich will doch gar keinen Ärger. Weder mit Susann noch sonst jemandem.

Wie passend, dass ich jetzt in dem Kurs für werdende Nichtraucher sitze. Dafür hatte ich mich schon vor Beginn meiner Rehabilitation vormerken lassen. Bis gestern Abend war ich mir allerdings sicher, ihn nicht mehr zu brauchen. Na ja, fast.

Wir sind drei Frauen, die sich wahrscheinlich gerade alle in den Arsch beißen, weil sie so verblendet waren, sich das Gesülze anzutun zu wollen. Vor uns sitzt eine verknöcherte Endzwanzigerin, die aussieht, als wäre sie in direkter Linie mit »Catweazle« verwandt. Unentwegt schiebt sie sich ihre langen, fettigen Strähnen hinter die Ohren und streicht ihren Leinensack glatt, der frisch aus der Altkleidersammlung zu stammen scheint, aber bestimmt bio-bio ist.

Mit monotoner Stimme spricht sie von gelben Zähnen und amputierten Beinen, was weit weniger abschreckend ist als die Aussicht, kerngesund, aber dafür so freudlos zu sein wie sie.

Nachdem sie den Gewinn des Rauchens in einem endlosen Monolog völlig überraschend als Illusion entlarvt hat, gibt sie uns zur nächsten Stunde auf, uns Alternativen zu überlegen. Himmel, wenn wir die hätten, wären wir nicht hier.

Keine fünf Minuten später stehen wir im Unterstand vor der Klinik und lösen unseren Frust in Rauch auf. Wenn ich so weiterschnorre, bin ich bald extrem unbeliebt.

»Solange *er* kommt, höre ich sowieso nicht auf«, sagt eine meiner Mitsüchtlerinnen und deutet auf Seitz, der gerade das Gebäude verlässt und auf uns zusteuert. »Da wäre ich ja schön bescheuert.«

Wie selbstverständlich stellt er sich dazu und zwinkert. »Na, die Damen? Die nächste Runde geht auf mich.«

Mir fällt die Fluppe aus dem Mund.

Sofort hält er mir seine Schachtel unter die Nase. Ich greife hinein, kann mein Mundwerk aber nicht zähmen.

»Darf ich fragen, wieso?«

»Weil ich es für Unsinn halte, wenn Sie mit sowas in der tiefsten Krise anfangen. Damit sind Fehlschläge vorprogrammiert und Sie schaufeln sich nur unnötig weitere Last auf den Rücken.«

»Warum werden dann Nichtraucherkurse angeboten?«

»Nicht meine Idee.«

Dass er damit die Autorität dieser Klinik untergräbt, ganz zu schweigen von »Catweazles«, scheint ihm ehrlich egal zu sein. Da werde ich ganz sicher nicht gegenstänkern. Zumal ich ihn mir gewogen halten will. Von den anderen weiß ich, dass sie vor der Visite noch zum Nordic Walking müssen. Mit ein wenig Glück habe ich Seitz gleich für mich allein.

»Stimmt das eigentlich, was Susann vorhin in der Malstunde gemacht hat?« Eine der Frauen sieht mich lauernd an. Ich bin erstaunt, wie schnell die Buschtrommeln schlagen. Kaum setze ich zu einer Antwort an, kommt mir eine andere Raucherin zuvor.

»Wie kann man auch so naiv sein und sein Tagebuch mitnehmen? Also ehrlich. Selbst schuld.«

»Susann ist eine Kackbratze. Sobald sie was gegen dich in der Hand hat, macht sie dich nass.« Die Dritte im Bunde scheint bereits über einschlägige Erfahrung zu verfügen.

Ich beschränke mich auf ein nichtssagendes Schulterzucken. Seitz scheint amüsiert, mustert uns mit einem undefinierbaren Lächeln und setzt an, zu gehen. Sofort hänge ich mich an ihn.

»Kann ich Sie was fragen? Unter vier Augen?« Die letzten Worte waren für den Dreier-Club bestimmt, der meinen Vorstoß mit empörten Mienen zur Kenntnis nimmt, aber dennoch brav stehen bleibt.

»Ja, natürlich. Wenn Sie mit mir Schritt halten.« Wieder ein Grinsen, diesmal auch mit den Augen, was ich als Erfolg werte. Für jemanden mit Hinkefuß ist er erstaunlich schnell unterwegs. Als wolle er mich abschütteln.

»Wann kann man seinen Therapeuten wechseln?«, falle ich plump mit der Tür ins Haus. Taktisch äußerst unklug, wie sich rasch zeigt.

»Bei unüberbrückbaren Differenzen.«

»Also wenn die Chemie nicht stimmt.«

»Falsch. Für einen guten Therapieerfolg muss man sich nicht unbedingt gut riechen können. Manchmal hilft uns gerade das am meisten weiter, was uns abstößt.«

Er weiß offenbar sehr genau, von wem ich rede. Und dass ich kein besseres Argument zur Hand habe. Mit etwas Entgegenkommen hätte er mir mehr als eine vage Vorlage liefern können. Ich stecke fest. Nächste Haustür.

»Ich möchte zu Ihnen.«

Seitz verengt die Augen, ist plötzlich vollkommen ernst. »Bedaure, das geht nicht.« Verstohlen reibt er sein Bein.

»Muss ich erst ein schwerer Fall werden?«

Er bleibt stehen und sieht mich an, als würde es ihn wirklich treffen. »Ich bin ausgelastet bis zum Kragen. Mit ganz normalen Patienten. Sie sollten derlei Gerüchten nicht allzu viel Glauben schenken. Wie schnell etwas verbreitet wird, haben Sie ja eben selbst erlebt.«

»Was dann? Was soll ich tun, damit mir hier jemand hilft? Ausflippen? Rumschreien? Leute anfallen?«

»Dann fliegen Sie raus.«

Meine Schultern sacken in sich zusammen. Er berührt sie leicht mit einer Hand, bevor er mich stehen lässt. Sie ist warm, zuckt aber gleich wieder zurück.

»Reden Sie mit Rottmann.«

Dann löst er seinen Schatten von meinem und nimmt ihn mit.

Es klopft. Hart und kurz. Noch bevor ich die Chance habe, die Tür zu erreichen, betritt Rottmann mein Zimmer mit der Attitüde eines Alphatieres. Wie es dem Herrscher eines Königreichs angemessen ist, annektiert er meinen Sessel als Thron und reißt seinem Hofstaat alias Schwadronata-Agatha eine Mappe aus der Hand.

Die Schwester stellt sich ungewohnt zurückhaltend hinter ihn, mir bleibt nur das Bett. Ich setze mich auf die Kante und starre auf das nutzlose Zimmertelefon, damit ich Rottmann nicht gleich feindselig anfunkle. Noch immer hat das Ding für mich nur interne Verbindungen, kein Amt nach draußen. Aber, wohin auch?

Rottmann blättert die Akte auf, legt die Fingerspitzen aneinander und fixiert mich wie ein seltenes Insekt. Sein Blick zeigt kein Erkennen.

»Also, Frau Karst, dann verraten Sie mir mal, wie es Ihnen geht.«

Ein »Guten Tag« wäre auch zu viel gewesen. Ich hole Luft.

Schwadronata ist schneller als ich. »Das ist die Falsche. An Frau Karst sind wir schon vorbei.« Es klingt, als hätten sie sie ausgelassen.

»So. Und wen haben wir dann hier?«, fragt er sie, als wäre ich nicht anwesend.

»Ella Brandt, Neuzugang seit Montag. Burnout. Genehmigt für vier Wochen. Schefer ist der Therapeut.«

Bei so viel Borniertheit schwillt mir der Kamm. Mühsam entringe ich mir einen sachlichen Tonfall.

»Da sind wir direkt beim Thema. Ich möchte Sie um –«

»Immer schön eins nach dem anderen, Frau Brandt. Wie schlafen Sie?«

»Bescheiden. Aber darum geht es nicht, ich –«

»Frau Brandt. Vertrauen Sie mir. Ich verstehe mich auf meinen Job und bin hier, um Ihnen zu helfen. Würden Sie deshalb bitte erst einmal einfach nur meine Fragen beantworten? Ich wäre Ihnen sehr verbunden. Danke.«

Klar, wie konnte ich meine Erkenntnis während der Tanztherapie gestern so schnell wieder vergessen? Das hier ist *seine* Klinik. Sein Spiel. Auf gut Deutsch: Füg dich oder verpiss dich.

Da es keinen Sinn macht, den Mond anzubellen, schiebe ich meine Fäuste in die Hosentaschen und warte.

»Also, wo waren wir? Ach ja, der Schlaf. Haben Sie Rückenschmerzen?«

»Ja.«

»Nackenkissen«, sagt er, ohne sich zur Schwester umzudrehen.

»Hab ich mir schon selbst organisiert.«

»Dann Lattenrostverstärkung. Sonstiges physisches Befinden?«

»Körperliche Bedrohung durch Daniela Karst.«

Er lüpft die Brauen. »Inwiefern?«

»Diese Frau ist wandelndes Dynamit. Eine Psychopatin. Sie hat mir nach der Sauna aufgelauert und mich angegriffen.«

»Und wo ist das Problem? Abgesehen davon, dass Sie mir die Diagnosen überlassen sollten?«

»Wo das Problem ist? Dass sie scheinbar tun und lassen kann, was sie will, und es niemanden kümmert. Hören Sie überhaupt, was ich sage?«

»Sie unterstellen mir Inkompetenz?«

Eine heiße Welle durchflutet mich, verdampft meinen Atem und legt meinen Mund trocken. Jedes Wort, das mein Hirn an die Zunge schickt, zerfällt zu Staub.

Den Therapeutenwechsel kann ich vergessen.

»Ich sage Ihnen, was das Problem ist, Frau Brandt. *Sie* sind das Problem. Seit Ihrer Ankunft hier in der Klinik sind Sie so ziemlich mit jedem unserer Mitarbeiter aneinandergeraten. Für jemanden, der wegen Erschöpfung Hilfe sucht, eine stolze Leistung. Und reichlich dumm noch dazu, die Hand zu beißen, die einen streichelt.«

In Gedanken bin ich bereits auf der Rückreise.

»Sie haben ganz offensichtlich erhebliche Anpassungs- und Abgrenzungsstörungen. Nicht nur gegenüber Autoritäten, wie ich Ihrer Akte entnehme.«

Das reicht. Ich springe vom Bett auf.

Er erhebt sich ebenfalls, reicht Agatha die Mappe und rückt mit einer Hand den Kittel über seinem schwarzen Anzug zurecht. Dann schaut er an sich herab und lächelt. »Nicht alles ist nur schwarz oder weiß. Es gibt auch Grautöne, Frau Brandt. Schefer wird Ihnen helfen, Sie zu erkennen. Dies hier auch.«

Er wirft mir eine Packung Antidepressiva auf das Bett und wendet sich zur Tür. Im Gehen dreht er sich noch einmal um. »Und jetzt entspannen Sie sich wieder. Geben Sie sich und uns die nötige Zeit. Ich schlage Ihnen vor, um mindestens zwei Wochen zu verlängern.«

Dann ist er raus und ich sacke auf die Bettkante. Mit einem Mal ist mein Kopf zu schwer für meinen Hals und sinkt auf meine Brust. Wie Luft aus einem Ballon ist mir jeder Antrieb entwichen. Mein Körper gleicht einer leeren, schlaffen Gummihülle, zerfetzt von scharfen Zähnen.

Wie lange ich so dasitze und abwäge, weiß ich nicht. Das Ergebnis ist keine Entscheidung, bloß eine Gewissheit. Wenn ich jetzt meine Koffer packe, bin ich wieder auf der Flucht. Nur diesmal ohne Ziel.

Ich greife nach den Tabletten und schleudere sie in die Nische hinter dem Sideboard. Rottmanns Worte brennen wie Säure in meinen Eingeweiden. In einem hat er recht. Tief in mir weiß ich das längst. Es gibt kein Entkommen aus sich selbst.

Bis zum Supermarkt in der Mittelstraße habe ich mir die Aggression einigermaßen abgelaufen. Wie ich es schaffen soll, mich den Weg wieder zurückzuschleppen, weiß ich allerdings noch nicht. Klassischer Fall von ellaistischer Selbstüberschätzung. Aber ich habe eine starke Motivation. In meinem Rucksack schaukeln drei Liter Rotwein beruhigend vor sich hin. Die Zigaretten in den Seitenfächern sind mein Zucker. Süßkram hat bei mir noch nie geholfen. Mir wird nur schlecht davon, am allermeisten von Schokolade. Ich schätze, dass ich diesem Umstand meine guten Beißerchen verdanke.

Mein Proviant erhöht die Vorfreude auf den Abend doch ganz erheblich. Er wird nämlich wieder einsam werden.

Mascha fällt aus. Sie hat nachher ihr Schlussgespräch bei Rottmann. Danach muss sie allein sein, sagt sie. Wer könnte das besser verstehen als ich? Das Wochenende lässt uns noch genügend Zeit zum Abschiednehmen. Mehr als mir lieb ist. Noch etwas, das ich nicht gut kann.

Vielleicht sollte ich ihr ein Blümchen besorgen, das an meiner Stelle spricht. Und mir selbst eine Sonnenblume, deren Gelb meine verhangene innere Landschaft erhellt.

Nach ein paar Irrläufen in stille Seitenstraßen entdecke ich im Rosengang tatsächlich einen kleinen Laden mit Gebinden vor der Tür. Wie passend. Ein Blick ins Fenster zeigt mir, dass er erstaunlich gut sortiert ist. Wahrscheinlich, weil sich die Zahl der Menschen auf dieser Insel demnächst verfünffacht.

Über der Tür verkündet ein Glöckchen mein Kommen. Die Frau, die aus dem Hinterraum tritt, ist mir gleich sympathisch. Ihre Wangen sind vom Leben an der Seeluft rot gegerbt, darüber blitzen warmherzige Augen. Sie kommt in den Verkaufsbereich und lächelt mich an. Ich weiß nicht, was schöner ist: der betäubende Duft der Blüten, ihre leuchtenden Farben oder das Gefühl, mich als normalen Menschen zu empfinden. Mein Blick fällt auf die Wand hinter ihr. Dort prangt ein Spruch, sorgfältig mit Schnörkeln aufgemalt, der mich breitseitig erwischt: »Wer am Meer leben will, muss im Sturm bestehen – Fritz Worm«. Da hat jemand wahr gesprochen. Ich lasse »am Meer« weg und habe für einen Moment den Willen, an mich zu glauben.

Für Mascha wähle ich roten Klatschmohn, weil die Blütenblätter mich an ihre Zartheit erinnern. Sonnenblumen bekomme ich nicht, deshalb nehme ich einen Strauß Mageriten für meine Seelentröstung mit. Wie Gänseblümchen, nur in groß. Als Kind habe ich Haarkränze aus dem filigranen Wiesenschmuck gebastelt, in einem Meer aus Zeit.

Während die Blumenfrau meine Beute in Papier einschlägt, schellt das Telefon auf der Holztheke. Sie lächelt entschuldigend und nimmt ab. Je länger sie horcht, desto mehr zieht sich ihre Stirn in Falten.

»Lilien sind aus, tut mir leid, ich habe vorhin das letzte Bund verkauft … Ja, ich nehme die Bestellung gern auf, aber ich weiß nicht, ob es noch zum Wochenende klappt … In Ordnung.«

»Seltsam«, murmelt sie mehr zu sich als zu mir, nachdem sie aufgelegt hat. »Das war heut' schon der Zweite, der nach weißen Lilien fragt.«

Mein Verstand weigert sich zu kapieren, was meine Augen sehen. Soeben habe ich mein Zimmer betreten, die Blumen gleiten mir aus der Hand.

Die Vorhänge sind geschlossen, obwohl ich sie aufgezogen hatte, bevor ich ging. Damit das Licht sich einrichten kann. Aber da ist kein Licht, nur ein bleicher Abklatsch davon, der das Chaos in einen unwirklichen Dämmer taucht. Meine Bücher liegen auf dem Boden, als hätte ein Orkan sie dorthin gefegt. Manche auf dem Rücken, wie dicke tote Käfer, die zerknickten Seiten leblos von sich gestreckt. Dazwischen verteilt sich mein gesamter Schrankinhalt. Bodys, Kleider, Schuhe, gehäuft, verdreht und zerwühlt, als wären sie in meiner Abwesenheit aus ihren Fächern getanzt und irgendwann erschöpft auf dem Parkett zusammengebrochen.

Jemand war hier. Hat meine Zuflucht verschmutzt.

Ich will mich umdrehen und schreien, doch ich kann mich nicht rühren. Erst als ich auf dem Gang ein Geräusch höre, gebe ich mir einen Ruck. Schleppende Schritte.

Danny!

Ich stürze vor die Tür, bereit zum Angriff, jede Sehne gespannt. Die Wut macht mich zum Riesen. Aber da ist nur Mascha, die mich mit rot geäderten Augen ansieht, als wäre ich ein Geist. Sie hat ihre Tür schon aufgesperrt und scheint sich zwingen zu müssen, nicht einfach reinzugehen.

»Was ist los?« Wir haben beide die gleiche Frage im Gesicht, aber ich stelle sie laut.

Als hätte ich ihre Tränensäcke angepiekst, fließt es aus ihr heraus. Sie fängt hemmungslos an zu weinen, ihr Körper ist ein einziges Schluchzen. Durch ihre verschnodderte Nase dringt ein Pfeifen.

Ich gehe auf sie zu, doch sie stoppt mich mit ausgestrecktem Arm und schüttelt den Kopf.

Ein klägliches »Tschuldigung« ist alles, was sie herausbringt, bevor sie verschwindet und ihre Tür von innen verriegelt.

Mir fällt ein, dass sie eben ihre letzte Einzelstunde bei Rottmann hatte, und ich frage mich, was das Schwein ihr wohl an Weisheiten mitgegeben hat. Kein Wunder, dass sie so aufgelöst ist. Vielleicht hätte ich sie nach meiner Visite warnen sollen. Aber wenn sie seit Wochen von ihm »behandelt« wird, weiß sie vermutlich besser als ich, dass von ihm kein Mitgefühl zu erwarten ist.

Nur noch halb so mutig drehe ich mich um und versuche mich an Dannys Tür. Sie ist verschlossen. Auf mein Klopfen folgt keine Reaktion.

»Mach auf, du feige Socke!«

Nichts.

Ich haue gegen die Tür. Am liebsten würde ich sie eintreten und es dieser Monsterbraut heimzahlen.

Ein Gedanke, der mir nicht behagt, schiebt sich plötzlich dazwischen. Wie kann ich so selbstverständlich davon ausgehen, dass ich ihr das Schlachtfeld in meinem Zimmer zu verdanken habe? Was, wenn es gar nicht Danny war? Schließlich ist sie keine Antimaterie, wenn auch von undefinierbarem Geschlecht. Wie, bitteschön, soll sie durch die Tür gekommen sein, von der ich sicher bin, sie verschlossen zu haben? Die Tür, die ich eben aufdrücken konnte, ohne meinen Schlüssel einsetzen zu müssen, und die nicht die kleinste Spur einer gewaltsamen Öffnung zeigt?

Der Tag leuchtet wie golddurchwirkter Samt. Fenster und Tür stehen weit auf. Die einströmende Luft ist warm und gewürzt mit dem Harz der Kiefern, dessen Aroma in der Sonne an Intensität gewonnen hat und sich vom Meereswind tragen lässt. Eine Melange aus den Düften von Kontinent, Äther und Ozean.

Glühende Strahlen haben Lysanders kleinen Balkon erobert und laden zum Bad im Licht. Normalerweise taucht er gern darin ein, liebt es, ihre Wärme auf seiner Haut zu spüren. Doch diesmal bleibt er im Sessel sitzen wie angewurzelt, die nackten Füße im Schneidersitz unter seinen Schenkeln vergraben.

Seine Gedanken sind bei Ella, deren wunde Blicke sich anfühlen wie eine körperliche Berührung. Er begreift nicht, warum er sie sucht. Begegnungen dieser Art vermeidet er seit einer Weile tunlichst. Aber es ist etwas in diesen Augen. Ein Hunger, eine Frage, die er nicht beantworten will. Am wenigsten sich selbst. Und eine Schwingung, die eine verdrängte Erinnerung hochspült, in der er sich verfängt. Hannah mit dem Schlüssel in der Hand. Wie sie ihn langsam auf dem Tisch ablegt, bevor sie sich umdreht.

Er versucht, sich in die Gegenwart zurückzuholen, konzentriert sich bewusst auf den Raum um ihn herum, lässt seinen Blick über das Sideboard streichen, seine ordentlich gestapelten Bücher, das Strandgut, das er aufgelesen hat während seiner Fluchten. Steine, Muscheln, Krebsgehäuse und rund gewaschene Glasscherben in allen Farben, blau, weiß, grün, braun.

Schwerfällig entknotet er seine Beine und geht zum Balkon. Sie sind steif wie Schilfrohre. Nach ein paar tiefen Atemzügen will er die Tür gerade verschließen, als er in der drückenden Stille von unten ein leises Schluchzen heraufwehen hört. Er ahnt, von wem es stammt. Mascha.

Sie wollte eine Antwort von ihm. Aber sie hat die falsche Frage gestellt. An den falschen Menschen.

Wir müssen alle durch unsere ganz private Hölle, denkt er, jeder mit seinem eigenen Dämon im Gepäck.

Er kann ihr nicht helfen. Will es auch nicht.

Wie um sich gegen sie zu verschließen, verriegelt er alles und beginnt, auf der kleinen Freifläche seines Fußbodens mit geschlossenen Augen eine Acht abzulaufen.

»Ich tu's. Ich tu's nicht. Ich tu's. Ich …«, murmelt er dabei und am Ende verliert er gegen sich selbst.

Mit dem Blick einer Fremden betrete ich Alpha 9, hebe die Sachen auf, betaste sie, lasse meine Augen wandern. Nichts fehlt, soweit ich das sehen kann. Geld und Papiere habe ich im Rucksack und das Handy war gestern schon weg. Außer dem Durcheinander gibt es keine Anhaltspunkte für einen Diebstahl. Wenn Danny etwas gesucht und womöglich gefunden hat, weiß ich nicht, was es sein könnte.

Ich schiebe die Vorhänge auf und löse die Verriegelung der Terrassentür, um wieder Luft zu bekommen. Mein Herz schlägt wild um sich.

Plötzlich sitzt es mir im Hals.

Da draußen baumelt etwas.

Auf Blickhöhe zwischen Balkon und Terrassenboden hängt ein Fremdkörper, der definitiv nicht dorthin gehört. Mit Beinen wie Pudding gehe ich zögernd darauf zu. Aus der Nähe wird daraus ein flacher Stein, der vom Strand stammen könnte, so geschmirgelt weich wie seine Rundungen sind. Er hängt an einer dünnen Paketkordel, die ihn wie ein grobmaschiges Netz umwickelt. Darunter ist eine Scheckkartenhülle festgesteckt.

Luftpost.

Ich greife danach und ziehe sie hervor. Statt einer Karte ist ein zusammengefaltetes Stück Papier darin. Ein Notizbuchzettel, den ich mit übertriebener Vorsicht entfalte, um mich gegen weitere Überraschungen zu wappnen. Zwei Zeilen in einer markanten, nach vorn geschwungenen Handschrift springen mir entgegen. Schwarze Tinte aus dem Meisterstück des Barfußmanns, scharf konturiert auf weißem Grund.

Morgen Mittag Radtour zur Domäne Bill?
Antworte bitte hier. Lysander

Mein Herz verabschiedet sich in den Magen, macht ihn warm. Mit Feuer oder Blut? Ich weiß es nicht zu unterscheiden. Die Ohrfeige, die ich mir gebe, vertreibt den spontanen Anflug irrationaler Sehnsucht. Was für ein Timing. Ich antworte mit genau einem Wort.

Erst gegen Abend traue ich mich wieder auf die Terrasse, bepackt mit flüssiger Nahrung und Rauchwaren. Ich will an den Strand. Laufen, bis ich so weit weg bin, dass ich meine im Teufelskreis rotierenden Gedanken ungestört ertränken kann. Als ich die Tür zuziehe, höre ich aus Maschas dunklem Zimmer einen vertrauten Tenor.

Rottmann.

Vielleicht hat ihn sein Gewissen doch noch ereilt. Falls er so etwas überhaupt hat. Seine Worte bleiben diffus. Das Fenster ist geschlossen. Aber der Ton klingt nur halb so barsch wie sonst. Soll ich klopfen und ihm sagen, was ich von seinen Methoden halte? Nein. Ich wende mich ab. Es ist ihre Sache, ob sie ihn auf heute Nachmittag anspricht. Ich bin nicht Mutter Teresa. Außerdem will ich ihn nicht auf mich aufmerksam machen. Der Rotwein ist zwar im Rucksack unter dem Therapielaken versteckt, doch so, wie ich ihn einschätze, hat der Mann Röntgenaugen.

Schnell klemme ich die Scheckkartenhülle an den Stein und ziehe sie mit der Kordel fest. Ein plötzliches Kribbeln im Nacken lässt mich innehalten. Jemand beobachtet mich. Von links.

Im Herumwirbeln sehe ich Danny vom Fenster zurücktreten. Sie packt den Vorhang und reißt ihn mit Schwung zu. Einen

Moment lang spiele ich mit dem Gedanken, sie jetzt gleich zur Rede zu stellen, lasse dann aber von meiner frisch entflammten Wut ab. Rottmann hat mich sowieso schon auf dem Kieker, ich will ihm durch lautes Gezeter nicht noch den Anlass dafür liefern, mich des Verfolgungswahns zu bezichtigen. Er wird mir ohnehin nicht glauben. Das Zimmer ist wieder aufgeräumt und wer sollte schon etwas von mir wollen?

Immerhin scheint Danny nicht auf eine Begegnung erpicht zu sein. Für den Fall, dass sie mir doch folgt, habe ich vorgesorgt. Die einzige Juister Apotheke hatte immerhin Pfefferspray im Repertoire und meine MagLite ist ein Knüppel aus hartem Chrom. Was ich an Schlaghemmung verspürt habe, als ich vor einem Jahr diesen Selbstverteidigungskurs absolvierte, ist mir inzwischen abhanden gekommen. Das will ich zumindest glauben. Entschlossen, den Abend zu überstehen, mache ich mich auf den Weg.

Ein paar Schritte weiter im Park endet er schon. Susann sitzt auf der geheimen Bank. Jedenfalls, bis sie mich wahrnimmt. Kaum ist das geschehen, springt sie auf wie in den schmalen Knackepo gebissen und tritt hektisch ihre Zigarette aus.

»Beruhig dich wieder. Ich bin's bloß.«

Ihre Augen sind riesig. Das rechte Lid zuckt. Gelassenheit sieht anders aus. Und noch etwas sehe ich in ihrem Blick. Erst kann ich es nicht deuten. Doch dann wird mir klar, was es ist. Sie hat Angst. Angst vor mir, die ich kaum größer bin als eine Parkuhr und eindeutig weniger in Form. Fast muss ich lachen, so absurd ist das.

»Komm schon, ich bin nicht auf dem Kriegspfad und verpfeifen werde *ich* dich ganz sicher nicht«, beschwichtige ich sie und fummle meine Gauloises aus der Tasche. Pepe, meine Leibsorte, gab es hier nicht. Ihr reiche ich auch eine Zigarette.

»Frieden?« Selbst wenn mir Frauen wie Susann gehörig auf die Nerven gehen, will ich keinen Dauerstress mit ihr. Aus meiner Sicht verspielt ihr Schlag mit der Cinderella-Masche jeden Respekt vor unserem Geschlecht. Ohne zu begreifen, dass sie sich damit selbst zur Trophäe degradiert. Gegenüber vernünftigen

Menschen disqualifiziert sie sich mit ihrem gehässigen Konkurrenzgehabe sowieso. Vermutlich ist sie mächtig einsam.

Susann greift zu und setzt sich wieder. Mein Feuer nimmt sie so geduckt an wie jemand, der noch einen Schlag aus dem Hinterhalt erwartet. Als er ausbleibt, entspannt sie sich sichtlich. Nur diese Zigarette lang, sage ich mir, und setze mich neben sie.

»Von wem waren denn jetzt eigentlich die Lilien?«

Susann schluckt. »Weiß ich nicht.«

Warum überrascht mich das nicht?

»Zuerst dachte ich, sie sind von Schefer. Aber heute lag wieder ein Strauß auf meiner Terrasse.« Sie greift sich in die Jeanstasche und reicht mir einen zerknüllten Zettel. »Und der war dabei.«

Eine flüchtig hingekritzelte Handynummer.

»Und du glaubst, die ist nicht von Schefer?«

Sie schüttelt heftig den Kopf und sieht mich an als wäre ich nicht ganz bei Trost.

»Schefer wohnt doch in der Klinik. Die Appartements der Therapeuten sind im dritten Stock der Villa.«

Das wusste ich nicht. Seitz zumindest brauchte eine Kutsche, um nach Hause zu kommen. Aber ich begreife, was sie meint. Das Funkloch.

»Er könnte doch noch ein zweites Zimmer auf der Insel haben.«

»Davon hätte er mir erzählt. Ich weiß alles über diesen Schleimbeutel. Er textet mich doch jedes Mal zu, wenn er mich trifft. Rein zufällig natürlich.«

Die letzten Worte spuckt sie mit ihrem Kaugummi aus. Ich kann ihren Ekel verstehen. Aber wer die Meute kollektiv reizt, muss sich nicht wundern, wenn auch ein Mängelexemplar Witterung aufnimmt. Sie sollte zumindest aufhören, ihn anzulächeln.

»Mir reicht's so dermaßen«, platzt es aus ihr heraus. »Als hätte ich mit Danny nicht schon genug Furunkeln am Arsch gehabt.« Sie legt ihre Arme um sich, wie jemand, der sonst keinen Halt hat.

»Hat Danny dich auch belästigt?«

»Belästigt? Sie hat sich auf mich geworfen und versucht, mir ihre Zunge in den Mund zu stecken. Als ich Pilates gemacht habe. Auf der Terrasse. Wenn sie einen Schwanz gehabt hätte, hätte sie noch was anderes versucht. Todsicher.«

Mir wird ganz anders. Da bin ich ja noch glimpflich davongekommen. Jetzt hole ich doch den Rotwein raus. Hausmarke. Der Korkenzieher war teurer. »Hast du das gemeldet?«

»Ich hab's Rottmann erzählt. In der Therapie.«

»Ja, und?«

Sie schnaubt. »Er hat gesagt, ich soll endlich erwachsen werden.«

Womit er prinzipiell recht hat, was Susann angeht. Aber nicht in diesem Kontext. Das grenzt an böswillig unterlassene Hilfeleistung. Dass sein Wegschauen sich nicht bloß gegen mich richtet, schockt mich dann doch in seiner Konsequenz.

Darauf nehme ich einen kräftigen Schluck. Am liebsten würde ich meinen kostbaren Tröster nicht teilen. Aber da wir nun eine Gemeinsamkeit haben, eine derart verstörende noch dazu, kriegt Susann auch was ab.

Sie mag die Flasche kaum wieder absetzen und wischt sich anschließend mit der Hand über den Mund wie eine anonyme Alkoholikerin, die Spuren beseitigen will.

Inzwischen greift die Dämmerung nach uns. Susanns pinkfarbenes T-Shirt tut mir kaum noch in den Augen weh.

»Was hast du dann gemacht?«

»Nichts. Seit dem Vorfall lässt sie mich in Ruhe.«

»Komisch. Hast du den anderen davon erzählt?«

»Logisch. Allen.«

»Dann ist es klar.« Ich tippe auf einen ihrer zahlreichen Verehrer. Er wird sich Danny geschnappt und ihr mächtig eingeheizt haben. Nun hat sie ja auch ein neues Ziel im Visier. Mein Magen krampft. Noch eine Front, an der ich völlig auf mich allein gestellt bin.

Je mehr wir intus haben, desto weniger kann ich mich aufraffen zu gehen. Mit einem bitteren Geschmack im Mund registriere ich, dass ich lieber einigermaßen bequem in schlechter Gesellschaft bin, als bewusst einsam. So weit ist es also schon gekommen.

Grund genug, die zweite Flasche zu öffnen. Dann kann ich mir hinterher wenigstens einreden, der Alkohol wäre schuld gewesen.

Susann greift ebenso hemmungslos zu. Der Wein wäscht ihre Maske ab. Zugegebenermaßen verdünnt er auch ihre Aussprache. Das hindert sie jedoch nicht, mir von ihrem geplatzten Traum zu erzählen.

»Alles, was ich wollte, war ein sorgenfreies Leben«, sagt sie völlig ohne jede Ironie. »Einen Mann mit entsprechender Ausstattung, du verstehst?«

»Klar. Mit viel Geld und wenig Aufwand für dich. Sozusagen die Erfüllung des ökonomischen Prinzips.«

Irritiert sieht sie mich an, fährt aber trotzdem relativ unbekümmert fort. »Ich hätte auch nichts dagegen gehabt, wenn er älter gewesen wäre und das Vater-Werden schon hinter sich gehabt hätte.«

»Also verheiratet und nicht darauf erpicht, dass du dir deine Figur mit einem Baby ruinierst.«

Sie übergeht meine Stichelei großzügig und zählt auf, was sie alles dafür getan hat. In dem Wissen, dass es nichts ohne Gegenleistung gibt, hat sie fleißig in sich investiert. Nicht nur in sportlicher und kosmetischer Hinsicht. Das Jurastudium schien ihr am besten geeignet, den richtigen Kandidaten zu finden. Schließlich musste sie ihm ja das Wasser reichen können. »Zumindest intellektuell«, stellt sie klar.

Dieses Wort passt so gut in ihren Mund wie Susann in den Hörsaal. Trotzdem hat sie die Examen tatsächlich geschafft.

»Aber der potente Jurist fürs Leben wollte einfach nicht aufkreuzen«, stelle ich fest. Das heißt, es wird eng für Susann. Sie ist so alt wie ich, der mittzwanziger Nachwuchs rückt bereits auf.

Sie nickt betrübt. »Da musste ich dann arbeiten«, sagt sie mit einer Empörung, als wäre das eine absolute Schande.

So wurde sie Anwältin für Scheidungsrecht. Aus Kalkül, versteht sich. Wo sonst hätte sie ein besseres Umfeld für ihre Suche auftun können?

»Aber ich bin nicht fertig geworden damit«, sagt sie leise und ich weiß, dass sie von den Schicksalen spricht, die zwischen den Aktendeckeln lauern. Ganz kurz lässt sie mich hinter die Fassade gucken und die andere Susann sehen. Was diese Frau betrifft, stelle ich eine Parallele fest, auch wenn mir das nicht gefallen will. Nur zu gut kenne ich das Gefühl der Unzulänglichkeit. Bei mir hatte es damals damit begonnen, dass ich mein Publizistikstudium durch Jobs in Organisationen finanzierte, die, milde ausgedrückt, ein einziger Brennpunkt waren. Aber ich war leidenschaftlich entschlossen, mit meiner Sprache als Schwert gegen den Gleichmut der Welt und für die Schwachen zu Felde zu ziehen.

Natürlich gerieten mir die Dinge aus der Spur. Ich scheiterte Stück für Stück an der Wirklichkeit, konnte meinen überzogenen Anspruch immer seltener erfüllen und musste erleben, dass Recht mit Gerechtigkeit entschieden weniger gemein hatte als mit spitzfindigen Formfehlern.

Dazu schmerzte mich immer mehr, dass ich nicht schreiben konnte, was ich wollte, sondern für den, der es bezahlte. Dass meine Honorare zum Leben nie reichten, egal, wie sehr ich mich einsetzte. Mein soziales Engagement schien meinen wirtschaftlichen Erfolg zu torpedieren wie ein übler Stallgeruch den Aufstieg in einflussreiche Kreise. Jeder Kompromiss, den ich für Geld einging, setzte einen weiteren Pflasterstein auf meinen Weg in die Tiefe und irgendwann rotierte die Abwärtsspirale so schnell, dass alle Energie, die ich ihr entgegenzusetzen versuchte, sie nur noch weiter beschleunigte. Den Moment, wo ich hätte aussteigen können, habe ich verpasst. Und damit ging alles in die Wicken: zuerst die Kraft, dann das Lachen und schließlich die Lust. Ich selbst habe als Letzte gemerkt, dass ich immer durchsichtiger wurde und allmählich verschwand. Erst als Marty –

»Na ja«, sagt Susann plötzlich so lakonisch, als spräche sie von einer entfernten Bekannten. »Was dann kam, war halt das übliche

Programm. Erst die Schlafstörungen, dann die innere Unruhe und schließlich Panikattacken vor jedem Gerichtstermin.« Sie strafft die Schultern, wie um die Vergangenheit daran abrutschen zu lassen. »Ich weiß gar nicht mehr, wie viele Pillen ich irgendwann eingeworfen habe, um den Tag zu schaffen. Am Ende bin ich dann einfach zusammengeklappt. Mein Magen war kaputt und die Kanzlei, in der ich angestellt war, hat mich gefeuert. ›Wir setzen Sie zu Ihrem eigenen Besten frei‹, haben die gesagt. Das muss man sich mal vorstellen.«

Das kann ich besser als mir lieb ist, behalte meine Erfahrungen zu diesem Thema aber für mich. Susann sieht eh nur ihren eigenen Film.

»Ein halbes Jahr bin ich nicht mehr aus meiner Wohnung raus. Tja, und zack waren auch alle meine Freunde weg.« Susann klatscht sich auf die Schenkel.

Damit haben wir noch eine Gemeinsamkeit. Ich weiß nur zu gut, wie das ist, wenn Freunde oder Menschen, die man dafür hielt, sich immer seltener glaubwürdige Ausreden einfallen lassen, um das zu umgehen, was sie nicht verstehen.

Tatsächlich bin ich kurz davor, so etwas wie schwesterliches Mitgefühl zu empfinden, da hüpft Susann von der Bank, streckt die Arme in die Luft und wirft sich gen Himmel in Pose. Als hätte jemand in ihr plötzlich einen Schalter umgelegt.

»Aber jetzt bin ich wieder voll da! Hey, Leben, hast du das gehört? Ich bin wieder daaaa!« Sie schreit es heraus. Ihre Augen glitzern im Restlicht. »Ich fange völlig neu an. Mit Immobilien. Ohne Mister Right. Jawohl! Ich bin schon in Verhandlung mit einer Agentur.«

Trotz meiner Skepsis spüre ich, wie ein leiser Neid sich wurmartig durch meinen Magen frisst. Ich gönne es ihr, wie allen anderen auch. Aber woher stammt diese plötzliche Energie?

Wohl kaum aus den strukturlosen Beschäftigungsmaßnahmen, mit denen sie uns in dieser schlecht getarnten Verwahranstalt den lieben langen Tag zupflastern, damit wir keine Zeit haben, die gewaltige Verarschung zu erkennen.

Allerdings ist auch sie ein Ziehkind von Rottmann. Genau wie Mascha. Vielleicht ist er fähiger, als ich ihm in meiner Voreingenommenheit zugestehe.

»Seit wann bist du hier?«

»Zweieinhalb Wochen. Anderthalb habe ich noch.«

»Und du willst mir erzählen, dass Rottmann deine Probleme einfach so weggezaubert hat? *Der* Rottmann, der dich wegen Danny so mies hat hängen lassen?«

Jäh steht sie ganz still, schaut mich mild an wie ein erleuchteter Buddha und flüstert: »Ja«.

Nur »Ja«.

»Sorry, aber das kommt mir spanisch vor. Er macht pling und alle deine Sorgen sind einfach weg? Ohne Wenn und Aber? Quasi im Handumdrehen? Donnerwetter! Das schafft ja nicht mal der liebe Gott.«

Susann lächelt eisern an mir vorbei in die Ferne. Was dann passiert, ist seltsam. Sie schließt Arme und Beine um sich, als würde sie sich zusammenfalten, ja, als müsse sie etwas in ihrem Inneren vor mir verbergen, das nicht für meine Augen bestimmt ist. Und als wäre ihr dies in letzter Sekunde eingefallen.

Ich warte auf eine Antwort, aber sie lächelt mich nur abwesend an, als sei sie ganz woanders.

»Susann? Was ist das Geheimnis? Ich will auch ’ne neue Chance, verstehst du das?«

Plötzlich wieder ein Schwenk.

Als käme sie aus einer Trance zurück, wirft sie einen Blick auf ihre Armbanduhr und wird geschäftig. »Ach du Scheiße, schon gleich elf! Hab fast vergessen, dass ich noch in der ›Schirmbar‹ verabredet bin. Mit diesem Immobilienfritzen, den ich am Strand getroffen habe. Er hat eine Agentur, die er verkaufen will. Muss dringend los.«

Schon ist sie auf dem Sprung.

»Was? Du willst halb betrunken und allein im Dunkeln nach Juist reinlaufen? Bist du verrückt?«

»Ich habe keine Angst mehr.«

»Ach. Auf einmal? Als ich vorhin kam, sah das aber anders aus.«

Sie legt mir die Hand auf den Arm und zwinkert. »Wir reden ein andermal weiter, okay?«

Ohne mir die Gelegenheit zu einer Antwort zu geben, stürmt sie an mir vorbei und verschwindet in der Schwärze des Parks. Ich hocke noch eine Weile auf der Bank und versuche, mir einen Reim auf das eben Erlebte zu machen. Nach zwei Fluppen, die mich nur noch mehr vernebeln, gebe ich auf und gehe runter zum Strand.

Der Mond taucht ihn in silbriges Licht. Wie eine Schneelandschaft wirft der helle Sand es zurück. Das Wasser glitzert dem Erdtrabanten mit einem Meer aus gelb strahlenden Punkten entgegen, als habe er ein Netz aus abertausenden Lichterketten darübergeworfen.

Ich will mich in einen Strandkorb setzen und auf das Naturschauspiel anstoßen, ein Rest ist in Flasche zwei noch drin. Vielleicht hilft mir das, diesen Tag zu verdauen.

Doch kaum habe ich die korbgeflochtene Gruppe stummer Strandwächter erreicht, sehe ich eine Decke im Sand. Daneben Klamotten. Eine angebrochene Flasche Wein.

Das glaube ich jetzt nicht.

Der weiche Boden unter meinen nackten Füßen scheint zu wanken.

Zwei, vielleicht drei Minuten stehe ich da wie jemand, der sich selbst vergessen hat. Dann weiche ich wieder zurück und schleiche mich durch den Park zu meinem Zimmer. Auf dem Weg entsorge ich den letzten Schluck Wein im Müllcontainer. Mir ist alles vergangen.

Maschas Heimstatt liegt dunkel. Na klar. Sie hat einen besseren Tröster als mich. Komm du noch mal an.

5. Kapitel

Freitag, 17. Juni

Zum Frühstück schaffe ich es noch so eben rechtzeitig. Zumindest bekomme ich meinen Kaffee. Mehr würde mein Magen heute Morgen auch nicht akzeptieren, auf drei Aspirin. Die Lautstärke, mit der die Abräumer das Geschirr auf die Wagen knallen, macht meinen Kopf zu einer Tonhalle, deren spezielle Bauart darauf zielt, noch das kleinste Geräusch in ein akustisches Feuerwerk zu verwandeln. Ich halte mir die Ohren zu und merke erst in der Stille, dass Mascha fehlt. So sauber, wie ihr Platz aussieht, ist er offenbar den ganzen Morgen leer geblieben. Was ich sehr seltsam finde, weil sie sonst immer pünktlich frühstückt.

»Habt ihr sie irgendwo gesehen?«

Walter und Cherry schütteln unisono die Köpfe. Maschas Abwesenheit scheint die beiden nicht weiter zu stören. Mich schon. Ich will mit ihr reden. Mich für meine Gedanken entschuldigen. Ihr erklären, warum ich die Mohnblumen zertreten habe, auch wenn sie noch gar nichts davon wusste. Das brauche ich, um mein Gewissen zu befrieden, das mich seit der Morgendämmerung quält. Denn wer bin ich, dass ich über sie urteile? Wie kann ich ihr die Freude missgönnen, die ich selbst nicht habe? Meine Scham boxt sich immer aggressiver am Kater vorbei. Da trifft es sich prima, dass ich mich zur Massage aufmachen muss. Was dem Körper gut tut, streichelt bestimmt auch meine gebeutelte Seele. Ich beschließe, Mascha nachher zu suchen, und sehe zu, dass ich in die Physiotherapie-Abteilung komme. Bin sowieso schon viel zu spät dran.

Deshalb darf ich auch gleich an den Wartenden vorbei auf die Liege. Rasch habe ich mich bis auf die Unterbuchse freigelegt und harre der Rücken- und Beinmassage. Die Augen auf Halbmast, sehe ich verschwommen, dass ein Mann neben mich tritt.

»Moin«, sagt er knapp. »Rudi Elmer. Dann woll'n wir mal.« Geräuschvoll reibt er sich die Hände mit irgendwas ein. Kurz darauf spüre ich schon, wie seine Fingerkuppen sich in meine Schulterblätter graben, und denke an den Rat meines unliebsamen Therapeuten: loslassen. Vielleicht hat er recht. Wenigstens hier könnte ich versuchen, damit anzufangen. Also atme ich tief ein …

… und stocke.

Im ersten Moment glaube ich noch an einen Irrtum. Denke, meine Wahrnehmung ist vom Restalkohol getrübt. Lässt mich jetzt überall Gespenster sehen, wo keine sind. Aber dann besinne ich mich. Angeschlagen hin oder her. Es gibt sicher kein objektives Maß dafür, aber wenn jemand meine Schamgrenze überschreitet, weiß ich das genau. Und Rudi Elmers linke Hand bewegt sich gerade eindeutig zu nah am Ansatz meiner nackten Brust, während er mit der Rechten meine Wirbelsäule hinab in Richtung Po fährt. Zack, schlüpfen die Fingerspitzen unter meinen Slip. Nur so eben, als wäre es ein Versehen gewesen, dann streichen sie die Hüfte entlang bis zum Knochen. Ich erstarre.

Ach du heilige Sch– Was mache ich denn jetzt? Bäuchlings auf der Bank liegend und nur mit einem Höschen an? Meine Klamotten befinden sich außer Reichweite auf dem Stuhl. Meine Stimme in einer tiefen inneren Grube.

Elmer hat die offizielle Berechtigung der Klinik, mich hier zu betatschen. Die Kabine ist nur durch blickdichte Vorhänge begrenzt. Zu beiden Seiten finden weitere Anwendungen statt, ein ruhiges Flüstern und Atmen. Er fühlt sich sicher. Das bringt ihn auf Touren.

Soll ich ihn anschreien? Vor allen bloßstellen?

Wie groß ist die Chance, dass mir jemand glaubt? Und wie hoch die Wahrscheinlichkeit, dass ich rausfliege, wenn Rottmann davon Wind bekommt und beschließt, dass ich ein unlösbares Problem bin?

Aber was ist die Alternative? Warten, bis es vorbei ist? So tun, als merkte ich nichts? Flach atmen und erdulden, dass er mich gierig befingert? Mir vorstellen, dass er danach aufs Klo geht und …?

Mein Mund wird noch trockener. Mein Körper hat beschlossen, vorerst keine Feuchtigkeit mehr zu produzieren. Deshalb kann ich auch nicht weinen, obwohl mir hundeelend ist. Ich hatte mich auf die Massage gefreut. Mein Rücken ist ein einziges Krisengebiet. Langsam glaube ich, dass sich wirklich alles gegen mich verschworen hat. Der ganze verschissene Kosmos.

Nur weg hier.

»Mir geht's nicht gut. Ich muss mal zur Toilette.«

Elmer hebt die Hände von meiner Haut und tritt zur Seite. Während ich aufstehe, nimmt er das Therapielaken vor den Körper und tut so, als würde er es neu falten. Hält er mich wirklich für so bescheuert?

So schnell ich kann, ziehe ich mich an. Sein Blick liegt wie ein Brennglas auf meiner Haut.

Beim Weggehen mache ich den Fehler, mich noch einmal umzudrehen. Er sieht mich aus Schlitzen an und schüttelt den Kopf. Seine Lippen formen tonlos ein »Wehe«.

Fast fliege ich zur Rezeption. Und werde ausgebremst. Denn davor steht eine grazile Frau, die ich hier noch nie gesehen habe. Trotz ihrer eleganten Marlene-Dietrich-Hose aus hellem Leinenstoff ist ihre Erscheinung ein wenig zerfahren. Das dunkle Haar steckt in einem nachlässig verzwirbelten Knoten, die Ohrringe passen farblich nicht so perfekt zusammen, wie man es von jemandem erwarten würde, der sich so vornehm gibt. Sie strahlt eine derartige Frostigkeit aus, dass meine feurige Entrüstung sich umgehend verflüchtigt.

Ich höre noch, wie sie sagt: »Natürlich ist er das. Was sonst? Ein wahrer Engel. Immer im Dienste seiner Patientinnen.« Es klingt sarkastisch, mit einer unverhohlenen Spur Verbitterung. »Sagen Sie ihm, dass ich dort auf ihn warte.«

Dann dreht sie sich um und rauscht aus dem Foyer. Ihre hohen Absätze rammen das Parkett, als wollte sie es spalten.

»Natürlich, Yvonne«, ruft die Kalo ihr nach. Mit einem tiefen Seufzer wendet sie sich daraufhin mir zu. Während ich spreche, notiert sie einen Namen, den ich so schnell auf dem Kopf nicht lesen kann.

»Könnten Sie bitte eine Planänderung veranlassen?« Meine Hände zittern noch immer, ich nehme sie vom Tresen.

»Worum geht es?«

»Die Massagen. Ich möchte alle weiteren von einer Frau bekommen.«

»Warum?«

Weil ich es unfassbar finde, was hier abgeht. Weiß sie wirklich nichts davon? Bin ich die Einzige, der so etwas widerfährt? Oder nur die Einzige, die das nicht hinnehmen will? Ich überlege, es ihr auf den Kopf zuzusagen. Elmers letzter Blick lässt mich den geöffneten Mund jedoch wieder schließen. Zu was ist er fähig? Seine Tätowierungen reichen von den Fingerspitzen bis hinauf auf seinen blank polierten Schädel. Das gut ausgefüllte Muskelshirt macht sie doppelt brutal.

»Weil ich es so gewohnt bin.«

Die Kalo sieht mich unbewegt an, ist nicht bereit, mir auch nur einen Zentimeter auf der Brücke entgegenzukommen, die ich ihr zu schlagen versuche. Wenn sie Bescheid wüsste, müsste sie doch meine Hand ergreifen. Von Frau zu Frau. In stillem Einvernehmen.

»Frauen sind einfühlsamer, respektieren Grenzen«, wage ich mich einen Schritt weiter vor. Ein »Wir sind doch auf der gleichen Seite«-Appell an ihre Weiblichkeit, der ungehört verhallt.

»Ich werde sehen, was sich machen lässt. Versprechen kann ich nichts.«

Als hätte sie es bestellt, schellt das Empfangstelefon. Mit ihrem Blick bedeutet sie mir, dass ich jetzt gehen kann.

»Und was ist mit meinem Handy?«, hake ich schnell nach. »Ist das wenigstens inzwischen gefunden und abgegeben worden?«

Sie schüttelt den Kopf und nimmt das Gespräch an.

Als ich mich kiefermahlend umdrehe, stoße ich fast mit Julian Sachs zusammen, dem Frauen verstehenden Borderliner aus der Tanztherapie. Auch das noch. Er rollt einen großen Koffer hinter sich her und schmettert mir ein »Mach's gut. Und denk dran, immer schön geschmeidig bleiben« entgegen.

»Du reist schon ab?«

Erst als er überheblich lacht, werde ich mir meines Gesichtsausdrucks bewusst. Wahrscheinlich steht das Wort »Erleichterung« in blinkenden Lettern darauf geschrieben.

»Ja, damit dir endlich klar wird, was du verpasst hast, Darling. Muss mich beeilen, tschau.«

»Aber heute ist doch erst Freitag! Bist du nicht zu früh dran?«

»Extrawurst«, wirft er im Weitergehen über die Schulter, »ich werde zu Hause gebraucht.«

Das erinnert mich daran, dass ich auch etwas brauche.

Hilfe.

Und zwar dringend.

Obwohl ich keinen Termin habe und ohne Anmeldung komme, lässt Seitz mich sofort rein. Wenn seine gerunzelte Stirn ein Spiegel meiner Optik ist, weiß ich, warum.

»Sie sehen schlecht aus, Ella. Was ist los?«

Kaum sitze ich in dem Sessel vor seinem Schreibtisch, in den er mich wie ein besorgter Vater hineinbugsiert hat, fange ich hemmungslos an zu heulen.

Ich kann nicht mehr.

Er lässt mich ausweinen, schiebt nur eine Packung Kleenex über den Tisch und wartet.

Als ich fertig bin, weiß ich kaum, wo ich anfangen soll.

»Danny verfolgt mich, mein Therapeut hat nur Susann im Kopf, Elmer grabscht mich an, Kalo behandelt mich wie eine Zecke und Rottmann hilft nur den anderen.«

Für mehr habe ich keine Luft, schnappe danach wie ein Fisch auf dem Trocknen. Nach drei vollen Kleenex habe ich mich so weit gefangen, dass ich weitersprechen kann.

»Und schlafen kann ich auch nicht. Jede Nacht ein Albtraum. Dieses bescheuerte Brett, was sie mir ins Bett gepackt haben, hilft kein bisschen.«

Den Ärger über Mascha und das Blut aus meinen Eingeweiden behalte ich für mich. Warum, weiß ich nicht. Vielleicht, weil ihn das nichts angeht.

Sein Telefon schellt, bevor er auf die Idee kommen kann, nachzuhaken. Ich höre Kalos Quäken.

»Ja«, sagt er und legt auf.

Seit ich da bin, reibt er seine linke Hand monoton über die Jeans. Sie muss schon fast brennen. Er bemerkt meinen Blick und legt sie auf den Tisch. Vielleicht hat er doch Schmerzen.

»Atmen Sie mal tief durch. So gut Sie können.« Sein Lächeln beruhigt mich ein bisschen. Es ist mitfühlend und herzlich.

»Wenn Sie nicht schlafen, fehlt Ihnen die Kraft für alles. Da müssen wir als Erstes ran.«

Seitz steht auf und öffnet den Schrank hinter sich. Mit einer Packung Tabletten kommt er zurück. »Zoldem« prangt auf lilafarbenem Grund.

»Das ist ein Schlafmittel mit benzodiazepinähnlichem Wirkstoff. Das wird Sie stabilisieren.«

Ich bin entgeistert, kann das wegen meiner geschwollenen Lider aber wohl nur unzureichend zum Ausdruck bringen, denn er geht nicht darauf ein. Müsste er mich als guter Arzt nicht wenigstens fragen, ob ich gelegentlich an Selbstmord denke? Selbst, wenn ich ihm nicht die Wahrheit sage?

»Was Ihre Probleme mit Herrn Schefer, Frau Kalo und dieser Danny angeht, empfehle ich Ihnen dringend: Reden Sie mit den Leuten. Sagen Sie, was in Ihnen vorgeht. Die wenigsten Menschen sind sich der Wirkung ihres Verhaltens auf andere bewusst. Reden wirkt da oft Wunder. Viele Konflikte sind danach aus der Welt.«

Das klingt zu schön, um wahr zu sein. Kennt er Danny Karst überhaupt? Ich bezweifle es, sonst wüsste er, wie sinnlos Reden mit einem Monstrum ist.

Erst jetzt bemerke ich, dass Seitz wieder steht. Sieht aus, als wäre meine Zeit schon um.

»Leider muss ich noch weg«, sagt er dann auch prompt, mit einem nervösen Seitenblick auf die Tür. » Aber Sie können jederzeit wiederkommen. Wenn Sie in Not sind«, fügt er hinzu. »Ansonsten muss ich Sie an Schefer verweisen.«

Ich öffne den Mund. Seitz kontert sofort.

»Ich weiß. Schefer ist okay, aber Sie sind mit ihm nicht glücklich. Deshalb werde ich mit Rottmann reden. Vielleicht gibt es ja doch noch eine andere Möglichkeit.«

Eine warme Welle durchflutet mich. Ich schniefe ein letztes Mal und trotte zur Tür.

»Danke.« Wegen der Rotzfahnen geben wir uns nicht die Hände. Da hätte er nun wirklich Grund, sie an seiner Hose abzustreifen.

»Schon in Ordnung. Aber Sie müssen aktiv mitarbeiten. Nehmen Sie die Tabletten. Seien Sie vernünftig und lassen Sie sich helfen.«

Ich nicke ergeben. Im Augenblick würde ich fast alles tun, was er sagt, weil er mich wie einen Menschen behandelt.

Zehn Minuten später, auf meinem Zimmer, sieht das wieder anders aus. Ich habe die Packungsbeilage von »Zoldem« gelesen und seitdem ist mir ganz malade. Das Zeug ist schweres Kaliber. Weil es schnell abhängig macht, sollte man es so kurz wie möglich schlucken. Bei Überdosierung Koma. Zusammen mit Antidepressiva ein Turbo, vielleicht ins Jenseits.

Die Schachtel liegt in meiner Hand wie eine Einladung. Sie ist voll. 20 Tabletten im Blister. Unter meinem Sideboard wartet, noch unverstaubt, das »Citalopram«-Päckchen von Rottmann.

Wusste Seitz, dass ich es hatte?

Ich stehe auf und mache einen Schritt darauf zu. Just in dem Moment klopft es.

Wir reden kaum während der Fahrt. Lysander scheint den Weg zu kennen. Er fährt eine Reifenlänge voraus, nicht ohne sich immer wieder zu vergewissern, dass ich ihm folge. Er wusste, dass ich trotz meines »Neins« auf dem Luftpostzettel dringend eine Menschenseele brauchte. Spätestens, nachdem ich die Tür geöffnet habe. Als hätte er meinen stummen Hilferuf gespürt.

Ich möchte nicht darüber nachdenken, warum ich mich mit ihm einlasse, obwohl ich immer noch meine Zweifel habe, ob er nicht doch Maschas Mondscheinmann ist.

Und noch weniger weiß ich über seine Intention.

Der Weg durch das kleine Wäldchen am Goldfischteich, über den er mich führt, braucht ohnehin meine ganze Konzentration. Immer wieder macht Lysander mich auf Wurzeln aufmerksam, die wie heimtückische Schlingen in den Fahrweg ragen.

Ich schätze es, wenn ein Mann umsichtig ist, und in einem Anflug von Selbstsucht stelle ich fest, dass meine Moral mir abhanden gekommen scheint. Allein das wortlose Einvernehmen mit Lysander irritiert mich. Normalerweise erlebe ich so etwas nur mit Menschen, die mir sehr vertraut sind und in einem komprimierten Augenblick auf gleicher Ebene schwingen. Also schon lange nicht mehr.

Ich bleibe still, weil ich fürchte, mein Herz sonst auf der Zunge zu tragen, ihm von allem zu erzählen, inklusive der Tabletten. Bevor ich die Tür aufschloss, habe ich beide Packungen schnell in meiner Nachttischschublade verstaut. Warum Lysander hingegen so schweigsam ist, weiß ich nicht. Wenn er mein Ringen spürt, ist er respektvoll genug, es nicht anzusprechen. Verunsichert wirkt er darüber nicht.

Seine Haare wehen leicht im Fahrtwind, ansonsten strahlt er eine Unaufgeregtheit aus, um die ich ihn beneide. In mir fahren Gefühle und Gedanken noch immer Achterbahn, aber wenigstens habe ich mich ein bisschen gefangen. Unter dem Blätterdach ist die Luft noch ein wenig kühler als auf der Flugplatzstraße und die ungewohnte Anstrengung des Radfahrens dämpft meine innere Raserei. Nach einer Weile spüre ich, dass ich mich in unserem Stummsein einrichten kann. Es ist mir sogar angenehm. Die Frage, die sich immer wieder hartnäckig von hinten anschleicht, scheuche ich deshalb weg. Fast möchte ich ewig durch die Gegend rollen, begleitet vom Tschilpen der Vögel, und beobachten, wie seine nackten Füße die Pedale drehen. Das ist wie Meditation. Oder Kindheitserinnerung.

Doch irgendwann schwenken wir hoch zur Strandpromenade, auf der wir, das Meer zu unserer Rechten, ordentlich gegen den Wind antreten müssen. Er hat spürbar aufgefrischt und die Wolken zu Bänken zusammengeschoben.

Während ich mich mühe, vorwärts zu kommen, heizt ein Rentnerpaar auf Pedelecs wüst schlingernd an uns vorbei und ich frage mich, ob es klug ist, sich auf ein motorisiertes Stahlross mit Mofa-Geschwindigkeit zu setzen, wenn man eigentlich eher einen Rollator bräuchte. Selbst wenn ich es nicht wüsste, wäre mir jetzt klar, dass Juist-City nicht mehr weit sein kann, denn hier musste ich tretfaulen Rentnern schon des Öfteren aus der Schussfahrt springen.

Zum Ortskern werden wir noch trocken kommen. Auf eine ungeschorene Fahrt bis zur »Domäne Bill« an der Westspitze der Insel würde ich allerdings nicht mehr wetten. Am liebsten wäre ich sowieso bei wärmendem Sonnenschein dort, denn das, was dieses Ausflugsziel so begehrenswert macht, sind die Holzbänke im Garten, auf denen man die Seeluft brisenweise inhalieren und dabei dick geschnittene Rosinenstuten mit Butter vertilgen kann. Jetzt aber riecht die Luft wie kurz vorm Regen und die Schwüle drückt den Schmerz in meinem Kopf zusammen.

Deshalb ist es mir nur recht, dass Lysander plötzlich vorschlägt, den Plan zu ändern, als wir am Restaurant »Velero« vorbeifahren.

Wir stellen unsere Räder ab und er bedeutet mir, einen Moment zu warten, hievt seinen Rucksack auf den Boden und holt ein Paar Sneakers heraus. Das kaffeebraune Leder wirkt in genau dem Maße abgewetzt, das die Schuhe wahrscheinlich ein kleines Vermögen hat kosten lassen. Verstohlen beobachte ich, wie er die Knie abwechselnd aufstützt und seine Füße einschnürt. Tut er das aus Rücksicht auf mich? Oder weil er doch nicht so taff ist?

Mein Magen knurrt in meine Überraschung hinein.

Das Duftgemisch, das uns durch ein gekipptes Fenster entgegenweht, spricht für die Küche. Gebratener Fisch, Knoblauch und Salbei regen meine Säfte an. Die Tatsache, dass Lysander mit mir hier ist, auch.

Verlegen reibe ich meinen Bauch.

Das Restaurant ist nicht sehr groß, aber brechend voll, auch wenn die Preise auf der mit Kreide beschriebenen Tafel nicht von Pappe sind. Dafür lesen die mediterranen Gerichte sich verlockend kreativ: gratinierter Ziegenkäse mit Honig und Rosmarin, mariniertes Gemüse, Labskausravioli auf roter Bete oder Zanderfilet in Kartoffelkruste auf Kräuterseitlingen und Spitzkohl. Und obwohl die blanken Holztische eher schlicht als edel sind, gibt das Licht der brennenden Kerzen dem Raum eine behagliche und intime Atmosphäre.

Ein Ort wie geschaffen für heimlich Verliebte.

Er erinnert mich sofort an eine Strandkate mit herrlich leckerem türkischem Essen, die es vor Jahren auf Juist gegeben hat. In der Anfangsphase unserer Verliebtheit haben Marty und ich dort auf Kurzurlaub mal einen verzauberten Abend verbracht. Es kommt mir vor, als sei das Jahrtausende her. Sofort zieht mein Hals sich zu und ich dränge das Bild an meine Schädelinnenwand.

Während wir darauf warten, dass man sich unserer annimmt, spüre ich Blicke auf uns ruhen. Mir ist, als könnte ich die stumme Frage darin hören: Wie kommt diese Frau an so einen Typen?

Sie fasst es selbst nicht, bliebe mir nur als Antwort.

Ein stoppelgeschorener Kellner, der anders als seine meist studentischen Kollegen in meiner Heimatstadt so aussieht, als nähme er seinen Beruf noch ernst, erlöst mich und führt uns zu einem Zweiertisch rechts vom Eingang.

Wie ich seinen Fragen entnehme, hat Lysander bereits gestern für zwei Personen reserviert. Mit dem durch die Blicke der anderen geschürten Argwohn frage ich mich, wie ich das finden soll.

Da sieht er mich an. Geradeheraus. Mit einer geschmeidigen Handbewegung zieht mir Lysander den Stuhl hervor.

»Keine Taktik«, sagt er, »bloß ein Wunsch«, und ich setze mich, unbeholfen in dem Versuch, meine Aufgewühltheit besser vor ihm zu verstecken.

Der Kellner reicht jedem von uns eine Speisenkarte.

»Du bist natürlich eingeladen«, sagt Lysander, als er sieht, wie ich sie mit hochgezogenen Augenbrauen studiere. »Ich schulde dir etwas.«

»Ein bisschen hochgegriffen für einen Gefallen.«

Sein Lächeln ist vage.

Die Frage, die mich auf dem Weg hierhin schon nicht losgelassen hat, wird jetzt doch aufdringlich. Ich möchte sie abschütteln, will dem mittlerweile alles umfassenden Misstrauen die Tür weisen, daran glauben, dass er mich meint. Aber das ist natürlich reiner Selbstbeschiss. Einer wie er trifft sich unter Normalbedingungen nicht mit Frauen wie mir. Jedoch eigentlich auch nicht mit solchen wie Mascha. Wer jede haben kann, braucht sich nicht mit Schatten zu begnügen, die niemanden zum Luftanhalten bringen, wenn sie den Raum betreten.

Ich muss die Antwort wissen.

»Warum sind wir hier?«

»Weil ich mich revanchieren möchte.«

Ich glaube ihm kein Wort, sehe ihn nur an. Warum fängt mein Magen jetzt an zu flattern, als hätte ich einen Kolibri verschluckt?

Er sieht eine Weile aus dem Bullaugenfenster und schweigt. Wie ein filigraner Perlenvorhang bedecken Tropfen die Scheibe. Na, großartig. Es hat tatsächlich zu regnen begonnen und wir führen eine angeregte Unterhaltung mit unseren inneren Schweinehunden. Sein Blick schwenkt zurück, verharrt auf seinen sehnigen Händen, dann sieht er mich eindringlich an.

»Warum bist *du* denn hier?«

Der Kolibri knallt gegen meine Magenwände und sein Taumeln lässt mein Hirn vibrieren. »Burnout.«

Ich weiß, dass er das nicht meint. Aber bevor ich mich vor seinen Augen häute, gebe ich ihm lieber die schmutzigen kleinen Krumen meiner Vergangenheit zu fressen. Und knete meine klammen Finger unter dem Tisch.

Er schluckt mein Zurückweichen, ohne mich dabei aus den Augen zu lassen.

»Irgendwann wurde es alles zu viel. Ich war freie Journalistin, habe drei Jobs gleichzeitig gemacht, um über die Runden zu kommen, ein Magazin, ambitionierte Fernsehreportagen und nebenbei noch PR für ein Fitness-Studio. Daran bin ich krank geworden.«

Plötzlich merke ich, dass ich es mir endlich von der Seele reden möchte. Vielleicht hilft mir das wenigstens, etwas davon loszuwerden.

»Warum *war*? Hat man dir die Aufträge gekündigt?«

Ich zögere einen Moment. Ist mir wichtig, was er danach von mir denkt? Über mein Versagen, das ich mir selbst nicht verzeihen kann?

Ich würde lügen, wenn es nicht so wäre. Andererseits: Auch er ist wohl kaum ohne Grund in der Dunenburg.

»Nein. Ich habe selbst hingeschmissen. Alles.«

Schmerz flammt auf, überraschend stark.

Lysander mustert mich aufmerksam.

Die Erinnerung folgt wie eine Welle und überspült mich. Ein Jahr habe ich am Konzept für das Magazin gefeilt. Danach jede Woche vierzig Stunden Lebenszeit reingesteckt, alles allein organisiert und recherchiert, bis zur Erschöpfung. Für läppische anderthalbtausend Piepen. Brutto. Klar. Und immer mit dem Heer der Aufträge suchenden Kollegen im Nacken, die bereit waren, sich für Peanuts zu prostituieren.

Beim Regionalsender das gleiche Spiel. Zwei Dreiminüter pro Woche, Vorbereitung, Briefing, Drehzeit, Postproduktion, summa summarum mindestens fünfzehn Stunden für ganze zweihundert Schleifen. Gesamt, versteht sich, nicht pro Stück. Dazu die Ehre, Teil eines voll hippen Metiers zu sein. Mit einem kaum fertig pubertierten Volontär als Kameramann im Schlepptau, der seine Miete nur deshalb bezahlen konnte, weil er nachts noch im Sexshop die Wichse von den Kabinenwänden kratzte.

Das Einträglichste war noch die PR für den Fitness-Tempel. Hier und da für ein dutzend Euro pro Stunde eine Anzeige texten und die Homepage polieren. Dafür eine Auftraggeberin, die zwar ein Muskelgerüst hatte wie Arnold, aber die Nerven einer freizeitüberforderten Chefarzt-Gattin. Heute ein Slogan mit Blümchen, morgen das knallharte Guerilla-Programm. Dass eine Minute später nicht mehr galt, was sie eben noch gesagt hatte, schob sie jedem in die Schuhe außer sich selbst, garniert mit cholerischen Anfällen.

Am Ende war ich bei knapp siebzig Stunden und trotzdem ständig pleite. Dazu vom investigativen Journalismus so weit entfernt wie Juist vom Südpol.

Es war nie genug. Weder für meine Auftraggeber, die Kreativarbeiter per se für suspekte Kreaturen halten und mir ihre Verachtung regelmäßig mit der verzögerten Abrechnung entgegenschleuderten, noch für meinen Selbstrespekt. Herabsetzung und relative Armut waren mir jahrzehntelang treue Gesellen. Von außen konnte jeder sehen, dass sie mir irgendwann das Rückgrat brechen würden.

»Hier. Du solltest was essen.«

Lysander zerteilt ein Stück Brot und hält es mir hin.

Ganz in meine Rückblende vertieft, war mir entgangen, dass der Kellner längst den zwischendurch bestellten Wein eingeschenkt und einen kulinarischen Gruß aus der Küche auf unserem Tisch hinterlassen hat.

Selbst gebackenes Brot mit Meersalz und Olivenöl.

Ich beobachte, wie Lysander ein Stück Brot sachte eindippt, erst in das Öl, dann ins Salz, es auf die Zunge legt und langsam zergehen lässt, die Geschmacksnoten kostet wie jemand, der ein klassischen Konzert nicht bloß hört, sondern mit allen Sinnen fühlt.

Ich mache es ihm nach, erlebe aber nichts dergleichen. Mein ganzer Mund schmeckt bitter, speichelt das Gemisch in Kürze zu einem breiigen Klumpen, an dem ich mich verschlucke.

Er bekommt es zum Glück nicht mit, da er sich gerade abwendet und mit der Stoffserviette eine schimmernde kleine Ölperle von der Unterlippe tupft.

Unwillkürlich muss ich an die Theorie denken, die meine Freundin Larissa an einem feucht-fröhlichen Abend vor mir ausgebreitet hat, als mein Straucheln, das uns trennen sollte, wie ich es nie vermutet hätte, noch in weiter Ferne lag. Meinen Ausstieg empfand sie als Affront gegen das privilegierte Leben, das ich als Mittelklassendeutsche trotz allem ihrer Meinung nach führte. Und wohl auch als Absage an sich selbst. Sie hat nie begriffen, warum ihre »Reiß dich zusammen«-Parolen mich noch tiefer in den Dreck traten. Und weshalb das Gegenteil des Guten das gut Gemeinte ist. Aber Tucholskys weise Erkenntnis ging ihr schon immer am Arsch vorbei.

Ihre Theorie jedenfalls besagt, dass Frau an der Art, wie ein Mann isst und trinkt, seine Qualitäten als Liebhaber erkennen kann. Je genießerischer, feinsinniger und manierlicher, desto besser im Bett.

Danach ist Lysander wohl eine Zehn. Plus.

Meine Zunge würde seine Serviette gern ersetzen.

Ich zucke vor mir selbst zurück.

Aus, Ella! Jetzt tickst du langsam völlig durch.

»Entschuldige. Ich habe dich unterbrochen. Warum hast du dir nicht rechtzeitig andere Jobs gesucht?«

Nach zwei tiefen Atemzügen geht es wieder. »Weil es in der Provinz keine gibt. Mit seinem ländlichen Umfeld ist Münster einfach das falsche Pflaster.«

Lysander wirft mir einen schnellen Blick zu und stellt sein Weinglas so schief auf der Serviette ab, dass er es nur dank eines beherzten Stützgriffs am Umkippen hindern kann.

»Alles okay?«

Er räuspert sich. »Nur verschluckt. Erzähl weiter. Dann wurdest du krank.«

Ich halte inne. Nicht nur, weil ich ihm nicht erzählen möchte, dass ich dort operiert worden bin, wo die Sonne nie hinscheint. An der Stelle, deren bloße Erwähnung die Menschen zuverlässig erbleichen und beschämt abwinken lässt, wenn ich es doch zu outen wage.

Sondern weil eben etwas passiert ist, das ich nicht beschreiben kann. Mir scheint, als habe sich blitzschnell eine Jalousie über Lysanders Augen gesenkt, ein unsichtbarer Schatten, der mir dennoch wirkungsvoll die Sicht auf ihren wahren Ausdruck nimmt.

Was hat er gegen Münster? Ich bin beinahe sicher, dass dieses Wort der Auslöser für seinen angeblichen Schluckauf war.

Er bemerkt mein Zögern und lenkt sofort ab. »Hattest du denn niemanden, der dir helfen konnte?«

Das hätte er nicht tun dürfen. Und dann auch noch so plump. Wenn das keine Fangfrage ist, ist Rottmann ein Philanthrop.

Eine Lawine löst sich. Der Gedanke an Marty würgt sich hoch wie der Mageninhalt eines Wiederkäuers. Ich kann ihn nicht hinunterschlucken.

Marty, der nicht einmal sich selbst helfen kann. Der Träumer, mit dem ich zwölf Jahre verbracht habe. Der Mensch, der am liebsten Vollzeitbassist geworden wäre und der meinen Absturz so wenig ertragen konnte, dass ihm nach einem Gig ein blondes Groupie unter die Gürtellinie gerutscht ist. Dummerweise hatte Bambi sich danach auch noch in den Kopf gesetzt, er sei der Mann ihres Lebens. So konnte er diese unselige Geschichte nicht mal vertuschen, als die Polizei herausfand, wer ständig meine Autoreifen zerschlitzte. Müßig zu sagen, dass danach alles schieflief zwischen uns. Ich glaube sogar, dass es ihm ehrlich leid tat. Aber wie sollte ich ihm je wieder vertrauen? Musiker haben ihr Image. Den Ausrutscher nahm ihm nicht mal seine Oma ab.

Der Kolibri ist wieder da und hüpft mir wie ein Pingpong-Ball in die Kehle. Lässt mich nur noch flach atmen. Mir ist, als würde ich mich auf einen Punkt zusammenziehen.

Ich will Marty vergessen. Aber ich bin noch nicht so weit. Trotz allem. Begreife mich selbst nicht und gar nichts mehr. Außer, dass ich jetzt nicht bleiben kann. Nicht hier und nirgendwo. Muss raus an die Luft. Sofort.

Der Kellner tritt an unseren Tisch, zwei dampfende Teller in den Händen.

Ich stehe schon.

Lysander ebenfalls. Er fasst nach meinem Arm. Ganz sanft. Ich ziehe ihn weg. Trotzdem brennt seine Berührung wie die einer Feuerqualle.

Der Stoppelkopf blickt dezent an die Decke.

»Ella, verzeih mir. Das war dumm. Bitte bleib. Fahr nicht allein zurück.«

Ich entwinde mich seinem Blick, der wieder klar ist und fast etwas Flehentliches hat, und mache, dass ich nach draußen komme.

An der Tür halte ich inne. In einer Nische auf der anderen Seite des Ausgangs, die meinem Blickfeld bis eben verborgen war, sitzt Seitz mit der Frau, die ich heute früh bei der Kalo am Empfang gesehen habe. Weil er seinen Kopf leicht gesenkt und abgestützt in den Händen hält, kann ich nicht sagen, ob er mich kalkuliert ignoriert oder wirklich nicht sieht. Er kommt mir absolut niedergeschlagen vor. Fast meine ich, Furcht in seinen verspannten Zügen zu sehen. So habe ich ihn noch nie erlebt. Sein Gegenüber scheint das kaltzulassen. Die Frau namens Yvonne hält einen Handspiegel auf Augenhöhe und zieht sich ungerührt die Lippen nach. Für den Bruchteil einer Sekunde trifft mich ihr Blick. Dann bin ich raus und stelle mich dem Regen.

Der Himmel bespuckt mich die ganze Rückfahrt über. Völlig durchweicht erreiche ich mein Zimmer. Ich bin fürchterlich durcheinander und hänge meinen wirren Gedanken nach. Da sehe ich es.

Meine Zimmertür steht einen Spaltbreit offen.

Nicht schon wieder.

Für einen Moment kreisen meine Sinne um sich selbst. Ich fühle mich, als stünde ich einem Sturm im Weg. Seine wirbelnde schwarze Wand kommt auf mich zu, aber ich bin unfähig zu fliehen. Mein Magen krampft sich zusammen, macht sich auf seine tosende Wucht gefasst.

Vorsichtig stupse ich gegen das Blatt und lasse die Tür aufschwingen.

Vor mir beugt sich ein Rücken und startet ein gewaltiges singendes Rauschen. Ich trete ein und klopfe mehrmals heftig gegen die Tür, damit die Putzfrau keinen Herzkasper kriegt. Sie dreht sich um und hebt die Staubsaugerstange wie zum Gruß leicht vom Boden an.

»Früher dran heute?«, frage ich überreizt, als sie fertig ist und das Gelärm verstummt.

Sie nickt energisch. »Ein Zimmer weniger. Da gehe ich nicht mehr rein!« Ihr Kopf schwenkt in Richtung Danny.

»Wieso das?«

»Weil ich Reinigungskraft bin, nicht Tierpfleger.«

Meine Verblüffung ist nur halb gespielt. Dass nebenan etwas nicht stimmt, kann ich mir denken. Danny hat ihr Zimmer seit Dienstagabend nicht verlassen. Jedenfalls nicht belegbar.

»Melden Sie das?«

Sie schnaubt und packt zusammen. »Hab ich schon. Gerade eben. Aber, was Gott nicht sehen will …«

Sie lässt die Konsequenz ihrer Worte im Raum hängen und zerrt ihren Monster-Sauger umständlich durch die Tür und weiter zu Mascha.

Mit dem Aufschrei, den ich in der nächsten Sekunde höre, fliegt meine Welt aus den Fugen. Ich weiß sofort, dass es kein Schrei ist, wie man ihn ausstößt, wenn man sich erschreckt, weil jemand hinter einem unbemerkt den Raum betreten hat. Er ist langgezogen und schrill. Das reine Entsetzen. Ich denke nicht, ich rase bloß. In die Richtung, aus dem er kommt. Rüber zu Mascha.

Als Kind hatte ich eine echte Porzellanpuppe. Sie war ein Geschenk meiner Ma zum vierten Geburtstag und halb so groß wie ich. Ihr Name musste »Undine« lauten, daran gab es für mich keinen Zweifel. Sie war mein kostbarster Besitz. Mit langem, dunklem Haar, das sich wie Seide anfühlte. Eine feine Dame mit zarter Haut, so alabasterfarben wie Niveacreme, einem rötlichen Schimmer auf den Wangen und handgemalten Augen. Mein kleiner Bruder dachte, sie sei ein Engel und könne gewiss fliegen. Er warf sie vom Balkon und als sie aufs Pflaster traf, zersplitterte sie in tausend Stücke.

Daran muss ich jetzt denken, so unsinnig es ist, denn Mascha ist nicht zerborsten. Sie liegt auf ihrem Bett, die Augen sind geschlossen, das Haar ist leicht zerwühlt und ein bisschen klebrig an der Stirn, beinahe als würde sie schlafen.

Nur dass sie nicht mehr atmet und ihre Wangen so bleich sind wie ihr Gesicht. Durchscheinend fast, als wäre darunter der echte Mensch verborgen und hätte sich nur zurückgezogen von der sichtbaren Oberfläche.

Selbst aus ihrem kurzen Nachtkleid, das mit den winzigen aufgedruckten Seesternen wie aus den Dünen gewoben wirkt, scheint jede Farbe gewichen.

Das Rot frisst alles. Zersplittert ist nur die Zeit.

Und mein Herz.

Wie in einem Film gehe ich auf sie zu. Habe jedes Gefühl für meine Umgebung verloren. Alles ist Kulisse. Die Schere in ihrer linken Hand. Das Blut auf dem Laken, die beginnende Verkrustung auf der Haut, das Wimmern der Putzfrau, das Geräusch meines Atems.

Ich setze mich neben sie, streichle ihre Wange und ergreife die starre rechte Hand. Dann nichts mehr.

Es ist nur ein Traum. Einer von diesen Nachtmahren, wo man weiß, dass man rennen muss, aber nicht vom Fleck kommt, weil die Luft plötzlich zu Sirup geworden ist. Mein Körper ist festgefroren in einer kalten Blase, in der die Zeit nicht vergeht. Deshalb kann ich mich nicht bewegen. Muss es auch nicht mehr.

Dann geht alles ganz schnell, als hätte jemand vorgespult. Plötzlich ist Rottmann im Raum. Das ist gut. Aber er muss etwas verändert haben, denn ich stehe neben dem Bett und habe eine Packung Taschentücher in der Hand. Erst jetzt merke ich, dass ich kaum noch etwas sehen kann, ein Schleier liegt auf meinen Wimpern, meine Haut ist ganz nass. Wie kann es im Zimmer regnen?

Wenn der Kellner über Ellas hastigen Aufbruch erstaunt war, hatte er das gut kaschiert. Seine Mimik zeigte keine Regung. Lysander saß etliche Minuten da wie versteinert und rief Ella in

Gedanken zurück, auch wenn er wusste, dass er sie ziehen lassen musste. Das war nur konsequent, nachdem er ihr Treffen vermasselt hatte. Vielleicht war es besser so, trotz des Ziehens, das jede Faser seines Körpers spannte.

Er hatte Ella doch nur deshalb so intensiv befragt, damit sie nicht bei ihm zu bohren begann. Wohl wissend, dass er sich mit dem »Wer fragt, der führt und lenkt von sich ab« richtig ins Knie schießen kann. Auf Augenhöhe ist das ein Bumerang. Aber etwas in ihm will es scheinbar darauf ankommen lassen, dass er ihm ins Gesicht fegt.

Die anderen Gäste waren nicht so dezent mit ihren Reaktionen. Ihre neugierigen Blicke beschossen ihn regelrecht, besonders, als er schließlich dennoch seinen Zander aß. Wahrscheinlich hielten sie ihn für herzlos, aber er musste sich einfach sammeln.

Ein eindringliches Piepen riss ihn zwischen zwei Bissen aus seinen Gedanken. Er fuhr herum und sah Seitz, der zum Ausgang eilte. Der Blick, den der leitende Psychologe der Dunenburg ihm zuwarf, war ernst gewesen. Und musternd. Als hätte Lysander sich etwas zuschulden kommen lassen. Aber das war nicht das Einzige, was ihn irritierte. An dem Tisch, von dem Seitz hastig aufgesprungen war, saß die elegant gekleidete Frau, die er vor vier Tagen mit dem Müll in der Hand aus dem Haus in der Dünenstraße kommen gesehen hatte.

Wenig später folgte er Seitz zurück in die Klinik und kam sich dort vor, als sei er in ein Wespennest geraten. Nur dass Wespen sich bei Störungen zur Verteidigung ihres Staates formieren. Das aufgebrachte Durcheinander, das ihm schon im Foyer entgegenschlug, wirkte dagegen ziemlich planlos.

Er hatte sich die Nächstbeste gepackt, die vorüberkam, eine pferdegesichtige Frau namens Wiebke. Es dauerte, bis er die Bedeutung der Worte verstand, die sie von Schluchzern zerhackt hervorstieß. Mascha war tot. Sie lag mit aufgeschlitzten Pulsadern in ihrem Zimmer. Und Ella hatte sie in ihrem Blut gefunden.

Lysander sitzt wie in Beton gegossen in der Aula. Sein Versuch, die innere Stimme mundtot zu machen, gelingt ihm nicht. Sie schreit ihn an.

Du elendes, feiges Arschloch!

Ella sieht er nirgends, so sehr er seinen ausgetrockneten Blick auch umherschweifen lässt. Seine Fantasie versagt bei der Vorstellung, wie es ihr gerade geht.

Außer ihr sind offenbar alle im ersten Stock der Villa versammelt. Trotz der aufgesperrten Fenster ist die Luft im Raum noch immer stickig und hängt drückend unter der weißen Holzvertäfelung.

Da es in der Klinik aus ökologischen Gründen keine Klimaanlage gibt, schaufeln ein paar herbeigeschleppte Ventilatoren den Mief lediglich von einer Raumseite auf die andere. Dazwischen dünstet die Patientenschar mitsamt der Klinikbesatzung in der brütenden Schwüle vor sich hin, die auch der Regen nicht verscheuchen konnte. Niemand spricht in die unheilvolle Stille hinein, nur gelegentliches Räuspern und leises Aufschluchzen zerreißt sie wie dünnes Papier.

Lysander will jetzt nicht denken und flüchtet sich in die Beobachtung der Anwesenden. Die Physiotherapeuten tragen lange weiße Hosen und marineblaue Shirts mit dem Logo der Klinik, einer stilisierten Villa auf einer durch einen geschwungenen Bogen symbolisierten Düne mit zwei vorgelagerten Wellen in Weiß. Die Psychotherapeuten sind im gleichen Aufzug erschienen, aber zusätzlich beschwert durch weiße Kittel, mit denen sie ihren Status unterstreichen und die sie standhaft anbehalten. In augenfälligem Kontrast dazu wirken die Patienten in nahezu paritätischer Geschlechterverteilung wie Urlauber, die ein böser Umstand von ihren Strandliegen aufgescheucht hat.

Einige der Anwesenden fächern sich hektisch Luft zu oder haben sogar Wasserflaschen und Handtücher griffbereit, als erwarte sie ein Marathonlauf statt einer Ansprache.

Manche wirken ablehnend, sitzen mit verengten Augen, verschränkten Armen und wippenden Füßen weit zurückgelehnt auf den Plastik-Klappstühlen, als wollten sie jeden Moment aufspringen und den Saal verlassen. Andere sind so apathisch, als seien sie in eine Art Katatonie gefallen.

Jeder versucht auf seine Art, es draußen zu lassen, denkt Lysander. Er selbst fühlt sich, als wären seine Synapsen gekappt, das Gehirn ins Notprogramm runtergefahren, reduziert auf die wichtigste unwillkürlich ablaufende Funktion: das Atmen. Wie durch die Augen eines anderen sieht er Rottmann auf das Podest zusteuern, ohne Kittel, ganz in Schwarz. Neben ihm der aus dem »Velero« aufgescheuchte Seitz, sein Körper eine einzige Krümmung.

»Wir haben Mascha Holm verloren. Sie ist freiwillig in den Tod gegangen«, beginnt Rottmann sofort und ohne Schonung. »Und das ist für uns alle eine unfassbare Tragödie.« Sein Blick ist fest, scheint jeden der Anwesenden für einen Wimpernschlag zu fixieren. »Frau Holm litt seit vielen Jahren unter schweren Depressionen und hochgradigen generalisierten Ängsten. Wir haben ihr in dieser Klinik die bestmögliche Behandlung zuteilwerden lassen, basierend auf den neuesten Erkenntnissen der Therapieforschung. Natürlich auch mit der Intention langfristiger Heilung. Vorrangig aber, um sie in die Lage zu versetzen, wieder Verantwortung zu übernehmen und selbstbestimmte Entscheidungen für sich zu treffen. Die Behandlung war so erfolgreich, dass Frau Holm ihre Handlungsfreiheit zurückgewonnen hat. In letzter Konsequenz hat sie diesen Fortschritt dazu genutzt, ihre eigene Lösung zu wählen. So erschütternd das für uns alle auch ist.«

Er stoppt und sieht eher mühsam berührt aus als ehrlich mitgenommen. Lysander spürt den Keim der Verachtung in sich aufgehen, als ihm bewusst wird, dass Rottmann diese Situation schamlos für seine persönliche Selbstdarstellung missbraucht. Wie kann er es wagen, von Entscheidung zu sprechen, als habe Mascha nur eben einen Morgenspaziergang gemacht.

»Frau Holm hat für sich zu Ende geführt, was für sie vor Langem begonnen hat, und sie hat es auf ihre Weise getan. Das müssen wir respektieren, so wie wir an dieser Klinik die absolute Autonomie eines jeden unserer Patienten als höchstes Gut achten und fördern, auch wenn wir das Ergebnis nicht begreifen.«

Wieder macht er eine Pause, diesmal hält er den Blick unter der Bedeutungsschwere seiner Worte gesenkt. Dann hebt er ihn über die Köpfe der Versammelten hinweg in die Ferne. »Der Wille des Menschen ist frei.«

Was die neuen Strömungen der Hirnforschung gerade zu widerlegen versuchen, denkt Lysander aus altem Reflex. Aber es passt besser in dein Konzept, nicht wahr? Und es verbannt die Frage nach der Schuld in den Bereich der Gotteslästerung.

Rottmann lässt eine Schweigeminute folgen, dann geht er von der Bühne und Seitz übernimmt.

Der leitende Psychologe ist im Gegensatz zum Chefarzt sichtlich angeschlagen und braucht einen Moment, bevor er seine Stimme findet, die brüchig klingt, als er beginnt. »Was heute Nacht geschehen ist, ist furchtbar und wird uns alle dazu bewegen müssen, über unsere eigenen Entscheidungen nachzudenken. Das ist *unsere* Verantwortung.«

Seine Worte stoßen wie ein Messer in Lysanders Eingeweide. Es trägt den Namen »Schuld«.

Der Geschmack auf seiner Zunge ist metallisch wie Blut.

Er hatte einfach dichtgemacht, als sie ihn ansprach. Wollte nichts wissen. Wollte sich hinter seinem Panzer in Sicherheit wiegen. War ausgewichen auf billige Plattitüden. Hatte sich dumm gestellt. Wider seine Ahnung. Weil die Verletzungen zu tief waren, als dass er es hätte riskieren können, sich zu öffnen.

Zu spät hatte sein Gewissen die Oberhand zurückgewonnen. Die Erkenntnis, dass er nicht ewig so weitermachen konnte. Sich verstecken und seine Wunden lecken. So kann er nicht leben, das weiß er.

Trotzdem hat er wieder einen Fehler gemacht.

Seitz' Worte erreichen ihn nur noch am Rande.

»Bitte nehmen Sie unser Angebot an, mit uns über das Geschehene zu sprechen und es gemeinsam zu verarbeiten. Wir werden die möglichen Beweggründe für Frau Holms Entscheidung in den Gruppen thematisieren und Ihnen auch unter vier Augen zur Verfügung stehen, wenn Sie das Bedürfnis verspüren.«

Lysander reibt sich über die Arme, um das Frösteln zu vertreiben. Dabei steht die Luft so komprimiert in der Aula, dass er bis vor wenigen Augenblicken noch sicher war, sie müsse sich als Kondenswasser auf seiner Haut niederschlagen. Jetzt weiß er, dass er kalten Angstschweiß fühlt. Er fürchtet sich vor dem, was er geworden ist.

»Ich bitte Sie eindringlich, Ihre heutigen Anwendungen trotzdem zu besuchen. Auch das kann helfen.«

Seitz ist im Begriff, die Versammlung mit einem Nicken aufzulösen, als Rottmann kurzfristig noch einmal übernimmt.

»Wegen der polizeilichen Untersuchung dürfen Sie das Gelände der Klinik bis auf Weiteres nicht verlassen. Das schließt geplante Wochenendausflüge und Heimbeurlaubungen mit ein. Hauptkommissarin Deike Coordes ist soeben aus dem Polizeikommissariat Norden eingetroffen, also halten Sie sich bitte für ihre Befragungen bereit.«

Seitz unterbricht ihn mit Handzeichen, beugt sich zu ihm und spricht ihm leise ins Ohr. Rottmann nickt und fährt fort.

»Gestrichen sind ab sofort auch die abendlichen Zusammenkünfte am Strand. Nach dem Abendessen ist es Ihnen nur noch gestattet, sich in der Klinik und im Park aufzuhalten. Wir werden Ihre Kooperation überprüfen und setzen auf Ihr Verständnis. Danke.«

»Und viel Kraft«, ergänzt Seitz, während Rottmann bereits eilig das Podest verlässt.

Die Geräuschkulisse kommt schlagartig in Gang, Stühle werden gerückt, Meinungen werden einander hinter vorgehaltener Hand zugetuschelt, Taschentücher lautstark vollgeschneuzt. Seitz verschwindet in der zum Ausgang strebenden Masse, deren Erleichterung, endlich aus diesem Schwitzkasten herauszukommen, in wildem Gedränge mündet. Der Abgang gleicht einer kollektiven Flucht.

Lysander schafft es kaum, sich zu erheben. Er weiß, sein Versäumnis wird ihn überallhin begleiten.

Hey! Jetzt hör auf, d. tot z. stellen u. meld d. mal! Is wichtig. Zeitung heute: Bullen ham P. m. Special K erw. Kann angebl. o. Pillen n. mehr leben. Was geht d. ab i. d. Klinik?

6. Kapitel

Samstag, 18. Juni

Ich bekomme keine Luft mehr.

Lass mich raus hier!

Mein Mund bleibt stumm.

Über mir liegt das klebrige Netz einer riesigen Spinne, die sich hinterrücks angeschlichen und mich eingewoben hat. Meine Fäuste hämmern gegen seine feste Textur und bringen nichts zuwege außer einem dumpfen Geräusch.

Ich durchlebe sie nicht nur, ich *bin* Panik.

Bevor das Ungeheuer nach mir greift, muss ich weg sein. Sein Atem dampft mir schon im Nacken. Mit schriller Stimme ruft es nach mir.

Aber ich kann mich nicht befreien.

Rutsche immer nur tiefer in das Fadengewirr.

Das Klopfen der Fäuste.

Die Frauenstimme.

Der Schrei.

Es ist mein eigener.

»Frau Brandt? Bitte öffnen Sie die Tür.«

Ich bin schlagartig wach.

Das Hämmern geht weiter.

Als würde jemand einen Pressluftbohrer in meinen Schädel treiben.

Unmöglich, das zu ignorieren.

Ich schleppe mich zur Tür. Mein Gewicht scheint sich über Nacht verdreifacht zu haben, ich kann es nicht mehr aufrecht tragen.

Mir ist, als wäre mein Hirn noch verklebt. Einen frostkalten Moment lang halte ich meine Haarsträhnen für Spinnweben. Hauptkommissarin Deike Coordes sitzt im Sessel und sieht mich abwartend an, während ihr weichgesichtiger Kollege Jan Albers mir einen Zahnputzbecher Leitungswasser aus meinem Bad besorgt. Gestern waren sie auch schon da, aber dank Rottmanns Beruhigungsspritze war ich wahrnehmungs- und sprachunfähig.

Albers hält mir das Wasser hin.

»Danke«, krächze ich und trinke, als hätte ich eine Wüste ohne Proviant durchquert. Danach kann ich zumindest theoretisch wieder sprechen, aber die richtigen Worte wollen noch immer nicht aus mir heraus, scheinen das falsche Format zu haben für das Oval meines Mundes, bleiben an den Zähnen hängen und sind nur hohle Gefäße, wenn sie es dennoch darüber hinweg schaffen.

»Kannten Sie Mascha Holm gut?« Die Kommissarin ist bestimmt zehn Jahre älter als ich und sieht aus wie ein Habicht mit Stoppelfrisur.

»Kaum.«

»Warum nicht? Sie waren doch Nachbarinnen. War sie ein schwieriger Mensch?«

»Nein. Ich bin es.«

Ihre linke Augenbraue scheint sich noch weiter zu heben, als sie merkt, dass ich es nicht weiter erkläre. Weniger, weil ich es nicht will. Ich kann es nicht, begreife ja selbst nichts, bin nicht nur von meinem Sprachzentrum abgeschnitten, sondern auch von Gefühl und Verstand.

»Wissen Sie trotzdem, ob sie Probleme hatte?«

»Wie alle hier. Mehr weiß ich nicht.«

»Okay, dann frage ich anders. Ist Ihnen in letzter Zeit irgendetwas Bemerkenswertes im Zusammenhang mit Frau Holm aufgefallen?«

»Nach der Therapie vorgestern war sie ziemlich am Boden.«

»Haben Sie eine Idee, warum?«

Ich würde ihr gern helfen, habe aber keine Kraft zum Königsmord. »Fragen Sie Rottmann. Er ist ihr Therapeut. Gewesen.«

Ich muss ein paar Mal heftig schlucken. Auf ihr Nicken holt Albers noch ein Wasser. Ein durchlaufender Posten. Ich dachte, ich hätte keine Tränen mehr.

»Warum wollen Sie das alles wissen? Das holt Mascha doch auch nicht zurück.«

»Nein, Frau Brandt. Aber wir wollen nachvollziehen, was geschehen ist. Bitte versuchen Sie sich zu erinnern, ob Ihnen in Maschas Zimmer irgendetwas aufgefallen ist, das uns weiterhelfen könnte. Ein Abschiedsbrief, zum Beispiel.«

Ich schließe die Augen. Bilderfragmente schießen in meinen Kopf und flottieren wie U-Boote durch die lichtlose Tiefsee.

Mein Bruder, wie er die Puppe über den Balkon schmeißt. Das Regengrau hinter den Vorhängen. Rote Krusten.

Die Frage nach dem Warum in Blinkschrift auf der Leinwand meiner geschlossenen Lider.

Als ich die Augen wieder öffne, blickt sie geradewegs hinein in mich. Ich fange an zu zittern, als hätte ich Mascha eigenhändig zerschlitzt.

»Tut mir leid.«

Deike Coordes nickt und steht zackig auf. »Bitte halten Sie sich bereit, falls wir noch Fragen haben sollten. Und melden Sie sich, wenn Ihnen doch noch etwas einfällt.«

Wie in Trance nehme ich ihre Karte entgegen. Bereithalten. Mich darauf vorbereiten, das Unaussprechliche in Worte zu fassen. Ich weiß nicht, wie das gehen soll.

Die beiden sind schon an der Tür, als mir doch noch etwas einfällt.

»Sie hat Tagebuch geschrieben. Vielleicht steht da etwas drin.«

Coordes runzelt die Stirn. »Sicher?«

»Ja, noch am Donnerstag in der Maltherapie.«

»Dann gehen wir nochmal rein«, sagt sie zu Albers und verabschiedet sich, die Augen unter den Runzeln ihrer Stirn zu Schießscharten verengt.

Die Kommissarin hat die Tür nur zugezogen und ich war zu gelähmt, um aufzustehen und hinter ihr abzuschließen. Immerhin hat Lysander ein paar Mal höflich geklopft, was ich ignoriert habe. Jetzt steht er vor mir und fragt völlig überflüssig, ob er reinkommen darf. Als ich nicht reagiere, setzt er sich in gebührlichem Abstand neben mich auf die Bettkante.

»Komm. Lass uns ein Stück am Wasser laufen.«

Er streckt seine Hand aus. Kurz vor meiner Schulter verharrt sie in der Luft, als wolle er mich berühren, wage es dann aber doch nicht, aus Angst, ich würde augenblicklich zu Staub zerfallen. Oder zubeißen.

»Hau ab. Lass mich in Ruhe.«

Aber er denkt gar nicht daran. Bleibt einfach sitzen.

Seine Augen sind klar wie eine sonnendurchflutete Lagune. Mein Schmerz spiegelt sich darin. Mir ist jede Energie abhandengekommen, ihnen etwas entgegenzusetzen.

Schweigend folgen wir der Wasserlinie. Dass Lysander etwas auf dem Herzen hat, ist nicht zu übersehen. Seine Augäpfel sehen aus, als hätten sich winzige rote Korallen darin verästelt. Die Schultern sind verspannt wie unter einem Joch. Vielleicht wiegen sie noch schwerer als meine, auf denen jede brüske Zurückweisung, mit der ich Maschas Annäherung ausgebremst habe, sich ausnimmt wie ein Sack voller Sargnägel.

Nicht zum ersten Mal frage ich mich still, welchen Anteil er an ihrer Verzweiflungstat gehabt hat. War sie nur ein schnelles Nümmerchen für ihn?

Ich frage ihn nicht. Noch nicht. In dieser Sekunde bin ich einfach nur froh, ein atmendes Wesen neben mir zu spüren, das mich mit dem Diesseits verbindet, so dünn die Fäden zwischen uns auch sind. Seine Beichte würde sie jetzt nur kappen.

Nach einer Weile erreichen wir das als Ruhezone deklarierte Vogelschutzgebiet des Kalfamers, das man im Sommer nicht betreten darf. Wir bleiben unschlüssig stehen und blicken auf die menschenleere Sandlandschaft, die wie aus der Zeit genommen wirkt. Die Wolkenformationen über dem Wasser sehen aus, als wollten sie die Wellen nachahmen. Ein paar Möwen, die uns zeternd gefolgt sind, drehen ab, nachdem sie einsehen müssen, dass wir ihnen nichts zu bieten haben.

Mit ihrem Abzug packt mich plötzlich eine Angst im Genick, als hätten die letzten Wächter ihren Posten verlassen. Es ist ein Reflex, eine Blaupause des Märchens vom bösen Wolf, das plötzliche Wissen um den Makel, weiblich zu sein und – allein. Hier gibt es nur noch uns beide. Einen Mann und eine Frau.

Stimmen, vom Schock verzerrt und beinahe ungläubig hervorgepresst unter der nackten Scham, klingen mir noch im Ohr, als wäre es gestern gewesen. Darin Worte, die sich in den von Tränen geschwollenen Atemwegen verformt haben und nicht auszudrücken vermochten, was es bedeutet, benutzt zu werden wie ein Abort, an dem ein Mann seine Notdurft verrichtet, um damit sein verkrüppeltes Ego zu schwellen.

Sie sind mir noch genauso gegenwärtig wie meine hilflosen Antworten am anderen Ende der Notrufleitung für vergewaltigte Frauen, denen ich beizustehen und gleichzeitig mein Studium zu finanzieren versuchte. Am Ende dieser Nächte musste ich jedes Mal duschen, bis das Wasser so kalt wurde, dass es mich taub machte.

Meist waren es Freunde, Kollegen, Mitstudenten, Vertraute, die sich in einer stillen Gelegenheit ihrer Masken und Hosen entledigten. Die Frauen kannten die Peiniger mit den guten Mienen fast immer, oft über Jahre. Doch hatte ihnen niemand die simple Wahrheit verraten, die mich seitdem wie eine ins Hirn tätowierte Warnung begleitet: Sei nie allein mit einem Mann, wenn du nicht bereit bist, die Konsequenzen zu tragen. *Alle.*

Gestern auf unserer Fahrradtour hatte ich das tatsächlich vergessen wollen. Aber gestern war auch noch der Tag vor meiner ersten Leiche.

Ich merke, dass ich das Atmen eingestellt habe.

Stattdessen beanspruchen meine Gedanken jede verfügbare kinetische Energie. Was sie mir präsentieren, wird umso zwingender, je mehr ich mich dagegenstemme. Ich bin nicht bloß aus meinem Leben ausgestiegen, sondern auch aus mir selbst. Wer ich bin, weiß ich schon lange nicht mehr. Der Kontakt ist seit Monaten abgebrochen, wenn nicht vor Jahren. Alles, was blieb, war eine leidlich funktionierende Hülle, bis auch die sich aufgelöst hat. Das Ergebnis ist ein Nichts, das ich nicht kenne. Derart angreifbar bin ich das ideale Opfer. An die Warnung habe mich nur deshalb erinnert, weil ich mich auf einmal wieder spüre. Als Frau. Im Spiegel seines Blicks.

Ich schnappe nach Luft.

Lysander steht vor mir, die Hände in den Taschen vergraben und mustert mich mit zusammengezogenen Brauen. Das Amulett um seinen Hals gleißt in der Sonne und sticht mir in die Augen. Ich fixiere seine Schultern, die mir doppelt so breit vorkommen wie meine, obwohl sie etwas vorgebeugt sind. Gegen jede Vernunft stelle ich mir vor, wie sie mich umfangen.

Aber nicht mit Gewalt.

Er kommt zu mir heran. So nah, dass mein Schatten auf das Amulett fällt und ich die dezente Würze seiner Haut rieche.

Unsere Blicke treffen sich und etwas in mir beginnt zu vibrieren. Ich darf ihm nicht zu lange in die Augen schauen, das ist wie eine Standleitung zu seinem limbischen System. Eine Einladung.

Ich sollte etwas sagen, aber mir ist, als hätte ich eine zappelnde Kröte im Hals, die ich nicht auszuspucken wage, weil ich ihren Anblick fürchte. Denn, wenn ich meine Unterstellungen ihm gegenüber äußere, jage ich ihn garantiert zum Teufel und dagegen protestiert irgendetwas in mir ziemlich heftig.

Lieber halte ich die Verbindung zu seinen Augen, die real sind wie das Wasser, das ich an meinen Füßen spüre, und versuche, hinter den Vorhang seiner ebenso abschätzenden Erwiderung zu sehen. Wir stehen uns gegenüber wie zwei Duellanten, die sich mit mentalen Abtastungsvorrichtungen gegenseitig in die Hirne zu greifen versuchen.

Zu was ist er fähig?

Und wozu bin ich es noch?

Er legt den Kopf schief und zieht die Mundwinkel auseinander.

»Komm«, sagt er und löst uns mit einer Bewegung in Richtung Klinikstrand aus den Fesseln unserer Blicke.

Jetzt, wo der Bann gebrochen ist, schäme ich mich zutiefst für meine unhaltbaren Hirngespinste. Da die Anspannung nun abfließt, merke ich, dass sie das Einzige war, was mich noch zusammengehalten hat. Der schleimige Kloß, der mir die ganze Zeit im Hals sitzt, drückt sich verflüssigt nach oben und birst durch den Damm meiner Augen nach außen. Meine Beine geben nach und ich lande im Sand wie ein Fahrrad, dessen Ständer wegbricht.

Lysander lässt sich im Schneidersitz neben mir nieder, den Blick auf den Horizont gerichtet, und greift nach meiner Hand. Er umschließt sie warm. Die Berührung seiner Handflächen ist wie Jod in der Wunde, schmerzhaft und lindernd zugleich. Ich lasse es zu.

Trauere um die Frauen in meiner Erinnerung, um Mascha und, bizarrerweise, zum ersten Mal seit ich hier bin, auch um mich selbst.

Er stellt keine Fragen.

Meine Stimme ist heiser, wie vom Sand zerrieben, als ich endlich schaffe, meine Qual in drei Worte zu packen.

»Ich begreife nichts.«

Behutsam gibt er mir meine Hand zurück. »Dann sind wir schon zwei.«

Er hebt einen Herzigel auf und schleudert ihn ins Wasser. Von dort, wo er versinkt, breiten sich filigrane Kreise aus.

»Verdrängung hat immer Folgen.«

Ich weiß nicht, ob er mich meint, oder sich selbst.

»Aber ohne Blindheit können wir manchmal nicht atmen.«

Er spricht mir aus den schmerzenden Eingeweiden, aber es ist kein Trost.

»Mascha war völlig aufgelöst am Donnerstag«, bringe ich heraus.

»Ich weiß«, sagt er und betrachtet eine vom Wasser geschliffene Scherbe, die er zwischen seinen Fingern dreht wie eine seltene Perle. Sie hat das verwaschene Grün meiner Augen. »Ich habe ihr Weinen gehört und das Fenster geschlossen. Aber das war nur die letzte Flucht.«

»Wovor?«

Er beißt sich am Horizont fest.

Statt meine Frage zu beantworten, sagt er nur: »Ich habe sie für meine Zwecke benutzt.«

Also doch. Mein Magen krampft sich zu einem Klumpen zusammen und ich weiß, dass ich nichts mehr hören will. Aber in meiner aktuellen Verfassung schaffe ich hundert Meter in fünf Minuten. Wenn er es will, holt er mich ein, bevor ich losgegangen bin.

»Als sie mich nach der Körpertherapie-Gruppe ansprach, habe ich nicht ›nein‹ gesagt. Sie wollte mich etwas fragen. Erst war ich genervt, aber dann dachte ich, vielleicht hält es die anderen fern, wenn es so aussieht, als wäre da mehr.«

Ich versuche, die Worte sacken zu lassen, aber sie kommen nirgendwo an. Neben mir sitzt der einzige ansehnliche Mann der Klinik und behauptet, dass er eine Affäre vorgetäuscht hat, um potenzielle Interessentinnen abzuschrecken, deren Zahl wahrscheinlich die gesamte weibliche Klinikbesatzung umfasst. Soll ich das glauben?

»Wir haben uns zum Spaziergang getroffen und ich habe sie auflaufen lassen. Mein Interesse war nur geheuchelt. Mehr als leere Hülsen habe ich ihr nicht gegeben.«

Wenn es eine Lüge ist, lenkt er mich damit geschickt in eine Verbundenheit, von der ich mich trotz meiner Verwirrung nicht frei machen kann. Denn mir ist, als spräche er von mir. Ich muss an Mascha und mich in der Sauna denken. Sie fing an, mir gut zuzusprechen. Was hat mich daraufhin die Flucht ergreifen lassen? Die Antwort liegt mir auf der Zunge wie ein Fremdkörper, den ich nicht berühren möchte.

»Was wollte sie denn?«, frage ich Lysander stattdessen.

»Sie wirkte bedrückt, sagte, es ginge ihr nicht so gut wie es sollte. Es gäbe da etwas, das nicht stimmt.«

»Was?«

»Ich weiß es nicht. Die Chance, es in Worte zu fassen, habe ich ihr nicht gegeben. Stattdessen habe ich sie mit Luftblasen vollgestopft. Von wegen, das sei ganz normal, die Genesung eben ein langer Prozess, sie müsse Geduld mit sich haben und zu Hause mit einem guten Therapeuten weitermachen. Das ganze Blabla.«

Ich versuche, mich an das zu erinnern, was Mascha in der Sauna gesagt hat.

»Dabei habe ich gewusst, dass sie auf dünnem Eis lief«, unterbricht Lysander meine Gedanken. »Zu wenig Fundament. Aber ich wollte nichts damit zu tun haben. Erst recht nicht, als sie mir erzählte, dass sie es früher schon versucht hat. Zwei Mal sogar.«

Genau. Das war es, was ich unwillkürlich an ihr wahrgenommen hatte. Diese Aura der Bedürftigkeit, die einen mit in den Abgrund zu reißen droht, sobald man ihr zu nahekommt. Die hochinfektiöse Seelenlepra.

Obwohl sich die Sonne bereits dem Untergang zuneigt, ist es noch warm. Trotzdem erschaudere ich und schlinge mir die Arme um die Schultern.

»Wie?«

»Tabletten.«

Ich erinnere mich daran, dass sie so etwas sagte.

»Allerdings hat sie sich beide Male noch rechtzeitig von ihrer Mutter finden lassen.«

»Aber warum hat sie es dann getan?«

»Weil sie am Leben verzweifelt ist und nicht anders um Hilfe rufen konnte.«

»Klingt, als würdest du dich damit auskennen.«

Lysander beißt sich auf die Unterlippe und wiegt den Kopf, als schüttle er ihn über sich selbst. Der Blick, den er mir danach rüberschickt, ist eindeutig: Hier kommst du nicht weiter. Anfang der verbotenen Zone.

»Das ist schlicht ein typisches Muster, kein großes Geheimnis. Ich weiß nicht, ob sie vorher schon damit in Behandlung war. Vier Wochen Dunenburg haben jedenfalls ganz sicher nicht ausgereicht, es zu überwinden.«

»Aber sie war sehr angetan von der Therapie. Rottmann war ihr Held.«

Er schnaubt leise und zieht mit einem Stöckchen Wellen in den Sand. »Trotzdem. Es muss einen Auslöser gegeben haben, den seine Therapie nicht auffangen konnte. Hast du keine Idee, was sie bedrückt hat?«

Entgeistert sehe ich ihn an.

Entweder ist er unfassbar kaltherzig oder er hat eben die Wahrheit gesagt und es war wirklich nichts zwischen ihm und Mascha.

Ich werde nicht schlau daraus. Tatsächlich habe ich ihn im Umgang mit den anderen bisher nur distanziert erlebt. Mir hat er jedoch eben seine Kehle gezeigt. Warum sollte er das tun, wenn es nicht wahr ist, was er sagt? Um mich wie alle anderen auf Abstand zu halten, müsste er sich nicht selbst schlecht machen. Es würde völlig reichen, wenn er mir aus dem Weg ginge, statt so gezielt meine Gesellschaft zu suchen.

Es sei denn, all das hier ist ein Ablenkungsmanöver, weil er womöglich doch Schlimmeres getan hat, als Mascha mit hohlen Nüssen abzuspeisen. So tricksen Zauberer, um die Aufmerksamkeit der Leute auf ihren Zylinder zu lenken, während sie das weiße Kaninchen aus dem Ärmel schütteln. In ihrer Naivität hat Mascha ihn vielleicht ihren Körper nutzen lassen, nur um hinterher festzustellen, dass er an ihrer Seele kein Interesse hat.

Mich wird er nicht einwickeln. Wenigstens das schulde ich Mascha. Ich lasse es darauf ankommen, Lysander zu entzaubern.

»Liebeskummer.«

Seine Augen werden größer. »Sie hatte *tatsächlich* eine Affäre?«

»Davon wusstest du natürlich nichts.«

»Nein. Auf mich wirkte sie auch nicht wie jemand, der sich das traut.«

»Sie war auch ganz bestimmt keine Draufgängerin, sondern ehrlich verliebt. Sie sprühte regelrecht, als sie davon sprach. Ich glaube, dass es ihr sehr viel bedeutet hat. «

»Ah, und du meinst, ihr Liebhaber sah das anders und hat sich schnell wieder vom Acker gemacht? Weißt du denn, wer es war?«

Ich sehe ihn nur an.

Er stutzt. Dann weiten sich seine Augen noch mehr. »Verstehe. Dann ist meine Strategie ja aufgegangen.«

»Warum hätte sie sonst ausgerechnet mit dir über ihre Probleme sprechen sollen, wenn du es nicht warst?«

»Was weiß ich? Vielleicht weil sie es Rottmann nicht sagen wollte und einen neutralen männlichen Rat brauchte. Sucht hier nicht jeder *die eine* verwandte Seele zum Reden?«

Meine direkte Erwiderung bleibt mir im Hals stecken. Er spricht über uns. Und er hat recht. Schließlich war ich im »Velero« drauf und dran, mich vor ihm zu häuten. Nur darum war ich mit ihm mitgekommen. Er hat etwas an sich, das mich trotz seiner

Unergründlichkeit dazu verleitet hat, obwohl ich mir doch Vorsicht geschworen hatte. Ich muss besser aufpassen.

»Jedenfalls könnten das doch plausible Auslöser gewesen sein«, sage ich schnell. »Sie hatte furchtbaren Liebeskummer und niemanden, der sie tröstete und ihr half, damit klarzukommen.«

Plötzlich fällt mir noch etwas ganz anderes ein. Angst könnte außerdem eine Rolle gespielt haben. Vor meinem inneren Auge sehe ich, wie Mascha sowohl Danny als auch die ADI übertrieben verharmloste. Wurde sie vielleicht bedroht? War es das, was sie in Wahrheit hatte sagen wollen?

Ein Bild brennt mir im Gedächtnis: Mascha nach der Therapiestunde bei Rottmann, völlig aufgelöst auf dem Flur. Ich nahm an, dass sie sich doch ein wenig vor der baldigen Entlassung in die Freiheit fürchtete und er gewohnt brachial darauf reagiert hatte. Aber was, wenn es das gar nicht gewesen war? Wenn ihr auf dem Weg von der Villa zum Zimmer etwas ganz anderes widerfahren ist und das vielleicht nicht zum ersten Mal?

»Und womöglich hatte sie Angst«, denke ich es laut heraus.

»Wovor?«

»Danny.«

»Was hat die damit zu tun?«

»Sie beobachtet mich, schleicht mir hinterher, hat mein Zimmer verwüstet. Und sie hat mich im Park angegriffen. Vielleicht hat sie das auch mit Mascha gemacht.«

Und wer weiß, mit wem noch. Ich berichte ihm von dem Übergriff auf Susann. »Im Gegensatz zu ihr hatte Mascha aber garantiert keinen Fanclub, der ihr Schützenhilfe bot. Erst recht nicht mehr, wenn ihr Mondscheinmann tatsächlich flugs die Segel gestrichen hat.«

Genauso wenig wie *ich* gegen dieses beängstigende Geschöpf im Zimmer neben mir auf jemand anderen zählen kann.

Lysander fährt sich mit der Hand durchs Gesicht und reibt über die dunklen Stoppeln am Kinn. »Mist. Davon hatte ich keine

Ahnung. Ich dachte, Danny wäre bloß sich selbst eine Last. Weiß Rottmann davon?«

»Ich habe es ihm bei der Visite gesagt. Er hält mich für eine Querulantin mit Abgrenzungsproblem.«

»Das ist nicht dein Ernst.« Lysander sieht mich an, als wäre er eben aus einem bösen Traum erwacht. »Doch«, sagt er dann wie zu sich selbst, »natürlich. Das sieht ihm ähnlich. Und wahrscheinlich hat er das Gleiche auch zu Mascha gesagt.«

Als wir zurückgehen, jeder von uns in seine Innenwelt vertieft, fegt der aufgefrischte Wind mir die Haare so heftig ins Gesicht, dass ich stolpere. Mit einer geschmeidigen Bewegung streift Lysander ein Gummiband von seinem Handgelenk und reicht es mir. Ich binde mir einen chaotischen Zopf und frage mich, ob er das Gleiche denkt wie ich.

Dass Mascha zwar aus eigener Kraft keinen anderen Ausweg wusste, aus welchem Dilemma auch immer. Dass sie aber bestimmt auch diesmal gefunden werden wollte und alle, inklusive wir beide, haben weggeschaut.

Wie konnte sie dieses Risiko nur eingehen? Sie hatte doch Pläne für eine neue Zukunft. Wollte endlich selbstbestimmt auf eigenen Füßen stehen.

Meine Schultern sacken noch ein Grad tiefer.

Ist Unterlassen aus selbstbezogener Blindheit strafbar? Vielleicht kennt Lysander sich auch damit aus.

»Hast du der Polizei von eurem Spaziergang erzählt?«, frage ich ihn.

»Nein.«

Dachte ich mir.

Er hüllt sich wieder in Schweigen und beschränkt sich darauf, seine Füße beim Laufen zu betrachten.

Den Rest des Weges hat die Stille zwischen uns einen kompakten Körper.

Sie ist eine Wand.

Kurz vor dem Dünenweg zur Klinik treffen wir auf Wiebke. Oder vielmehr das, was von ihr zu erkennen ist. Ihr Kopf liegt auf den Knien, die Arme verschränkt darüber, als wolle sie sich vor einem niederstürzenden Himmel schützen. In Wellen erschüttern Beben ihren fülligen Körper. Neben ihr liegen zwei leere »Küstennebel«-Flachmänner im Sand.

Lysander und ich wechseln einen Blick. Diesmal kein Vogel Strauß. Als wir uns auf sie zubewegen, hebt Wiebke den Kopf und starrt uns an wie eine Erscheinung, die sich aus dem Nichts materialisiert hat. Der Ausdruck in ihren geweiteten Augen ist nahe an der Panik. Lysander bleibt sofort stehen und streift meinen Arm.

»Ich gehe besser.«

Wiebke hat es seit der Geldübergabe vermieden, mir persönlich zu begegnen. Jetzt sieht sie mich an wie ein Hund, der Prügel erwartet, und ich habe keine Ahnung, wie ich mit ihr umgehen soll. Alles überrollt mich.

»Ich weiß nicht.«

Lysander nickt mir nur ernst zu und dreht sich um.

Ich setze mich neben Wiebke und lege ihr den Arm um die Schulter, was mir selbst vorkommt, als gebe eine Ertrinkende einer Erstickenden einen Strohhalm zum Luftholen. Sie bibbert noch stärker und ich frage mich, wie gut sie Mascha kannte. Dass ihr Tod ausgerechnet Wiebke so nahegeht, hätte ich nicht erwartet. Eine Weile streichele ich ihr einfach übers Haar und sehe nachdenklich Lysanders Rücken hinterher, wie er sich auf dem Steg entfernt.

»Warst du mit Mascha befreundet?«

Wiebke zuckt wie vor einem Schlag zurück und windet sich unter meiner Hand weg.

Ich warte. Minuten vergehen.

»Sie war bei mir in der Atem-Gruppe«, stößt sie schließlich schwer keuchend hervor, als sie mein Schweigen nicht mehr aushält.

»Hast du eine Ahnung, was mit ihr los war? Ich meine, hat sie da mal irgendetwas über sich gesagt?«

Wiebke heult auf und schüttelt sich heftig, wie um etwas loszuwerden, das ihr auf die Schultern drückt. Mich kann sie nicht meinen. Meine Hände liegen jetzt im Schoß.

»Ich bin schuld. Oh Gott, es tut mir so leid. Was habe ich bloß getan?« Ihr Gesicht ist eine grienende Fratze.

Ich fühle mich, als ziehe der Sand meinen Körper langsam in die Tiefe. »Wovon redest du?«

»Von Julian.«

Ein schwarzes Tuch senkt sich über meine Hirnlappen. »Julian.« Ich muss mich versichern, dass ich sie richtig verstanden habe.

»Wir hatten … wir sind … es war nur ein einziges Mal, ich schwör's. Ich wollte doch auch mal so gern …«

Wie von Geisterhand gleitet der schwarze Vorhang zur Seite und legt meine grauen Kombinationszellen frei. »Julian Sachs. Aus der Tanztherapie. Der Julian, der Freitagmorgen vorzeitig abgereist ist.«

Das also war Maschas geheimer Gespiele gewesen? Der Typ, der niemals einen Bandscheibenvorfall kriegen kann, weil er gar kein Rückgrat hat? Ich erinnere mich, dass er an dem Festabend auch auf dem Kurplatz war. Das erklärt Maschas Sextanerblase.

»Es war so romantisch … mit dem Mond und der Decke und dem Wein.« Wiebkes Stimme ist ein weinerlich verzerrtes Kieksen.

»Und dem Strandkorb.«

Sie sieht mich nur geduckt an.

Plötzlich fühle ich mich unsäglich leer, wie im Zentrum der Interferenz zweier gegenläufiger Wellen. Die Erleichterung darüber, dass Lysander offenbar die Wahrheit gesagt hat, wird vollständig getilgt von Wiebkes Verrat. »Wann?«

»Er hatte sich doch schon von Mascha verabschiedet. Sie wusste, dass es keine Zukunft hatte.«

»Verdammt Wiebke! Wann?«

»Donnerstagabend.«

Meine Rotweinverderber. »Wusste sie es?«

Wiebkes Stimme vibriert nur noch leicht, jetzt, wo es raus ist. Fast klingt sie ruhig. »Er hat gesagt, es soll unter uns bleiben. Was sollte das auch für einen Sinn machen, wo er doch am nächsten Tag abgereist ist?« Sie lässt ihren Kopf auf die mächtige Brust sinken. »Endlich wollte mich auch mal einer.«

Ich hoffe, der Sand tut sich auf und verschlingt sie. »Ist er deswegen so Hals über Kopf abgehauen?«

»Nein. Seine Frau musste ins Krankenhaus und es gab sonst niemanden, der sich um die Kinder kümmern konnte. Das wusste er schon Tage vorher. Außerdem war ich nicht die Einzige. Mascha war blind. Hier treibt's doch jeder mit jedem. Dein Lysander-Herzchen doch auch.« Ihr Kopf deutet zum Aufgang, durch den er vor ein paar Minuten verschwunden ist. »Oder glaubst du etwa, das Sahneschnittchen geht stundenlang allein spazieren?«

Ich schiebe meine Fäuste in die Jeans, damit ich sie nicht benutze, und fixiere ein schwaches Licht am Horizont. Bestimmt ein losziehender Fischkutter, rede ich mir ein Stück heile Welt ein. Schon um mich von Leuten wie Wiebke zu distanzieren, will ich glauben, dass Lysander mir die Wahrheit gesagt hat. »Und wie kommst du dann darauf, dass du schuld bist?«

»Na, weil … es so aussieht, als hätte sie es doch irgendwie mitbekommen. Da war jemand am Strand. Der hat es ihr bestimmt gesteckt.«

Ich verspüre keine Lust, ihr zu sagen, dass ich das war. Die Wahrscheinlichkeit, dass noch jemand die beiden exhibitionistischen Karnickel gesehen hat, ist außerdem nicht gering. Schließlich haben sie es zu einer Zeit getrieben, als die Psychos sich abends noch am Strand aufhalten durften.

Die Dimension, die eben vor mir aufgerissen ist wie ein Krater, macht mich hilflos wütend, je länger ich über ihre Tragweite nachdenke. Ich muss unbedingt etwas trinken. Meine Zunge fühlt sich regelrecht verschrumpelt an, so ausgedörrt ist mein Mund.

Ich ignoriere Wiebkes hingestreckten Flachmann und erhebe mich. Den kann sie für sich behalten. Ich würde ihn selbst dann nicht anrühren, wenn es das letzte Getränk auf Erden wäre.

Als hätte ich geahnt, dass ich sie brauchen würde, habe ich noch eine Flasche Rotwein im Rucksack versteckt. Die werde ich mir jetzt einverleiben.

Auf dem Holzsteg sehe ich, wie Wiebke den »Küstennebel« ansetzt, ihn in einem Zug leert und die Flasche achtlos neben sich in den Sand fallen lässt.

Am Ende des Steges erwartet mich Rudi Elmer. Sein Bizeps ist durch die verschränkten Arme effektvoll in Szene gesetzt. Sofort wird meine Blase schwach.

»Na, mal wieder eben nur Pinkeln gewesen?«

Lysander hatte mir von dem abendlichen Strandverbot erzählt. Dass ich es unter den aktuellen Umständen vergessen habe, dürfte Elmer jedoch kaum jucken.

Und mich interessiert im Augenblick nicht mehr, dass ich Leute verabscheue, die petzen.

»Wir stehen alle unter Schock. Seit Stunden tröste ich Frau Ingelbach am Strand. Da ist uns die Zeit aus dem Sinn geraten. Das können Sie doch sicher verstehen.«

Immerhin weiß er ja, wie das ist, wenn man Regeln überschreitet.

»Nope. Das gibt 'ne feine Abmahnung. Schon weil es der Glaubwürdigkeit abträglich ist.«

Sein Grinsen ist so schmierig wie seine Glatze. Ich hatte nicht für möglich gehalten, dass er derart komplizierte Sätze sprechen kann.

»Keine Ahnung, was Sie meinen«, gebe ich mich defensiv, »aber ich möchte jetzt gern auf mein Zimmer.«

Elmer dreht sich zur Seite und hebt die Handflächen nach oben. »Bitte sehr. Wer sollte dich aufhalten? Meine Wenigkeit hat jetzt den Strand freizuräumen.«

Im Weggehen denke ich an Wiebke und hoffe, dass er es nicht wagen wird, sie anzufassen. Einen Moment ringe ich mit mir, ob ich umkehren sollte. Doch dann vergegenwärtige ich mir, was sie getan hat. Wer weiß, vielleicht freut sie sich sogar über Elmers Handreichung.

Lysander verschließt die Tür und lehnt sich mit der Stirn dagegen. Alles in ihm sehnt sich danach, mit Ella zu reden. Über das, was hinter den Dingen ist. Zug um Zug.

Ihr Vertrauen gegen seins. Aber er kann ihr nicht alles geben. Nicht mehr. Niemandem.

Scharf wie ein japanisches Keramikmesser hat sein Nicht-Begreifen-Wollen ihm das Leben zerschnitten und diese Frau sieht schon mehr davon als ihm lieb ist. Ihre Augen sind gesplittert wie der Glasbruch in seiner Hand, doch dahinter arbeitet ein wachsamer Geist. Geschwächt, aber trotzdem gefährlich für ihn.

Wegen der Getriebenheit, die ihn an sich selbst erinnert. Als würde er in einen Spiegel schauen und dieses ganz spezielle Flackern darin erkennen, das danach schreit, gelöscht zu werden. Sie ist ihm so erschreckend ähnlich. Will den Rest, der ihrem Selbst verblieben ist, auf jeden Fall erhalten. Versteckt sich hinter ihrer Distanz.

Das zu erkennen, macht ihn ambivalent. Angreifbar. Denn es führt ihn in Versuchung, sein inneres Verlies zu teilen.

Wäre sie nicht so ausgebrannt, würde sie wahrscheinlich in ihm lesen wie in einem Buch. Obwohl er annahm, seine Lektion gelernt zu haben, hat er die Seiten vor ihr nur mangelhaft zu schwärzen vermocht. Fast hätte er vorhin am Strand den wahren Grund für seine Abschreckungstaktik offenbart. Er muss noch vorsichtiger sein.

Lysander schließt die Augen und presst die Lippen so fest aufeinander, dass sein Kiefer spannt. Dem bitteren Geschmack im Mund kann er damit nichts anhaben, aber es hilft ihm, sich zu verhärten, den haarfeinen Spalt zu kitten, der sich in seinem Innern aufgetan und der Hoffnung die Tür geöffnet hat. Bevor sie sich heimlich hineinstehlen und wohnlich einrichten kann.

Wie in Zeitlupe löst er sich von der Tür und sinkt auf sein Bett. Minutiös lässt er die vergangenen Tage durch sein Empfinden rieseln wie Sand durch ein Sieb, um die Essenz herauszufiltern.

Sie misstraut ihm ja zu Recht.

Er dreht sich um und zieht die Nachttischschublade auf. Schiebt das Handy beiseite, dass Ella offenbar verloren oder vergessen hat, als sie ihm die Klamotten besorgte. Es lag auf dem verrutschten Überwurf und er hat nicht vor, es ihr zurückzugeben. Der PIN-Code war sträflich simpel: 5241. Er hatte den Buchstaben ihres Vornamens bloß die Zahl ihres Standorts im Alphabet zuordnen müssen. Da es nur vier Zahlen sein konnten, hatte er die für das doppelte »L« einfach addiert.

Und interessante Einblicke bekommen.

Das Mahnmal seiner eigenen Leichtsinnigkeit hingegen liegt unter der Klinik-Bibel. Er zerrt die Fotografie, die er sich im Nachhinein aus dem Internet besorgt hat, darunter hervor und betrachtet sie lange. Dann lässt er die blonde Frau, die ihn strahlend von dem Bild anlacht, wieder in der Dunkelheit des Fachs verschwinden. Dieses Gesicht will er nie vergessen.

Scheiß auf die Sperrstunde. Keine Minute länger halte ich es auf diesem Bett mit meinen Gedanken aus. Der Raum ist zu stickig und eng, die Stille um mich herum zu laut. Soll mich doch einer der Hilfssheriffs abmahnen. Diese Drohung ist sowieso Makulatur. Bis Maschas Tod geklärt ist, werden sie garantiert niemanden nach Hause schicken. Rottmann gebärdet sich doch nur deshalb als besorgter Hirte, weil ihm die Schäfchen aus der Spur gelaufen sind.

Die Luft in der Dunkelheit vor meiner Terrasse scheint auf den ersten Blick rein zu sein und ich sprinte zur geheimen Bank. Wenn mich einer schnappt, brülle ich mir die Stimmbänder blank. Ich habe ein Recht auf meine Art der Trauer. Zumal sich keiner der Therapeuten einen Dreck um mich schert.

Der Korken der Hausmarke gibt meiner Hand schnell nach und die Wärme der Trauben spült meine Angst in den Magen, wo sie dumpf zuckend liegen bleibt.

Ich weiß nicht, wie mir geschieht. Der Schmerz sucht meine Nähe in zu vielen Gestalten und ich habe keine Mittel, ihm zu begegnen. Vielleicht sollte ich die Tabletten doch nehmen, nur für kurze Zeit.

Oder für immer.

Dann würden mich Lysanders intensiven Blicke nicht verstören, Maschas Porzellangesicht mich nicht weiter verfolgen, Dannys Monstrosität mich nicht mehr peinigen; Rottmann, Schefer, Elmer, Wiebke, der Riss im Arsch, der Geier über meinem Konto, der Schlund, in den mein Leben gestürzt ist, und die gähnend leere Zukunft könnten mir nichts mehr anhaben.

Alles in den Orkus.

In meinem Zimmer liegen eine Großpackung Schlaftabletten plus 20 Antidepressiva als kleines Extra. Dazu der Wein. Die Flasche ist praktisch noch voll, ihr Inhalt wird das Runterspülen erleichtern.

Mein Herz schlägt mit einem Mal schneller, hämmert mir wie tausendfach verstärkt ins Ohr.

Tu es einfach. Mascha hat sich auch getraut. Sie hat es richtig gemacht. Worauf wartest du denn noch?

Dass Marty irgendetwas versteht oder dass es dort draußen wirklich eine verwandte Seele für dich gibt, die bereit ist, sich mit dir zu vereinen?

Das passiert nur im Märchen.

Auf einen festen Job in Zeiten von Outsourcing und Open Desks? In dem du dich doch wieder nur aufreibst, weil du so etwas Unpopuläres wie eine journalistische Ethik und den Glauben an faire Bezahlung hast?

Darauf, dass dir hier irgendwer hilft?

Träum weiter.

Oder endlich Frieden?

Kein Schmerz mehr. Nie wieder.

Ganz bewusst stehe ich auf. Bis zu meinem Zimmer sind es nur ein paar Schritte und Samstag, der 18. Juni, kurz vor der Geisterstunde, ist so gut wie jeder andere Tag.

Los.

Ein leises Knacken sprengt mein Vorhaben.

Geduckt bewegt sich ein Schatten auf die Bank zu.

Schnell.

Jetzt bin ich fällig.

Mit einem energischen Rascheln teilen sich die Büsche und Susann steht vor mir. »Hi, was machst du denn hier?«

Sie wirkt widerlich aufgeräumt, fast heiter. Als käme sie geradewegs aus einer Parallelwelt, in der diese Klinik tatsächlich ein Heilkurort für die geschundene Seele ist und Mascha sich bester Gesundheit erfreut.

»Mich sinnvoll betrinken.«

»Aha. Na dann, viel Spaß. Ich geh jetzt zum Mondscheinschwimmen. Ist gut für den inneren Rhythmus.«

Fast springe ich ihr in den Rücken. »Berührt dich denn gar nichts? Ist auch in deinem Hirn alles nur aus Plastik?«

Sie fährt herum. Ihre Augen funkeln mich an, als wären sie mit Swarovskis belegt. »Was weißt du schon von mir? Jeder macht es auf seine Weise. Ich reagiere mich durch Bewegung ab, nicht durch hirnloses Saufen. Und jetzt hör auf, mir ewig hinterherzurennen, du selbstmitleidiger Jammerlappen.«

Es ist, als hätte sie mir Säure ins Gesicht gespuckt. Wie ein angeschossenes Reh taumele ich zurück. Die Bank stößt mir von hinten in die Kniekehlen und reißt mich zu sich nieder.

Susann bedenkt mich mit einem letzten abschätzigen Blick und läuft zum Strand.

Wenn ich noch einen finalen Tritt gebraucht habe, war er das. Wie tief bin ich gesunken, dass jeder mich nach Belieben verletzen kann?

Obwohl ich mit aller Macht dagegen ankämpfe, schießen die Tränen aus mir heraus wie Geysire.

Blind stehe ich auf und stolpere in den Park. Wanke ohne Ziel und finde mich plötzlich mit geballten Händen am Strandaufgang wieder. Laufe davor auf und ab, als wäre ich ein ferngesteuerter Roboter.

Der Sand unter meinen Füßen ist schon ganz platt, als ich wieder ein Geräusch höre. Ein leises Rascheln diesmal. Sicher ein Tier.

Ich spähe in die Finsternis und sehe nichts. Der Mond hängt gerade hinter den Bäumen fest und verwehrt mir sein schwaches Licht.

Es folgt ein Knacken, lauter jetzt.

Doch keine Maus.

Größer.

Susann auf dem Rückmarsch kann es nicht sein. Sie hätte an mir vorbei gemusst. Außerdem liegen auf dem Steg weder Blätter noch Äste, die knistern könnten. Er ist vollkommen leer.

Wenn Danny sich wieder auf die Pirsch gemacht hat, trifft sie mich wehrlos an. Eine weitere Demütigung, die ich nicht in mein letztes Stündlein mitnehmen will.

Wieder ein Rascheln. Ganz nah.

Ich höre auf zu warten.

Erst vor meiner Terrasse merke ich, dass ich den hohlen Ton erzeuge, der kein Schrei ist und auch kein Wimmern, sondern etwas dazwischen, das sich in mir verselbstständigt hat.

Mit der Tür stürze ich in ein Chaos aus zerrissenen Büchern und verschleuderten Klamotten. Nicht schon wieder.

Woher ich die Kraft nehme, Lysander hereinzulassen, weiß ich nicht. Er sagt, er hat mich schreien hören. Sofort macht er Licht, scannt den Raum und wendet sich dann zum Fenster um. Im gleichen Moment, in dem ich die Augen in der Skimaske dahinter erblicke, rennt er auf die Terrasse. Seinem Wutschrei folgt ein dumpfes Geräusch.

Als ich bei ihm ankomme, richtet er sich halbwegs aus der Krümmung auf, die Hände im Schritt verschränkt, das Gesicht verzerrt, und deutet an den Waldrand, der den flitzenden Schemen kaum eine Sekunde später verschluckt.

Auf seinen Fingerknöcheln glänzen dunkle Tropfen.

7. Kapitel

Sonntag, 19. Juni

Das Meer umspült meine Knöchel. Tränen strömen mir über die Wangen, perlen an der Maske herab, die mein Gesicht geworden ist, tropfen von meinem Kinn und vermischen sich mit dem Ozean zu meinen Füßen. Lautlos. Auf ihrem Weg weichen sie meine Züge auf, die wie zu Stein gemeißelt waren. Glätten sie, waschen sie sauber.

Katharsis.

Ja, aber anders als gedacht.

Mein Blick ist an den Horizont geheftet, die Hülle, die ich meinen Körper nenne, steht da ohne Bewegung. Nur die feinen Härchen auf meinen nackten Armen sind erwartungsvoll aufgerichtet.

Die Sonne hängt fahl wie ein ausgeblichener Softball über der Wasserlinie, eben noch in die Luft geworfen, beschreibt sie gemächlich ihren Weg nach unten. Gleich wird sie eintauchen in ein mattblaues Meer. Sein Spiegel ist so eben, als habe der Wind das Atmen eingestellt, suggeriert eine Konsistenz dickflüssig wie Öl, zäh und undurchdringlich.

In mir fühlt sich alles leicht an. Wie sanft gestreichelt werden. Wie nach Hause kommen. Mir ist nicht kalt, auch wenn meine Haut friert. Der Friede meines Entschlusses wärmt mich.

Mit Bedacht und gemessener Ehrfurcht hebe ich langsam erst ein Bein, setze es ein Stück weiter vorn auf und lasse dann das andere folgen, schreite hinein in das nasse, leise Rauschen, spüre den glitschigen Sand und versuche, trotz der Verdrängung so wenige Wellen zu machen wie möglich.

Bei mir hat sie am Ende nicht mehr funktioniert, die Verdrängung. Weiß der Himmel über mir, wie die anderen das machen. Weiterleben, trotz all des Wissens um die eigene Unzulänglichkeit, das Elend des Da-Seins und der Vergänglichkeit, ohne je die Form erreicht zu haben, die man hätte ausfüllen können. Aufgerieben in einem Alltag, dem jeder auf seine Weise entflieht, ausgeliefert einer global geschrumpften Welt, in der es immer jemanden gibt, der die entscheidenden Dinge besser und billiger kann.

Wir alle sind hier, weil wir auf eine persönliche Art daran zerbrochen sind. Je tiefgreifender, umso größer ist unsere Anstrengung, diese Erkenntnis vor uns selbst zu verbergen. In dieser Gegenwart können wir uns diese Schwäche nicht leisten.

Aber ich verspüre keine Bereitschaft mehr, mich an dieser seelischen Verwahrlosung zu beteiligen.

Eine leichte Brise kommt auf, lässt die diamantengleich glitzernden Lichtpunkte sanft auf dem Wasser tanzen und weht mir dezenten Salzgeruch in die Nase. Ich atme tief ein, um ihn einzufangen, und blinzele der Sonne entgegen. Hier ist alles, was ich brauche. Flutendes Licht und Wasser. Symbole des Lebens. Menschenfreiheit.

Inzwischen hat das Wasser meine Schenkel erreicht. Die Küste ist flach, der Weg in die endlose Weite lang und doch nur ein Bruchstück der Zeit, die mich hierhergeführt hat, zu dem, was zwangsläufig war, vielleicht von Beginn an.

Wie zum Zeichen gleiten zwei Möwen über das Wasser, Spähern gleich, tauchen kopfüber ein und schwingen sich mit silbriger Beute davon.

Jetzt.

Ich streckte meine Arme nach vorn, hebe an zum leichtfüßigen Sprung und tauche ein in das Element, gleite mit ausgestrecktem Körper hindurch, meine Haare wie einen Schweif hinter mir herziehend, spüre, wie das Wasser an mir vorbeiströmt und mein Bikini-Höschen lupft.

Mit kräftigen Stößen arbeite ich mich hoch, durchbreche die Oberfläche, atme tief in den Bauch und rücke mit einer Hand den Stoff zurecht, wohl wissend, dass es Unsinn ist. Ich müsste nackt sein. Aber viele Konditionierungen wirken noch sehr verlässlich.

Mit jedem Zug meiner Gliedmaßen in Richtung Sonne entferne ich mich weiter von meiner Getriebenheit. Ich hatte vergessen, wie gut es tut, einfach zu fließen, etwas in dem Augenblick zu erleben, da es geschieht, schlicht um seiner selbst willen.

Allmählich finde ich meinen Rhythmus, werden meine Bewegungen gleichmäßig. Susann hatte recht.

Ohne dass ich darüber nachdenken muss, gleite ich in eine tröstende Selbstverständlichkeit hinein. Das Wasser umschmeichelt mich wie ein Liebhaber. Ich lasse mich von ihm tragen, sauge Stille und Weite, die nur hier und da von einer jagenden Möwe und zerfasernden Wolkenlandschaften am Himmel unterbrochen werden, wie einen Heiltrunk in mich ein. Für den Moment fühle ich mich erfrischt, als habe ich meine Haut abgestreift, die Wand zwischen mir und der Realität durchbrochen. Ich werde eins mit dem Wasser, lasse mich von der Gischt aufkommender Wellen liebkosen und spüre meine Augen als Fremdkörper. Wie sandgerieben brennen sie unter den Kontaktlinsen. Alles wund.

Endlich lasse ich los, schaue nicht mehr zurück. So sehe ich nicht, wie weit ich gekommen bin. Es gibt hier nichts, was Orientierung bietet. Gab es nie. Aber es spielt keine Rolle mehr für mich.

Ich werde langsamer, spüre die Müdigkeit kommen. Treibende Algen und Tangbüschel wickeln sich um meinen Körper, umschlingen Hals und Arme, verfangen sich in meinem Haar, als wollten sie mich willkommen heißen, beschweren und hinabziehen in ihr fremdartiges Reich.

Kleine Quallen ohne Gifttentakel schweben an meiner Haut entlang, eine von ihnen verirrt sich in mein Oberteil, wo ich sie belasse.

Stattdessen konzentriere ich mich auf meine Hände, die beständig das Wasser teilen, und verliere das Maß für Zeit und Raum. Sie werden schwerer, wie mein ganzer Körper, der, anders als meine Seele, nicht für den Ozean gemacht ist. Jene wiederum hat es nicht geschafft, sich mit dem zu arrangieren, was außerhalb dessen für sie vorgesehen war.

Ich habe es versucht. Immer wieder. Auf jede Weise, die mir eingefallen ist, bis meine Kraft erschöpft war. Sonst wäre ich jetzt nicht hier. In der Maschinerie der Vernachlässigung, die Menschen zu unmündigen Befundträgern macht.

Immerhin am Meeresrand. Meine letzte Chance. Und ich habe sie am Schopf gepackt, weil …

Ich kann mich nicht erinnern. Meine Gedanken sind zäh geworden wie Teigfäden, sie verheddern sich langsam zu einer undefinierten Masse, die durch imaginäre Finger quillt, wenn ich versuche, sie festzuhalten.

Die Tabletten waren ein Fehler. Ich hätte sie doch nicht nehmen sollen. Ich hätte es bewusst erleben müssen.

Hätte, hätte.

Aber ich war zu … feige gewesen.

Zurückgescheut vor … was?

Dem Sterben oder dem Leben?

Ich konnte mir selbst nicht mehr trauen.

Am Ende hätte ich mich noch verraten und versucht, … was? … versucht, …

Ich will es laut aussprechen, herausschreien, doch die Zunge klebt mir am Gaumen, scheint meine ganze Mundhöhle auszufüllen.

Meine Augen wollen kaum noch aufbleiben, sind bloß noch schmale Schlitze, durch die ich nur mit Mühe das Sinken der rot glühenden Sonne verfolgen kann.

Plötzlich sind die Wellen höher. Sie ohrfeigen mich. Salzwasser schwappt mir in den Mund und flutet meine Nase.

Ich bekomme keine Luft mehr, huste und würge, fange panisch an zu strampeln, will umdrehen.

Mühelos reißt mich die Strömung mit sich wie nutzloses Spielzeug. Ich verliere die Kontrolle, weiß nicht mehr, was ich wollte, dass ich es wollte und warum.

Alles ist nur noch wirbelnde Bewegung und Angst.

Wellen bauen sich vor mir auf, greifen mit schäumender Gischt nach meinem Leben und schieben sich über mir zusammen wie eine Wand, bevor sie auf mich niederstürzen.

Es gibt kein Zurück mehr. Endlich begreife ich es.

Ein Tumult vor meiner Terrasse. Fliegende Schatten hinter den Vorhängen. Atemlose Rufe. Gepeinigt. Ich höre nur »Susann« und verstehe, dass ich wach bin.

Wie von selbst erhebt sich mein Körper aus dem von Schweiß durchnässten Nachtlager und registriert die Armbanduhr auf dem Nachttisch, die behauptet, dass es kaum sieben ist. Die Blister sind voll, der Rotwein leer. An mehr kann ich mich im Augenblick nicht erinnern. Benommen wanke ich zur Tür und öffne sie.

Zwei beleibte Fastsechzigerinnen bilden die schnaufende Nachhut einer vom Strand in Richtung Casino davonstiebenden Gruppe und lassen sich von mir abfangen. Ihre Gesichter pulsieren in hektischem Rot, die Augen sind nur noch Pupillen.

»Was ist denn los?«

Die Rechte pumpt mit einer Frequenz, dass ich fürchte, sie bricht hyperventiliert vor mir zusammen. Die Linke zittert so sehr, dass ihre Rettungsringe wippen, ist aber noch fähig, zwischen ihrer Schnappatmung Worte hervorzustoßen.

»Susann … liegt … am Strand.« Dann brabbelt sie noch etwas von »ganz friedlich«.

Mir ist, als habe sie Suaheli gesprochen. Ich verstehe die Laute, aber mein Verstand verweigert ihnen den Sinn.

Wie damals, als mich die Nachbarin anrief, an einem lauen Julimorgen um kurz nach halb sieben.

»Lemmi ist auf der Straße«, sagte sie. Klar, dachte ich, er wohnt ja auch bei mir. Wieso sollte er nicht über die Straße gehen? Bis das Begreifen mich verschlang, hatte ihr Mann den kleinen Kerl gnädigerweise schon von dort weggeholt. Der Körper verschwand schlaff in seinen Armen, das schwarz-weiße Fell fast unversehrt, immer noch weich und warm. Nur dass er längst im ewigen Jagdgrund weilte, als er in meine klammen Hände wechselte und sie mit dem Blut befleckte, das sich unter seinem zerquetschten Köpfchen sammelte.

Lemmi war etwas ganz Besonderes für mich gewesen, eine erfüllte Kindheitssehnsucht. Nach ihm habe ich nie wieder versucht, mir ein Katzentier vertraut zu machen.

Und ich habe gelernt, dass Nachrichten, die mich vor acht Uhr morgens erreichen, selten gut sind.

Diesmal war Rottmann noch schneller und diesmal nehme ich an der Ansprache teil. Ich muss sichergehen, dass ich mich nicht aufgelöst habe. Dass ich existiere. Dass es eine reale Welt gibt, die ich anfassen kann.

Lysander hat mir den Gefallen getan und sich kurz von mir berühren lassen. Jetzt sitzt er neben mir und ich spüre die Wärme seines Körpers, die aus der Nähe zu mir herüberstrahlt. Die Schatten um seine Augen sind tiefer geworden, der Zug um seinen Mund verhärtet. Er belauert Rottmann, als warte er auf ein Stichwort.

Kaum, dass die Ansprache begonnen hat, liefert der Graubärtige es ihm. Lysander springt so unvermittelt auf, dass sein Stuhl nach hinten schrappt und die Umsitzenden aus ihrer Versteinerung reißt.

»Sie glauben doch selbst nicht, dass Susanns Tod ein Unfall war. Sie war eine exzellente Schwimmerin. Das weiß jeder hier.«

Rottmann nimmt seine Brille ab, reibt sie an seinem schwarzen Jackett ab und setzt sie wieder auf. »Was wollen Sie damit sagen?«

»Dass hier etwas gewaltig faul ist.«

Der Klinikleiter bedenkt ihn mit nur einer hochgezogenen Augenbraue, die erkennen lässt, dass ihn die Meinung eines Patienten nicht im Geringsten interessiert. »Als da wäre?«

»Sie vernachlässigen Menschen, die Ihre Hilfe bräuchten, und überlassen sie kaltschnäuzig sich selbst. Ich sage nur Danny Karst. Sie hat die Frauen bedrängt und Sie, Doktor Rottmann, haben das als Wachstumsaufgabe abgetan. Hören Sie auf zu leugnen, dass Ihre Patientinnen sich nicht mehr anders zu helfen wussten. Fragen Sie endlich mal nach den Gründen!«

Ein Raunen erfasst die Aula wie eine ölverseuchte Welle.

Köpfe schwenken umher wie Radare. Danny ist wie immer abwesend.

Rottmann senkt den Kopf, als müsse er sich für einen Gegenschlag sammeln. Dann hebt er den Blick, um damit die aufgeschreckte Schar zu durchbohren. Stille senkt sich über das Auditorium wie ein Leichentuch. Er nimmt Lysander ins Visier.

»Alles, was Sie sagen, entbehrt jeder Grundlage. Beide Patientinnen wurden intensiv betreut und sprachen hervorragend auf die Behandlung an. Frau Holm vielleicht zu gut, wenn man ihre Entscheidung von außen als falsch bewerten will. Aber wer – bei allem Respekt – dürfte sich das anmaßen?«

Lysander schnappt nach Luft, hat aber keine Puste gegen Rottmanns trainierten Zynismus.

»Darüber hinaus gibt es keinen Zusammenhang. Außer, dass beide Frauen keine Abschiedsdokumentation hinterließen, was im Falle von Frau Mayfeldts tragischem Ertrinken zwangsläufig ist. Für eine Fremdbeeinflussung, die Sie so geheimnisvoll andeuten und die angeblich beide in den Freitod getrieben haben soll, gibt es nicht das geringste Indiz.«

»Ach nein, kein Indiz? Und was ist mit der Person, die hier nachts durch den Park schleicht? Und mit ihren Übergriffen auf Patientinnen? Wissen Sie davon etwa auch nichts?«

»Selbstredend hätte ich davon Kenntnis, wenn es so etwas gäbe. Aber mir liegen keine derartigen Meldungen vor.« Rottmann blickt fordernd in die versammelte Runde. »Sieht hier sonst noch jemand Gespenster? Dann rede er jetzt.« Sein Ton ist scharf wie eine frisch gewetzte Scherenklinge.

Niemand sagt ein Wort.

Ich schaue auf meine Füße. Der silberne Zehenring ist angelaufen. Das glitzernde Apricot meiner ehemals sorgfältig lackierten Fußnägel ist stumpf und abgeblättert. Die Ränder sehen aus wie von Ratten angefressen.

Ungefähr so fühlt sich mein Herz an. Etwas beängstigend Großes nagt daran. Ich bin außerstande, einen klaren Gedanken zu fassen. Geschweige denn, ihn auszusprechen.

»Mir ist bewusst, dass nach den tragischen Ereignissen der vergangenen Tage alle Nerven blank liegen. Meine nicht minder. Aber es ist auch ein offenes Geheimnis, dass Frau Mayfeldt dazu neigte, sich zu überschätzen. Wie die meisten Menschen ist sie ein Opfer ihrer Selbstverliebtheit geworden.« Rottmann wendet sich jetzt gezielt Lysander zu. »Beide Tode sind furchtbar, aber niemandes Schuld, so sehr Sie auch danach suchen mögen, Herr Falk. Man sollte doch meinen, dass ausgerechnet Sie sich davor hüten müssten, unhaltbare Gerüchte in die Welt zu setzen.«

Ich schaue fragend zu Lysander hoch und kann den Wortknoten, den er schluckt, regelrecht seinen Hals hinabwandern sehen.

Er funkelt mich an und schiebt sich dann durch die Reihe Richtung Ausgang.

»Die Obduktionen werden eine Beteiligung Dritter zweifelsohne ausschließen«, sagt Rottmann, als die Tür zuknallt.

Den Rest bekomme ich nicht mehr mit, weil ich jetzt vollends damit beschäftigt bin, mich zusammenzuhalten. Dreht Lysander jetzt auch noch durch? Und was weiß Rottmann über ihn, das ihn so konsequent zum Schweigen bringt?

Lysander reagiert nicht auf mein Klopfen. Bestimmt läuft er sich den Ärger über mich am Strand ab. Das würde ich jedenfalls tun.

Ich ziehe los, um ihn zu suchen. Vor dem Strandaufgang pralle ich gegen eine Wand aus unruhigen Körpern.

Schlagartig wird mir bewusst, warum ich eine solche Versagerin bin. Welch großartiger Ausblender ungeliebter Wirklichkeit mein Hirn doch ist. Ich hatte *vergessen*, dass der Strand wegen der Spurensicherung vorerst gesperrt bleibt, weil ich mich irrationalerweise noch immer weigere zu begreifen, was geschehen ist.

Unfassbar.

Durch einen aufblitzenden Spalt zwischen den Leibern sehe ich zwei Beamte vor dem mit rot-weißem Flatterband blockierten Durchgang stehen. Mit abwehrenden Gesten versuchen sie, die Menge im Zaum zu halten, die mit verzerrten Gesichtern und aufgerissenen Mündern danach geifert zu verfolgen, was hinter den Dünen passiert. Dass Susanns Körper längst fortgeschafft ist, macht sie so wild, als habe man sie um den Höhepunkt betrogen.

Voll Abscheu über meine Mitinsassen weiche ich zurück.

Lysander ist nicht unter ihnen, was mich gleichzeitig erleichtert und verzweifelt macht. In diesem Wahnsinn ist seine Nähe der einzige Zweig am Rande des Abgrunds, an den ich mich vor dem Sturz in die Tiefe klammern kann. Ihn abreißen zu lassen, wäre fatal.

Ich muss ihn finden.

Aus reinem Selbstschutz. Ein kannibalisches Schuldgefühl umzingelt mich mit Vorwürfen wie eine Horde tollwütiger Wölfe, die nur darauf lauert, mich zu zerreißen, während das Feuer meiner Beschwichtigungen, mit dem ich sie auf Distanz zu halten versuche, allmählich erlischt. Vielleicht kann ich die zähnefletschende Meute gemeinsam mit Lysander bannen. Ich schlucke das saure Kratzen im Hals hinunter und kehre um.

Auch beim zweiten Versuch, ihn an die Tür zu klopfen, öffnet er mir nicht. Vielleicht ist er sonst wohin unterwegs, wenngleich ein unbestimmtes Gefühl in der Magengegend mir etwas anderes sagt. Die Stille auf der anderen Seite der Tür hat etwas Lauerndes.

Wieder in meinem Zimmer, laufen meine tauben Füße wie von selbst zum Fenster, zum Bad, zum Bett und zurück, ohne Chance auf einen Ausweg aus dem härtesten Knast der Welt: meinem eigenen Kopf.

Unerbittlich präsentiert er mir die schäbige Wahrheit: Mascha ließ ich mit ihrem Kummer allein. Susann habe ich hinterrücks für das angegriffen, was ich selbst nicht geschafft habe: nämlich Maschas Schicksal nah genug an mich heranzulassen.

Beide sind tot.

Davon kann ich mich nicht reinwaschen, indem ich Rottmann bezichtige. Auch wenn ich Lysanders Impuls nur zu gut verstehe, weiß ich, dass wir beide unseren Anteil daran haben.

Mag sein, dass Danny ebenfalls eine Rolle gespielt hat und Mascha auf diese Weise auch vor ihr Erlösung suchte. Vielleicht hat selbst Julian seinen Beitrag dazugegeben. Am Pranger stehen wir aber alle, die es nicht verhindert haben. Wenn sie darauf gesetzt hat, gefunden zu werden, war Maschas Tod ein ebenso tragischer Unfall wie der von Susann.

Und Rottmann ist ein Arschloch, weil wir alle es ihm gestatten.

Als ich Susann gestern Nacht das letzte Mal sah, war sie noch sehr lebendig und vital. Angewidert von ihrer vermeintlichen Ungerührtheit habe ich verbal auf sie abgefeuert wie die Heiligkeit in Person. Meine Anmaßung glitt zwar augenscheinlich an ihr ab, als wäre sie dagegen imprägniert. Aber was, wenn sie doch keine Eisprinzessin gewesen ist? Wenn sie – noch aufgebracht und unachtsam wegen unseres Streits – eine Strömung ignorierte, gegen die selbst sie als routinierte Schwimmerin den Kampf verlieren musste?

Ich kann nicht glauben, dass sie bloß ein Opfer ihrer eigenen Bombastik geworden ist, egal was Graubart sagt.

Klar, in unserer ersten Nacht auf der Bank hatte sie damit geprahlt, sich vor nichts mehr zu fürchten. Das legt einen Hang zum Leichtsinn nahe, könnte für einen gewissen Größenwahn sprechen. Zumal es für sie auf der Welt nichts Wichtigeres zu geben schien als Susann Mayfeldt höchstpersönlich. Aber sie war nicht dumm, jedenfalls nicht in diesem Sinne. Und sie hatte eine konkrete Perspektive. Immerhin wollte sie sich mit diesem Immobilienheini treffen und die Übernahme einer Agentur aushandeln.

Wenn das allerdings schief gelaufen war …

Könnte Lysander doch recht haben.

Dann wäre Susanns Tod womöglich die zwingende Konsequenz einer Summe. Gebildet aus einem geplatzten Traum plus einem Arschtritt von mir, addiert mit ein paar weiteren Variablen namens Danny, Rottmann, Schefer und …

Mir ist, als würde ich gefrieren.

Ohne es bemerkt zu haben, umkrampfe ich die ganze Zeit einen Fetzen Papier. Er ist mir vorhin aus der Jeanstasche gefallen, als ich darin nach meinem Schlüssel gegraben habe. Jetzt stehe ich still und starre auf die Ziffern wie auf die Hieroglyphen einer geheimnisvollen Schrift.

Die Zahlen, zu denen sie sich zeitlupenartig in meinem Erkennen formen, sind mir so fremd, als hätte ich noch nie welche gesehen.

Eine Handynummer.

Plötzlich dämmert mir etwas.

Die Lilien.

Susann könnte mich belogen haben, als sie vorgab, nicht einmal zu ahnen, wer ihr die Blumen auf die Terrasse gelegt hat.

Was vielleicht bedeutet, dass jemand mehr weiß als ich.

Über das Unglück.

Oder einen Grund, der alles andere überragt.

Denjenigen zu finden, könnte mich wieder dazu bringen, in den Spiegel zu schauen, ohne bloß ein elendes, feiges Stück Dreck zu sehen, das es am Ende seines Weges zu nichts weiter gebracht hat, als ein Puzzleteilchen im Spiel des Todes zu sein.

Ich habe nichts zu verlieren. Wenn mich das, was ich in Erfahrung bringe, nicht entlastet, kann ich mich danach immer noch zerfleischen und entsorgen.

Bevor ich gehe, befestige ich mit zitternden Fingern eine Nachricht für Lysander am Luftpoststein.

Inzwischen bin ich fast sicher, dass er doch in seinem Zimmer ist. Das Gefühl, dort oben eine Präsenz zu spüren, ist noch intensiver geworden. Wobei ich mehr eine Bewegung ahne, als dass ich sie höre. Mag sein, dass meine angespitzten Nerven mir nur einen Streich spielen. Aber das Kribbeln hinter meinen Ohrläppchen ist seltsam stark. Egal. Dann muss er weiter schmollen. Ich kann jetzt nicht auf ihn warten. Vielleicht holt er wenigstens irgendwann die Leine ein und liest den Zettel.

Vor der Klinik wende ich mich nach Westen. Ich will nach Juist-City und ein öffentliches Telefon auftreiben. Mit etwas Glück finde ich dann auch die Antwort auf die Frage, die jetzt so rot in mir glüht, dass ihr Schein für den Moment die wölfische Gedankenbrut vertreibt.

Wieder hat er Zuflucht im »Lütje Teehuus« genommen. Unbehelligter wäre er nur in der Ortschaft Loog gewesen, aber die ist ihm momentan zu weit weg. Und dass der Strand als Fluchtpunkt ausfiel, war ihm von vorneherein klar gewesen. Der ist jetzt so lange Sperrgebiet, bis die Polizei ihre Arbeit getan hat.

Lysander schnaubt. Ihre Arbeit. Hoffentlich suchen sie diesmal wenigstens an der richtigen Stelle. Er wird sich nicht einmischen. Für ihn ist es nur unklug, sich zu zeigen.

Deshalb hatte er den Saal auch schnellstmöglich verlassen müssen, um Rottmann nicht an den Kragen zu gehen. Dieser Mann ist ihm unerträglich in seiner rüstungsgleichen Arroganz.

Warum packt das Schicksal sich immer die Falschen?

Sein Bier sieht ohne den Schaum inzwischen aus wie Mittelstrahl, so lange starrt er es schon tatenlos an. Er hätte gern den Wein genommen, aber er will einigermaßen klar sein, wenn er mit Ella spricht. Bloß beruhigen will er sich, nicht betäuben.

Er weiß nur zu gut, warum sie im Plenum nicht aufgestanden ist. Kein Wort verloren hat über die Fratze am Fenster und das Chaos in ihrem Zimmer, die Begegnungen mit Danny.

Rottmann, der Lügenbaron, hätte sie vor allen geschlachtet. Wer wollte es ihr da verübeln, dass sie an sich selbst dachte und ihn allein den Kopf aufs Schafott legen ließ?

Was verbindet sie schon, außer einer Ohnmacht?

Okay. Er ist ungerecht.

Wenn er sie halbwegs richtig einschätzt, lassen die beiden Todesfälle sie ebenso wenig los wie ihn.

Gemeinsam hätten sie vielleicht eine Chance, die Wahrheit über die Vorgänge in der Klinik ans Licht zu bringen, den großen Zusammenhang aufzudecken, von dem er sicher ist, dass es ihn geben muss.

Dafür müssten sie allerdings einen anderen als den offiziellen Weg finden. An Rottmann vorbei, der ganz offensichtlich nicht den hauchfeinsten Zweifel an seiner Integrität zulassen wird. Lysander muss an das Gespräch der beiden Männer denken, die er am Montag hier belauscht hat. Danach scheint der Klinikchef ja ein wahrer Meister darin zu sein, nichts nach außen dringen zu lassen, was seinem Ruf schaden könnte.

Er verbeißt sich in seiner Lippe.

Wie soll er Ella nur dazu bringen, die Verbindung zwischen den beiden Toden von selbst zu erkennen, ohne seine eigene Vergangenheit preiszugeben?

Die Lippe platzt auf und fängt an zu bluten. Lysander atmet mit einem Seufzer aus. Erst einmal muss er sie davon überzeugen, dass er selbst einer von den Guten ist. Nicht gerade eine simple Herausforderung, wenn man seine eigene Wirklichkeit kennt.

Das Bier, das er noch eben im Aufstehen herunterstürzt, als er Ella draußen vorbeistapfen sieht, verfehlt seine gewünschte Wirkung zu hundert Prozent.

Jemand beobachtet mich. Wie festgetackert stehe ich im Preiskauf vor dem Weinregal. Hitze schießt mir vom Sonnengeflecht bis in die Fußsohlen.

Der Irrsinn hat mich hierher getrieben. Mehr denn je brauche ich jetzt Nachschub. Lieber Rotwein als tot sein.

Während ich so tue, als betrachte ich die Auswahl, merke ich, wie mir die Gänsehaut von den Schulterblättern in den Nacken kriecht. Würde ich einen Arm nach hinten ausstrecken, könnte ich den Körper wahrscheinlich bereits berühren, dessen vorsichtiges Herannahen ich seit einer Weile spüre.

Eine Hand legt sich auf meine Schulter.

Blitzschnell fahre ich herum und begegne wasserblauen Augen.

Lysander weicht einen Schritt zurück. Sein Gesicht ist blass unter der Bräune, die Lachfalten nur eine Ahnung besserer Tage. »Ich wollte dich nicht erschrecken.«

Sofort wird mir mulmig ums Herz. »Dann spiel auch nicht den Indianer. Woher weißt du überhaupt, dass ich hier bin?«

Statt mir zu antworten, zieht er eine Packung Zigaretten aus der Tasche, hält sie hoch und deutet mit dem Kopf zum Ausgang. »Friedenspfeife?«

Ich klaube meine ganze Selbstbeherrschung zusammen und schüttle den Kopf. »Später vielleicht, aber du kannst mich zurück zur Klinik begleiten.«

Das mag riskant sein. Es gibt nämlich eine ganze Reihe unangenehmer Fragen, die ich ihm stellen muss. Aber ich habe keine andere Wahl, wenn ich mir endlich darüber klar werden will, wie ich zu ihm stehe. Oder er zu Mascha, Susann und mir.

Auf dem Rückweg durch die Felder beobachte ich ihn aus dem Augenwinkel. Immer wieder fährt er sich mit der Hand durchs Haar, um die Strähnen beiseitezuschieben, die ihm widerspenstig ins Gesicht wehen. Er wirkt genauso angespannt wie ich mich fühle.

Obwohl sie frei im Wind baumeln, sind meine Handflächen schweißfeucht, als hielte er sie fest umschlossen. Seine Gegenwart wühlt mich auf, legt mir einen Film über die Haut. Ich sehne mich danach, dass er Schutz bedeutet. Nur, was ist, wenn ich mich vor ihm schützen muss?

Denn hier stimmt etwas vorne und hinten nicht. Das sehe ich ihm an der wohlgeformten Nase an. Dass er mich vorhin vor seiner Tür abblitzen ließ, hat meine Zweifel an ihm genährt. Laut Wiebke war Julian tatsächlich Maschas Affäre. Das ist aber noch lange kein Beweis dafür, dass Lysander nicht auch was mit ihr hatte. Gerade dann, wenn sie von Julian enttäuscht war, könnte sie sich umso stärker an Lysander geklammert haben. Und möglicherweise war es gar nicht seine Absicht, gewisse Verehrerinnen damit abzuschrecken. Vielleicht kam Mascha ihm gerade recht, um Susann herauszufordern. Warum sich entscheiden, wenn man alle haben kann?

Je länger wir schweigen und ich darüber nachdenke, wie sich alles zugetragen haben mag, umso übler wird mir. Schließlich kenne ich ihn abgesehen von der überraschenden Vertraulichkeit am Strand kein bisschen. Und da könnte er gut geschauspielert haben.

Womöglich ist er ein selbstverliebter Geck, der wie die Anwälte im Casino in der Reha nur seinen Spaß wollte und dann feststellen musste, dass er beide Frauen nicht mehr ohne Weiteres loswerden konnte.

Aber dann wären Selbstmord und Unfall doch sehr praktisch und er hätte keinen Grund, Rottmann deswegen anzugehen. Es sei denn, sein Auftritt in der Aula wäre eine willkommene Gelegenheit gewesen, den Fokus von sich auf Danny abzulenken. Schließlich ist sie die ideale Psychopathin, auf deren Konto man die Mitschuld für zwei Tode schieben kann. Und ich hätte ihm die Idee dazu bei unserer Unterredung am Strand auch noch auf dem Silbertablett serviert.

Verdammt nochmal. Wieso sagt er nichts, um mich zu beruhigen?

»Warum bist du dir so sicher, dass Susanns Tod kein Unfall war?«, herrsche ich ihn unvermittelt an.

»Das habe ich bereits in der Aula gesagt.« In seinem schiefen Seitenblick steckt eine Spur Vorwurf. »Außerdem war sie weit weniger selbstbewusst als sie sich gab. So großartig kann die Therapie nicht angeschlagen haben, wenn sie noch immer jedermanns Darling sein wollte.«

Oha. Meldet sich da ein schlechtes Gewissen zwischen den Worten? »Hast du sie abserviert und sie ist dir hinterhergelaufen? Oder wie kommst du darauf?«

»Ich will nur meinen Frieden.«

»Aber sie war in dich verliebt.«

»Herrgott. Jetzt hör doch mal auf mit diesem Mist. Susann war nur in sich selbst verliebt.«

»Hast du sie auch *benutzt*? Hat sie sich vielleicht unter anderem deswegen das Leben genommen? So wie Mascha?«

Er bleibt stehen und sieht mich gequält an. »Nein, Ella. Ich denke, dass sie ein zutiefst verwirrter und unsicherer Mensch war, der schlecht mit mangelnder Bestätigung umgehen konnte. Das konnte jeder sehen, der das wollte, und es bezog sich keineswegs nur auf mich. Aber nachdem, was du mir von Danny erzählt hast, glaube ich, dass das nicht der einzige Faktor war.«

Okay. Also schiebt er es doch auf Danny. Wie praktisch. »Bei Susann greift dein Danny-Argument aber nicht.«

»Wieso?«

»Einer von Susanns Wasserträgern hat sie sich vorgeknöpft. Danach war Ruhe.«

Die nächsten Meter herrscht wieder Schweigen. Nur der Schweiß dringt uns aus den Poren, sonst nichts. Staub legt sich darüber wie ein Siegel. Ich breche es erneut.

»Also hast du Susann die Lilien auf die Terrasse gelegt.«

»Welche Lilien?«

»Du wusstest, dass es ihre Lieblingsblumen sind.«

Seine Irritation scheint echt.

»Sie hat es beim meditativen Malen gesagt«, helfe ich ihm auf die Sprünge.

»Susann hat kaum etwas für sich behalten. Theoretisch kann das jeder Mann in der Klinik aufgeschnappt haben, der Ohren hat.« Er seufzt. »Ella. Was soll das?«

Ich schlucke hart. Inzwischen hänge ich ziemlich weit aus dem Fenster. Weiß ich überhaupt, worauf ich mich hier einlasse? Was ist, wenn ich nicht bloß übertrieben vorsichtig bin, sondern auf der richtigen Fährte? »Nein. Nicht jeder kommt dafür in Frage. Es muss jemand gewesen sein, der sich öfter außerhalb der Klinik bewegt. Zum Beispiel auf stundenlangen Spaziergängen.«

Er bleibt stehen und wirft mir einen Blick zu, der sich wie eine Fessel um meinen Hals legt. »Okay. Lass das Orakeln. Worauf willst du hinaus?«

Ich ziehe den Papierfetzen aus der Tasche. »Diese Handynummer steckte im zweiten Strauß. Susann hat sie mir vor ihrem Tod gegeben, weil sie angeblich nichts damit zu tun haben wollte. Jetzt denke ich, es war ein diskretes Zeichen. Sie wurde verfolgt. Ich hatte erst Schefer im Visier, dachte, er hat vielleicht eine zweite Bude im Ort.«

»Weil er wie alle in der Klinik keinen Empfang hat.«

»Ja. Aber als ich vorhin ging, saß er für die Kalo an der Rezeption. Mein Anruf erreichte trotzdem jemanden.«

Lysander zieht sofort sein Handy aus der Jeans. »Nicht mich.«

»Als ich vorhin sagte, dass ich wegen Susann anrufe, atmete er nur schwer. Dann legte er auf.«

»Sag mir bitte deine Nummer.«

»Das ›Hallo‹ war eindeutig männlich. Die Stimme könnte verstellt gewesen sein.«

»Wozu? Ella. Bitte.«

»Nein, gib mir deine.«

»Das kommt aufs Gleiche raus. Aber wie du willst.« Er ruft seine eigene Nummer auf und hält mir das Display hin.

Ich vergleiche die Zahlen mit denen auf dem Zettel.

Nicht identisch.

Mit einem Ausdruck in den Augen, als hätte ich ihn ausgepeitscht, sieht Lysander mich an.

Ich verliere den Verstand.

Was macht dieser Mann damit?

Inzwischen ist mir so schlecht, dass ich mich in die Büsche schlagen und übergeben würde, wenn es hier welche gäbe. Bis ich mich wieder leidlich gefangen habe, sind wir fast an der Dunenburg.

»Warum bist du mir von hier aus bis in den Supermarkt gefolgt?«

»Bin ich nicht. Warum sollte ich? Um vorzutäuschen, dass ich nicht der geheimnisvolle Liebhaber aller plötzlich versterbenden Patientinnen bin, wie du mir offensichtlich unterstellst? Ich war im ›Lütje Teehuus‹ und habe dich vorbeigehen sehen.«

Betreten schweige ich. Meine Beschämung sitzt mir wie ein Mochi-Kloß in der Kehle.

»Ganz sicher tue ich nicht immer das Richtige. Aber mit Mascha und Susann habe ich nichts zu schaffen.«

Er wirkt tief getroffen. Fast rechne ich damit, dass er mich einfach stehen lässt und auf Nimmerwiedersehen verschwindet. Ich könnte es verstehen. Aber er tut es nicht.

»Wenn, dann hätte ich logischerweise einen großen Bogen um dich gemacht, statt auch noch auf dich zuzugehen. Das ergibt doch alles keinen Sinn.«

»Stimmt.« Alles, was ich herausbringe, ist bloß noch ein heiseres Krächzen. Ich räuspere mich. »Aber nachdem du mir vorhin nicht aufgemacht hast, dachte ich, du spielst mit mir. Du warst doch da!«

»Nein«, sagt er und seine Stimme klingt belegt, »ich bin sofort nach Juist-City geflüchtet, kaum dass ich diese üble Show in der Aula verlassen habe. Wie kommst du bloß auf die Idee, dass ich in meinem Zimmer war?«

Deike Coordes durchbohrt mich mit ihren Stechbeitel-Augen. Diesmal habe ich sie selbst angesprochen. Direkt nach der Befragung von Susanns Anrainern sitzt sie wieder bei mir im Sessel.

»Warum wollen Sie wissen, ob wir Frau Mayfeldt bekleidet gefunden haben?«

»Weil ich mich frage, ob es ein Unfall oder auch ein Selbstmord war. Wie bei Mascha.«

»Was würde das für einen Unterschied machen?«

»Wenn es der zweite Selbstmord war, würde ich meine Antidepressiva wohl doch nehmen.«

Ich senke den Kopf und blicke sie von unten her an. In meinem früheren Leben war ich Teil einer Impro-Theater-Gruppe, nicht untalentiert. Für professionelle Auftritte hat es dennoch nie gereicht. Diesmal muss ich mich kaum verstellen, nur zulassen, was eh schon da ist.

Die Züge um ihre Augen werden etwas weicher. Mir ist, als sähe ich kurz so etwas wie Mitleid darin aufblitzen.

»Woran wollen Sie das erkennen? Daran, wie ordentlich die Kleidung gefaltet ist? Da muss ich Sie leider enttäuschen. Selbstmörder folgen keinen starren Regeln.«

Ich lasse mich noch ein bisschen tiefer sacken. »Nein. Aber Susann hat mir erzählt, dass sie nachts öfter nackt baden ging, wenn keiner sie sehen konnte. Ich glaube nicht, dass sie blankgezogen hätte, wenn sie sich umbringen wollte und jeder sie so hätte finden können. Sie wollte sich nie eine Blöße geben.«

Die Augen der Kommissarin wandern über mein Gesicht. Ich zwinge mich, ihnen standzuhalten.

»Wenn jemand den Entschluss gefasst hat, sich umzubringen, ist es ihm meist egal, wie andere ihn auffinden. Deren Meinung spielt dann keine Rolle mehr.«

»Aber wäre es dann nicht sinnvoller, seine Sachen anzubehalten, damit sie sich vollsaugen und man schneller ermüdet?«

»Was macht schon Sinn?«

Sie fragt nicht mehr viel. Nur, ob ich weiß, mit wem Susann hier näheren Kontakt hatte. Ich verneine. Vielleicht spielt wirklich nichts mehr eine Rolle. Ich weiß nur, dass mir der Kopf schwirrt wie eine Höhle voller Fledermäuse, die ich endlich ausräuchern muss.

Als sie geht, tätschelt sie mir flüchtig die Schulter. »Nach Ihrer Theorie war es ein Unfall. Frau Mayfeldts Kleidung lag gefaltet am Strand. Aber verlassen würde ich mich darauf nicht.«

Mann, Ella. Was soll d. Scheiß? Hab P. ltzt. Nacht gef. Voll fertig. Faselt was v. Aurora. Hier geht's doch nicht um sie! Meld d. endl.!

Lysander hockt neben mir auf dem Parkett, den Rücken an das Sideboard gelehnt, und lässt den französischen Cabernet im

Zahnputzglas kreisen, dass mir vom Zusehen schwindelig wird. Es ist lange her, dass ich einen Wein getrunken habe, der teurer als fünf Euro war. Er hat ihn vorhin ausgesucht und sich das Bezahlen nicht nehmen lassen. Das vom Einsatz in zig Patientenbädern völlig zerkratzte Glas ist eine Schändung, aber der Inhalt lässt darauf schließen, dass sein Erwerber Ahnung von geistigen Genüssen hat.

Das halbe Dutzend flackernder Kerzen vor unseren ausgestreckten Füßen stammt auch von ihm. In dem warmen Licht, das sie geben, sehen meine nackten Zehen nicht mehr ganz so katastrophal aus. Ich hatte vergessen, wie gut es tut, sich barfuß zu bewegen. Auch wenn ich das Gefühl nicht loswerde, dass Lysander damit keine Freude verbindet. Warum läuft er blanken Fußes über Stock und Stein, wenn er keine nennenswerte Hornhaut hat?

Bevor wir uns vorhin getrennt haben, damit jeder sich ein bisschen sammeln kann, haben wir sein Zimmer inspiziert. Weder war das Schloss geknackt, noch gab es sonstige Anzeichen dafür, dass jemand Unbefugtes sich dort aufgehalten hat. Es fehlte nichts, alles stand an seinem Platz. Mit Ausnahme des Puppenkopfs.

»Der war aber gestern schon weg«, sagt Lysander achselzuckend. »Schätze, die Putzfrau hat ihn eingesteckt. Sie war neulich ganz angetan, als sie ihn das erste Mal hier liegen sah. Von wegen, er sähe mir ähnlich und so. Vielleicht wollte sie ein Andenken haben.« Er grinst so resigniert, dass ich ihn fast trösten möchte.

Aber, was er sagt, klingt plausibel und so schiebe ich die Vorstellung einer lauernden Präsenz auf meine Nerven, die mir nahe der Verschleißgrenze wundgescheuert scheinen.

»Ich glaube Rottmann einfach nicht. Erst Mascha. Dann Susann. Was passiert hier?«

Nachdem er den Rotwein fertig geschüttelt hat, nimmt Lysander einen tiefen Schluck und blickt nachdenklich auf meine Wand. Ich folge seinem Blick und sehe den Rehpinscher-Frischling, den ich in meiner Malstunde fabriziert habe.

Wir sitzen eine Ellenbogenlänge auseinander. Trotzdem ist es, als würden elektromagnetische Wellen zwischen uns funken. Die Härchen auf meinen Armen stehen aufrecht wie Halme in der Steppe. Meine inneren Stacheln habe ich dagegen vorläufig eingefahren, auch wenn ich noch immer schwer durcheinander bin.

Er ist wütend auf mich, lässt mich aber nicht allein. Will angeblich seine Ruhe, redet aber mit mir. Hat seinem Habitus zufolge offensichtlich Angst vor Nähe und sucht sie trotzdem. Mir ist, als säßen da zwei Männer neben mir.

Einer von ihnen sieht mich immer wieder definitiv zu lange an. Gleichwohl hat der Ausdruck in seinen Augen nichts von einem Flirt. Jedenfalls nicht in der werbenden Art, wie ich sie kenne. Den Grund dafür weiß ich genauso wenig wie die Antwort auf meine stille Frage, was Lysander wirklich antreibt, mehr über die Tode zu erfahren. Warum reagiert er so aufgebracht, wenn Mascha und Susann ihm doch so egal waren?

»Zwei relativ junge Frauen. Beide angeblich auf bestem Wege in ein neues Leben. Voller Pläne. Die eine lässt sich selbst ausbluten wie Schlachtvieh. Die andere ertrinkt, obwohl sie unbestreitbar gut schwimmen kann. Es ist, als würde ein Miasma um sich greifen.« Er leert das Glas, als müsste er sich desinfizieren, nachdem er die Worte ausgesprochen hat.

Dass ich fürchte, bereits ebenfalls angesteckt zu sein, verschweige ich ihm. Welche Seuche hier auch immer wütet, sie kommt zu jedem Opfer in anderem Gewand. Dem seiner privaten Dämonen. Sie laut beim Namen zu nennen, kommt mir vor wie das Schicksal herauszufordern, auch wenn ich bis neulich nicht abergläubisch war.

»Ich bin mir längst nicht so sicher wie du, dass Susann absichtlich ertrunken ist. Auf meine Frage hat die Coordes vorhin durchblicken lassen, dass sie nackt war.«

»Das hat Elmer auch gesagt. Aber was beweist das schon?«

Ich atme tiefer ein als nötig. »Was hat Elmer damit zu tun?«

»Er hat sie gefunden und es rumerzählt. Untermalt mit eindeutigen Gesten. Er macht sonntags früh den Häuptling für die adipösen Wassertreter. Bei seinem Sinn für Ästhetik und Arbeitsmoral ist das garantiert 'ne Strafarbeit, wenn du mich fragst.«

»Woher …?«

»Dass er ein Grabscher ist, bleibt einem doch nicht verborgen, wenn man Augen im Kopf hat. Seine Speichelfäden kann man ja fast sehen. Manche scheinen das offenbar zu mögen. Der Rest hat keine Handhabe. Solange er es abstreitet und nachweislich nichts passiert, kann ihm keiner was.«

Ich bin sprachlos. Meine Schläfen fangen an zu pochen, als wäre eine Punkband dahinter am Werk. Warum feuert Rottmann diesen Widerling nicht einfach? Gehört das etwa auch zu seinen Lektionen in Sachen Abgrenzung? Speziell für ausgesuchte Patientinnen? Da mache ich nicht mehr mit. Wenn ich meine Massagen nächste Woche nicht von jemand anderem kriege, schlage ich Alarm. Aber richtig diesmal.

Lysander sieht meine mühsam zusammengehaltene Fassade verrutschen. »Oh nein. Du etwa auch?« Seine Augen werden eine Nuance wärmer. Aber vielleicht bilde ich mir das auch nur wieder ein.

»Wer noch?«, frage ich.

»Mascha hat es in der Körpertherapie geoutet. Aber dieser Witz von Therapeut hat einfach nicht darauf reagiert.«

Ich nicke. *Die* Wurst kenne ich. Sie kriecht auch durch meine Tanzgruppe. *Leiten* kann man das nicht nennen. »So ein Arsch. Was hat sie dann gemacht?«

»Soweit ich weiß, ist sie einfach nicht mehr hingegangen. Genau das meinte ich mit: Hier ist jeder sich selbst überlassen. Was wissen wir schon, welche Sorgen Susann hatte? Auch wenn ich nicht glauben kann, dass ein Speichellecker mehr oder weniger sie nervös gemacht hat. Vergötterung war ja ihr Lebenselixier.«

Er meint auch den Blumenfreund. Ich bin jedoch nicht so sicher, dass das alles keine Rolle spielt.

Wie auf Kommando verdrängt der stiernackige Elmer die Unschärfe vor meinem geistigen Auge. Dass diese Dumpfbacke etwas mit Blumen an der Glatze haben soll, kann ich mir beim besten Willen nicht vorstellen, sein geiles Grinsen dafür umso plastischer. »Das nährt nur meine Zweifel an deiner Theorie. Genau wegen Typen wie Elmer wäre Susann niemals nackt mit dem Vorsatz ins Wasser gegangen, als Leiche wieder angespült zu werden, nur damit grenzdebile Penner wie er sie anglotzen und sich darauf einen runterholen können.«

Lysander hebt das Kinn und wiegt den Kopf. Der schmale Schatten darunter verschwindet wie ausgeknipst. »Da ist was dran. Andererseits könnte die Strömung ihr die Sachen auch später abgestreift haben.«

»Quatsch. Sie lagen am Strand. Brav gefaltet. Sagt Coordes.«

Minuten, in denen Lysander in sich hineinzuhorchen scheint, vergehen. Ich schenke uns nach. Heute Abend brauchen wir beide mehr Seelentrost als wir haben.

Er zieht die Nase kraus, schnuppert kurz am Wein und fängt wieder an, ihn zu schwenken. Wie gebannt starre ich auf das Muskelspiel unter seinem hochgeschobenen Ärmel.

»Okay. Weißt du, warum ich trotzdem nicht glaube, dass es irgendwas von all dem war?«

Weil die Frage ganz klar eine rhetorische ist und in mir etwas rot zu blinken anfängt, warte ich – erheblich verspannter als neugierig – dass er fortfährt.

»Zwei Frauen, die sich kannten, sterben innerhalb von drei Tagen. Sie sind in der gleichen Klinik, haben ähnliche psychische Probleme.«

Wie angestochen fahre ich dazwischen. »Burnout und Depression sind ja wohl kaum dasselbe!«

Die Heftigkeit meiner Worte überrascht mich selbst. Warum bin ich so empört? Weil er in das gleiche Horn bläst wie jene selbst ernannten Burnout-Fachleute, die gerade zeitgeistgerecht alle Medien fluten und behaupten, dass das Erschöpfungssyndrom nichts anderes sei als eine schöngeredete Verharmlosung für Leistungsträger?

Ist er mir auf die Füße getreten?

Oder ist es das gar nicht?

Obwohl ich mich enttarnt fühle, versuche ich mich zu beruhigen und zähle meinen Atem.

Lysander öffnet den Mund, sagt aber nichts, sondern saugt seine Unterlippe ein und fährt sich innen mit der Zunge darüber.

Nach drei flachen Atemzügen und einem längeren Blinzeln fährt er fort, als sei nichts gewesen. »Sie erleben die gleiche Bedrohung durch Danny und haben eventuell sogar denselben Liebhaber. Das sind mir ein paar Zufälle zu viel.«

Es ist ja nicht so, als hätte ich für mich nicht auch an die Möglichkeit gedacht, dass es sich um zwei Selbstmorde handelt. Aber den Gedanken wirklich zuzulassen, ihn auszusprechen und zu zweit zu erwägen, ist so ungeheuerlich, dass ich eine Heidenangst bekomme.

Denn was bedeutet das für mich, wenn es tatsächlich eine Verbindung gibt? Abgesehen vom Loverboy passen auch bei mir alle Parameter. Und stand ich Samstagabend nicht selbst schon an der Klippe?

Wenn ich ehrlich zu mir bin, wollte ich mich von Deike Coordes nur beruhigen lassen. Jetzt zapple ich wie ein trockengelegter Fisch, der versucht, durch Aufbäumen ins Wasser zurückzukommen. »Ich sagte, ich weiß nicht, ob Danny Mascha bedroht hat. Es war nur eine Vermutung. Und was den vermeintlich gleichen Liebhaber angeht: Mit einem Schlappschwanz wie Julian hätte Susann sich niemals ernsthaft eingelassen. Andersrum scheint der mysteriöse Blumenfreund nur auf Susann konzentriert gewesen zu sein. Ebenso wie Schefer. Es gibt keine Verbindung. Du konstruierst dir da was zusammen.«

»Mag sein. Aber nehmen wir einfach einmal an, ich hätte recht und es gibt doch eine entscheidende Gemeinsamkeit. Alles andere wäre doch extrem unwahrscheinlich. Was könnte es *dann* sein? Was ist so schlimm, dass man sich deswegen umbringt, obwohl man sich quasi auf geschütztem Terrain befindet, an einem Ort, wo man genau von solchen Ambitionen geheilt werden soll? Was bringt einen dazu, seine Lebensadern zu kappen?«

In seinen fragenden Augen schimmert mein Spiegelbild. Wie aus einem Kerker befreit, blickt mir mein Dämon daraus entgegen und antwortet, ehe ich ihn zurückstoßen kann.

»Resignation. Kapitulation. Bodenlose Angst.« Meine Stimme ist so tonlos, dass sie mir selbst fremd ist.

»Genau«, sagt er leise. »Und? Kamen dir die beiden so vor?«

Die Atmosphäre um mich herum ist mit einem Mal eisig. Die Luft scheint sich darin zu ballen wie eine Faust. Als manifestiere sich darin mein letzter Widerstand, gegen Lysander und alles. Ich spüre, er manipuliert mich. Ich will das nicht glauben, nicht einmal denken. »Mascha schon. Ein bisschen. Du hast selbst gesagt, dass sie etwas auf dem Herzen hatte.«

»Aber Susann nicht. Ihr Tod ändert alles. Für beide. Hier ist etwas viel Größeres im Gange.«

»Weißt du, was du da sagst?«

Lysander blickt auf seine schlanken Hände. An der Wurzel des rechten Ringfingers zeichnet sich eine durchgehende Vertiefung ab, die mir erst jetzt ins Auge fällt, wo das Licht der Kerzen Schatten wirft. Er reibt darüber, als hätte er es bemerkt.

»Ja. Ich glaube nicht an einen Zufall und auch nicht an Selbstmord. Jemand spielt hier ein perfides Spiel und ich will rauskriegen, wer das nächste Bauernopfer ist.«

Etwas in mir rastet plötzlich aus. Kann seine Vermutung um keinen Preis zulassen. Sie ist zu verheerend.

Ich springe auf und schreie ihn an. »Niemals. Deine beschissene Fantasie geht komplett mit dir durch! Ich sage dir, wie es gewesen ist. Mascha hatte einfach kein Talent zum Leben und Susann ist freiwillig ins Wasser gegangen. Mit einem ihrer Verehrer. Zum Nacktbaden. Sie hat mit ihm gespielt, wie sie es immer getan hat, unsere Miss Nur-gucken-nicht-anfassen. Aber er hält sich nicht dran, schießt übers Ziel hinaus. Dass Männer in solchen Situationen gern mal die Kontrolle über sich verlieren, weiß doch jeder! Er ist einfach zu erregt, merkt nicht, dass er ihren Kopf unter Wasser drückt. Ein schreckliches Versehen. Ein Unfall. Und der Kerl hält den Rand, weil er die Hosen voll hat.«

Lysanders Gesicht verändert sich, als hätte ich einen Schalter umgelegt, der den Raum nicht heller macht, sondern ihm jede Farbe entzieht. Er wendet es ab. Trotzdem sehe ich, wie blass er geworden ist.

»Das glaubst du dir selbst nicht«, sagt er an mein Bett gewandt. Seine Stimme ist sehr viel rauer als eben und so flüsterleise, als würde das Sprechen ihm Schwierigkeiten bereiten.

Für den Moment hängt die Zeit fest.

Bis er völlig unvermittelt aufspringt und sich zu mir umdreht. In der Sekunde, da unsere Augen sich treffen, erschrecke ich.

Er sieht mich an, aber er sieht nicht *mich*.

Mir rutscht das Glas aus der Hand.

Dann stürzt er zur Tür und ist weg.

Der Rest meiner Fassung auch.

8. Kapitel

Montag, 20. Juni

Draußen ist es noch dunkel, die Dämmerung ein fernes Versprechen, das keine Erlösung bringen wird. Nur weitere quälende Fragen danach, wie tief ich eigentlich fallen muss, bis ich endlich unten aufschlage. Ich reibe mir die Augen und sehe mich um.

Die Kerzen sind kurz vorm Verlöschen.

Soweit ich es in ihrem müden Schein erkennen kann, ist das Blut an meiner Hand getrocknet. Der Rest hat sich mit der Rotweinpfütze auf dem Parkett vermischt. Selbst das Sideboard ist mit Rotweinspritzern gesprenkelt. Beim Versuch, die Glasscherben einzusammeln, habe ich voll in eine freigesprengte Spitze gepackt, die wie ein Haifischzahn aus meinem Handballen hervorragte.

Warum mache ich nur immer alles kaputt?

Beiße den einzigen Menschen weg, der mir noch wohlgesonnen scheint, statt sein Wesen anzunehmen?

Egal, welche Beweggründe Lysander haben mag, immerhin war er da.

Jetzt ist er vor mir geflohen, als sei ich der Leibhaftige. Kein Wunder. Was ist bloß in mich gefahren?

Am Wein kann es nicht gelegen haben. Es war weit weniger, als ich inzwischen vertrage.

Mein Hirn täuscht Löcher vor, erinnert sich nur noch, dass die Erschöpfung mich niedergestreckt hat. Darüber muss ich kurz eingeschlafen sein, denn ich habe geträumt, dass Lysander zurückgekommen ist und mich einfach nur gehalten hat. Wie bitter, dass ich tief in mir noch immer an den Prinzen glaube, der mich rettet, statt meine Kraft einzufordern.

Aber für diesen Kleinmädchenscheiß kann er nichts. Es ist an mir, mich bei ihm zu entschuldigen. Vorausgesetzt, dass ich mich je wiederfinde.

Ich setze mich auf und spüre sofort, dass meine Wunde sich verschlimmert hat, nicht bloß im Hintern. Wenigstens die Zigaretten hat er mir dagelassen. Mit steifen Fingern zünde ich mir eine an und huste den Rauch in das Zimmer ohne Brandmelder.

Kein Zufall.

Lysanders Worte brennen mir im Schädel wie das Nikotin in meinem Rachen.

Nehmen wir einmal an, ich habe recht.

Susanns Tod ändert alles.

Mord war das, was er damit sagen wollte.

Der Gedanke, dass jemand Mascha und Susann bewusst getötet haben könnte, ist so monströs, dass er aus meinem Kopf in den Raum quillt und sich in den Schatten um mich herum verdichtet.

Ich schließe die Augen und versuche, eine mentale Barriere zu schaffen. Es kann nur Selbstmord gewesen sein. Alles andere darf es hier nicht geben.

Aber ist es dann nicht äußerst seltsam, dass sie beide keinen Abschiedsbrief hinterlassen haben?

Nein, verdammt!, schreie ich mich an.

Mord ist doch trotzdem völlig bescheuert. Wie hätte das denn gehen sollen? Man merkt doch, wenn man ertränkt wird oder jemand einem die Pulsadern aufritzt! Da schlägt man doch um sich und brüllt um Hilfe.

In meiner diffusen Erinnerung stochere ich hilflos nach einem Abbild des Augenblicks, als ich Mascha fand. Vielleicht habe ich in meinem Schock die Anzeichen eines Kampfes übersehen. Jedoch ist alles, was ich in mir finde, bloß ein Bild vom schlafenden Dornröschen.

Dafür höre ich die Worte der panischen Wassertreterin umso deutlicher. Susann habe doch so friedlich ausgesehen, als würde sie nur träumen. Unversehrt, wie sie war, hatte nach dem Umdrehen erst keiner in der Gruppe begriffen, warum jeder Beatmungsversuch zu spät kam.

Das ist es.

Wenn Selbstmord und Unfall ausscheiden und beide Frauen keine sichtbaren Abwehrspuren tragen, müssen sie dazu gebracht worden sein, die todbringenden Handlungen selbst vorzunehmen oder an sich vornehmen zu lassen.

Aber würden sie dann aussehen, als ob sie schliefen? Müssten sich nicht irgendwelche Anzeichen von Panik finden lassen? Verzerrte Gesichter, aufgerissene Augen? Irgendwelche versteckten Botschaften?

Oder waren sie ohne Bewusstsein?

Wie wäre das möglich?

Vielleicht, wenn jemand so nah an seine Opfer herangekommen ist, dass er – oder sie – die beiden unbemerkt und ohne Spuren zu hinterlassen überwältigen konnte.

Jemand, den sie kannten. Oder dem sie vertrauten.

Wie saure Regentropfen in einen dürstenden Boden sickert die Bedeutung dieser Möglichkeit in meine ermatteten grauen Zellen ein und tränkt sie mit Furcht.

Was, wenn ich diesen Jemand auch kenne?

Könnte ich dann die Nächste sein?

Erst jetzt bemerke ich im schwachen Schein des auf dem letzten Docht tanzenden Lichts, dass die Wand, auf die ich von hier aus blicke, eine monochrome Fläche ist.

Nacktes Weiß.

Bevor mir die Augen zugefallen sind, hing dort das Packpapier mit dem Rehpinscher-Frischling.

Jetzt klebt es über meinem Bett.

Das Kreppband hat beim Verpflanzen seine Klebkraft eingebüßt und rollt sich an den Enden hoch.

Lysander kann nicht zurückgekommen sein und das getan haben. Es sei denn, er ist fähig, heimlich durch Wände gehen. Ich habe hinter ihm verriegelt. Beide Türen.

Auf allen Vieren schaffe ich es noch eben bis zur Toilettenschüssel.

Lysander sitzt im Dunkeln und lauscht, ob sich in dem Appartement unter ihm etwas bewegt. Doch da ist nicht das leiseste Geräusch.

Er hätte nicht gehen sollen, das weiß er, so wie er hier sitzt. Aber genauso wenig konnte er bleiben. Zu groß war die Enttäuschung, dass Ella tickt wie alle anderen.

Dass sie denkt, es wäre nur um Sex gegangen und der Täter hätte die Kontrolle über sich verloren.

So einfach war das selten, auch wenn der erste Anschein etwas anderes sagte.

Er vergräbt sich hinter seinen Händen, weil er mal wieder in der Vergangenheit festhängt. Mit aller Willenskraft, die er aufbringen kann, zwingt er sich ins Heute. Und da ist er wirklich im Unrecht. Das weiß er auch.

Ella hat Angst. Das ist der Grund, warum sie die Wahrheit nicht sehen will.

Aber sie ahnt ja auch nicht, dass es noch jemanden gibt, der sich die richtigen Gedanken macht.

Zur Bestätigung greift Lysander nach dem Handy auf dem Sideboard und ruft die drei letzten Nachrichten auf. Er hat nicht den leisesten Schimmer, von wem sie sind. Die Nummer des Absenders steht nicht im Adressbuch.

Schutz. Alles, was ich hier wollte, war ein Schutzraum, um wieder zu Kräften zu kommen und den Mut zu entwickeln, einen Plan für mein weiteres Leben zu entwerfen. Das Eisen des Neuanfangs zu schmieden.

Jetzt brauche ich einen Plan zum Überleben. Physisch wie psychisch.

Ich sitze auf meiner Terrasse, schiebe mir die dreizehnte Fluppe zwischen die Lippen und sehe dem Morgenlicht beim Hochdimmen zu. Drinnen habe ich es keine Sekunde länger ausgehalten, ohne durchzuknallen wie eine poröse Sicherung.

Doch zur Parkbank wage ich mich auch nicht mehr. Hier kann ich mich wenigstens schnell ins Zimmer flüchten, wenn sich jemand nähert. Zu koordinierteren Aktionen ist mein überforderter Körper in diesem Stadium nicht mehr fähig.

In der verkrusteten Hand halte ich das noch unversehrte Glas, das Lysander bei seinem Abgang hier vergessen hat. Es ist wieder voll bis zum Rand. Mit Wasser diesmal, und es ist nicht das erste. Den Geschmack der Galle werde ich trotzdem nicht los.

Aber je mehr Schrund ich rausspüle, desto klarer wird mein Kopf. Vor einer knappen Stunde hat er die Arbeit wieder aufgenommen und fast meine ich, das Rattern der eingerosteten Maschine zu hören, die langsam erneut an Fahrt gewinnt.

Meine Kladde liegt aufgeschlagen neben mir. In Stichpunkten habe ich meine Notizen endlich fortgesetzt und alles aufgeschrieben, was bisher passiert ist.

Fehlen bloß noch die fünf anderen Ws der akribischen journalistischen Recherche: wer, warum, wo, wie und wann.

Ich kann und will mir die Hoffnung nicht mehr leisten, dass Lysander falsch liegt. Wenn es so ist, verliere ich nichts. Wenn er recht hat, vielleicht alles.

Aber ich will mich endlich zurück.

Und wenn ich je heil hier rauskomme, fange ich neu an. Irgendwie. In einer anderen Stadt, wo mich niemand kennt. Weit weg von allem.

Zumindest ist das ein Ansatz.

Ich lange nach der Kladde und beginne zu schreiben.

Wie komme ich an Details? Möglicherweise über Rottmann, sofern die Polizei ihn über die Ergebnisse der Obduktionen informiert. Wenn ich mich unter einem Vorwand in sein Büro begebe, kann ich vielleicht etwas aufschnappen. Aber was hilft es mir? Selbst, wenn ich rauskriege, was wirklich mit Mascha und Susann passiert ist? Dann weiß ich noch längst nicht, wer dahintersteckt.

Die entscheidende Frage ist doch vielmehr: Wer hätte einen Grund gehabt, ihnen etwas anzutun? Und, nicht zu vergessen: die Anlagen dazu?

Julian?

Dieser Don Juan für Sparflammenromantikerinnen hat ja offenbar alles an williger Bedürftigkeit mitgenommen, was er mit seiner abgeschmackten Mondschein-Nummer beeindrucken konnte. Wer weiß, ob Mascha sein Tête-à-Tête mit Wiebke nicht doch beobachtet und ihn zur Rede gestellt hat? Oder sie wollte – auch ohne von diesem Betrug zu wissen – viel mehr, als er zu geben bereit war. Eine Fortsetzung nach der Reha, zum Beispiel. Ohne zu ahnen, dass sie einen verheirateten, schrecklich pflichtbewussten Familienvater vor sich hatte. Möglicherweise bedrängte sie ihn. Und er zog ihr eins über den Schädel. Fügte ihr eine Verletzung zu, die ich in meinem Schock nicht gesehen habe. Sie kippte um. Und dann hat er …

Ist dieser Weichspüler dazu fähig?

Wer weiß schon, was in einem Menschen steckt?

Aber, je länger ich darüber nachdenke … Nein. Der hat nicht mal das Rückgrat einer Schmeißfliege.

Außerdem war er am Freitag vor Susanns Tod angeblich bereits weg von der Insel. Für ihr Ertrinken kann er also nicht verantwortlich sein, selbst wenn er auch bei Cinderella seinen Bagger ausgefahren und ihr vorher noch Lilien gebracht haben sollte.

Dennoch … So wenig er mir auch behagt, so einleuchtend erscheint mir Lysanders Gedanke, dass ein und derselbe Mensch für die beiden Tode verantwortlich ist. Die Vorstellung, dass es hier gleich zwei Psychopaten gibt, übersteigt meine Fähigkeit, die Panik zu ertragen, die wie ein Aasgeier an meinem Seelenfleisch zupft.

Wenn das stimmt, was Wiebke gesagt hat, muss ich Julian von meiner Liste streichen wegen vorzeitiger Abreise. Ich werde Miss Wankelarsch aber noch einmal auf den Zahn fühlen.

Zweimal tief durchatmen.

Okay, der Nächste.

Was ist mit Schefer? Für Susann war er nur eine schwanzwedelnde Missgeburt, auf deren Speichel sie besser dahingleiten konnte. Aber hätte sie ihn so nah an sich rangelassen, dass er ihr Chloroform unter die Nase halten konnte?

Dazu habe ich nicht nur keine Idee, sondern noch zwei weitere Probleme. Erstens: das Motiv. Zweitens: Soweit ich weiß, hatte er mit Mascha rein gar nichts zu tun. Keine Einzelstunde, keine Gruppen. Die Handynummer ist auch nicht seine, wie sich gestern gezeigt hat.

Wenn Schefer aber in Susann verknallt war, und das war ja nun wirklich nicht zu übersehen gewesen, und er spitzgekriegt hatte, dass sie sich mit jemand anderem einließ, dem Blumenmann zum Beispiel …

Er wäre nicht er erste Verschmähte, der Liebe mit einem Eigentumsanspruch verwechselt.

Oder, er war doch selbst der schleichende Blumenleger, wollte das aber in der Klinik geheim halten. Und Mascha hat es mitbekommen.

Ziemlich abstrus, wenn man bedenkt, wie auffällig er sich Susann gegenüber in meiner Gegenwart verhalten hat. Ich greife hier nach hauchdünnen Strohfasern, die sich nicht einmal zu einem Halm verbinden, geschweige denn zu einem mordtauglichen Motiv.

Mal ganz abgesehen von der noch immer ungelösten Frage, wem dann die Handynummer gehört.

Vorerst lege ich Schefer auf Eis. Er bekommt eine Fünf, wie Julian. Für *unwahrscheinlich.* Und, wegen seiner Kinderhände, für *unvorstellbar.*

Bleibt im Bannkreis des Susann-Fanclubs vermutlich jeder Mann in dieser Klinik im geschlechtsreifen Alter übrig. Ich lasse meine Gedanken auf der Suche nach verräterischen Hinweisen herumziehen wie hungrige Hunde. Fast sofort finden sie einen schäbigen Knochen.

Elmer!

Laut Lysander hat er Mascha angetatscht und Susann gefunden. Wenn das kein Bilderbuchzufall ist. Bereichert um meine persönliche Erfahrung halte ich ihn für einen aussichtsreichen Kandidaten. Motiv: Vertuschung seiner Belästigungen.

Ich muss wissen, wo er in den Todesnächten war. Dürfte schwierig werden. Vielleicht kann ich ihn bei der nächsten Massage aufs Glatteis führen, auch wenn ich angesichts der Vorstellung schon jetzt eine Aphte kriege vor Ekel. Sobald die Rezeption aufmacht, ziehe ich meinen Wechselwunsch zurück und bete, dass Elmer so stumpf ist wie er aussieht.

Bleibt noch Danny.

Im Prinzip könnte sie auch auf Mascha losgegangen sein, so wie sie es bei Susann und mir getan hat. Maschas gezwungen überspielte Nervosität während der Begegnung auf dem Flur könnte dafür sprechen. Das würde womöglich auch ihre späteren Tränen erklären.

Wenn Dannys Seele so zerklüftet ist wie ihr Aussehen, ist ihr wahrscheinlich alles zuzutrauen. Als Groteske zwischen den Geschlechtern dürfte sie weder für Männlein noch für Weiblein attraktiv sein. Jede Annäherung eine schmerzvolle Abfuhr. Die Abscheu der anderen vor Augen. Wer würde da nicht irgendwann durchdrehen? Zumal es hier sonst so zügellos zugeht wie im Karneval, nur ohne Verkleidung.

Elmer und sie müssen sich die Zwei teilen, bis ich mehr weiß. Allerdings habe ich noch nicht einmal den Schimmer einer

Ahnung, wie ich es bewerkstelligen soll, mehr über sie rauszukriegen. Mir schlottern ja schon jetzt die Knie beim bloßen Gedanken daran.

Vermutlich liegt es an genau dieser unwillkürlichen Bewegung meiner Beine, dass mir augenblicklich die Maske vor meinem Fenster wieder einfällt. Der Körper erinnert sich an die Angst. Wie konnte mein Verstand das vergessen? Was ist damit?

War das vielleicht ein Späher dieser ADI?

Habe ich einen möglichen Zusammenhang übersehen?

Zu viel, sagt mein Hirn und macht die Grätsche. Einfach alles zu viel für einen Krüppel wie dich.

Ich brauche Hilfe. Dringend.

Für die Polizei ist das alles wahrscheinlich höchstens ein Gedankenspiel unter vielen. Sie werden mich deswegen garantiert nicht unter Schutz stellen. So denn die Coordes mich überhaupt ernst nimmt.

Trotzdem werde ich sie fragen, ob sie Maschas Tagebuch gefunden hat. Vielleicht hat sie sich darin verabschiedet. Diese Hoffnung ist natürlich Unsinn, wenn ich nicht mehr an einen Selbstmord glaube. Aber sie will einfach nicht schwinden.

Seitz schlage ich Rottmanns Seite zu. Er hat mir seine Unterstützung zwar angeboten, aber er wird das Nest, in dem er sitzt, sicher nicht beschmutzen und das müsste er tun, wenn er mir vertrauliche Informationen zukommen ließe. Vielleicht käme es auf einen Versuch an, aber eher an letzter Stelle.

Ob ich noch auf Lysander zählen kann, weiß ich nicht.

Ich ergänze meinen Plan der Vollständigkeit halber um den Punkt: bei ihm entschuldigen. Das ist fällig. Und vielleicht versteht er mein Misstrauen sogar, wenn ich ihm von meiner Angst erzähle, die nächste Kandidatin zu sein.

Aber erst gehe ich in den Ort und suche Berno. Wenn er das mit dem »nur helfen« wirklich ernst gemeint hat, kann er das jetzt beweisen. Auch wenn mir das nicht wirklich behagt. Aber Stolz ist ein höchst überbewertetes Gut, wie ich mittlerweile weiß.

Dunkelheit und Schmerz. Er liegt jetzt ganz still. Hat aufgehört, sich im Bett hin und her zu wälzen. Seine Augen sind offen, ohne zu sehen. Schlaf wäre gnädig gewesen. Aber mit Gnade kann er in diesem Leben anscheinend nicht mehr rechnen. In dieser Verfassung ist er hilflos.

Bezwungen überlässt sich Lysander den Gespenstern seines Gestern. Er kann sie sowieso nicht abschütteln. Letztlich finden sie ihn überall, jeder Fluchtversuch ist müßig. Die Bilder in seinem Kopf wird er damit nicht los und auch nicht die Konsequenzen, die sie verkörpern.

Ella hat nicht hören wollen, nicht verstehen. Ihr wilder Schrei ein Bollwerk gegen das Offensichtliche, ihre Theorie ein fackelnder Strohhalm, der ihr längst die Finger verbrennt.

Alles zusammen eine Kaskade aus Triggern, die ihn seither unaufhaltsam mit Szenen aus seiner Vergangenheit übergießt.

Valerie. Ihre Tränen. Die Anrufe in der Nacht. Ein Körper, der sich in seine Intimsphäre drängt. Der wehende Vorhang in seiner Praxis. Hannahs Blick. Die Koffer. Seine Versuche einer Klärung.

Ich habe nicht … Es ist nicht wahr.

Und dennoch keine Chance, den tausend bohrenden Fragen zu entgehen. Dem eigenen Gewissen, das über seine Bedürftigkeit richtet und über sein Versagen. Die erstickende Leere danach.

Auch er wollte damals nicht verstehen. Stand längst lichterloh in Flammen. Aber im Gegensatz zu Ella hat er sich nicht gewehrt, obwohl er die Wahrheit tief in sich kannte.

Hannah war schon lange vorher fort gewesen.

Sie hatte ihr Urteil längst gefällt. Wie all die anderen.

In dubio contra reum. Im Zweifel gegen statt für den Angeklagten. Sein Aussehen war immer schon sein Fluch gewesen, hatte ihn unausgesprochen unter den Generalverdacht gestellt, als ein Geschenk an die Frauen geboren zu sein und die Verführung herauszufordern.

Er hatte versucht, dieser vermeintlichen Bestimmung zu entkommen, indem er sich hinter einer anderen Spielart des Gebrauchtwerdens verschanzte, sie nachgerade professionalisierte. Tatsächlich hatte er geglaubt, sich als Psychologe einen Passierschein für das Leben erkauft zu haben und sich hinter der von Berufsehre und Gesetz gebotenen Distanz verstecken zu können.

Es war lange gut gegangen. Bis Valerie kam.

Danach hatte Lysander das Sprichwort, das seine Großmutter so gern zitierte, endlich in seiner vollen Tragweite begriffen.

Nimm, was du willst, sagt Gott, und bezahle den Preis.

Er hatte die Verleugnung gewählt und sie hat ihn alles gekostet. Selbst jetzt hält er noch an ihr fest.

Die Fähre drehte schon wieder ab. Sie hatte zu wenige Feriengäste ausgespuckt, um alle Kutscher mit Arbeit zu versorgen. Der, den ich in der Eile ausgesucht hatte, bevor alles wieder auseinanderstob, war gästelos geblieben und sichtbar missgestimmt. Er hockte gekrümmt auf seinem Bock und verengte den Blick, als ich mich näherte. Ich hatte keinen Koffer, was also sollte ich von ihm wollen? Wahrscheinlich bereute er sein Zögern bereits. Er war nicht in der Stimmung, mir zu antworten. Als ich ihn fragte, wo ich Berno Hansen finden könnte, zuckte er nur mit den Schultern und schnalzte dem Gaul zu. Der Wagen setzte sich in Bewegung.

»Bitte. Es ist wichtig.«

Der Kutscher fuhr an mir vorbei, als würde er auf seinen Ohren sitzen, und nahm Kurs nach Osten.

»Dafür dreht Berno dir die Eier ab, du Feigling!« Zum Kleine-Brötchen-Backen hatte ich keine Nerven mehr. Umso erstaunter war ich, dass er das einsah.

Er stoppte die Kutsche mit einem Ruck. Die Drehung seines Kopfes war nur eine Andeutung. »Rippe im Park«, spie er mir über die Schulter zu. Dann gab er seinem Zossen die Sporen und weg waren die beiden.

Hätte ich gewusst, dass er damit noch immer den Widerstand probte, hätte ich mir das »Danke« gespart, das ich ihm hinterherwarf.

Natürlich wusste ich als Auswärtige nicht, dass »Rippe« nicht der Name einer Kneipe, sondern der Inhaber des »Lütje Teehuus« im Januspark ist, wie ich schließlich von der netten Besitzerin des Blumenladens erfuhr, kurz bevor meine wunden Hacken sich auf der Suche nach dem vermuteten Geheimtipp aufzulösen drohten.

Auf meine andere Frage antwortete sie jedoch nur mit einem Lächeln, so standhaft wie die chinesische Mauer. Sie wisse überhaupt nicht mehr, wer die Lilien bestellt habe. Der Zettel mit den Namen sei längst im Müll.

Jetzt sitze ich bequem in einem der Korbgeflechtstühle im »Teehuus« und warte. Weit und breit kein Berno Hansen. Am Tisch gegenüber verputzt ein Pärchen mittleren Alters, dessen Ausmaße kaum auf den Stühlen Platz finden, Berge von Rührei mit Krabben. Zum ersten Mal seit langem verspüre ich einen Anflug von Hunger. Dass ich ihnen das Essen aus dem Mund starre, bemerke ich schließlich daran, dass die beiden Michelin-Männchen sich mit betont gesenktem Kopf auf ihre Nahrungsaufnahme konzentrieren. Verlegen schaue ich auf den Bodensatz meiner Kaffeetasse, an der ich mich seit einer halben Stunde festhalte.

»… und schlimmer hätt's nicht kommen können«, dringt ein Gesprächsfetzen an mein Ohr. Ich merke auf und werfe einen schnellen Blick zur Seite. Die drei Männer am Nachbartisch habe ich bis eben gar nicht wahrgenommen. Ihre Mienen sind düster. Ich wende mich lieber wieder meiner Tasse zu, habe aber den

Radar ausgefahren. Das anschwellende Grummeln in meinem Bauch behauptet nämlich, dass sie von der Dunenburg reden und es mir keinesfalls schaden wird, ihnen zuzuhören.

»Uns kann nu wirklich keiner was vorwerfen«, zischt einer der beiden anderen. »Wir haben getan, was wir konnten.«

Der Dritte macht einen verächtlichen Laut. »Pah. Laternen abschalten, Beobachter postieren ... Kinderkram. Darüber hat der da oben doch nur gelacht.«

Ich horche mit wachsender Aufregung. Mir fällt wieder ein, was Mascha mir auf unserem nachtschwarzen Rückweg vom Sommerfest über diese Bürgerwehr namens ADI und ihre Sabotageaktionen erzählt hat. Es stimmte also.

»Wir hätten das ganz anders angehen müssen. Wenn wir den Mistkerl gleich von Anfang an ordentlich in die Mangel genommen hätten ...«

»Womit denn?«, raunt eine bedeckte Stimme zurück. »Nicht mal Berno konnte ihm bisher irgendwas –«

»Ach, geh mir weg mit dem. Ohne die Festländer macht der doch nix, außer Henk den Rücken freizuhalten.«

»Lag ja auch nie an«, entgegnet der andere. »Und jetzt sind die Nordener außerdem da.«

»Ja«, murrt die Stimme vom Beginn meiner Lauschaktion. »Aber den Stempel hat die Insel schon weg. Zwei Tote aufs Mal, wo hier sonst kaum was passiert.«

»Mag sein. Aber wenigstens kriegt der Bunker da oben auch was davon ab.«

Bevor ich darüber nachdenken kann, was das für meine Theorien bedeutet, verdunkelt sich der abgeteilte Raum. Bernos breite Silhouette taucht plötzlich neben mir auf wie ein Vorhang. Er wirft den Männern am Nebentisch einen finsteren Blick rüber, der sie augenblicklich unbehaglich dreinschauen und zusammenpacken lässt. Erst, als sie weg sind, wendet er sich mir mit einem Stirnrunzeln zu. Mit einer geübten Geste fängt er eine der Frauen mit Tabletts ab, ordert »zwei Mal das volle Programm« und pflanzt sich über Eck zu mir auf die Bank.

Ich weiß nicht, was ich sagen soll. Wahrscheinlich hatte ich mit mehr Begeisterung gerechnet. Oder wenigstens Überraschung. Aber wir sehen uns bloß wortlos an.

Die freundliche Bedienung bricht das Eis, als sie unseren Tisch in ein Schlaraffenland verwandelt, ähnlich dem der Sumos gegenüber, nur schöner, weil noch unberührt.

»Iss erst mal«, sagt Berno, »du siehst aus wie ein Biafrakind. Geht aufs Haus.«

Er hat eine seltsame Art, seine Freude zu zeigen. Ich erwidere sie, indem ich mir ein Käse-Schinken-Brötchen mit Rührei-Gurken-Auflage bastle und bei drohender Maulsperre einverleibe. Am liebsten würde ich angesichts dieser ungewohnten Fürsorge heulen.

»Also«, sagt er, kaum dass ich den letzten Bissen geschluckt habe, »denn schieß man los.«

Und das mache ich. Ich erzähle ihm, warum ich mich bedroht fühle, obwohl ich keinen Anlass habe, diesem Menschen zu trauen. Jedenfalls tun die drei Männer von eben das offenbar nicht mehr so recht. Es fühlt sich trotzdem vernünftig an und ich weiß, ich hätte es auch ohne die nährende Bestechung getan. Ich brauche dringend eine neutrale Meinung. Und bisher hat Berno trotz meiner Befürchtung noch keine Sekunde versucht, mich anzumachen. Stattdessen lauscht er mit verschränkten Armen und gelegentlichem Brummen. Am Ende nickt er nur, als hätte er mit all dem gerechnet.

Also weiß er was. Vielleicht mischt er sogar selbst ganz vorne bei dieser ADI mit, so wie die Plaudertaschen eben vor ihm gekuscht haben. Aber statt mich aufzuklären, erhebt er sich nur und sagt: »Ich bring dich zu Henk. Ihr müsst reden.«

Zehn Minuten später reibt Berno sich so vehement den Hinterkopf, dass ich fürchte, er hat sich gleich bis zum Knochen durchgescheuert. Das Boot, das er sucht, scheint nicht vor Anker zu liegen und offenbar ist das ungewöhnlich.

Er lässt mich kurz stehen und nimmt Kurs auf einen Typen, der gestapelte Kisten auf seinen Kutter schleppt. Durch das schwappende Geräusch des an die Kaimauer klatschenden Wassers hindurch trägt mir der Wind ein paar Gesprächsfetzen zu.

»Moin … gute Stunde … nee, weiß ich nix von …«

Als er zurückkommt, sieht Berno kaum schlauer aus. »Er ist mit dem Boot raus«, erklärt mir er, was ich längst begriffen habe. »Frieder hat auch keine Peilung, wann er wieder reinkommt. Er hat ihm nichts gesagt.« Berno deutet mit dem Daumen hinter sich.

»Aber eigentlich müsste er hier sein, oder?«

Er nickt und kratzt sich am Bart, was fast so schlimm klingt wie Fingernägel auf der Schultafel, und lässt seinen Blick über das Wasser schweifen. »Frieder weiß auch nix von einem Ruf nach Memmert wegen Wildcampern, aber das wär eh dusselig. Das Wasser geht raus und wir haben Ostwind.«

Ein Fragezeichen steht mir ins Gesicht geschrieben.

»Der drückt das Wasser aus der Fahrrinne. Wenn Henk Pech hat, kommt er so schnell nich wieder rein.«

Dieser selbstgefällige Kotzbrocken. Lysander hat die unterschwellige Drohung durchaus verstanden, die Rottmann ihm gestern in der Aula hinwarf. Eine Anzeige wegen Verleumdung und übler Nachrede fehlt ihm in seiner misslichen Lage gerade noch und das weiß der Klinikleiter nur zu genau. Wenn es nicht so durchschaubar wäre, würde Rottmann ihn sicher am liebsten direkt entlassen. Aber Lysander hat ihm dazu bisher keine Vorlage geliefert. Er ist kein einziges Mal abgemahnt worden und hat sich auch sonst nichts zuschulden kommen lassen, das einen offiziellen Rausschmiss rechtfertigen würde.

Er knurrt sich selbst an vor Wut. Wie hatte er bloß so dumm sein können, sich auf die Empfehlungen anderer zu verlassen, als er sich für die Dunenburg entschied, um wieder zu Kräften zu kommen? Die Referenzen beriefen sich auf eine Zeit, bevor

Rottmann seine eigene Klinik gründete. Sie basierten also auf Erfahrungen, die Jahre zurücklagen und die, wie er inzwischen selbst erleben durfte, heute völlig überholt sind.

Dabei hätte ausgerechnet er es besser wissen müssen. Denn wem, wenn nicht ihm, hatte das Leben mit aller Deutlichkeit gezeigt, dass nichts so bleibt, wie es ist?

Ja, Rottmann *war* einmal ein motivierter Therapeut gewesen, der dank guter Positionen in öffentlichen Rankings den Ruf genossen hatte, sich ebenso fachlich fundiert wie persönlich engagiert um die seelischen Vernarbungen seiner Patienten zu kümmern. Aber offenbar ist das vorbei. Der Mann hat sich verändert. So, wie es aussieht, hat Rottmann die Ideale, für die er bekannt geworden ist, irgendwo unterwegs verloren und durch die Gabe gängiger Medikamente ersetzt.

Wenn Lysander die Tipps im eigenen Interesse rechtzeitig überprüft hätte, säße er jetzt nicht hier im Internetcafé an der Promenade, wo er zwar vor allzu neugierigen Blicken geschützt ist, sich aber dennoch mühsam die Beweise gegen Rottmann zusammenklauben muss.

Okay. Jammern hilft nicht, sagt er sich und entkrampft seine Fäuste.

Er weiß, dass er zu unversöhnlich mit sich ist. Der Grund, warum er den Empfehlungen vertraute, ist der Gleiche, aus dem er sie überhaupt brauchte: Auf seine eigene Einschätzung von richtig oder falsch wollte er sich seinerzeit nicht mehr verlassen. Aber jetzt brüllt ihm alles entgegen, dass die Schonzeit vorüber ist. Zwei Todesfälle innerhalb von einer Woche in Rottmanns Klinik sind definitiv zwei zu viel. Er darf sich nicht den Mund verbieten lassen.

Lysander streift sich mit beiden Händen die Haare in den Nacken und starrt zurückgelehnt auf den Bildschirm, bis er vor seinen Augen verschwimmt und sein Hirn das eben Gelesene zu einem stimmigen Bild verbindet.

Also. Was ist passiert?

Das heutige Klinikgelände mit der Villa hatte lange brachgelegen und Begehrlichkeiten geweckt. Mehrere Investoren waren laut Zeitungsberichten scharf darauf gewesen, in dieser erstklassigen Lage am Wasser eine weitläufige Wellness-Oase für gut betuchte Inselgäste zu schaffen, was den Juistern natürlich zusätzliche Arbeitsplätze und Einnahmequellen beschert hätte. Doch die hochbetagte Eigentümerin, eine gewisse Fentje Claasen, hatte offenbar andere Pläne verfolgt. Gegen alles Zureden vermachte sie die Dunenburg ihrem Enkel Carl Rottmann, auf den sie große Stücke hielt und von dem sie annahm, er mit seiner überragenden Bildung werde schon das Richtige damit anzufangen wissen.

Sein ehrgeiziges Projekt, dort eine Klinik für psychisch Rehabilitationsbedürftige zu bauen, widersprach jedoch den Interessen der Insulaner. Was Lysander nachvollziehen kann, denn die meisten Urlauber schätzen Juist als beschaulichen Außenposten der Realität und heiles Idyll, das von nun an einen Schönheitsfehler haben würde: nämlich die Dunenburg-Klinik als Spiegelbild der echten Welt, den Mahner, der im Dunkeln flüstert, dass das moderne Leben seine Kinder frisst und du vielleicht das Nächste bist.

Wer will schon daran erinnert werden? Lysander schnaubt. Trotzdem ließ Rottmann die Klinik vor fünf Jahren bauen, und zwar ausschließlich von auswärtigen Unternehmen, wie in mehreren alten Zeitungsberichten betont wird. Dass die Hiesigen ihm dabei jeden denkbaren Stein in den Weg legten, kann Lysander sich bestens ausmalen. Einer der Artikel stellt fest, dass Rottmann sein Personal daraufhin ausnahmslos vom Festland rekrutiert hat, und behauptet, aus »informierten Kreisen« erfahren zu haben, dass der Klinikchef von seinen Mitarbeitern unbedingte Loyalität verlange. Er soll ihnen eingebläut haben, so wenige Dienstleistungen der Insulaner wie möglich in Anspruch zu nehmen. Wer sich nicht daran halte, sei schnell wieder weg vom Fenster.

Diesen nicht näher genannten »Kreisen« dürfte wohl jemand angehört haben, den Rottmann fristlos entlassen hatte. Oder gleich mehrere. Denn so, wie Lysander ihn hier kennen gelernt hat, fackelte der Mann nicht lange.

Augenscheinlich macht er nur bei Seitz eine Ausnahme, denn der hatte sich an dem Tag, als Lysander Ella zum Essen einladen wollte, immerhin ins »Velero« gewagt. Warum er diese Freiheit genießt, darüber kann Lysander nur rätseln. Offenbar hat Rottmann, der schon immer als eigenwilliger Einzelgänger galt, einen besonderen Draht zu Seitz. Er holte ihn zu sich auf die Insel, wo er sich seitdem als sein Mentor gibt und den Jüngeren relativ unbehelligt von seinem offenkundigen Missmut praktizierten lässt. Und das, obwohl Seitz gesundheitlich bisweilen einen ziemlich angeschlagenen Eindruck auf Lysander macht. Aber vermutlich will Rottmann es sich mit seiner rechten Hand nicht auch noch verderben.

Alles zusammengenommen, was er in den letzten anderthalb Stunden gelesen hat, kann Lysander Rottmanns Gereiztheit sogar bis zu einem gewissen Grad nachvollziehen. Er hat die Klinik sicher als sein gesundheitstiftendes Lebenswerk geplant. Aber er wird in dem Umfeld, wo er es verwirklichen will, behindert und geächtet. Sogar bis heute, wenn man den Zeitungsmeldungen glauben darf, die von einer Juister Bürgerinitiative gegen die Klinik berichten.

Zudem dürfte das ganze Projekt trotz des geerbten Grundstücks kein Schnäppchen gewesen sein. Dass Rottmann irgendwann die Mittel ausgegangen sind, lässt sich unschwer am stark beanspruchten Zustand einiger Klinikbereiche sehen, die dringend eine Überholung benötigten. Das konnte sogar er als Laie sehen.

Aber all das berechtigt ihn nicht zu dieser unvergleichlichen Arroganz, mit der er die Menschen brüskiert.

Lysander ist sich sicher, dass Rottmanns fachliche Kompetenz schon ziemlich bald in Frage stehen wird. Vor allem, wenn das stimmt, was der Artikel behauptet, den er zuletzt gefunden hat und der den Anschein erweckt, als habe Rottmann sich um hundert Prozent gedreht.

»Blinden kannst du nicht die Augen öffnen. Schon gar nicht, wenn sie den Kleber immer wieder selbst draufschmieren«, soll er vor knapp sechs Monaten zu einer angeblich »zuverlässigen Quelle« gesagt haben. »In Wahrheit wollen sie leiden. Deshalb heißen sie ja auch Patienten.«

Lysander pfeift leise, als er das noch einmal liest. Es ist schon starker Tobak, gleich den ganzen Baum abzusägen, auf dem man sitzt. Fragt sich nur, wer hier in Wahrheit der Blinde ist, denkt er und sieht sein Gesicht in dem schwarzen Bildschirmschoner gespiegelt, bevor er den Rechner herunterfährt.

Diesmal stoppt Berno sein Gefährt bereits im Sichtschatten vor der Düne, die letzten Meter mache ich zu Fuß. Morgen früh gegen zehn wollen wir uns wieder hier treffen, vorausgesetzt, Henk ist inzwischen aufgetaucht. Dass er verschwunden ist, scheint Berno arg zu beschäftigen. Seit wir den Hafen verlassen haben, hat er nur still vor sich hingegrübelt.

»Ohne was Handfestes können wir nichts machen«, sagt er, bevor er die Kutsche wieder anfährt. Ich nicke bloß und quäle mich durch die Hitze zum Portal. Mir ist schon klar, dass ich Beweise gegen Rottmann und die Klinik in die Hände kriegen muss, die niemand mehr ignorieren kann. Deshalb will ich jetzt ins Internet.

Bevor ich mich für die Dunenburg entschieden hatte, habe ich sämtliche in Frage kommenden Kliniken abgesurft und verglichen. In der Stille auf dem Bock neben Berno fiel mir vorhin wieder ein, dass es beinahe zu jeder ein offizielles Forum gibt, über das ehemalige Patienten ihre Kontakte halten. Da will ich rein, in der Hoffnung, Hinweise zu finden, deren Wert ich erkenne, wenn ich sie lese.

Der »Internet-Arbeitsplatz« befindet sich in einem dunklen Kabuff am Ende von Trakt Epsilon, an dem ich erst einmal vorbeilaufe, weil ich es für eine Besenkammer halte. Das ist Berechnung, genau wie die Tatsache, dass es nur ein einziges Terminal für alle gibt und jede halbe Stunde unverschämte zwei Euro für die Nutzung zu berappen sind. Scheine nimmt der Automat wohlweislich nicht. Der Grund, so steht es in der allgemeinen

Patienten-Info, liegt in der »Vermeidung von Suchtverhalten«. Bravo. Der Computer ist auch viel gefährlicher als rauchen und komasaufen. Fast muss ich lachen über so viel Bigotterie.

Der freudlose Laut bleibt mir im Hals stecken. In dem lichtlosen Raum bewegt sich etwas. Ich bin gerade im Begriff, ihn zu betreten, und zucke zurück. Cherry stakst mir mit steifen Beinen entgegen. Ich habe sie seit Ewigkeiten nicht gesehen, wir sind wohl beide nicht mehr oft im Casino zu Gast. Sie zieht ein Gesicht, als wäre kürzlich jemand gestorben. Was ja auch so ist. Aber Mascha und sie waren nicht gerade dicke Freundinnen und so, wie sie über Susann geätzt hat, kann deren Tod sie kaum niedergeschmettert haben.

»Hey Cherry, wie –?«

Ohne mich eines Blickes zu würdigen, geht sie mit glasigen Augen an mir vorbei. Ich komme mir vor wie durchsichtig.

Gut, wenn sie nicht will …

Ich habe im Moment wahrlich Wichtigeres zu tun.

Der Lichtschalter im Raum ist kaputt, also setze ich mich ins Dunkle und taste, geblendet vom leuchtenden Bildschirm, nach der Maus. Statt ihrer erfühlen meine Finger ein flummiähnliches Gebilde.

Cherry hat ihren Schlüssel liegen lassen. Ich packe ihn und renne raus. Sie ist kaum vorangekommen. Auf halber Strecke des Ganges hole ich sie ein und halte ihr das Ding vor die Nase. Eine Acht ist darauf eingraviert. Ich kippe den Gummiball um neunzig Grad und sage: »Du hast *unendlich* viel Glück.«

Cherry findet meine Assoziation nicht komisch. Ihre Augen erhellen sich nicht, eher flimmern sie noch unruhiger. Wortlos schnappt sie sich das Teil, steckt es ein und geht weiter.

Ein »Dankeschön« wäre auch zu viel verlangt gewesen, grummle ich innerlich auf dem Rückweg zum Terminal und merke, dass mein Mitgefühl doch sehr vom Grad der Freundlichkeit abhängt, die man *mir* entgegenbringt.

In Gedanken noch bei Cherrys Unhöflichkeit, setze ich mich an den Rechner und bin überrascht, als mir bewusst wird, dass ich als Erstes mein E-Mail-Postfach aufgerufen habe. Völlig automatisch. Wie sehr man doch an Vertrautem hängt, auch wenn es noch so schädlich ist.

Meine Unachtsamkeit wird prompt bestraft. Der Posteingang quillt über, aber das ist nicht, was mich sticht. Zwischen den üblichen Bergen von Schrottpost lauert für jeden Tag eine Portion Stachel im Fleisch. Beim Anblick des Absenders sitzt mir die Wut im Nacken wie ein saugender Egel: Marty. Was er schreibt, kann ich mir bestens ausmalen. Ich will es nicht lesen, mir keine Kraft mehr von ihm abziehen lassen. Die brauche ich jetzt für mich selbst. Vielleicht habe ich irgendwann wieder etwas davon für ihn übrig. Oder eben nicht. Genervt schließe ich das Fach.

Mist. Der erste Euro ist damit verplempert. Drei habe ich noch.

Rasch öffne ich den Browser und gehe auf die Seite der Dunenburg. Sie hat kein Forum, nur ein Gästebuch, in dem sämtliche Einträge unverbindlich freundlich bis überschwänglich daherkommen. Als ich vor ein paar Monaten nach einer geeigneten Klinik suchte, hat mich das nicht stutzig gemacht. Im Gegenteil: In meiner von Sehnsucht gefärbten Verblendung hielt ich das Fehlen kritischer Beiträge, wie sie in den Foren zu anderen Kliniken durchaus vorkamen, für ein rundweg positives Zeichen.

Jetzt nehme ich stark an, dass sie allesamt gefälscht sind und aus der Feder, respektive Nachkorrektur, von Kalo-Klementine stammen. Oder war hier bisher wirklich alles eitel Sonnenschein? Unterliege ich als Einzige einer eklatanten Fehlwahrnehmung?

Wohl kaum. Lysander spürt ebenfalls, dass etwas gewaltig schief läuft. Nicht zu vergessen Berno, auch wenn er den Laden nicht von innen kennt.

Aber irgendwo muss es dennoch einen Hinweis geben. Auf irgendwas. Ein Wort zwischen den Zeilen, ein Unterton.

Ich versuche mich zu erinnern, wie ich damals weiter vorgegangen bin. Mein Hirn ist immer noch halb in Schonstellung und viel zu träge. Aber wenn mich nicht alles täuscht, hatte ich die Suchmaschine mit den Begriffen »Vergleich« und »Rehakliniken«

gefüttert. Darüber war ich auf eine Zufriedenheitsumfrage unter Patienten gestoßen, die mich dann restlos von der Dunenburg überzeugt hat. Was sich vor Ort als Vernachlässigung und Gleichgültigkeit entpuppte, klang für mich damals wie ein Versprechen auf Frieden im Angesicht des Meeres und danach sehnte ich mich wie nach sonst nichts auf der Welt. Garantiert hatte ich es genau so verstehen wollen und halbblind über die Schönfärberei hinweggelesen.

Obwohl mich dort also höchstwahrscheinlich die gleiche Lobpreisung erwartet wie im Gästebuch, will ich mir die Umfrage noch einmal aufrufen und nachschauen, wer sie in Auftrag gegeben hat. Vielleicht kann ich herausfinden, ob sie manipuliert worden ist.

Ich schaffe nur zwei Buchstaben, dann haut mich der Anblick des Browserverlaufs aus der Fassung. Unter *Um…* klappt eine kurze Liste auf, nur zwei Begriffe, die es dafür umso krasser in sich haben:

Umschnalldildos

Umwandlung Frau zu Mann

Geplättet sitze ich vor dem Monitor, während die Bilder der ersten Seite hochladen. Vor mir entfalten sich Gürtelkonstruktionen, die alle mehr oder minder aussehen wie ein Pferdegeschirr. Diese Harnesse sind bestückbar mit allem, was die Lust verlangt, Hohldildos, Doppeldildos, Noppendildos, prügelähnliche Nachbildungen mit zusätzlicher Analfunktion und als Extra-Ausführung mit Vibration. Wuchtig und überwiegend in martialischen Farben sehen sie alle aus wie Waffen. Nur sind sie entschieden preiswerter.

Ich schlucke. Für prüde hatte ich mich eigentlich nie gehalten, aber das widerspricht meiner Vorstellung von Sex mit zugewandter Seele doch irgendwie sehr.

Die Anzeige am Zahlautomaten blinkt rot. Schnell werfe ich meinen letzten Euro ein. Mir bleibt nur mehr eine Viertelstunde, dann sehe ich bloß noch den Bildschirmgruß von Microsoft. Ich muss mich verdammt beeilen, wenn ich meinen roten Faden noch zu packen bekommen will.

Der Aufruf des zweiten Suchwortes ist allerdings kaum besser für meinen Blutdruck. Dort erfahre ich, dass der Wunsch nach einer operativen Geschlechtsangleichung aus der Transsexualität erwachsen kann, die laut ICD-10, der »Internationalen Klassifizierung von Krankheiten« der Weltgesundheitsorganisation WHO, eine Form der Geschlechtsidentitätsstörung ist.

Wenn ich den Ausführungen glauben darf, ist diese Ausprägung vermutlich auf einen Promillebruchteil aller Menschen begrenzt. Diese leiden aber so schwer an dem quälenden Gefühl, in Wahrheit dem falschen sexuellen Geschlecht anzugehören, dass sie sich nicht mit ihren Geschlechtsorganen und der dazugehörigen Rolle identifizieren können. Eine Operation, die sie zumindest körperlich in das andere Geschlecht verwandelt, scheint für sie die einzige Lösung. Ohne diesen Schritt leiden sie offenbar ihr Leben lang.

Wer immer vor mir hier am Rechner saß, möchte also nichts sehnlicher als einen Penis.

Cherry? Ernährt sie sich deshalb praktisch nur von Luft und Wasser, weil sie ihre Brüste weghungern will? Das hat sie fast geschafft.

Plötzlich bereue ich zutiefst, wie abfällig ich vorhin über sie gedacht habe, wie schnell ich mal wieder mit meinem Urteil bei der Hand war und ihre abweisende Art beleidigt auf mich bezogen habe.

Und ich habe ihr im Scherz auch noch Glück unterstellt.

Au weia. Ich muss unbedingt mit ihr reden. Sofort.

Und danach mit Lysander. Von ihm will ich auch wissen, was da so tief auf seinem Seelengrund dümpelt.

Fünf Minuten später stehe ich vor Alpha 8, als hätte ich im Linoleum Wurzeln geschlagen. Meine Hände ballen und spreizen sich abwechselnd wie von selbst. Ansonsten kann ich mich nicht mehr rühren.

Lysander sieht sie sofort, als er aus dem Haus des Kurgastes zurückkommt. Stocksteif steht Ella im Gang von Trakt Alpha und macht seltsame Fingerübungen. Keine Spur von gramgebeugtem Rückgrat. Was mochte passiert sein, dass sie so aufgerichtet wirkt? Er hatte befürchtet, sie noch immer aufgelöst vorzufinden, und sich bereits in hunderten Varianten zurechtgelegt, wie er sie trotzdem dazu bringen könnte, seine Entschuldigung anzunehmen. Jetzt sieht sie eher aus wie jemand, der sehr wütend ist und seine aggressive Energie mit Macht zusammenhalten muss, um nicht auszurasten. Auch wenn es das für ihn nicht leichter macht, sich zu erklären, weiß er doch, dass es ein positives Zeichen ist. Etwas in ihr hat sich verändert.

Ihre Augen blitzen ihn an, als er sie erreicht. Wieder ringt er mit sich und hofft, dass sie es nicht bemerkt, obwohl er es besser weiß.

»Ella … das gestern Abend war …«

»Komplett daneben. Ich weiß. Und es tut mir auch leid. Können wir das vergessen?«

Er hat mit allem Möglichen gerechnet, nur nicht damit, dass es so leicht sein könnte.

Er nickt.

Sie legt eine Hand an seinen Arm. Eher eine Andeutung als eine Berührung. »Alles okay?«

Er hat nicht bemerkt, dass er vor Überraschung leicht zurückgezuckt ist, als er ihre Haut auf seiner spürte. »Ja. Mir war bloß, als müsste ich niesen.«

Herrgott, wie bescheuert ist das denn? Aber was soll er ihr sagen? Nichts? Alles?

Sie übergeht seine Lüge mit einem undefinierbaren Seitenblick und erzählt ihm von ihrer Begegnung der dritten Art mit Cherry und dem Browserverlauf.

»Und was willst du jetzt machen?« Lysander spürt, wie er langsam wieder ruhiger wird, weil sie vorerst nicht weiter in ihn eindringt. Das rechnet er ihr hoch an.

»Mit Cherry reden. Wenn ich sie finde.« Desorientiert blickt sie auf das Flatterband, das Zimmer Nummer 8 versiegelt. Maschas Zimmer. »Ich versteh's nicht. Auf Cherrys Schlüssel stand doch auch eine Acht.«

»Welche Farbe hatte er denn?«

»Blau.«

Ella zieht ihr eigenes Exemplar aus der Jeans und wird blass, als sie es begreift. Alpha 9 ist schwarz.

»Dann müssten wir rüber zu Beta«, sagt er wie selbstverständlich und hofft, dass sie die erste Person Plural bemerkt. »Auch wenn ich noch nicht ganz verstehe, warum. Sollten wir sie nicht besser in Ruhe lassen? Wenn sie über ihre Not nicht reden will, können wir ihr ohnehin nicht helfen.«

Ella blickt abwesend an ihm vorbei in den Gang. Plötzlich weiten sich ihre Augen. »Nein, wir gehen hin. Vielleicht hat sie gar nicht wegen meiner Bemerkung über die unendliche Acht so komisch reagiert, sondern weil die Zahl für Mascha steht und Cherry etwas mit ihrem Tod zu tun hat. Wovon Susann möglicherweise wusste.«

Lysander verzieht das Gesicht wie unter Schmerzen, besinnt sich aber schnell. Er muss Ella behutsam von diesem abwegigen Konstrukt weg und hin in seine Richtung lotsen. »Cherry als sexuell motivierte Aggressorin?«, sagt er, als würde er diese Möglichkeit tatsächlich bedenken. »Glaub ich nicht so recht. Aber wenn wir sie danach sicher ausschließen können, ist es einen Versuch wert.«

In Trakt Beta bleibt er so neben Zimmer Nummer 8 im Gang stehen, dass Cherry ihn nicht sehen kann, als sie die Tür öffnet. Sie geht Ella sofort an die Gurgel.

»Was willst du noch? Hau ab! Lass mich in Ruhe! Lasst mich doch endlich alle in Ruhe, ihr scheißblöden Traumfrauen!«

Er ist binnen Sekunden dazwischen, packt ihre Handgelenke und drängt sie in ihr Zimmer zurück. »Beruhig dich, Cherry. Wir wollen nur mit dir reden.«

Verwundert sieht sie ihn an und lässt allmählich ihre Schultern sacken, als wäre jede Kraft daraus entwichen.

Vorsichtig lässt er sie los, bleibt aber schützend vor Ella stehen. Die schließt leise die Tür.

»Ich habe die Suchworte bei Google gesehen«, geht Ella direkt in die Vollen, »du musst mit jemandem darüber sprechen.«

»Pah, das glaubst du doch selbst nicht, dass mir hier auch nur eine Sau hilft.«

»Hast du dich denn deinem Therapeuten anvertraut? Oder Rottmann?« Lysander senkt sein Timbre auf eine sanftere Ebene. Er kann es noch.

»Na klar, aber der Arsch meinte bloß, ich soll mich besser abgrenzen.«

»Moment«, sagt Ella und tauscht einen Blick mit ihm, »hier geht was quer.«

»Abgrenzen wovon? Von Frauen wie Ella?« Lysander wechselt von ihr zu Cherry. »Oder Mascha? Oder Susann?«

»Ach nein, du bist doch genauso bescheuert. Von Danny, du Weiberheld. Außer ihr guckt mich von euch doch sowieso nie einer an.«

Ella zieht die Luft ein und die Stirn kraus. Sie versteht offenbar genauso wenig wie er.

»Danny? Jetzt kapier ich gar nix mehr.«

»Sie hat mich im Park verfolgt. Und seit ich weiß, dass ich damit alleine klarkommen muss, gehe ich ihr aus dem Weg. Als ich vorhin gesehen hab, dass sie am Terminal saß, habe ich mich versteckt und gewartet, bis sie endlich weg war. Ich musste was Dringendes erledigen. Und dann so ein Dreck. Die macht mir eine Scheißangst, das sag ich euch.«

»Sie war vor dir am Rechner?«

»Ja, Mann, hörst du schlecht?«

»Und du hast gesehen, wonach sie gesucht hat?«

Cherry verdreht die Augen, als wäre Lysander unheilbar schwachsinnig. »Normale Pimmel kenn ich. Aber die Bilder von diesen Umschnallbohrern sind echt ekelhaft. Sie hat die Seite absichtlich offengelassen, das schwör ich dir. Bloß um zu schocken, egal wen.«

»Und zwischenzeitlich saß da niemand anderer?« Ella stellt sich netterweise genauso unterbelichtet an.

Cherry kriegt sich kaum noch ein über so viel Geistesschwäche. Doch plötzlich stutzt sie, als ihr dämmert, was die ganze Fragerei soll, und starrt die beiden ungebetenen Gäste feindselig an. »Ihr habt echt gedacht, dass ich so'n Schweinkram google, oder was? Oh nee! Raus mit euch! Haut ab, ihr Arschlöcher!«

Wie eine Furie grabscht sie blitzschnell nach allem, was ihr in die Finger kommt, und schleudert es ihnen entgegen. Ella fliegt eine »Gala« ins Gesicht, Lysander kann gerade noch einer Sandale ausweichen.

»Es geht nicht anders. Du musst es machen. Mir wird sie nicht öffnen.«

Wir sitzen auf der speziellen Parkbank und teilen endlich unsere Friedenspfeife. Lysander ist am Zug und bläst den Qualm in Kringeln wieder aus, denen er versonnen beim Verflüchtigen zuschaut.

»Sobald das alles hier vorbei ist, höre ich wieder auf. Eigentlich rauche ich nämlich gar nicht.«

»Ich auch nicht, zumindest bis vor ein paar Monaten«, sage ich und verschweige den Grund für mein Straucheln. Die Sache mit Marty geht nur mich etwas an.

Inzwischen haben wir den Plan x-mal hin und her gedreht. Der Trick ist natürlich gemein, aber uns schwinden die Alternativen wie die Stunden des Tages.

Ich komme wohl nicht umhin, das Frontschwein zu geben. Aber immerhin habe ich diesmal Verstärkung im Rücken. Und Lysanders Arme sind deutlich kräftiger als Dannys.

Zehn Minuten später stehen wir vor ihrer Tür. Lysander schiebt sich wieder aus dem Blickfeld. Ich klopfe. Keine Reaktion.

»Vielleicht ist sie nicht da«, flüstere ich in der irrationalen Hoffnung, einer Konfrontation doch noch zu entgehen. Dabei hätte es mir schon vor Cherrys Befragung längst klar sein müssen, dass nicht sie, sondern Danny der Transmann ist. Wie blöd kann man eigentlich sein, bevor man tot umfällt?

Lysander schüttelt nur den Kopf. »Kein Zurück«, sagt sein Blick.

Ich klaube meinen Mut zusammen und verinnerliche mir noch einmal, was ich aus fünf Jahren Impro-Theater mitgenommen habe.

Jetzt klopfe ich gefühlvoller und treffe den Ton. »Hey, Danny, ich bin es, Ella. Ich muss dich unbedingt sehen. Das mit uns lässt mich nicht mehr los. Bitte mach auf.«

Ein dumpfes Geräusch hinter der Tür. Als würde etwas Schweres herunterfallen und über den Boden gezogen. Schnaufen. Dann öffnet sich die Tür einen Spaltbreit. Ich sehe ein ausdrucksloses Auge in einem Ausschnitt teigiger Haut, dahinter nur graues Zwielicht.

Ich zwinge mich, ihr meine Hand entgegenzustrecken, und kann mich des Gefühls nicht erwehren, in einen Raubtierkäfig zu langen. Ich lege sie aufs Türblatt, damit Danny das Zittern nicht sieht.

»Gott sei Dank. Bin ich froh, dich zu sehen. Hab mir schon Sorgen gemacht. Darf ich reinkommen?«

Danny klappt die Tür wieder zu.

Das Schleifgeräusch bewegt sich davon weg.

Ratlos sehe ich Lysander an. Er legt den Finger an die Lippen. Meine Handfläche fühlt sich an wie verbrannt.

Mir ist, als würde eine Uhr in mir ticken, so deutlich spüre ich jede Sekunde, die verrinnt.

Im Zimmer rumpelt es eine Weile.

Dann kommt das Geräusch wieder näher.

Die Tür geht auf und öffnet sich gerade so weit, dass ich eintreten kann. Dahinter, die Klinke fest umschlossen, lauert Danny.

Meine Magensäure bahnt sich den Weg durch die Kehle nach oben, als der Gestank mir mit voller Wucht entgegenschlägt. Es riecht faulig, nach ungewaschener Haut und Exkrementen, vermischt mit abgestandenem Zigarettenqualm, Alkohol, Schweiß und Verlorenheit.

Ich bin so erschüttert, dass ich gerade einmal drei Schritte schaffe. Aber selbst, wenn ich besser zu Fuß wäre, käme ich nicht ohne Anstrengung in den Raum hinein, den ich mir in meinen schlimmsten Träumen so nicht hätte ausmalen können.

Meine Augen wollen sich nicht an das Dämmerlicht gewöhnen und können dem Horror doch nicht entgehen. Überall liegen leere Bier- und Weinflaschen, bis zum Kragen voll mit Kippen. Fenster und Terrassentür sind verrammelt, die Vorhänge komplett zugezogen. Das eiterfarbene Restlicht, das sie durchdringt, ist diffus im Raum verteilt und gibt ihm die beklemmende Enge einer Höhle, deren Eingang immer weiter zurückzuweichen scheint.

Mir ist, als hätte die Luft hier drin eine Dichte von so stofflicher Konsistenz, dass es kaum noch möglich ist, sie in sich aufzunehmen, ohne sich mit Gott weiß was zu infizieren. Unwillkürlich halte ich den Atem an und unterdrücke mit Gewalt meinen Fluchtimpuls.

Danny lehnt sich gegen die Tür und drückt sie stolpernd zu.

Kurz vorm Einrasten fliegt sie wieder auf und schmettert den aufgequollenen Körper der Zimmerbewohnerin an die Wand.

In Lysanders Gesicht sehe ich mein Entsetzen und weiß, ich hätte das nie alleine geschafft.

Mit vorgehaltener Hand kämpfe ich mich an Hügeln schmutziger Klamotten vorbei zur Terrassentür und reiße sie auf.

Minutenlang schnappen wir alle nach Luft, wenn auch Danny aus anderen Gründen als wir. Das Gurgeln, das sie dabei von sich gibt, hört sich nicht gut an.

Lysander packt sie, schließt die Tür mit einem beherzten Tritt und zerrt das Bündel Mensch zum Bett.

Den bestialisch stinkenden Flecken nach zu urteilen, hat sie es als Toilette benutzt.

»Mach mehr Licht«, sagt er und sein Krächzen zeigt mir, dass er das genauso wenig will wie ich. Aber wir müssen Danny im Auge behalten. In der für sie gewohnten Dunkelheit ist sie uns überlegen.

Der Schalter ist gegenüber vom Bad. Auf dem Weg dahin begleitet mich ein permanentes Knirschen, zerplatzt etwas unter meinen Füßen. Da, wo das Parkett noch zu sehen ist, erkenne ich schemenhaft Knäuel aus Insekten, Sand und Wollmäusen. Kleine Panzer kleben unter meinen Schuhen wie zerborstener Muschelkalk. Ich habe eine Spur von Marienkäferleichen hinterlassen.

Meine letzte Mahlzeit hat es inzwischen bis auf Rachenhöhe gebracht und ich weiß nicht, wie lange ich sie noch bei mir behalten kann, aber die Kloschüssel war schneller. Sie ist übergelaufen und hat ihren Inhalt auf die ehemals weißen Fliesen erbrochen.

Jetzt weiß ich, warum die Putzfrau Alpha 10 aufgegeben hat.

Wie sie nun auf dem Bett kauert, bietet Danny einen herzerweichenden Anblick. Sie zittert. Sabber läuft ihr aus dem Mundwinkel. Ihre Kleidung sieht aus wie etwas, das man nicht mal mehr dem Altkleidercontainer anvertrauen würde. Die verkrustete Jeans ist zu lang und fegt offenbar schon seit Wochen den Boden, womit das Schleifgeräusch erklärt wäre. So betrunken wie sie ist, ist sie wahrscheinlich aus dem Bett gefallen, als ich geklopft habe. Trotzdem hat sie scheinbar noch versucht, ein wenig Ordnung zu schaffen und die Wäschestapel am Boden beiseitezuschieben, immerhin ist ein schmaler Pfad erkennbar.

Mir wird mit beschämender Klarheit bewusst, dass sie trotz allem ein Mensch ist.

Noch einer, bei dem alle wegsehen.

Ich fühle mich wie ein Verbrecher und kann mein Würgen nicht mehr kontrollieren.

Als ich von der Terrasse zurückkomme, sitzt Lysander mit grünem Gesicht neben Danny und hat ihr den Arm um die Schulter gelegt. Für diese Überwindung könnte ich in die Knie gehen vor Respekt.

Danny wimmert ganz leise. Wie ein getretener Hund.

Mit klopfendem Herzen setze ich mich an ihre freie Seite und streichle ihr die Hand. »Schon gut. Schon gut«, wiederhole ich wie ein Mantra und spüre die Nässe auf meinen Wangen.

So sitzen wir, ich weiß nicht wie lange.

»Er lässmich einfach nich …«, sagt sie tränenerstickt.

»Der Mann in dir?« Lysander fragt mit einer Stimme, die ich nicht kenne. Sie klingt Lichtjahre entfernt.

Danny atmet nicht, sie schaufelt sich die Luft rein wie eine Umwälzmaschine. »Gottmann. Kwatsch. Rottmann.«

Ich horche auf. Bin sofort elektrisiert. Wie viele Seelen hat dieses elende Schwein wohl noch auf dem Gewissen? »Was lässt er dich nicht?«

»Insas Programm.«

Sie rülpst so schlimm, dass ich den Kopf abwenden muss. »Welches Programm?«

»Sieses Ketadingsda. Das Mascha un Susann gekriegt hab'n. Sieser Test. Dabei weißich genau, dass *ich* 'ss geschafft hätte.«

»Was geschafft?« Lysander erblasst. Offenbar ist er genauso bewegt wie ich.

»Essu überleben. Ich bin viel schtärker alssie anderen. Ich hätte 'ss gepackt, jawohl, und dann wärich 'n neuer Mensch geworden. Dasss hier, dasschaff ich nich mehr.« Ihr Arm beschreibt einen eierigen Kreis. Ich weiß, was sie meint.

»Aber er hat dich weggeschickt.« Wie alle anderen, denke ich verbissen.

Sie schließt die Augen und senkt den Kopf. Wir müssen sie stützen, damit sie nicht vornüber auf den Boden kippt.

»Was ist das für ein Programm?«, hake ich nach. Lysander versucht, sie mit einem Schnippen zurückzuholen.

»Dasis geheim.« Danny kichert tatsächlich. »Aber ich habihn belauscht. Beim Telefonieren neulich mit sei'm Chef.«

»War das letzten Dienstag?« Plötzlich bin ich hellwach. Bei dem Wort »Ketadingsda« klingelt etwas in mir, aber ich kann es nicht zuordnen.

»Hä?«

»Vor einer Woche ungefähr? Versuch dich zu erinnern. Bitte.«

Sie runzelt die Stirn und schluckt ein paar Mal trocken. Lysander steht auf und holt ihr ein Zahnputzglas Wasser aus dem Bad. Als er zurückkommt ist er noch blasser um die Nase.

Sie trinkt das Glas in einem Zug leer. Offenbar hilft das nicht nur bei mir. Mir wird wieder übel bei dem Gedanken, wie schmal der Grat ist, auf dem ich die letzten Monate gewandelt bin. Vorerst kein Tropfen mehr. Schwöre es, Ella.

»Diensag, ja, alsie Neuen alle oben waren, bei Seiz.«

Bingo. Rottmann hatte mir die Tür fast ins Gesicht geknallt. Aber Danny hatte sich im Belauschen deutlich geschickter angestellt als ich. Auf meine Frage bestätigt sie mit einem fratzenhaften Grinsen, dass sie es war, die im Bewegungsraum verschwunden ist.

Richtig schlimm abgerutscht ist sie, wie ich der Fortsetzung ihres Gelalles entnehme, aber wohl erst, nachdem Rottmann ihr daraufhin eine Abfuhr verpasst hat. Der missglückte Versuch, mir am Dienstagabend aufzulauern, dürfte auch nicht eben zu ihrer seelischen Wiederherstellung beigetragen haben.

Was wiederum bedeuten dürfte, dass sie als Verdächtige in Sachen Mascha und Susann ausfällt. In ihrem Zustand kann sie nicht mal mehr selbstständig aufs Klo gehen und so wie es aussieht, ist sie seither rund um die Uhr in ihrem Nirwana versumpft. Unter dem Bett hat sie ein stattliches Getränkedepot angelegt, das sie davor bewahrt, ihr Zimmer in nächster Zeit verlassen zu müssen, um Nachschub zu besorgen.

Mitten in meine Überlegung kippt sie zur Seite auf mich drauf und fängt an zu schnarchen. Der Fäulnisgestank aus ihrem Mund ist betäubend.

Nachdem er mich befreit hat, steht Lysander auf und sucht nach einer Unterlage. Im leeren Schrank findet er eine wollene Überdecke. Gemeinsam rollen wir Danny darin ein und decken sie, so gut es geht, damit zu.

Mein Körper fühlt sich so schwer und schmutzig an, dass ich kaum fähig bin, diesen Ort der Einsamkeit zu verlassen. Etwas in mir sinkt wie ein Stein, der in der unfassbaren Dimension der menschlichen Tiefsee verloren geht.

»Das ist nicht dein Ernst!« Ich kann kaum glauben, was Lysander soeben gesagt hat. Wir sollen den Ball flach halten. Warum muss er das Fundament sofort wieder einreißen, an dem wir gerade so behutsam bauen?

»Wir können Danny doch nicht einfach sich selbst überlassen. Es muss etwas geschehen und zwar schnell, sonst haben wir bald die dritte Tote. Ich verstehe nicht, wie du das ignorieren kannst, und *ich* werde nicht zusehen, wie sie da in ihrem Loch vor die Hunde geht.«

Lysander sitzt vorgebeugt in meinem Sessel und blickt auf seine gefalteten Hände. Er wirkt mir zu ruhig, während ich hier auf meinem Bett hin und her rutsche, als wäre eine Ameisenkolonie in die Matratze eingezogen.

»Das werde ich auch nicht, das garantiere ich dir.« Sein Blick ist fest, als er ihn hebt und auf mich richtet. »Aber wenn wir jetzt Alarm schlagen, kriegen wir nie heraus, was hier los ist, und

Rottmann wird womöglich einfach so weitermachen, wenn sich die Wogen geglättet haben. Lass uns erst tiefer forschen. Ein paar Tage nur. Bis wir etwas in der Hand haben.«

Mir ist klar, dass er recht hat. Aber ich weiß nicht, ob ich um den Einsatz eines Menschenlebens pokern kann. Außerdem bin ich nicht überzeugt, dass Dannys Gefasel mit den Toden zusammenhängt. Wir sind wieder genau da angelangt, wo wir uns gestern Abend vor die Wand gefahren haben. Nur dass ein Bausteinchen hinzugekommen ist, das mir zu gut in Lysanders Theorie passt: Rottmanns mysteriöse Therapie. Ich bin nun wirklich alles andere als ein Fan dieses Scheusals von Klinikleiter. Aber warum beißt sich mein Kompagnon bei diesem Puzzlespiel so ausschließlich an ihm fest?

»Rottmann ist nicht koscher, okay. Aber ist er deshalb auch zwingend für die Todesfälle verantwortlich? Das Risiko, damit in Verbindung gebracht zu werden, kann er sich doch gar nicht leisten. Was ist mit den anderen Figuren in dieser Tragödie? Elmer zum Beispiel? Oder mit dieser ADI?« Ich hole meine Kladde aus der Schublade und lese ihm meine Überlegungen und die Verdächtigen-Liste vor.

Deswegen steckt Lysander noch lange nicht auf. »Die ADI spielt Rottmann doch nur in die Hände. Ich traue ihm zu, dass er deren Aktivitäten sogar für sich nutzt.«

Mit eingesogenem Atem sehe ich ihn an. Er ist völlig überzeugt von dem, was er sagt.

Wenn ich an mein Zimmer denke, das zweimal verwüstet wurde, und an den umgehängten Frischlings-Pinscher, läuft es mir kalt den Rücken runter. Will Rottmann seine Patienten etwa glauben lassen, dass sie solche Aktionen einer geheimen Verschwörungstruppe verdanken?

»Das macht doch überhaupt keinen Sinn«, wende ich ein. »Sowas bringt der Klinik doch nur schlechte Publicity. Wie sollte er das zu seinem Vorteil verwenden?«

»Auf diese Weise kann er sein Universum wunderbar zusammenhalten und seine Schäfchen von sich abhängig machen. Nach dem Motto: Achtung, da draußen ist die Welt gefährlich und will euch was Böses. Aber ich beschütze euch. Wenn ihr unter Papa Rottmanns Flügel bleibt, geschieht euch nichts. Im Gegenteil: Ich allein bringe euch die Erlösung. Tja, und wenn es den Patienten dann wirklich irgendwann besser geht, fressen sie ihm aus der Hand.«

»Aber die Leute sind doch psychisch schon fast am Ende, wenn sie hierherkommen. Was hat er davon, sie vollends in den Sand zu treten, indem er ihre Angst noch schürt?«

»Je tiefer sie am Boden sind, umso einfacher ist es für ihn, sich zu profilieren und Erfolge im Aufrichten zu erzielen. Die kann er sich dann auf die Fahnen schreiben und öffentlich hinausposaunen. Das bringt Renommee und Geld.«

Obwohl ich es nicht zugeben mag, könnte da etwas dran sein. Vor allem, wenn Rottmann tatsächlich finanzielle Probleme hat. Sagte er bei meinem vereitelten Lauschangriff nicht etwas von Bank und Ultimatum? Trotzdem kann ich nicht glauben, dass so etwas durchführbar ist, ohne dass es jemand durchschaut. »Du meinst, wir sind alle nur Schachfiguren in Rottmanns Inszenierung? Das kann nicht sein. Es gibt doch Kontrollinstanzen.«

Er macht eine Pause mit Ausrufungszeichen und sieht mich eindringlich an. »Erlebst du hier welche? Krankenkassen und Rentenversicherungen prüfen als Kostenträger der Rehabilitation nur deren ordnungsgemäße Durchführung auf dem Papier, nicht das Ergebnis und schon gar nicht den Weg dahin.«

»Aber wenn sich jemand beschwert ...«

»Hat er ein Beweisproblem und außerdem das Stigma einer psychischen Erkrankung. Was denkst du, wer glaubwürdiger ist?« Lysander stockt kurz, als müsse er sich zwingen, es auszusprechen. »Ein promovierter Klinikleiter oder ein angeschlagener Patient? Das ist wie ein Freifahrtschein.«

Mir fällt nichts mehr ein, was ich darauf noch erwidern könnte. Zu schlüssig ist das, was er sagt. Dafür schwant mir, worauf es hinauslaufen wird.

Alles in mir sträubt sich. Unwillkürlich schlinge ich meine Arme um den Brustkorb.

Lysander steht auf und setzt sich zu mir auf die Bettkante. »Wir können deine Liste gern abarbeiten, wenn du willst. Trotzdem bin ich sicher, dass die Verbindung genau da ist.« Er schreibt Maschas, Susanns und Rottmanns Namen auf die leere Seite neben meiner Aufstellung, zieht einen Kreis darum und tippt mit dem Finger darauf. »Beide Frauen waren seine Patientinnen. Hatten angeblich große Erfolge in der Therapie. Nachdem, was wir jetzt wissen, waren sie vermutlich in einem dubiosen Programm. Und jetzt sind sie tot. Ich bin hundertprozentig sicher, dass es damit zu tun hat. Und dass Rottmann an irgendeiner Stelle ein gravierender Fehler unterlaufen ist. Sonst wäre niemand gestorben.«

Mir bebt das Herz. »Den wir, sofern deine Theorie stimmt, nur finden können, wenn ich in die Höhle des Löwen gehe.«

»Ja«, sagt er und lässt mich nicht aus den Augen. »Mir scheint, es muss eine Frau sein. Sonst würde ich es tun. Aber du gehst nicht allein.«

»Mir wäre lieber, wir informieren die Kommissarin.«

»Worüber denn? Haben wir auch nur irgendetwas in der Hand? Und glaubst du wirklich, sie nimmt unsere Vermutung ernst? Das ist für sie doch bloß Fantasterei. Sonst hätte ihre Truppe hier doch längst alles von links nach rechts gedreht.«

Den gleichen Gedanken hatte ich ja bereits selbst.

Dennoch ist mir mulmig zumute.

Lysander sieht mich aufmunternd an. »Wir schaffen das. Zusammen.«

Er lächelt wie jemand, der aus der Übung ist. Warm wird mir trotzdem.

Es passiert wie von selbst, dass ich die unsichtbare Mauer überspringe und ihn einfach küsse.

9. Kapitel

Dienstag, 21. Juni

Mit einem leisen Klacken fällt die Tür hinter einer Nacht ins Schloss, die den Namen nicht verdient. Sie leuchtet noch immer wie ein Mittsommer am Polarkreis, weit stärker als die Sonne, die den Horizont gerade erst zu kitzeln beginnt.

Es ist nichts geschehen und doch ist alles anders. Nicht nur dieser Tag ist neu. Auch die Wunde in meinem Herzen fühlt sich an wie frisch verschorft.

Lysander hat den Kuss erwidert und mir ist, als würde er noch immer in mir nachschwingen. Danach habe ich nur die Kontur seines Körpers gespürt, der sich an meinen Rücken schmiegte wie eine zweite Haut. Eine Hand um meine Taille, schwer und beruhigend. Seinen Atem, der meinen Nacken streichelte wie eine südenwarme Brise. Mehr hätte ich nicht ertragen, noch nicht, und mir war, als ginge es ihm ebenso.

Vor einer Stunde bin ich erwacht und habe ihn im Halbdunkel beobachtet. Wie sein Körper sich unter den Atemzügen hebt und senkt, seine Hand im Schlaf nach mir sucht. Sie ist gleichmäßig gebräunt, bis auf den hellen Streifen einer lang gezogenen Narbe zwischen Daumen und Zeigefinger. Noch relativ frisch. Oben verdickt und nach unten hin immer schmaler werdend. Wenn er die Hand nicht gerade spreizt, verschwindet sie in der Falte. Bisher war sie mir verborgen geblieben. Ich frage mich, woher er sie hat.

Von der Hand wanderte mein Blick an der Linie seines Arms hinauf über die Schulter zu seinem Kopf. Für einen Mann hat er volle Wimpern und unglaublich dichtes Haar. Ich hätte es am liebsten zerwühlt und gleichzeitig ertastet, ob seine Haut unter dem Shirt am Schlüsselbein wirklich so weich ist, wie sie aussieht.

Aber geweckt habe ich ihn eben erst, mit einem gehauchten Kuss auf beide Lider. Selbst im Zwielicht glitzert das Blau darunter wie Wasser, wenn sie sich öffnen.

Es war Teil unseres Plans, dass er vor Anbruch des Tages geht. Niemand soll von unserer engen Verbindung wissen. Wer immer hoffentlich in unsere Falle tappt, muss sich mir allein gegenüber wähnen.

Das Bett ist unwirtlich ohne ihn.

Ich raffe mich auf und tapse noch trunken von filigranen Glücksgefühlen ins Bad, bevor mein Gewissen sie mir wieder kleinredet.

Das grelle Licht haut mich fast um. Der Blick in den Spiegel nicht minder. Meine Haare sind so wirr, als sei mir der Fön explodiert. Ich weiß nicht, wie sie das schaffen, sich immer von selbst zu verknoten, während ich schlafe. Die Augen sind verschattet wie nach hundert harten Nächten. Könnte hinkommen. Trotzdem habe ich lange nicht mehr so weich und schnurrig ausgesehen.

Mein Bauch fühlt sich an wie mit Lachgas gefüllt und ich wage ein zaghaftes Lächeln an mein Spiegelbild. Ich sehe den Ansatz meiner Brüste und ich fühle sie wieder, obwohl er sie gar nicht berührt hat.

Heute verwende ich große Sorgfalt auf die Maske. Es gibt viel zu tun. Direkt als Erstes werde ich zu Seitz marschieren und sein Büro nicht eher verlassen, bis er mir eine Audienz bei Rottmann besorgt hat. Ich bin entschlossen, alle Register meiner rudimentären Schauspielkunst zu ziehen, um die Aufnahme ins Programm zu schaffen. Dann ist die Nummer mit Elmer dran.

Lysander wird sich derweil im Bewegungsraum verschanzen. Einmal, um Zeuge meiner Unterredung mit Rottmann zu werden, zum anderen, um zu belauschen, was er mit der Polizei bespricht. Auf dem Weg zum Internet-Terminal habe ich gestern mit halbem Ohr gehört, wie die Kalo für den frühen Morgen einen Termin mit Deike Coordes verhandelt hat.

Danach soll er Wiebke ins Verhör nehmen.

In irgendeine Richtung werden wir vorankommen. Wir müssen. Ohne dass ich ihn darum bitten musste, hat er mir außerdem versprochen, dass er sich von nun an täglich bei Danny blicken lässt. Er sagt, ihm werde schon etwas einfallen, um sie vom Abgrund wegzuziehen. Irgendwie glaube ich ihm, dass er das wirklich will. Ich hoffe nur, dass er es auch schafft.

Jetzt ist es geschehen. Ella vertraut ihm. Sonst hätte sie seine Nähe nicht zugelassen. Wie konnte er sich nur so vergessen? Lysander hebt die linke Hand und ballt sie fest. Die Narbe spreizt sich. Sie schmerzt noch immer. Mit Schwung führt er die Faust durch die Luft und stoppt in letzter Sekunde.

Er schafft es nicht, den Spiegel zu zerschmettern, aus dem ihm sein übernächtigtes Antlitz entgegenblickt. Dabei wäre das endlich authentisch. Ein gesplittertes Selbst, zerbrochen in tausend Scherben, die sich niemals mehr zusammenfügen lassen, ohne dass man die Bruchkanten sieht. Es ist nicht der Schmerz, den er fürchtet. Aber die seelische mit der körperlichen Pein zu tilgen, ist ihm schon vorher nicht gelungen. Seine Hand ist der beste Beweis. Er lässt sie wieder sinken und greift nach Dachshaarpinsel und Rasierschaum.

Feigling.

Alles, woran du denkst, ist deine verdammte Rehabilitation. Vergiss es. Dein altes Leben kriegst du sowieso nie wieder.

Trotzdem.

Wenn er sich nicht an die Hoffnung auf eine zweite Chance klammert, kann er sich gleich erschießen. Das wäre in den Augen einiger ohnehin die beste Lösung.

Jetzt ist sie unverhofft da, die Gelegenheit sich reinzuwaschen, und er muss sie einfach am Schopfe packen. Viel zu lange hat er sich schon davor gescheut. Wenn es ihm gelingt, dem unbarmherzigen Urteil, dass sie alle über ihn gefällt haben, die Aufdeckung eines Skandals entgegenzusetzen, hat er gewonnen. Dann müssen sie erkennen, wer er wirklich ist und dass es ihm im Grunde seines Herzens viel mehr um das Wohl der anderen geht als um sein eigenes Selbst.

Diesmal jedoch muss er um seinetwillen aktiv werden.

Bei dem Gedanken, in welche Gefahr er Ella damit bringt, ballt sich sein Magen zu einem Knoten zusammen. Auch ohne im unversehrten Spiegel das Pendant dazu zu finden, spürt er etwas in sich reißen. In der Mitte durch.

Jetzt ist er doch zu dem rücksichtslosen Arschloch mutiert, das die anderen ihm seit jeher unterstellen.

Er weiß nämlich nur zu genau, was das von Danny erwähnte »Ketadingsda« ist.

Wie von höherer Hand geführt, bleibt die Klinge des Rasiermessers an seinem Kinn hängen. Einen Moment lang starrt er sie an, als müsse er darüber nachdenken, wozu sie dient. Das Blut fließt sofort und tropft in das schaumig-milchige Wasser im Becken.

Er schöpft eine Handvoll aus der seifigen Brühe und wischt es damit weg. Dann legt er langsam das Messer auf die Ablage und stützt sich vorgebeugt auf das Waschbecken, jede Sehne in seinen Armen gespannt.

Er zwingt sich, in seine brennenden Augen zu sehen.

Eine Minute, zwei.

Guck hin.

Trotz des hellen Badezimmerlichts wird das Dunkel seiner Iris immer größer und je länger er in diese Schwärze blickt, desto mehr verliert er sich darin.

Als Kind war ihm dieses Spiel ab einem gewissen Punkt zu unheimlich geworden. Er hatte sich abwenden müssen von dem wilden Fremden, den er in der Tiefe seiner eigenen Augen erblickte.

»Man darf nie zu lang in das Fenster der eigenen Seele schauen«, hatte seine Großmutter damals zu ihm gesagt. »Das hat der liebe Gott nicht gern.«

Vielleicht, weil man darin seine Wahrheit erblickt.

Lysander zwingt sich, sie zu ertragen.

Erst, als seine gepressten Zähne schmerzen, entlässt er sich aus der magischen Benommenheit.

Wenn er seine Chance jetzt nicht nutzt, kommt er womöglich nie wieder auf die Füße.

Und wenn er Ella opfert, ist sein Seelenfrieden wohl auf ewig dahin.

Sie oder er.

Pest oder Cholera.

Das darf nicht sein.

Es muss einen Grat geben, der durch diesen Hades führt. Und der eine Schritt, den er Rottmann voraus hat, wird entscheidend sein.

Wie in Trance beendet er seine Morgenwäsche und macht sich auf den Weg zum Casino. Das Rennen ist eröffnet.

Ich klopfe nicht, ich stürme direkt hinein. Seitz sitzt vor seinem Laptop und sieht mich entgeistert an. Bevor er reagieren kann, habe ich seinen Schreibtisch schon umrundet und gehe im direkt an die Wäsche, zerre an seinem Hemdsärmel, als wolle ich den Stoff in Stücke reißen.

»Sie müssen mir helfen! Ich kann nicht mehr!«

Meine Augen fliegen zum Laptop. Ich lese noch Fragmente des aufgerufenen Artikels, bevor Seitz den Bildschirm hastig auf die Tastatur klappt. Der reißerischen Headline »Depression als Ausrede für Partydroge auf Special-K-Basis«, folgt der Einleitungssatz: »Münster. Bei einer Razzia im Industriegebiet stellte die Polizei gestern eine neuartige Droge sicher, deren wesentlicher Bestandteil wie bei ›Special K‹ der Stoff Ketamin ist, allerdings …«

Bei dem Wort »Münster« zieht sich alles in mir zusammen. Für den Bruchteil einer Sekunde zwingt mich mein schlechtes

Gewissen, an Marty zu denken. Das elende Gefühl, das dabei in mir hochkommt, muss ich gar nicht vortäuschen.

»Frau Brandt, beruhigen Sie sich. Erzählen Sie mir erst einmal, was passiert ist.«

»Was passiert ist? Was *passiert* ist? Das fragen Sie noch? Sind Sie irre? Ich erzähl gar nichts mehr, wenn Sie mir nicht helfen.«

Ich lasse ihn los und renne zum Fenster. Im Handumdrehen habe ich den Griff in die Waagerechte gedreht und reiße es auf. Er packt mich, als ich schon mit einem Knie im Rahmen bin.

»Ella, um Himmels Willen! Bleiben Sie hier!« Er reißt mich mit so viel Wucht in den Raum zurück, dass er strauchelt. Seine Hand krallt sich noch immer in meinen T-Shirt-Kragen und gemeinsam stürzen wir zu Boden. Seitz keucht heftig, als ich auf seinem Bein aufschlage.

Ich rolle mich zusammen wie ein Embryo und wimmere ein bisschen. Er braucht eine Weile, bis er wieder hochkommt. Dann beugt er sich zu mir und streicht mir über den Kopf.

»Das war unnötig, Frau Brandt. Ich wollte Sie sowieso heute Nachmittag mit Doktor Rottmann zusammenbringen. Das habe ich Ihnen doch versprochen. Wissen Sie das nicht mehr?«

Ich verberge mein Gesicht hinter den Händen und bettele: »Bringen Sie mich jetzt hin.« Mit Genugtuung höre ich, wie verwaschen meine Worte klingen. »Bitte. Ich will nicht so enden wie Mascha und Susann. Aber ich halte mich keine Sekunde länger mehr aus.«

Durch die Spalten meiner Finger sehe ich, dass Seitz mich mit einem langen Blick bedenkt. Mitgefühl liegt darin. Und noch etwas anderes, das ich so schnell nicht einordnen kann. Fast kommt es mir vor, als kämpfe er mit sich.

Er schaut auf die Uhr und zögert. Ich weiß, dass Rottmann gleich seinen Termin mit der Kommissarin hat. Die Chance, ihn in seinem Büro anzutreffen, dürfte also relativ hoch sein.

Ich schluchze auf.

»Also gut«, gibt Seitz sich einen Ruck, »kommen Sie. Ich bringe Sie hin.«

Linkisch wische ich mir die Tränen aus dem Gesicht und ergreife seine ausgestreckte Hand.

Er sieht mich an wie ein Ritter, der sich dem Drachen stellt und weiß, dass dies sein Ende bedeuten kann.

Das passt Rottmann jetzt gar nicht, dass wir so unvermittelt vor ihm stehen. Am liebsten würde er uns sofort wieder rausbrüllen, seine Mimik spricht Bände, aber er hat sich gut im Griff. Ganz Machtmensch mit eiserner Härte, auch gegen sich selbst.

Kaum, dass Seitz ihm Bericht darüber erstattet hat, was eben vorgefallen ist, hat er ihn weggewunken wie einen Lakai und wir sind allein. Ich kann nur hoffen, dass der Bewegungsraum so früh noch frei ist und Lysander wie vereinbart auf seinem Horchposten Stellung bezogen hat. Der Gedanke an ihn gibt mir Halt.

Im Vorzimmer höre ich Seitz noch ein paar Sätze mit Rottmanns Sekretärin wechseln. Er sagt etwas. Sie lacht leise auf, als wäre es verboten. Offenbar lässt er sich keine Gelegenheit entgehen, den Charmeur zu spielen. Sie nimmt die Streicheleinheit bestimmt gerne an. Ihr farbloses Gesicht ist um mindestens zwei Nuancen heller geworden, als wir eben reinkamen. So wie ich Rottmann bisher erlebt habe, bekommt sie von ihm sicher nicht übermäßig viel positive Wahrnehmung geschenkt.

Der Hustenanfall, den ich vortäusche, um jetzt seine ungeteilte Aufmerksamkeit zu kriegen, klingt infernalisch. Wenigstens dazu taugt meine verlorene Abstinenz.

»Könnten … könnten Sie bitte das Fenster öffnen?« Ich lasse meine Worte mit einem Röcheln ausgleiten und ducke mich ein bisschen unter dem Blick, der darauf folgt und mich zur Kakerlake machte, wenn ich ihn nicht schon kennen würde.

Rottmann kommt meiner Bitte nach, mit Verachtung im Mundwinkel. »Sobald Sie meine Zeit verschwenden, ist es wieder zu.«

Ich nicke ergeben und flehe zum Großen Ganzen, dass er auch Trick zwei nicht durchschaut. »Bitte therapieren Sie mich«, hauche ich. »Ohne Sie schaffe ich es nicht.«

Er sieht mich so lange an, dass ich denke, er antwortet mir heute nicht mehr. Das Felsmassiv-Grau seiner Augen mustert mich abschätzend und kalt. Ich komme mir vor wie ein Rindvieh bei der Fleischbeschau.

Schließlich nickt er. »Also gut, Frau Brandt. Wenn jemand ehrlich bereit ist, an sich zu arbeiten, bin ich der Letzte, der seine Hilfe versagt.« Es klingt wie: Hab ich doch gewusst, dass *du* noch angekrochen kommst.

»Danke«, sage ich noch leiser und senke den Blick auf meine verknoteten Finger.

»Schon gut. Jeder hat eine zweite Chance verdient.« Er sagt es laut und schneidend.

Meine Vermutung, dass er sich durch mein demütiges Flüstern zu einer besonders kraftvollen Aussprache provoziert sieht, geht wunderbar auf. So ist meine Erfahrung mit dem Zugschaffner doch noch für etwas gut. Lysander dürfte kein Wort entgehen.

»Aber seien Sie sich im Klaren darüber, dass es extrem hart wird. Wenn Sie Mitleid wollen, sind Sie bei mir an der falschen Adresse. Das Leben ist keine Yogastunde. Von jetzt an haben Sie zweimal die Woche Sitzung. *Bei mir.* Und ich werde Sie häuten. Nach der Stunde werden Sie nicht mehr wissen, wo innen und außen ist.«

Die Vorfreude darauf ist sicher das reinste Disneyland für diesen Schleifer.

Das schaffst du Ella, sage ich mir. Du lügst ihn einfach an und erfindest eine Geschichte.

Ich bemühe mich um einen festen Blick, der meine Zustimmung signalisieren soll.

»Danach haben Sie einen Tag Zeit, sich wieder einzukriegen. Da das keiner ohne Hilfe schafft, gebe ich Ihnen zur Nacht eine Beruhigungsspritze. Am Morgen darauf folgt das Nachgespräch.«

»Kann ich mich irgendwie vorbereiten, auf diese …«, ich lege eine Kunstpause ein, um ihm Gelegenheit zu geben, sich zu verraten, »Therapie?«

Aber er fällt natürlich nicht darauf rein. »Indem Sie ausschließlich tun, was ich Ihnen sage.« Er betont jedes Wort und kneift die Augen zusammen, als wolle er mich damit zerquetschen.

Das Telefon schellt ihm in die Parade.

Mit einer Miene wie wettergeschliffenes Urzeitgestein hebt er ab. Kalos Stimme blökt vernehmlich aus dem Hörer.

Ich höre »Polizei« und »auf morgen«. Scheint's, als habe die Coordes den Termin verschoben. Mist. So werden wir nie etwas über die Ermittlungsergebnisse erfahren.

Die ganze Zeit über habe ich meinen Blick schon unauffällig über Rottmanns Arbeitsfläche und durch den Raum schweifen lassen. Aber da liegt nichts herum, das so amtlich aussieht, wie ich mir einen Obduktionsbericht vorstelle.

Vielleicht wollte Coordes die Ergebnisse persönlich mit ihm besprechen. Wenn das aber bis morgen Zeit hat, können sie wohl kaum dramatisch sein, oder?

An der Stille merke ich, dass er aufgelegt hat, und beeile mich, ihm meine Augen wieder zuzuwenden.

Er sieht eine Spur entspannter aus als eben noch, was ich so deute, dass er aus der Vertagung der Besprechung den gleichen Schluss gezogen hat wie ich.

»Wir beginnen gleich morgen früh, Frau Brandt. Punkt zehn. Ziehen Sie sich also warm an. Und schminken Sie sich direkt ab, dass wir das in drei Wochen schaffen. Ihr Verlängerungsantrag ist schon vorbereitet. Hier unterschreiben.«

Interessant.

Noch während er seine Ansage herausbellt, schiebt er mir ein Formular über den Tisch. Es hat mehrere Seiten. Eine davon ist einen Hauch verrutscht. Darunter erkenne ich, kaum sichtbar, einen schmalen, dunklen Streifen. Ich habe neben meinem Studium genug in Büros gejobbt, um zu wissen, was das ist.

Durchschlagpapier.

Wahrscheinlich habe ich dem Teufel auf dem darunter versteckten Dekret gerade meine Seele verkauft.

Kaum bin ich Rottmanns verbaler Zange entronnen, stürme ich zum Treppenhaus.

Ich muss schnellstens mein Rendezvous mit Elmer sichern. Auf meinem Therapieplan, den ich heute Morgen nach dem Frühstück aus dem Fach gefischt habe, taucht beunruhigenderweise nicht eine einzige Massage mehr auf, was mich nur mäßig überraschte. Irgendwie habe ich schon geahnt, dass Rita Kalo mich auflaufen lassen würde. Also erspare ich es mir, sie erneut anzubetteln, und eile gleich an ihr vorbei zur Physiotherapie.

Am Tresen ein lächelndes Gesicht über einem noch offenherzigeren Ausschnitt, gegen den sich das T-Shirt, das ihn einzufassen sucht, ein wenig zu klein geraten ausnimmt. Die voluminöse Brünette scheint neu zu sein. Ich bin so irritiert über die freundliche Ansprache, dass ich mich sammeln muss, bevor ich meinen Text abspulen kann.

»Ähm. Es hat ein Missverständnis gegeben«, sage ich der Frau, die keine fünfundzwanzig sein kann, und halte ihr meinen Therapieplan unter die Nase.

»Ja?«

»Mir stehen noch fünf Massagen zu und in dieser Woche habe ich nicht einen Termin. Da muss ein Irrtum vorliegen.«

»Moment, bitte.« Sie sieht in ihrem Rechner nach und setzt eine Miene auf, die mich an den Basset meines Onkels Bonny erinnert. Der Name des Hundes war alternativlos: Clyde.

Ohne Falten ist ihr Runzeln jedoch ein Kunststück.

»Bedaure. Sie sind alle gestrichen.«

»*Was?* Ich meine: wie bitte? Das kann nicht sein. Meine Krankenkasse hat mir sechs Anwendungen genehmigt. Davon hatte ich erst eine. Bei Herrn Elmer und den möchte ich auch wieder. Er ist einfach der Beste!«

Sie kneift kurz die Augen zusammen und lächelt wie ein Breitmaulfrosch. Ich schätze, es soll verschwörerisch wirken. Kaum zu glauben, dass es wirklich Frauen gibt, die diesen Typen attraktiv finden.

»Verstehe. Aber ich kann leider nichts für Sie tun. Hier steht: Frau Brandt reagiert phobisch auf die bei der Massage notwendige körperliche Berührung. Aus therapeutischen Gründen ist daher eine Einstellung empfohlen.«

Da hat mich jemand kurzerhand kaltgestellt.

Ich lache auf. Es klingt hysterisch. Nachdem ich mich gezwungen habe, tief einzuatmen, versuche ich es noch einmal. »Eben. Das ist ja das Missverständnis. Herr Elmer und ich hatten eine kleine, wie sagt man, Meinungsverschiedenheit. Aber die ist längst geklärt. Es ist lediglich ein Versehen, dass sie noch in Ihren Daten herumgeistert. Ich stehe hier vor Ihnen. Ich bin im Vollbesitz meiner geistigen Kräfte. Und ich möchte weitermachen.«

»Bedaure«, sagt sie noch einmal und wendet sich einem Mitpatienten zu, der aussieht, als müsse er Mami erst um Erlaubnis fragen, bevor er mit fremden Frauen sprechen darf. Vor allem mit solchen.

»Hey«, rufe ich und merke, wie mir die Argumente fehlen. »Und was soll ich jetzt machen?«

»Sprechen Sie mit Ihrem Therapeuten und klären Sie den Fehler auf. Dann wird er Sie wieder anmelden.«

Klar. Wenn die Hölle zufriert. Mein Therapeut ist jetzt Gottvater Rottmann. Und ich verwette meinen Arsch darauf, dass er höchstpersönlich die Abstrafung meines Ungehorsams veranlasst hat.

Na prima.

Als ich die Physiotherapie verlasse, kommt Elmer mir auf dem Flur von Trakt Delta entgegen. Wir sind weit und breit allein und er zieht so schräg in meine Spur, dass er es auf zwei Meter fünfzig Breite schafft, meine Schulter zu rammen.

Ich weiß nicht, was in seinem Grinsen überwiegt, der Triumph oder die Feindseligkeit.

Mein verführerisches Lächeln, das ich heute Morgen vor dem Spiegel für ihn eingeübt habe, verpufft augenblicklich.

Bevor ich realisiere, dass ich rennen muss, schlägt er zu. Mein Kopf fliegt nach hinten und knallt an die Wand. So, wie mein Nasenbein kracht, geht es zu Bruch. Die zweite Faust landet in meinem Sonnengeflecht. Ich kippe nach vorne wie ein billiger Klappstuhl und kann mich noch eben mit den Händen abfangen, bevor meine Stirn den Boden küsst. Sofort stellt er mir ein Bein ins Kreuz und tritt mich in mein Nasenblut. Ich keuche nach Luft und will schreien. Aber es blubbert nur.

Er beugt sich zu mir, packt mir grob in die Haare und reißt meinen Kopf so hoch, dass ich ihm in die Augen sehen muss. Dann kommt er mir so nahe, dass ich seinen penetrant nach Pfefferminzbonbon stinkenden Atem riechen kann.

»Komm nie wieder auf die Idee mich anzuschwärzen«, sagt er, bevor ich den Irrtum klarstellen kann, und gibt mir noch einen Schlag ins Genick. »Fürs Gedächtnis.«

Dann steht er auf und geht federnden Schrittes weg, als habe er nur eben eine Fliege an die Wand geklatscht.

»Du weißt, warum ich dich herbestellt habe?« Rottmanns Stimme tönt laut und ungehalten durch das geöffnete Fenster zu ihm in den Bewegungsraum. Lysander kann sich bildhaft vorstellen, wie der Klinikchef sein Büro mit inszeniert kraftvollen Schritten durchmisst und sich hinter seinem Schreibtisch platziert als wäre er König Artus an der Tafelrunde.

»Tut mir leid Carl.« Seitz klingt dagegen entsprechend zerknirscht. »Ich weiß, warum du die Ingelbach wolltest. Einfaches Gemüt, beschränkter Horizont, steuerbar.«

»So hatten wir es besprochen, nachdem uns die anderen Kandidatinnen abhanden gekommen sind, nicht wahr?«

Noch immer bietet Rottmann dem herbeizitierten Seitz keinen Platz an.

»Ja. Aber du hättest die Brandt eben sehen sollen. Sie war so verzweifelt –«

»Hör auf an dir rumzureiben. Das nervt«, fährt Rottmann ihm in einem Tonfall über den Mund, der klarstellt, dass anderer Leute Befindlichkeiten ihn nicht interessieren. »Und sei gefälligst nicht immer so übermotiviert. Hat dir noch nicht gereicht, was damals passiert ist?«

Lysander horcht auf. Er wüsste zu gern, worauf Rottmann da anspielt. Was es auch ist, es scheint sein Ziel mit voller Wucht getroffen zu haben. Seitz sagt jetzt gar nichts mehr.

»Gut, dann also Ella Brandt«, Rottmann klingt mit einem Mal so selbstzufrieden, als wäre es seine Idee gewesen. Vielleicht aber auch, weil er Seitz gegenüber erfolgreich sein Territorium verteidigt hat. »Sie ist zwar widerspenstiger, aber dafür wird meine spezielle Provokationstherapie bei ihr umso durchschlagender sein.«

Lysander atmet in langen Stößen aus. Jetzt nimmt alles seinen geplanten Lauf. Erleichtert ist er darüber nicht.

Nebenan fällt die Tür ins Schloss. Seitz ist vermutlich gnädig entlassen, damit Rottmann sich auf das Gespräch mit der Kommissarin vorbereiten kann. Lysander setzt sich bequemer hin und wartet.

Ein unbekanntes Klingeln lässt ihn hochfahren. Es ist viel zu laut. Bevor er begreift, dass Ellas Handy für einen winzigen und denkbar schlechten Augenblick Empfang hatte, hört er, wie Rottmann im angrenzenden Raum losstürmt und die Tür zum

Gang öffnet. Ausgerechnet jetzt muss das verdammte Funkloch aufreißen und eine SMS zustellen. Lysander starrt das Display an. Er hatte das Gerät extra eingesteckt, um später am Strand zu checken, ob Ella weitere Nachrichten erhalten hat. Jetzt kriegt er die Quittung dafür, denn im Bewegungsraum gibt es kein einziges Versteck. Bis auf einen halbhohen Schrank mit Schubladen für Tücher und andere Tanzutensilien ist er leer. Ihm bleibt keine Wahl. Er schiebt das Handy neben die Tür und hetzt auf die andere Seite in ihren Sichtschatten. Keine Sekunde zu früh.

Rottmann stößt die Tür auf und geht zwei Schritte in den Raum, bevor er abrupt stehen bleibt. Lysander hält den Atem an und hört den Kittel rascheln. Offenbar hat der Klinikleiter das Handy entdeckt und vom Boden aufgehoben.

»Welcher Trottel …?«, sagt er zu sich und macht einen unwirschen Laut.

Geh schon, fleht Lysander stumm. Doch Rottmann verharrt noch einen Moment und Lysander ist versucht zu beten. Dann wird die Tür, die ihn eben noch verborgen hat, zugezogen. Lysander entspannt sich nur gerade so lange, bis er ein unmissverständliches Geräusch hört.

Rottmann hat abgeschlossen.

Der Kaffee aus dem Automaten vorm Casino hat Fettaugen. Wahrscheinlich von der Hühnerbrühe eine Taste darüber. Außerdem ist Blut hineingetropft. Ich kippe ihn in die nächste Dattelpalme und ignoriere die Blicke der wenigen Insassen, die mir entgegenkommen. Zum Glück spricht mich niemand an. Die Ausrede mit der Tür glaubt einem hier kein Mensch. Aber die Wahrheit ist auch nicht gerade populär. Deshalb muss ich sie finden, jetzt erst recht.

Auf wackeligen Beinen schlage ich den Weg zum Internet-Terminal ein. Den Schlenker zum Automaten hätte ich mir gern erspart. Das ist wie ein Parcours auf der Spießroute. Aber ich brauchte kleine Münzen. Dass die Plörre etwas gegen die Schmerzen in meinem Schädel ausrichten könnte, habe ich sowieso nicht ernsthaft erwartet.

Wenigstens sind meine Knochen härter als ich dachte. Es ist noch alles heil, wenn auch optisch schlimm lädiert. Die Nase ist höchstens angeknackst, schwillt aber so mächtig, dass ich kaum noch an ihr vorbeisehen kann.

Ich lasse mich im Kabuff nieder, zerpflücke mein letztes Taschentuch und rolle daraus zwei Würste, mit denen ich die Nasenlöcher abdichte. Dann starte ich die Maschine und füttere die Suchmaske mit Dannys »Ketadingsda«.

Nach zehn Minuten kribbelt mein Körper, als hätten alle Käfer vom Strand ihn besetzt.

»Ketadingsda« gibt es nicht. Das war zu erwarten. Aber über die ersten beiden Silben stoße ich auf das Wort »Ketamin«. Darüber kommt mir der Artikel wieder in den Sinn, dessen Anfang ich vorhin auf Seitz' Laptop gesehen habe. War da nicht auch von Ketamin die Rede gewesen? Ich versuche, mich an die Schlagzeile zu erinnern, und nach ein paar Eingaben schlägt die Suchfunktion mir den Satz »Depression als Ausrede für Partydroge auf Special-K-Basis« vor. Genau diese Überschrift hatte Seitz auf seinem Bildschirm prangen, als ich heute Morgen meine Selbstmordnummer abgezogen habe. Wenn das ein Zufall ist, bin ich die Zahnfee.

Lysander ist unruhig wie ein Puma im Käfig und verflucht sich mit jedem nutzlosen Schritt. Nicht nur, dass er hier gefangen ist, was ihn auf jeden Fall in Erklärungsnöte bringen wird, wenn

Rottmann wieder aufschließt. Nein. Er wird Ella in absehbarer Zeit auch reinen Wein einschenken müssen. Wenn sie es nicht sowieso längst schon weiß.

Okay. Gel. Handy war Scheißidee. Weißt eh, dass i. es bin. Aber lies d. wenigst. d. Mails. Herrgott. Ich mach m. Sorgen. Wusste doch nicht, wie schlimm es um d. steht. Wenn i. bis morg. nichts v. d. höre, komm i. u. hol d. da raus. Immer noch da. M.

Er konnte froh sein, dass er das Display von Ellas Mobiltelefon reflexhaft überflogen hatte, als diese unselige Nachricht einging. Zwar musste er das Handy als Köder für Rottmann opfern, aber wenigstens hat Lysander jetzt Gewissheit über den Absender. Dieser Marty hat sogar mit einer fremden Nummer rumgetrickst, um Ella zu erreichen. Er will sie offenbar nicht abschreiben und womöglich kommt er ihm jetzt auch noch in die Quere. Umso ärgerlicher ist es, dass Lysander von nun an nicht mehr auf die Nachrichten zugreifen und vorbereitet sein kann. Genauso wenig, wie er Einfluss darauf hat, ob und wann Rottmann das Handy zur Fundstelle am Empfang gibt und Ella es wiederbekommt.

Für den Fall, dass sie die erwähnten Mails bereits abgerufen hat, sind all diese Überlegungen wahrscheinlich ohnehin müßig. Lysander weiß schließlich nicht, welche Informationen Marty von dieser P. über die Klinik bekommen und an Ella weitergeleitet hat. Und inwieweit sie sich dadurch von dem beschlossenen Vorhaben abbringen lässt.

Nun, er wird es sehen, wenn er sich nachher mit ihr trifft. Vorerst wird er ihren Plan weiterverfolgen und sich Wiebke schnappen. Aber dazu muss er endlich hier raus, und zwar zügig. Egal, was es kostet.

Noch einmal horcht er gespannt, ob sich nebenan in Rottmanns Büro etwas tut. Doch dort ist es still, seit der Klinikchef ihn eingesperrt hat. Weder ist er mit Verstärkung angerückt, was dafür spricht, dass er ihn tatsächlich nicht bemerkt hat. Noch findet im Nebenzimmer ein Gespräch mit der Kommissarin statt, was wohl bedeutet, dass der Termin verschoben ist und Lysander momentan sowieso nichts ausrichten kann, wenn er hierbleibt.

Gerade, als er die Faust ballt, um gegen die Tür zu donnern und auf sich aufmerksam zu machen, sieht er, wie die Klinke vergeblich heruntergedrückt wird.

»Ach ja«, murmelt jemand auf der anderen Seite.

Dann klickt es im Schloss.

Mit Linsen, die vor lauter Augenaufreißen immer trockener werden, lese ich, dass die Münsteraner Polizei vor drei Tagen einen schmuddeligen Beatschuppen im Industriegebiet hochgenommen hat und dabei auf Drogenkonsumenten gestoßen ist. Wahnsinnig überraschend. Der Laden ist auch ohne Namensnennung stadtbekannt dafür. Wer das nicht weiß, lebt auf einem anderen Planeten.

Dann aber wird die Geschichte interessant.

Eine der Ertappten, vom gewissenhaften Redakteur versiert als »Pia L., blond, 32« verschleiert, muss völlig ausgerastet sein und die Beamten angeschrien haben, als sie ihre Tabletten beschlagnahmten. Sie könne ohne die Pillen nicht leben. Nur das »Special K« helfe ihr gegen die Depressionen. Wenn sie ihr das Zeug wegnähmen, könnten sie sie auch gleich umbringen. Der Artikel lässt allerdings durchblicken, dass sie ihr Anliegen erheblich drastischer ausgedrückt hat. Und das ausgerechnet in meiner Heimatstadt, die dank der Polizeischule hinter vorgehaltener Hand als Hochburg aller Sternchenjäger gilt.

Als ich merke, worauf meine untypische Schadenfreude zielt, wird mir schlecht. Diesmal allerdings vor Wut. Pia Ludwig hieß die Groupietrine, mit der Marty sein unfreiwillig stillgelegtes Getriebe wieder in Fahrt gebracht hatte. Zu dem Zeitpunkt war zwischen uns beiden schon ewig nichts mehr gelaufen. Es war meine Art, ihm zu zeigen, dass der Zug, in dem wir saßen, auf einem toten Gleis dahinschoss. Vielleicht nicht meine klügste Idee. Aber ich hatte auch nicht für möglich gehalten, wie machtlos alternde Männer gegen die triebgesteuerten Programme ihres Reptilienhirns sind. Während ich meinen eigenen Illusionen hinterherjagte, trieb ihn die Sehnsucht nach der Vitalität früherer Jahre in die einschlägigen Szene-Clubs. Bei seiner späteren Beichte gestand er mir, dass er dort vergessen wollte, wie Älterwerden sich anfühlt. Dass er mehr Schlaf brauchte. Und mehr Aspirin.

In einer dieser Nächte hatte er Pia getroffen. Weißblond und mit großen, fellbraunen Rehaugen, die wie zwei Signalknöpfe aus ihrem Gesicht herausstachen. Mir blieb es nicht erspart, sie einmal vor unserer Wohnung herumlungern zu sehen. Fast konnte ich sogar nachvollziehen, dass sie sofort die evolutionsbiologisch angelegten Beschützerinstinkte aller anwesenden Männer aktivierte, wenn sie irgendwo auftauchte. Aber ich hatte kein Verständnis dafür, dass ausgerechnet meiner sie mit ihr ausleben musste.

Er schob es auf den Fluch der Gene, kombiniert mit Vernachlässigung durch mich, verletztem Stolz, Testosteron und Alkohol, gepusht durch ihre Bewunderung für seine Musik. Und wahrscheinlich habe ich auch nie genug gewürdigt, dass die Töne, die er seinem Bass entlockte, seine eigene Form der Kommunikation bedeuteten. Für mich als Frau der Worte blieben sie immer eine Fremdsprache, auch wenn ich seine Musik wirklich mag.

Einen Moment lang bin ich versucht, die Mails zu öffnen, die er mir geschrieben hat, seit ich in der Dunenburg bin. Aber dann merke, wie sich das Wasser in meinen Augen sammelt, und schiebe meine Erinnerung energisch zur Seite. Ich will jetzt gar nicht wissen, ob es sich um die gleiche Frau handelt, obwohl die namentliche Übereinstimmung schon unheimlich ist.

Ich zwinge mich in den Text zurück, der mir den Puls bald darauf in die kritische Zone jagt. »Special K« – von diesem Zeug habe ich vorher schon einmal gehört. Allerdings in einem anderen Zusammenhang. Marty hatte sich für seinen Gewissenstest als Kriegsdienstverweigerer damals sehr intensiv mit der Frage befasst, was der Krieg aus Menschen macht. Unter anderem Drogensüchtige, wie ihm die Beispiele vieler amerikanischer Soldaten zeigten, die sich im Vietnamkrieg nur mit dem Seelentröster »Special K« über Wasser halten konnten. Ihre Schicksale waren ihm ziemlich an die Nieren gegangen, was wohl der Grund dafür war, dass er mir noch Jahre später von seiner Recherche erzählte.

Dass der Stoff sich mittlerweile als gängige Partydroge etabliert hat, ist mir allerdings neu. Im Gegensatz zu den Polizeibeamten, die Pias vermeintlichen Glücksbringer denn auch mitleidslos einkassierten. Wie sich bei der toxikologischen Überprüfung schnell herausstellte, war der Wirkstoff in den kleinen weißen Pillen teilweise identisch mit dem Ketamin in »Special K« und doch viel gefährlicher. Was genau daran anders war, darüber schweigt der Artikel sich wohlweislich aus. Er schließt damit, dass die gute Pia L. jetzt nicht nur keine Trösterchen mehr hat, sondern stattdessen eine saftige Anzeige an der Backe. Wegen Beamtenbeleidigung und Widerstands gegen die Staatsgewalt. Seltsamerweise aber nicht wegen Drogenbesitzes.

Egal. Mit zitternden Fingern lasse ich die Maus los.

Wenn mich nicht alles täuscht, habe ich eine Spur.

Jetzt bin ich so elektrisiert, dass mich niemand mehr aufhalten kann. Nicht einmal der Angstbeißer Elmer.

Mein Körper vibriert, als ich die Begriffe »Ketamin« und »Depression« zusammen in die Suchzeile tippe. Was danach an Informationen vor mir aufklappt, kommt einer Offenbarung gleich.

Die Tür öffnet sich zögerlich. Lysander liegt auf dem Boden und tut so, als würde er tief schlummern. Es war das Beste, was ihm spontan eingefallen ist. Immerhin hält das alte Sprichwort Schlafende ja für harmlos.

»Was machen Sie denn hier?« Die männliche Stimme klingt eher ängstlich als wütend.

Lysander blinzelt und setzt sich unter Gähnen und Strecken auf. Vor ihm steht der bezopfte Tanztherapeut und schaut belämmert drein. Augenscheinlich weiß er nicht, wie er in einer solchen Situation verfahren soll.

»Bin wohl in der Therapiestunde eingeschlafen«, sagt Lysander und zuckt mit den Schultern. »Als ich dann raus wollte, war auf einmal abgeschlossen. Seit wann ist das denn üblich? Na, jedenfalls scheint's so, als wäre ich wieder eingepennt.«

»Neue Order vom Chef«, antwortet Zöpfchen brav. Dann stutzt er. »Aber heute Morgen war doch noch gar keine Therapie.«

Rottmann ist verdammt schnell, denkt Lysander. »Doch«, sagt er und versucht es mit einer Unschuldsmiene. »Diese neue Atemstunde. Sie wissen schon. Für Ex-Raucher.«

Der Bezopfte krault sich unschlüssig den Haaransatz. »Muss ich trotzdem melden«, sagt er und macht Anstalten, zu Rottmann rüberzugehen.

»Aber ich hab doch gar nichts getan.« Lysander streckt seine umgedrehten Handflächen vor. »Sie können mich gerne filzen.«

Der Tanztherapeut weicht zwei Schritte zurück, als hätte er soeben ein unsittliches Angebot erhalten. »Nee, trotzdem, sorry. Ist Pflicht.«

»Moment noch.« Lysander ist mit einem Satz bei ihm. »Wenn das schon Pflicht ist, dann ist es doch sicher erst recht Ihre Aufgabe zu melden, wenn etwas Gravierenderes passiert ist.«

»Was meinen Sie damit?«

»Na, zum Beispiel, wenn Sie während der Stunde zufällig erfahren, dass eine Patientin von jemandem belästigt worden ist.«

Zöpfchen reißt kurz die Augen auf, dann verengt er sie argwöhnisch. »Ich weiß nicht, was Sie mir unterstellen wollen.«

»Hören Sie schon auf«, sagt Lysander. »Ich war doch dabei. Und wenn Sie wegen so einer Kleinigkeit jetzt zum Oberboss rennen, werde ich der Kommissarin stecken, dass Sie wussten, dass Mascha von Elmer betatscht worden ist und trotzdem geschwiegen haben.«

Eine halbe Stunde später sitze ich wie konserviert vor dem Bildschirm und rühre mich nicht mehr. Wer mich sieht, muss denken, ich sei eingeschlafen. Aber meine Gedanken fahren Achterbahn im Zehnerlooping und kurven die Synapsen wund. Auch wenn ich sie im Vorbeirauschen kaum noch zu fassen kriege, weiß ich, dass ich soeben ein Kernstück des Puzzles freigelegt habe. Die Zeit hat nur fürs Überfliegen gereicht, doch das war mehr als genug. Jetzt muss ich es nur noch richtig einordnen.

In der Sekunde, wo ich aufspringe, um Lysander einzuweihen, fällt mir ein, dass ich ihn im Bewegungsraum vergessen habe.

Ach du Scheiße. Den Inhalt des Telefongesprächs zwischen Rottmann und Rita Kalo konnte er ja gar nicht mitbekommen haben. So groß ist die Reichweite von Kalos Mundwerk dann doch nicht gewesen. Wahrscheinlich wartet er noch immer darauf, dass die Kommissarin endlich eintrifft, damit er sie und Rottmann im Zwiegespräch belauschen kann.

Hastig lösche ich den Browserverlauf und fahre den Rechner runter.

So schnell war ich noch nie in der Villa. Mein Kopf hämmert wie ein Trommelsolo. Die Nase fängt wieder an zu bluten. Als ich japsend in der sechsten Etage ankomme, sehe ich schon von Weitem, dass die Tür des Bewegungsraums sperrangelweit aufsteht.

Oh nein. Hoffentlich hat Rottmann sich Lysander nicht gepackt, aus einem siebten Sinn heraus oder weil ich mich möglicherweise zu auffällig verhalten habe. Wie oft habe ich zum Fenster geguckt?

Doch noch während ich darauf zusprinte, sehe ich die »Tänzer« heraustrotten und im Fahrstuhl verschwinden.

Lysander ist nicht unter ihnen.

Kurz darauf wagt sich endlich die Schlaftablette von Therapeut heraus und schließt die Tür ab. Er drückt sich noch zweimal dagegen und ruckelt an der Klinke. Dann schlurft er zum Fahrstuhl, der schon nach unten unterwegs ist, und richtet sich aufs Warten ein.

Auf mich wirkt er nicht verstörter als sonst und auch der ganze Flur strahlt die gedämpfte Stille eines Friedhofs am Montagmorgen aus. So sieht es nicht nach einer Entdeckung in flagranti aus, rede ich mir ein.

Eines macht mich allerdings stutzig: Seit wann sperrt der Leisetreter den Bewegungsraum zu?

Noch während ich nach einer plausiblen Erklärung dafür suche, kommt mir in den Sinn, dass ich nicht bloß Lysander vergessen habe. Ziemlich genau in dem Moment meiner Begegnung mit Elmers Faust dürfte Berno vor der Klinik auf mich gewartet haben.

Das erste Mal hat sie ihn eiskalt stehen lassen und sich schnell in den Trainingsraum verdrückt. Wenn Unsicherheit dahintersteckt, kann sie die gut kaschieren. Lysander mutmaßt jedoch, dass sie ihm nicht begegnen will, weil er sie an ihr Schuldgefühl erinnert. Sicher glaubt sie wie viele, dass er Maschas Vertrauter war. Sie kann sich außerdem denken, dass Ella ihm von ihrer Geschichte mit Julian erzählt hat. Dass sie miteinander reden, hat Wiebke ja selbst gesehen. Verständlich, dass ihr das unangenehm ist. Aber wenn man seine Zunge nicht im Zaum halten kann, sollte man nicht trinken.

Egal. Er kann warten. Auf die Dauer schafft sie es sowieso nicht, ihm zu entkommen. Das Sequenztraining dauert nur noch eine halbe Stunde und bis er mit Ella verabredet ist, bleibt ihm genügend Zeit. Außerdem weiß er, dass Wiebke am Glaserker in Trakt Alpha vorbei muss, weil sie bei ihm auf dem Gang wohnt.

Dagegen hat er noch keine überzeugende Idee, wie er es anstellen soll, sie diesmal zum Reden zu bringen. Als Detektiv taugt er nicht die Bohne, obwohl es ihm früher nicht schwergefallen ist, alles aus den Leuten herauszuholen. Aber da durfte er es auch noch.

So, wie Wiebke dichtmacht, kommt er bei ihr auf die nette Tour nicht weiter. Die Alternative ist ihm zuwider, wie all das, was er seit Tagen tut, aber das Ziel heiligt sie. Er verlässt den Gymnastiktrakt und geht rüber zu Alpha.

Wie heute früh besprochen, hat Danny die Zimmertür unverriegelt gelassen. Lysander tritt ein und findet ihn schlafend. Er hat ihm versprochen, ihn von jetzt an nur noch mit Daniel anzureden. Und auch, dass er ihm nach der Reha beistehen wird, ein geeignetes Krankenhaus für die Operation zu finden. Vorausgesetzt, er hilft mit und kämpft endlich um sich. Das bedeutet ab sofort: kein Alkohol mehr, viel schlafen und die Anwendungen besuchen, soweit er mit seinem abgewrackten Körper dazu noch in der Lage ist.

Sieht so aus, als habe auch Danny es endlich begriffen. Keiner kommt drum herum, der zu sein, der er ist.

Lysander stellt sich ans Bett und zieht ihm die Decke über die Schultern. Im Rausgehen hebt er noch ein paar dreckige Klamotten vom Boden auf und legt sie auf den Sessel. Wenn alles gut geht, wollen sie morgen anfangen aufzuräumen. Er spricht sich selbst Mut zu, dass Danny es bis dahin schafft.

Wenig später hockt Lysander sich auf den Stuhl im kleinen Erker und klebt seine Füße wie Saugnäpfe an die Scheibe, um sie zu kühlen. Durch die Vollverglasung betrachtet er, wie der Wind mit den Ästen und Blättern der Bäume im Park spielt. Es hat deutlich aufgefrischt.

Er hört Wiebkes eigentümlichen Wiegeschritt noch bevor sie bei ihm ankommt und macht sich bereit. Sie muss an ihm vorbei, um zu Alpha 31 zu gelangen.

Als sie in sein Sichtfeld tritt, springt er hervor und verstellt ihr den Fluchtweg. Sie ist völlig perplex und ohne Chance, an ihm vorbeizukommen.

»Spinnst du jetzt total? Ich krieg ja nen Herzriss!«

»Selbst schuld. Rede mit mir und ich lass dich ziehen.«

Sie sieht auf den stockähnlichen Flexibar in ihrer Hand und Lysander kann ihren Gedanken fast greifen. Wiebke ist stämmig und sicher auch wehrhaft. Immerhin kommt sie vom Hof, da lernt man das Zupacken.

»Besser du lässt das. Waffen richten sich am Ende immer gegen dich selbst. Außerdem habe ich das Ding mit zwei Griffen durch. Ich will bloß eine ehrliche Antwort.«

Der Mittelteil ist glatt gelogen. In Form ist er schon länger nicht mehr, seit er sich nirgendwo mehr hintraut.

Aber er überragt sie um anderthalb Köpfe und kennt sich mit Hebelwirkung aus. Es könnte klappen.

Erstaunlicherweise stellt Wiebke den Stab an die Wand. »Na gut. Also?«

»Hast du dich nach Freitag noch mit Julian getroffen?«

»Leck mich.«

Ungern, schießt es ihm in den Sinn. Aber es wäre kaum förderlich, ihr das zu sagen. »Ich würde dich nicht fragen, wenn es nicht wichtig wäre.«

»Für wen? Für Ella? Damit sie sich an meiner Verfehlung aufgeilen kann?«

»Ist Julian noch auf der Insel, Wiebke? Oder war er es am letzten Wochenende?«

»Das geht dich echt einen Scheißdreck an.«

»Okay. Du willst es nicht anders. Ich rufe deinen Mann wirklich nicht gern an, aber das kann ich dir jetzt leider nicht mehr ersparen.« Er dreht sich um und geht betont locker in Richtung Ausgang, in Wahrheit aber angespannt bis in die Haarwurzeln. Dass er so mies sein kann, hätte er bis vor Kurzem nicht von sich gedacht. Scheinbar kommt er langsam in Übung. Aber ob das auch gereicht hat? Wenn sie jetzt nicht anbeißt, hat er's vermasselt.

Fünf Schritte noch, dann hat er das Ende des Ganges erreicht.

»Ich war bei ihm.«

Lysander bleibt abgewandt von ihr stehen, damit sie nicht sehen kann, wie er vor Erleichterung in sich hineinlächelt.

»Von Freitagnachmittag bis Sonntag früh. Er hat seiner Frau gesagt, er habe die Fähre verpasst und für Sonnabend keinen Zug mehr gekriegt.« Ihre Stimme wird immer leiser.

Er nickt nur und geht weiter, ohne sich umzudrehen. Er ahnt auch so, dass er hinter sich bloß noch ein Häufchen Elend sähe.

So unruhig wie ich bin, kann ich mich kaum auf das konzentrieren, was ich in meine Kladde schreiben will. Horden von Gedanken streifen durch meinen Kopf wie Nomaden auf der Flucht vor der um sich greifenden Wüste.

Ich habe mir vorhin völlig umsonst ein Bein ausgerissen. Berno war natürlich nicht mehr am Treffpunkt. Vielleicht ist er auch gar nicht erst dorthin gekommen, weil sein Freund noch nicht wieder aufgetaucht ist.

Er scheint ja große Stücke auf ihn zu geben, aber so enklavisch wie Rottmann die Klinik führt, halte ich es für unwahrscheinlich, dass dieser Henk weiß, was hier hinter den Kulissen abläuft. Egal. Wir brauchen jede Information, die wir kriegen können. Ob sie uns nützt, werden wir dann ja sehen.

Auf alle Fälle werde ich morgen Mittag pünktlich vor der Düne warten. Bernos ADI-Freund kann ja nicht auf ewig verschwunden bleiben.

Was mich im Moment viel stärker umtreibt, ist die Frage, wo Lysander steckt. Hoffentlich ist er okay. Wenn er nicht bald kommt, gehe ich auf Vermisstensuche.

Wie auf ein Zeichen klopft es an der Tür.

»Ella, ich bin's.«

Im Nu bin ich an der Klinke.

Er ist geschockt, als er mich sieht. Die Blutergüsse unter den Augen entwickeln sich prächtig, wenn ich das Pochen richtig deute.

Sofort zieht er mich zu sich und nimmt mich in den Arm. Meine Sehnsucht schwappt wie eine Welle heran. Ich lasse sie über mich hinweggleiten.

»Was ist dir passiert?« fragt er mit einer Stimme, die augenblicklich meine Flüssigkeitsproduktion ankurbelt. Oben wie unten.

»Ach«, wehre ich die aufziehende Sturmflut ab. »Geht schon wieder. Sieht schlimmer aus als es ist. Erzähl du erst mal. Wie bist du heil aus dem Bewegungsraum gekommen?«

Wir setzen uns auf mein Bett, diesmal ohne Sicherheitsabstand. Seine Wärme ist wie ein Ofen.

»Kein Problem. Ich habe dich gehen hören und als nach einer halben Stunde niemand nachkam, habe ich kombiniert, dass irgendwas nicht stimmt.«

»Die Coordes kommt erst morgen. Ich war so aufgedreht, dass ich dich vergessen habe.«

Ich versuche es mit Seitz' Dackelblick.

Lysander schüttelt nur den Kopf, aber im Sinne von: »Schon okay«. Dann sieht er mich durchdringend an.

Ich berichte ihm von Elmer.

»Der ganze Drecksladen gehört dichtgemacht«, sagt er und nimmt meine Hand. Er drückt sie fest, aber mit gedrosselter Kraft. »Das wird noch ein Nachspiel haben.«

Auch wenn ich denke, dass er gegen Elmer wenig Chancen hat, weil er nicht fies genug ist, rührt mich sein Grimm.

»Wiebke gibt Julian ein Alibi«, sagt er, nachdem wir beide eine Weile nur nebeneinander geatmet haben.

»Er ist sowieso raus. Du hattest von Anfang an recht.«

Große Augen, verhaltener Blick, obwohl er sich über meine Einsicht freuen müsste. Doch ich bin so im Rausch meiner Entdeckung, dass ich einfach weiter sprudele. »Ich weiß jetzt, was Dannys Ketadingsda ist. Google hat es ausgespuckt. Das Zeug heißt Ketamin und wird in den USA an schwer Depressiven getestet. Ich habe eine Studie gefunden und mehrere Artikel.«

Ich platze vor Stolz, aber mein Triumph kommt nicht so recht bei ihm an. Statt mich bewundernd anzustrahlen, schaut er auf seine Hände. Jetzt bin ich richtig irritiert.

Auf einmal fällt der Groschen.

»Du wusstest es schon.« Mein Herz stolpert. Eine Warnlampe geht an. Ich dachte, sie wären alle gekappt. »Lys?«

Er löst sich von mir, steht auf und geht zum Fenster.

Sofort wird mir frostig.

»Ella …«

»Du bist gar kein Patient, oder?«

Draußen muss etwas wahnsinnig Interessantes passieren, so wie er sich an dem Ausblick festbeißt.

»Doch«, sagt er leise, nachdem er die Sekunden hat verstreichen lassen, als müsse er Anlauf nehmen, »ich bin Patient. Aber vom Fach.«

»Also Therapeut.«

Es ist keine Frage mehr. Ich kralle mich an meiner Decke fest und habe trotzdem das Gefühl zu fallen.

Er stützt sich auf die Fensterbank und lehnt die Stirn an die Scheibe. »Ja. Nein. Ohne Approbation. Sie ist mir entzogen worden. Vorübergehend«, sagt er zur Wiese hinaus, als würde er Letzteres selbst nicht glauben.

Dazu gehört schon einiges. Das weiß ich, auch ohne Expertin zu sein. Wenn ich dazu in der Lage wäre, würde ich durch die Zähne pfeifen. Aber mir wird bloß schlecht. »Deshalb konntest du Danny händeln«, bringe ich gepresst hervor.

Endlich dreht Lysander sich zu mir um. Sein gequälter Blick bannt meine Augen. Ich bin mir nicht mehr sicher, ob ich wissen will, was dahintersteckt, und wende sie ab. Etwas in mir läuft Amok und verriegelt alle Eingänge.

Aber wenn ich jetzt komplett dichtmache, bin ich morgen mit Rottmann allein und diese Angst ist im Augenblick noch größer als die vor den Untiefen des Gewässers namens Lysander. Ich brauche einen Verbündeten in all diesem Wahnwitz und mir gegenüber hat er sich bisher nur menschlich gezeigt. Also muss ich es trennen, irgendwie, schon um meinetwillen. Und auch für Mascha und Susann. Egal, wie wund und betrogen ich mich gerade fühle.

»Und wann gedachtest du, deinen Wissensvorsprung mit mir zu teilen?«, frage ich, so gefasst es mir möglich ist.

Er räuspert sich. »Gestern war nicht der richtige Moment. Nach Danny und ...«

Nein, natürlich nicht. Dann hätte ich ihn wohl nie geküsst und jene Nacht wäre anders verlaufen. Das wissen wir beide. Doch für aufkeimende Reue ist das Timing gerade denkbar schlecht.

»Schon klar«, sage ich. »Und wie steht es mit *jetzt*?«

Er nickt und geht zum Sessel. Beschwichtigungen wagt er erst gar nicht. »Als Danny gestern diese Bemerkung machte, habe ich nicht gleich geschaltet. Ich wusste sofort, wovon er sprach, aber ich habe nicht kapiert, was es bedeutet. Erst in der Nacht wurde mir plötzlich klar, dass damit alles einen Sinn ergibt. Seitdem bin ich wie gelähmt. Wie konnte ich nur so blind sein?«

Mein Mitleid hält sich in Grenzen, aber sie weichen schon wieder auf. Er behandelt Danny wie einen Menschen. So jemand kann nicht grundschlecht sein. Trotzdem schweige ich und warte, sende ihm nur ein stummes »Weiter«. Seit meiner Recherche habe ich mir längst selbst zusammengereimt, was mit Mascha und Susann passiert sein könnte.

Aber jetzt ist *er* erst einmal dran, die Karten auf den Tisch zu legen. Ich will wissen, was er weiß und ob er zu dem gleichen Schluss gekommen ist.

Außerdem hat mein frisch gefasstes Vertrauen eben einen ordentlichen Knacks bekommen. Bevor ich etwas sage, will ich den Beweis, dass er mir nichts mehr verheimlicht.

Er sieht müde aus. Abwesend streicht sich über den schon wieder sichtbar werdenden Bartschatten, legt seine Hände auf die Sessellehnen und beginnt. Erst zögerlich, dann immer bestimmter, wie jemand, der einsieht, dass er keine Wahl hat. »Ketamin, die Substanz, oder ›Ketanest‹, worunter es als Medikament unter anderem firmiert, wird Patienten zu Narkosezwecken oder als

Schmerzmittel in Notfällen gespritzt. Es wirkt extrem schnell und erzeugt eine dissoziative Amnesie, was für Operationen oft sehr nützlich ist. Bewusstsein und Schmerzempfinden werden dabei im Handumdrehen ausgeschaltet. Gleichzeitig erhält es aber den Schluckreflex und regt Kreislauf und Atem an. Damit ist es das perfekte Betäubungsmittel. Fast.«

»Ja«, sage ich, ohne mir die Mühe zu geben, meine Ungeduld zu verbergen, »das habe ich bereits begriffen. Aber was weißt du über seine Verwendung als Antidepressivum?«

Lysander seufzt und streicht sich fahrig durchs Haar. »Wahrscheinlich nicht viel mehr als du inzwischen. Es gab da vor ein paar Jahren mal eine Studie. Die hast du wahrscheinlich gefunden. Ich bin nur durch Zufall darauf gestoßen, weil ich bei einem Patienten einfach nicht mehr weiterkam und nach Alternativen gesucht habe. Das National Institute of Mental Health im US-Bundesstaat Maryland hat damals knapp zwanzig Patienten mit schwerer bipolarer Depression getestet, die praktisch auf nichts anderes mehr angesprochen hatten. Teilweise sogar nicht einmal auf Elektroschocks, was wirklich der Weisheit letzter Schluss ist.«

»Weißt du auch noch, wie das Ergebnis ausfiel?« Ich spüre, wie ich bei jedem seiner Worte lauere und mich frage, ob der Verlust seiner Therapeutenzulassung mit diesem Thema zusammenhängt. Warum sonst mauert er so vehement, seit ich ihn kenne, und tut es selbst jetzt noch, wo wir uns nähergekommen sind?

»Ja, natürlich, so wie du auch. Es war unfassbar. Das Ketamin wurde bloß ein einziges Mal intravenös gespritzt und nach maximal zwei Stunden war die Depression bei den meisten Probanden wie weggepustet. Bei manchen hielt die Wirkung sogar über eine Woche an.«

Seine Worte schnüren mir den Hals zu. Als ich vorhin davon las, war mir, als wären meine Träume erhört worden. Wie oft habe ich mir schon gewünscht, es gäbe ein solches Wundermittel, das die Schwermut auf Knopfdruck beseitigt. In meiner Vorstellung hätte ich es ohne Zögern genommen. Doch jetzt kommt es mir vor wie der Albtraum schlechthin. Gewaltsam dränge ich die Angst beiseite. »Hältst du das für realistisch?«

Er wiegt den Kopf, als überlege er, was er mir sagen darf. »Ohne jetzt zu tief in die Hirnchemie einzusteigen: Ich halte es zumindest für möglich. Es gab in den USA mehrere Tests renommierter Forscher, die die Ergebnisse bestätigen konnten und nach Erklärungen suchten. Am plausibelsten ist offenbar die, dass schon die einmalige Gabe von Ketamin eine lang anhaltende Kettenreaktion in Gang setzen kann, bei der neue Nervenverbindungen entstehen oder beschädigte repariert werden.«

Was einem Meilenstein gleichkäme, denke ich unwillkürlich, wenn nicht ein jedes Ding zwei Seiten hätte. »Wenn ich das alles richtig verstehe, heißt das im Klartext: Es existiert ein hochwirksames Medikament, das schwer verzweifelte Menschen auf Anhieb aus ihrer Privathölle erlösen könnte. Bei mehrmaliger Gabe sehr wahrscheinlich sogar für immer. Aber sie kriegen es nicht.« Während ich das ausspreche, wächst mein Begreifen, wird der Schlund, in den ich blicke, immer größer. Ich spreche langsam, um zu fassen, was sich in meinem Kopf formiert. »Dabei ist der Bedarf doch sicher gigantisch.«

Lysander nickt nachdrücklich. »Global sogar. Depressionen entwickeln sich in allen Industrienationen zur Volkskrankheit Nummer eins. Die WHO spricht schon jetzt von einem gut zehnprozentigen Bevölkerungsanteil weltweit. Tendenz steigend. Fast die Hälfte ist behandlungsresistent. Und das sind nur die offiziell erfassten Fälle.« Er zögert kurz und setzt dann nach: »Mal ganz abgesehen davon, bei welchen psychischen Störungen es vielleicht sonst noch helfen könnte.«

Ich weiß nicht, ob er damit auf meine Situation anspielt, und reagiere aufgebrachter als ich will. »Aber das ist doch absolut grausam! Ich habe vorhin eine Statistik gefunden, nach der allein fast fünfzehn Prozent der schwer Depressiven sich irgendwann umbringen, weil sie es nicht mehr aushalten. Ohne Dunkelziffer!«

»Noch viel grausamer ist das, wenn du dir klarmachst, dass die verfügbaren Antidepressiva das Suizidrisiko zusätzlich steigern.«

»Wieso das?«

»Eben weil sie Wochen brauchen, bis sie vollständig greifen. Das Perverse daran ist, dass sie zuerst den Antrieb des Betroffenen wieder einschalten. Im schwarzen Loch sitzt er dann aber immer noch. Bloß hat er jetzt endlich die Energie, seinen Selbstmordplan in die Tat umzusetzen.«

Mir ist, als sähe er direkt in mein Hirn. Jetzt weiß ich, warum die Dinger mir so unsympathisch sind. Diese Mischung aus Aktionismus und Aussichtslosigkeit kommt mir unangenehm bekannt vor. Bislang gab es keine wirkliche Alternative.

Tausende ausgebrannter Leidensgenossen ziehen an meinem inneren Auge vorbei in die potenziell tödliche Depression. Ganze Volkswirtschaften ächzen unter den Milliardenverlusten der Arbeitsausfälle, wenn es stimmt, was die Online-Artikel behaupten. Und plötzlich zeigt sich für alle ein ungeahnter Ausweg aus diesem Teufelskreis.

Er hat nur einen Haken.

Und genau deswegen, so vermute ich, agiert Rottmann im Verborgenen. Sein Personal-Karussell sorgt schon dafür, dass niemand etwas mitbekommt. Wenn er Erfolg hat und die Lösung findet, die die Amerikaner bisher nicht haben, gehört der Schattenmarkt ihm. Seine Finanzprobleme wären damit Geschichte. Doch bisher misslang der Durchbruch aus gutem Grund.

»Aber trotz dieses unglaublichen Potenzials jubelt die Fachwelt nicht«, nehme ich den Faden wieder auf. »Und ich wette, kein Depressiver hat hierzulande je durch einen deiner Kollegen von dem hilfreichen Nebeneffekt dieses Wundermittels erfahren.«

»Nein.«

»Weit und breit scheint es außerdem keine einzige deutsche Teststudie dazu zu geben. Zumindest nicht offiziell. Warum nicht?« Ich will, dass Lysander endlich aus der Reserve kommt.

»Weil Ketamin mittlerweile als Straßendroge und K.-o.-Mittel kursiert und in der schmutzigen Ecke gelandet ist. Verbrannte Erde, nicht mehr gesellschaftsfähig«, sagt Lysander und fügt kaum hörbar hinzu: »Das ist das eine.«

An seinem angespannten Gesichtsausdruck sehe ich, dass er mit sich kämpft. Er hat lange vor mir von diesem anderen, viel entscheidenderen Aspekt gewusst und noch immer will er nicht damit herausrücken.

Obwohl mir die Wut bis in die Haarspitzen kriecht, ist es nicht meine Art, ihn vorzuführen. Außerdem registriere ich widerwillig, dass er mich jetzt, in seiner Zerrissenheit, noch mehr fasziniert als sowieso schon. Ich muss irgendwie schwachsinnig geworden sein, dass mein Begehren es schafft, meine Angst zu überrumpeln. Meine Ambivalenz treibt mich dazu, auf seine Verzögerungstaktik einzugehen und ihm noch einen Moment Zeit zu lassen, bevor ich vollends ausraste. »Du weißt selbst, wie mau das Argument ist«, höre ich mich sagen. »Der Ketamin-Gebrauch ist nach dem Betäubungsmittelgesetz nicht verboten.«

Der Artikel über »Special K« hat mich darauf gebracht. Nachdem die Polizei Pia mit dem Zeug geschnappt hatte, bekam sie zwar eine Anzeige, weil sie renitent war, nicht aber wegen der Pillen selbst. Weil der Besitz von Ketamin nach dem, was ich im Netz gefunden habe, nicht strafbar ist.

Lysander wechselt unruhig seine Sitzposition und schiebt sich eine Ferse unter den Hintern. Normalerweise mein Part. »Ja, schon. Da es auf der WHO-Liste unverzichtbarer Arzneimittel steht, wird es auch nicht so schnell auf den Index kommen. Es ist ja sogar in der Kinderheilkunde zugelassen. Aber genau das ist doch der Punkt. Wir sprechen hier von medizinischen Anwendungsgebieten, die lang etabliert sind. Und selbst die hängt keiner an die große Glocke. Warum wohl nicht?«

Vorschnell beantwortet er seine Frage selbst. »Eben weil Ketamin durch die Drogengeschichten längst zu negativ besetzt ist. Für den Einsatz als magischer Depressionskiller wird es in Deutschland keine Öffentlichkeit geben.«

Je offensichtlicher er mir ausweicht, desto weniger kann ich mich zähmen. »Du wiederholst dich. Die öffentliche Meinung positiv zu beeinflussen, ist doch außerdem bloß eine Frage guter Werbung. Das gilt im Übrigen für alle Substanzen. Nenn mir eine, die sich nicht missbrauchen ließe. Davon abgesehen macht doch die Dosis das Gift, oder nicht?«, entgegne ich ihm äußerlich ungerührt. Aber den scharfen Ton kann ich mir nicht mehr verkneifen.

Er sieht mich an, als hätte ich ihm einen Tritt in die Weichteile verpasst. Verdient hätte er ihn. »Okay. Du weißt es also schon. Hätte ich mir denken können.«

»Was?«, stelle ich auf stur.

»Warum Ketamin verschreibungspflichtig ist und die Einnahme nur unter ärztlicher Aufsicht erfolgen sollte.«

»Sag es mir trotzdem.«

Er sackt eine Spur tiefer in den Sessel und löst seine Augen von meinen. »Weil trotz der Tests niemand hundertprozentig genau weiß, was es mit dem Hirn macht. Vor allem nicht langfristig. Es hat Suchtpotenzial und heftige Nebenwirkungen, schon unterhalb der narkotisierenden Dosis: von Amnesie über Erbrechen und Halluzinationen bis hin zu Horrortrips und einer veränderten Wahrnehmung der eigenen Identität kann alles eintreten. Es gab auch schon Fälle schwerer Traumatisierung.«

»Und bei Überdosis kommt der Tod durch Atemstillstand«, ergänze ich zornig.

Vor meinem geistigen Auge spielen sich weiß Gott welche Szenarien ab, was Mascha und Susann möglicherweise durchlitten haben, nachdem Rottmann ihnen das Ketamin als angebliches Beruhigungsmittel gespritzt hat. Oder, was er anschließend mit ihnen gemacht haben mag, um seine heimlichen Tests und deren Scheitern zu vertuschen.

Lysander hat genau denselben Schluss gezogen und mich bewusst in des Schlächters Messer laufen lassen. Als geschulter Fachmann ist er es gewohnt, Menschen zu durchschauen und auf den Weg zu bringen. Jede unserer Begegnungen war ein vorsätzlicher Schritt in die gewünschte Richtung. Anziehung durch

Abstoßung. Und ich dachte, ich wäre immun gegen diese Art von Gefühlen.

Er sagt nichts mehr. Sieht mich nur an, mit einem schmalen Blick, den ich nicht deuten kann.

»Du gehst nicht allein«, äffe ich ihn nach. »Wir schaffen das zusammen.«

»Ich habe dich nicht ins Programm gezwungen. Es war deine freie Entscheidung.«

»Für die es sicher nicht schädlich war, meine Nähe zu suchen und letzte Nacht zutraulich zu werden.«

Er stöhnt leise auf. »So ist es nicht.«

»Wie ist es dann?«

»Das war nicht geplant. Ich hätte auch so gehofft, dass du mitmachst. Es geht doch hier um Menschenleben.«

»Gut, dass du mich dran erinnerst. Zufällig habe ich auch eins.« Ich kann mich nicht mehr halten. Mit einem Satz springe ich vom Bett und baue mich vor ihm auf. »Was ist dann der Grund?«

Er macht keine Anstalten zu antworten. Sitzt nur da und starrt durch mich hindurch.

»Warum hast du dich küssen lassen und bist bei mir geblieben, obwohl du wusstest, was mich erwartet?«

»Ich weiß es nicht«, sagt er tonlos.

Scheiß auf Morgen. Soeben entscheide ich, dass mir meine Haut wichtiger ist als die der Toten. »Verschwinde«, ist alles, was ich noch herausbringe.

Lysander erhebt sich wie ein alter Mann. Diesmal weicht er meinem Blick nicht aus. Als er vor mir steht und seine Hände hebt, fürchte ich, er will mich umarmen. Ohne ihn aus den Augen zu lassen, trete ich zwei Schritte zurück. Doch er fasst sich nur um den Hals, zieht sich das Lederband mit dem Amulett über den Kopf und legt es auf mein Sideboard. Der Anhänger stilisiert ein Auge aus filigran geschmiedetem Silber mit Augenbraue, Iris und zwei mir unbekannten Zeichen unterhalb der Tränendrüse.

»Das Horus-Auge ist eine ägyptische Hieroglyphe«, sagt er. »Es heilt und stärkt den, der es zu schätzen weiß, bringt ihm Glück und soll ihn vor dem bösen Blick beschützen. Wenn es dir noch möglich ist, lass dich davon begleiten. Egal, was du tust.«

»Ich werde sofort morgen abreisen«, werfe ich ihm an der Tür hinterher.

Sein Gesicht ist aschfahl, als er sich umdreht. Er senkt den Blick auf seine Narbe und nickt ihr zu, als hätte er damit gerechnet.

Kurz sieht es so aus, als wolle er noch etwas sagen. Doch dann drückt er die Klinke und geht.

Ich fühle mich wie tödlich angeschossen. Dabei war es nur das Klacken des Schlosses, das mich final verwundet hat. Noch immer stehe ich vor dem Sessel. Durch das Wasser in meinen Augen verschwimmt das Amulett auf der Ablage zu einem silbernen Brei. Wutentbrannt stürme ich darauf zu und schleudere es gegen die Tür, von wo es auf den Boden prallt und liegen bleibt wie ein verendetes Tier.

Das war's dann also, Commander. Ich verlasse das Raumschiff. Zeit zu packen.

Als ich versuche, die Koffer von der Hochebene runterzuholen, breche ich vollends in Tränen aus. Meine Zehenspitzen reichen nicht. Trotz des Stuhls, auf dem ich balanciere, komme ich nicht mal an die Griffe.

Mascha hat mir damals geholfen, das Gepäck dort oben zu verstauen. Sie kannte das Problem, weil sie genauso zu kurz war wie ich. Wir haben ihren Stuhl auf meinen gestapelt und während sie waghalsig hinaufgeklettert ist, hielt ich sie mitsamt dem Ensemble fest.

Die Erinnerung an diese Szene trifft mich mit voller Breitseite. Meine Beine werden schwach und ich knicke auf dem Stuhl ein wie unterm Schafott.

Gibt es etwas Feigeres, als einfach abzuhauen, und das immer wieder?

Bin ich Mascha nicht wenigstens den Versuch schuldig herauszufinden, ob mein Verdacht stimmt?

Gesetzt den Fall, Lysander hätte mich nicht manipuliert oder wäre überhaupt nicht existent, hätte es dann nach all dem, was ich selbst schon wusste, sobald ich aufgehört habe, die Zeichen zu ignorieren, überhaupt einen anderen Weg gegeben als den ins Programm?

Wäre ich nicht auch ohne ihn darauf gekommen und bereit gewesen, es zu wagen?

Und selbst wenn er der Impulsgeber war, stimmt es doch, was er sagt. Für meine Entscheidung bin ich selbst zuständig. Das kann ich ihm nicht zuschieben. Diesen Fehler habe ich schon bei Marty jahrelang gemacht. Insgeheim habe ich immer erwartet, dass er wiedergutmacht, was ich nicht mehr ertragen konnte, mich irgendwie aus dem Sumpf in ein besseres Leben rettet.

Lysander macht es sich allerdings genauso zu leicht, wenn er mir jetzt entgegenhält, dass ich mich dem Löwen aus freien Stücken in den Rachen werfen wollte, nur damit er selbst nicht vor sich verantworten muss, was dann passiert.

Immerhin hätte er mir sein Wissen am liebsten verschwiegen, um das zu erreichen. Mal ganz abgesehen davon, dass ich den wahren Antrieb für sein Tun noch immer nicht kenne. Aber welchen Sinn macht es dann, mir ständig seine Schulter anzubieten? Das ist doch paradox.

Wie festgeklebt hängt mein Blick an der Maserung des Schranks und erkennt doch kein Muster.

Ich strecke mich zum Boden und greife nach dem Amulett. Es wiegt schwer in meiner Hand. Mir ist, als blicke das Auge des Lichtgottes, das es verkörpern soll, mich allwissend an. Ich glaube nicht an solchen Quatsch. Aber trotzdem fesselt es mich mit seinem stechenden Blick, der in mich dringt und die Gewissensfrage stellt.

Darf man die Augen vor dem verschließen, was man gesehen hat?

Die Antwort ist mir längst bekannt: Man kann es gar nicht, wenn man danach noch aufrecht gehen will.

Ich gebe mir einen Ruck und zwinge mich hoch. Meine Beine sind vom Knien auf dem harten Stuhl eingeschlafen. Sie kribbeln wie nach tausend Nadelstichen und gehorchen mir kaum, als ich sie auf den Boden setze.

Unter dem mahnenden Knacken meines Kreuzes richte ich mich auf, schüttle die Beine aus und stopfe das Amulett in meine Jeanstasche.

So leicht kommen wir alle nicht davon.

Lysander öffnet die Tür mit einem Gesicht, als sähe er die sieben Weltwunder gleichzeitig. Ich feuere sofort.

»Du hast zehn Sekunden, bevor ich anfange zu schreien.« Meine Faust schwebt direkt vor meiner Nase. Ein gezielter Nachschlag und es gibt wieder eine Sauerei.

»Nicht nötig«, sagt er matt und lässt mich passieren, »ich hatte ja gehofft, dass du es dir anders überlegst.«

Jetzt pflanze *ich* mich in *seinen* Sessel und werde ihn nicht eher verlassen, bis ich weiß, wer er ist. »Was hast du davon, wenn ich draufgehe?«

Seine Gesichtszüge entgleisen. »Was redest du da?«

»*Ich* weiß jetzt, für wen ich es tue. Aber was hast *du* davon?«

Er geht zum Bord und gießt etwas in das Glas auf der Ablage. Seine Hüfte versperrt mir die Sicht.

»Hier.« Er hält es mir unter die Nase. »Du gehst nicht drauf. Rottmann wird dir Natriumchlorid geben. Wir tauschen die Spritze aus.«

Ich schnuppere an der Flüssigkeit. Sie riecht leicht salzig.

»Isotone Kochsalzlösung«, sagt er, »in dieser Menge ungefährlich. Und wir haben die andere Spritze als Beweismittel.«

Jetzt sehe ich die Glasflasche mit dem NaCl-Aufdruck auf dem Sideboard, Konzentration 0,9 %. Eine Spritze zum Aufziehen steckt bereits drin. Das gleiche Zeug steht zu Hause bei mir in der Wohnung, direkt neben den sterilen Kompressen. Täglich zweimal angefeuchtet an den Allerwertesten zu pappen. Beides habe ich bewusst vergessen, weil es sich wie gebrauchte Windel anfühlt.

Ich würde mich angesichts seiner guten Vorbereitung beeindruckt zeigen, wenn ich nicht innerlich am Siedepunkt wäre. Er ist scheinbar nicht bloß ein professionelles Manipulationstalent, sondern auch noch ein verkappter Magier. »Wo hast du das her?«

»Schwesternzimmer. Ich habe Agatha abgelenkt. War keine große Sache.«

Kann ich mir vorstellen. Mit *den* Augen. Schroff wische ich das aufkeimende Verlangen weg. An seine Vorzüge will ich jetzt als Allerletztes denken. »Dann bist du ja bestens präpariert. Aber du wirst keine Gelegenheit zu deiner Inszenierung haben, wenn du mir nicht verrätst, welche Rolle *du* in diesem Drama spielst.«

Er steht noch immer, aber seine gerade Haltung sackt in sich zusammen, als würde er sich im Raum auflösen wollen. »Es ist kein Spiel.«

Unschlüssig blickt er auf seine leeren Hände, wie um das zu belegen.

»Fangen wir damit an«, sage ich und deute erst auf seine Narbe, dann auf die nackten Füße.

»Es hängt alles miteinander zusammen«, antwortet er und holt hörbar Atem, ohne es weiter auszuführen. Dann wendet er sich ab und geht zum Nachttisch.

Während er die Schublade aufzieht, sehe ich mich um und ziehe die Luft so tief ein, als müsste ich den Rest der Nacht damit auskommen.

Einzig die Bettlampe wirft ein diffuses Licht in die aufziehende Dämmerung. Er hat ein braunes Baumwolltuch darübergehängt, was dem Zimmer eine heimelige Atmosphäre gibt. Wie im Schoß der Erde. Seltsamerweise riecht es hier auch ein bisschen metallisch, irgendwie nach fremdem Element. Ich kann nicht benennen, was mich daran verwirrt, und vergesse es auch sofort wieder, als er auf mich zukommt.

In der Narbenhand hält er ein Stück Papier. Erst als er sich zu meinen Füßen niederlässt, sehe ich, dass es ein Foto ist.

Er streckt es mir hin. »Valerie«, sagt er. Nur dieses eine Wort.

Es klingt wie ein Synonym für »Verhängnis«.

Sie ist schön. Im klassischen Sinn. Und sehr jung. Lange, naturblonde Haare fallen ihr ins Gesicht. Über den hohen Wangenknochen spannt sich makellos glatte Haut. Sie lacht. Ihre katzengrünen Augen blitzen. Es hat etwas Verschmitztes. Mit einer Spur zu viel Koketterie.

»Sie war meine Patientin.«

»Wieso *war*? Ist sie tot?«

»Nein. Aber ich habe mir oft gewünscht, sie wäre es.«

»Weil sie deine Geliebte ist?«

»Weil sie mein persönliches Waterloo verkörpert.« Er lässt die Beine ausgleiten und lehnt den Kopf an den Sessel, peinlichst darauf bedacht, mich dabei nicht zu berühren. »Weißt du, was ein Borderliner ist?«, fragt er und starrt an die Decke.

»Den einschlägigen Medien nach: ein Therapeuten-Killer.«

Er reißt den Kopf herum und sieht mich an, als hätte ich sein Herz gerammt.

»Ich musste mich mal für einen Artikel einlesen. Ist aber schon Jahre her«, sage ich beschwichtigend.

»Es sind Menschen auf Schleuderkurs«, sagt er bemüht sachlich, »wie ein ausgebrochener Porsche mit defekter Lenkung und dem Tacho am Anschlag. Sie schlingern auf der Bahn ihres Lebens dahin, können nicht bremsen, touchieren andere, versuchen zu korrigieren, rasen immer wieder gegen Hindernisse und wissen nie, *wann* sie gegen die Wand knallen. Manchmal schreien sie um Hilfe, nageln aber jeden platt, der ihnen die Hand reicht.«

»Oft begleitet von Selbstverletzungen, Verlassenheitsängsten, abgrundtiefer Leere, Ichverlust, Emotionschaos, ausgeprägtem Charisma und einem intelligenten, manipulativen Geist, ich weiß«, runde ich ab. »Kann man ihnen denn überhaupt helfen, wenn sie einen immer wieder wegbeißen?«

»Nur, wenn man es schafft, dass sie die Grenze respektieren.«

»Ihre eigene oder die des Therapeuten?«

»Beide.«

»Und das hat Valerie nicht getan.«

Lysander senkt den Kopf, wie ich es tue, wenn ich mich schäme. »Die Grenze war auf meiner Seite nicht definiert genug. Und weil ich das nicht erkannt habe, dachte ich, ich hätte alles im Griff. Sie drang über meinen blinden Fleck ein. Als hätte sie einen Radar dafür. Es fing ganz harmlos an und ich war meiner selbst viel zu sicher. Dabei hätte ich es besser wissen müssen.« Er springt auf, holt einen fast vollen Jim Beam aus dem Schrank und nimmt sofort einen kräftigen Schluck. »Du auch?«

Ich winke ab. Die Flasche noch in der Hand setzt er sich mir gegenüber auf den Boden, lehnt sich ans Bett und schließt kurz die Augen.

»Die Stunden verliefen, wie ich es erwartet hatte. Nicht einfach, aber angemessen im Rahmen des für Borderliner üblichen Nahkampfes mit sich und der Welt. Sie schien gute Fortschritte zu machen, gewann mehr Schlachten als sie verlor. Ich war zufrieden. Dann, eines Nachts, begannen die Anrufe. Sie hatte meine Geheimnummer ausfindig gemacht. Ein Kinderspiel, wenn der Vater ein hohes Tier in der Havixbecker Gemeindeverwaltung ist.«

»Du kommst aus Havixbeck?« Ich bin perplex. Deshalb also sein Verschlucker im »Velero« neulich. Der Ort mit seinen knapp 12.000 Seelen gilt als Schlafstadt von Münster und liegt kaum zwei Dutzend Kilometer von meiner Wohnung entfernt. Es ist ein halbes Jahr her, dass ich zum letzten Mal dort war. Danach hat meine ehemalige Studienkollegin Astrid es aufgegeben, mich Trauerkloß einzuladen.

»Zugezogen«, sagt Lysander. »Ich habe in Münster mein praktisches Jahr gemacht und Hannah kennen gelernt. Sie arbeitet als Logopädin am Klinikum. Wir haben anderthalb Jahre später geheiratet und ich bin geblieben, weil sie Havixbeck ihrer Familie wegen nicht verlassen wollte.«

Ich werfe einen Blick auf seine blanke Hand. Nur die Vertiefung verrät, dass dort einmal ein Ring gesteckt hat.

Er bemerkt es und schüttelt den Kopf. »Sie ist weg.«

»Und ursprünglich?«

Er wirkt dankbar, dass ich nicht weiter nach ihr frage. »Mal hier, mal da. Meine Eltern waren im diplomatischen Dienst. Als Kleinkind war der Umzug meine einzige Regelmäßigkeit. Danach habe ich, der Schule wegen, bei meiner Großmutter in Cadaqués gewohnt. Katalonien. Da bin ich auch geboren.«

Spanische Wurzeln also. Das erklärt die Haare.

»Kenn ich. Nette Gegend«, sage ich und erinnere mich an einen Campingurlaub in Sant Pere Pescador, als alles noch gut schien. »Aber du warst bei den Anrufen.«

»Ja.« Er setzt die erhobene Flasche ab, ohne zu trinken. »Ich habe nicht erkannt, dass sie vorhatte, meine Ehe zu zerstören. Zu dem Zeitpunkt glaubte ich wirklich noch, ihr zu helfen. Idiotisch, nicht?«

»Hoffnungslos idealistisch, würde ich sagen.«

»Hannah war natürlich nicht begeistert, dass ich anfangs jede Nacht aufgestanden bin, um eine aufgelöste Patientin zu beruhigen. Ich habe uns beiden immer wieder eingeredet, dass ich verantwortlich bin und mich um Valerie kümmern muss. Sie hat ständig vom Tod gesprochen, machte konkrete Pläne dafür. Das hat mich den Schlaf gekostet.«

»Wie alt war sie?«

»Fünfzehn. Früh entwickelt.«

»Ach du Scheiße.« Ich kann mir ausrechnen, was kommt.

»Irgendwann habe ich das Telefon ausgestöpselt und das Handy abgestellt. Danach stand sie nächtelang vor unserer Tür. Auf der anderen Straßenseite, ohne Regung. Spätestens da hätte ich abbrechen müssen, aber ich habe sie weiterbehandelt. Was für ein Irrsinn.« Er stellt den Whisky ab und vergräbt sein Gesicht in den Händen.

Obwohl sich alles in mir sträubt, kann ich mein Mitgefühl nur schlecht unterdrücken. Ich weiß nur zu gut, wie es ist, wenn jemand sehnsuchtsvoll im Schatten lauert und jede Bewegung verfolgt, die er erhaschen kann. Auch ich habe es nicht übers Herz gebracht, Marty von mir wegzuschreien.

»Das kann wohl niemand nachvollziehen«, spricht er weiter, »aber ich konnte nicht anders. Meine Großmutter war eine respektable und kluge Frau. Ich habe viel von ihr gelernt, was die Zerbrechlichkeit des Herzens angeht. Als ich in die Pubertät kam, nahm sie mich beiseite und sagte mir, dass mein Anblick die Aufgabe ist, der ich mich zu stellen habe. ›Wahrhaftig schön ist man nur innen‹, war das, was sie mir beibrachte. Und dass man der Welt etwas geben muss. Ich habe es wirklich versucht.«

Ich weiß sehr wohl, wovon er spricht. Schließlich *habe* ich kein Helfersyndrom, ich *bin* es. »Und dann?«

»Dann ist alles eskaliert und mein Leben ist mir um die Ohren geflogen. Ich bin komplett erledigt.«

Seine Hand streift kurz die Flasche und gleitet am Etikett entlang zum Boden. Es sieht beiläufig aus, aber ich spüre seinen Druck. »Jedes Mal, wenn sie in die Praxis kam, hatte sie weniger an und einen Blick drauf, der mir den Schweiß durch die Poren trieb. Ich habe versucht, mit ihr darüber zu reden. Sie blockte ab und ich habe das vorerst akzeptiert. Ein kapitaler Fehler. In unserer letzten Sitzung musste ich kurz raus, um ein Paket anzunehmen. Als ich zurückkam, war sie obenrum nackt.«

Ich rutsche vom Sessel, um auf seiner Augenhöhe zu sein.

»Ich habe ihr gesagt, dass ich so nicht weitermachen werde, und von ihr verlangt, sich sofort wieder anzuziehen. Da ist sie auf mich losgestürmt, hat mich umarmt und am Reißverschluss meiner Jeans rumgefummelt. Ihre Hände waren überall. Gleichzeitig hat sie geheult und gebettelt und versucht, mich zu küssen. Ich habe ohne Nachdenken reagiert, ihre Arme gepackt und sie zurückgestoßen. Zu grob im Affekt. Sie ist gestürzt und an die Stuhlkante geprallt. Die Platzwunde am Kopf hat sofort geblutet wie verrückt. Sie hat sich hochgerappelt, ihre Sachen gepackt und ist auf die Straße gerannt, blank wie sie war. Ich habe versucht, sie aufzuhalten, aber sie hat um sich getreten und nur noch geschrien: ›Du Schwein! Lass mich los, du perverse Sau!‹ Ich habe sofort die Polizei angerufen und dann ihre Eltern.«

»Und?«, frage ich wenig hoffnungsvoll.

Jetzt packt er die Flasche doch und setzt sie erst wieder ab, als er husten muss. »Selbst das haben sie mir zum Nachteil ausgelegt. Als Versuch der Einflussnahme. Valerie hat sofort behauptet, ich hätte sie wiederholt zum Sex gezwungen, sie angefasst, mir einen blasen lassen. Angeblich mit Liebesversprechen und Gewalt. Mein bisheriges Engagement wurde plötzlich von allen Seiten für auffällig übertrieben befunden. Man sicherte die Blutspur und fand Hautpartikel von mir unter ihren Fingernägeln, die sie mir in den Nacken gekrallt hatte, bevor ich sie wegstieß. Ihre Vagina war wund. Jungfrau war sie auch nicht mehr.« Er stockt.

»Aber ihre Eltern wussten doch von ihrer psychischen Störung. Wie konnten sie das einfach glauben?«

»Was denkst du wohl, warum sie Probleme hatte?« Sein Blick trifft mich ins Mark. »Erst in der Sitzung davor hat sie mir erzählt, dass sie ihr Drecksloch mit der elektrischen Zahnbürste putzt. Ihr Wort, nicht meins.«

»Oh nein.«

»Mehr nicht, nur das. Es kann auch ihr Bruder gewesen sein. Ich weiß es nicht. Das Jugendamt hat mich nur verlacht. Die Familie eines angesehenen Gemeinderats ist unantastbar. Sie hätte schon reden müssen.«

»Hat sie ja auch.«

»Ja, aber auf eine Art und Weise, bei der ich ihr nicht helfen konnte. Sie hat sich auf mich fixiert, wollte, dass ich sie rette, egal, was es kostet und ob sie mich damit vernichtet.«

Kann sie das?, überlege ich. In solchen Konstellationen ist der Beweis der Schuld mindestens ebenso schwer zu erbringen, wie der seiner Unschuld.

Ich frage mich, wie ich als Partnerin reagieren würde. »Was hat Hannah getan?« Ich kann es mir nicht verkneifen.

Lysander zuckt bei ihrem Namen zusammen. »Sie ist am gleichen Tag ausgezogen.«

»Was?«

»Bei ihr habe ich vom ersten Moment an unter Beobachtung gestanden. Sie hat immer wieder gesagt, dass sie nicht glauben kann, dass ein Mann wie ich treu ist. ›Zu viele Angebote‹, hat sie gesagt, ›so stark ist keiner‹, wenn sie wieder einen Blick gesehen hat, den ich nicht einmal wahrgenommen habe. Weil ich nur *sie* wollte. Sie dachte, sie sei nicht genug für mich. Vom Gegenteil habe ich sie nie überzeugen können, egal was ich tat.«

»Wie lange wart ihr zusammen?«

»Elf Jahre, kinderlos, ohne Absicht. Angeblich sind wir beide gesund. Gewesen.« Der Schmerz in seinen Augen ist nicht zu übersehen, als er das sagt.

»Wurdest du verurteilt?«

Er lacht auf. Es klingt trocken und bitter. »Bislang nur vom *gesunden Volksempfinden*. Das Verfahren läuft noch. Ein Gutachten schlägt das andere.«

Also ist noch nicht alles vorbei. Doch selbst bei einem Freispruch wegen verbleibender Zweifel wird sein Name ruiniert sein, der Makel für immer an ihm haften. Rufmord ist auch ein Tod. Schlimmer eigentlich, weil man damit leben muss.

Ich schiebe mich über das Parkett zu ihm rüber. Es ist wie ein Reflex, gegen den ich völlig machtlos bin. Auf Menschen, die mir ihre Kehle zeigen, muss ich einfach zugehen. Und ein Mann, der sensibel ist und seine Wunden so wenig verleugnet wie seine Lachfalten, rennt meine Festung ein. »Liebst du sie noch?«

»Ich weiß es nicht«, sagt er und streicht über seine Narbe, »aus dem Fleisch konnte ich sie mir jedenfalls nicht schneiden.«

»Und die nackten Füße?«

»Schuld und Erinnerung. Ich will den Schmerz spüren. Das hilft mir zu überleben.«

Plötzlich begreife ich etwas. »Und wenn du Mascha und Susann rächen kannst, hast du deine Schuld getilgt?«

Lysander schließt die Augen. Sie glänzen, als er sie kurz darauf öffnet, aber er drückt die Tränen gewaltsam weg. »Ich weiß mir nicht mehr anders zu helfen.«

Mir geht es genauso. Ich bin so ohne Trost, dass es körperlich schmerzt. Ist Überleben-Wollen denn so vermessen?

Jetzt wird mir auch klar, warum er gestern behauptet hat, dass unser Wort gegen Rottmanns ohnehin nicht zählt. Und dass, obwohl er selbst als Therapeut mit Valerie das genaue Gegenteil erfahren hat. Er wollte mich unbedingt davon abhalten, die Polizei einzuweihen. Wenn Coordes den Fall vor uns klärt, verliert er seine Chance auf Wiedergutmachung.

Meine Wut auf ihn verblasst wie unsere kleine Erdenmurmel in der Schwärze des Universums.

Wie er so dasitzt, will ich nur noch eins: ihn spüren.

Ich stehe auf und strecke ihm meine Hand hin.

Er zögert und blinzelt, als könne er nicht glauben, was er sieht.

»Komm hoch.«

Langsam erhebt er sich.

Wir stehen uns gegenüber wie in einer Blase ohne Zeit. Es gibt nur noch das Jetzt. Unsere Augen, die sich ineinander verschränken. Zwei Körper, die sich zwangsläufig aufeinander zubewegen wie von einer Kraft gezogen, die stärker ist als jeder Magnet.

Ein Schritt auf jeder Seite.

Diesmal ist es anders, als er seine Arme um mich schließt und ich die Berührung erwidere. Wir sind Ertrinkende, die keinen Halt mehr suchen, sondern nur noch diese eine bewusste Sekunde vor der inneren Dunkelheit fliehen. Unser stummes Einverständnis braucht keine Worte mehr.

Für den Bruchteil einer Sekunde blitzt Martys Gesicht vor mir auf. Dann zerfällt es.

Vorsichtig ziehe ich Lysander das Shirt aus der Jeans über den Kopf und fahre durch sein strubbliges Haar, ohne den Blick von diesem abgrundtiefen Blau zu wenden, in dem sich etwas löst.

Meine Augen erlauben ihm, das Gleiche zu tun, und er antwortet mit sanften Fingern, die mich bald entblößt haben.

Streichelnd und zerrend legen wir Zug um Zug den Rest frei und pressen unsere nackten Körper gegeneinander.

Die Wärme ist überwältigend. Die Härte, die meine Scham berührt, auch.

Ich tauche meine Nase in die weiche Vertiefung über seinem Brustbein und atme ihn ein. Er duftet, als habe er die Sonne der letzen Tage gespeichert, vermischt mit einem Hauch von frisch geschnittenem Sellerie, eine dezente Würze, die mich ins Taumeln bringt.

Unwillkürlich schließe ich die Augen, unsere Lippen treffen sich auch blind. Seine Zunge schmeckt süß und klebrig vom Whisky, ihre Berührung elektrisiert mich bis in die Zehenspitzen.

Behutsam löst er sich aus der Umarmung und schließt die Vorhänge vor der sich ausbreitenden Nacht. Wie in einem synchronen Tanz bewegen wir uns küssend zum Bett, die Hände an unseren Körpern, tastend, suchend, die Gegenwart des anderen begreifend.

Ich drücke ihn zart auf das Laken und fahre mit meinen Fingerspitzen über jeden Millimeter seiner olivfarbenen, glatten Haut, ohne fassen zu können, wie geschmeidig sie ist. Er erwidert es mit leisem Stöhnen, das mir ein Kribbeln in den Nacken treibt und mich fast wahnsinnig macht vor lauter Sehnsucht, mich mit ihm zu verbinden.

Ich küsse mich von den Füßen hoch in seine Mitte, die ich liebkose, bis ich es nicht mehr aushalte. Doch bevor ich mich auf ihn setzen kann, stoppt er mich und zwingt mich in einer sanften Umarmung auf den Rücken.

Mit seiner Zunge erkundet er mich wie einen fremden Kontinent, spürt jeden verborgenen Winkel auf und kehrt immer wieder zu meinen Knospen zurück, die er mal zärtlich, mal fest massiert. Ich will schreien vor Lust, doch er weiß es mit einem Kuss zu verhindern, der mich atemlos macht.

Einen Moment des Innehaltens sieht er mich an und ich nicke. Ohne uns aus den Augen zu lassen, gleiten wir ineinander, so als wollten wir, jeder für sich, uns diesen Moment unter die Haut brennen.

Es fühlt sich an wie Nach-Hause-Kommen. Keine Schmerzen mehr.

Tränen sammeln sich in meinen Augenwinkeln, bis sie überquellen und mir mit einer heißen Spur ins Ohr laufen.

Ich halte ihn, befühle seine Wangen, seine Schultern, seinen festen Hintern, während wir uns bewegen, als trügen wir eine jahrtausendealte Choreografie im Herzen, deren Melodie nur wir beide kennen.

Seine Hände sind in meinem Haar vergraben, umfassen meinen Kopf wie ein kostbares Gefäß. Immer wieder verharrt er, atmet heiß an meinem Hals, küsst meine Tränen weg und beginnt von vorn, bis er spürt, dass ich nicht mehr warten kann.

Dann lassen wir beide los und ich kann nicht beschreiben, was passiert, weil ich dafür keine Sprache habe. Ich fühle mich wie eine Kreatur ohne Grenzen, bin bloß noch Instinkt, atme, röchle und spüre das Leben von seinem Körper in meinen strömen. Es ist mir recht. Alles ist an einem Punkt, die Welt sind wir, der Rest hat sich aufgelöst und auch das Morgen.

In dem Licht, das über mich hinwegfließt, spüre ich Lysander beben, fühle seine alles bedeckende Gänsehaut und höre benommen gutturale Laute, die von uns stammen müssen, weil hier sonst niemand ist.

10. Kapitel

Mittwoch, 22. Juni

Ich wache auf wie nach der Nacht zuvor und glaube an ein Déjà vu. Doch ist es anders als gestern Morgen. Ganz ohne Wundern und Fremdeln. Die Sonne erhebt sich eben und Lysanders Hand liegt warm auf meiner Brust. Das Gefühl ist vertraut, als hätte es schon immer in meinen Zellen geschlummert, um jetzt geweckt zu werden.

Sofort fängt mein Blut an zu rauschen. Er beobachtet mich und ich spüre ihn. Schlaftrunken drehe ich mich um und bade in seinen Augen.

Als würde er mich damit an sich ziehen, krieche ich wie ein müdes Tier über ihn und nehme ihn auf. Es ist ein zärtliches, leises Überkommen, so nährend und selbstverständlich wie das Atmen. Erst danach sind wir beide bereit, die Dinge zuzulassen, die wir bereden müssen.

Lysander beginnt und es klingt, als wäre seine Stimme über Nacht eingerostet. »Wann musst du zu ihm?«

Kein »Wer bist du?« und »Wohin gehst du am Ende?« Ich bin erleichtert, denn darauf habe ich keine Antworten.

»Punkt zehn.«

»Und wann kommt er mit der Spritze?«

»Zur Nacht, hat er gesagt.«

Lysander räuspert sich. »Gut. Das lässt uns genügend Zeit, alles vorzubereiten.«

Er meint den Dummy mit der Kochsalzlösung.

»Aber wie soll ich die Spritze denn austauschen?«

»Gleich nachdem er sie angesetzt hat, hältst du sie fest und täuschst eine Panikattacke vor. Kannst du das?«

Ich nicke bloß. Mir wird unbehaglich.

»Dann bittest du ihn, dir ein Glas Leitungswasser aus dem Bad zu holen. Sobald er weg ist, ziehst du sie raus und reichst sie mir unters Bett.«

Skeptisch lüpfe ich meine Augenbrauen. »Da sieht er dich doch sofort.«

»Nicht, wenn wir die Wolldecke davorlegen.«

Mir bleibt nichts als ein Naserümpfen. Sobald wir auffliegen, ist sowieso alles vorbei. »Und wenn es nicht klappt? Ich meine, was, wenn er mir die Spritze rauszieht und wieder an sich nimmt?«

»Es wird klappen. Er hält sich für gottgleich. Deine Frechheit, ihn zum Wasserträger zu machen, wird ihn so ärgern, dass er dir die Angst gönnt.«

Ich versuche, mir Rottmanns Reaktion vorzustellen. An der Variante könnte was dran sein.

»Die Spritze mit dem Kochsalz liegt dann schon unter deinem Kissen«, fährt Lysander fort. »Die Lösung ist genauso farblos wie das Ketamin. Er wird es nicht bemerken.«

»Höchstens an der Dosierung. Wir wissen doch nicht, wie viel Mister Gott jeweils spritzt.«

Er überlegt kurz. »In den Tests waren die Gaben sehr moderat, weit unterhalb der Narkosedosis und die orientiert sich am Körpergewicht. Ich vermute, dass Rottmann deutlich mehr verabreicht.«

Da komme ich nicht mit. »Weshalb?«

Als ich sehe, wie Lysander sich unter der Frage windet, weiß ich die Antwort selbst. »Natürlich! Irgendwas ist bei Mascha und Susann ja schief gelaufen.« Sofort rücke ich von ihm ab und richte mich auf. Meine Nacktheit kommt mir auf einmal schutzlos vor.

»Es *kann* an einer Überdosierung gelegen haben. Muss aber nicht«, versucht Lysander die Situation zu retten.

»Wie wahrscheinlich ist das denn? Immerhin hat er versucht, etwas Gravierendes zu vertuschen. Umsonst bringt man wohl niemanden um!«

»Ja, aber bitte beruhig dich, Ella. Bei manchen muss es problemlos funktioniert haben.«

Ich verstehe nichts und sage ihm das auch.

»Hast du Schwimmkurse?«, fragt er mich und greift nach meiner Hand, die ich ihm entzogen habe.

»Ja, aber was soll das heißen?«, bocke ich, bis plötzlich eine Erinnerung an die Oberfläche drängt, wie vor einer Woche das Pflaster meiner Mitschwimmerin auf mich zutrieb. »Das kann genauso gut von der Blutentnahme stammen«, wende ich ein.

»Mag sein«, sagt er gedämpft. »Aber erstens kriegst du Kochsalzlösung und zweitens bin ich bei dir.«

Er richtet sich auf und zieht mich in seine Arme. Ich lasse es zu. Sein Kuss ist wie Regen nach Jahren der Dürre und schwemmt mich zurück in den Schoß der Nacht.

Was danach auch immer kommen mag: Ich bin längst zu weit gegangen. Aus dem Nichts ins Nirgendwo. Die Frage, ob ich bei meinem »Ja« bleibe, hängt dazwischen wie beißende Gülle.

Abrupt entwinde ich mich Lysander und stehe auf.

Sein Blick brennt sich unter meine Haut.

Ich schlucke hart. Es fühlt sich an, als hätte ich Glasscherben im Hals. Wenn ich das hier überstehe, kann mich nichts mehr schrecken. »Okay. Ich tu's.«

Geschäftig raffe ich mein Zeug zusammen. Ich muss in mein Zimmer, bevor die Klinik erwacht und ich es mir doch noch anders überlege.

Lysander schält sich unter der Decke hervor und geht zum Sideboard. Im Gegenlicht des Morgens schimmern die feinen Härchen auf seiner Haut wie Silberfädchen. Der Drang, diesen nackten Körper noch einmal zu fühlen, ist fast übermächtig. Aber ich wende mich ab und streife mir hastig die Klamotten über.

Hinter mir höre ich ihn rascheln.

Als ich mich ein letztes Mal umdrehe, reicht er mir mit ausgestrecktem Arm eine kleine weiße Plastiktüte.

»Versteck es schon mal«, sagt er. »Wir ziehen es nachher auf.«

Ich nehme die Kochsalzlösung mit spitzen Fingern entgegen und bewege mich langsam rückwärts.

An der Art, wie er mich dabei ansieht, weiß ich, dass wir einen Pakt geschlossen haben.

Wir retten uns gegenseitig. Das Leben oder etwas anderes.

Eine Schlachtbank ist nichts dagegen. Ich sitze vor Rottmann und fühle mich, als würde er mir mit seinen Pianistenfingern das Gedärm aus dem Leib puhlen. Seit einer Dreiviertelstunde triezt er mich bis aufs Blut. Meine Nase ist schon so geschwollen, dass ich nach Luft nur noch japsen kann. Um mich herum liegen zwei Pakete Taschentücher in schleimverklebten Knäueln verstreut. Mehr hatte ich nicht dabei und er kommt mir zum Verrecken nicht zu Hilfe. Im Gegenteil.

»Bitte, bitte, hab mich doch lieb«, jault er mich gekünstelt an. »Das ist es doch, was Sie jedem mit Ihrer ganzen Art entgegenschreien. Anpassung bis zur Selbstverleugnung. Beflissenheit in jeder Handlung. Ich leiste, was du von mir willst, also bin ich. Erbettelte Existenzberechtigung, nenne ich sowas! Aber wissen Sie was? Sie haben keine! Sie sind nämlich ein arschkriechendes Nichts!«

»Wie können Sie es wagen, so mit mir zu reden?« Ich will ihn anbrüllen, versage aber kläglich. Mein Plan, ihn über meine wahre Bedrängnis im Unklaren zulassen und ihm eine zurechtgebastelte Lebensgeschichte zu servieren, ist lächerlich schnell in die Binsen gegangen. Er hat mich sofort am Wickel gehabt und seziert. Was für eine Anmaßung, seinen Genius täuschen zu wollen. Natürlich hat er meine Akte studiert. Und offenbar hat er sich noch ein paar Zusatzinformationen verschafft, die ich Schefer wohlweislich verschwiegen hatte.

»Wie ich das wagen kann? Ganz einfach: weil ich Ihre Biographie gefressen habe. Eine wie Tausende. Sie scheitern immer am gleichen Loch. Statt drüberzuspringen, stürzen Sie sich lemmingmäßig rein. Bloß nicht erwachsen werden, lieber in der Vergangenheit kleben und die bösen Eltern für jede Scheiße verantwortlich machen, die Ihnen passiert. Zum Kotzen ist das.«

»Sie wissen doch gar nichts!«

»Nein, *Sie* wissen nichts, obwohl sie angeblich ein Gehirn haben. Ist das schon mal geprüft worden?«

Mir bleibt der letzte Rest Luft weg. Er weiß genau, wo die Wunden sind, und brettert gnadenlos rein.

»Zum Denken Gehirn einschalten«, dann »Schick 'nen Doofen und geh selbst« und schließlich »Ein bisschen doof ist niedlich« waren Lieblingssprüche in meiner Familie, wenn ich mal wieder völlig überfordert war und nicht begriff, was man von mir wollte. Mein ganzes Leben lang schon fühle ich mich beschämt wie ein ängstliches Kind ohne Taschenlampe im schummrigen Keller. Trotz aller Anstrengung habe ich nie gefunden, was ich sollte. Woraufhin man mir jede Anerkennung versagte – berechtigterweise wie ich annahm – und ich mich weiterhin auf dem sozialen Schlachtfeld zerriss bis zum …

Wie zur Bestätigung durchzuckt mich ein heißer Schmerz im Darm. Gestern Nacht habe ich ihn vollkommen vergessen, aber jetzt ist da unten wahrscheinlich alles voller Blut. Gleich wird es sich auf der Sitzfläche ausbreiten und zur Genugtuung des Generals zu sehen sein.

Ein zaghaftes Klopfen unterbricht uns. Der Kopf von Rottmanns Sekretärin erscheint im Spalt der Tür zum Nebenzimmer. »Die Herrschaften von der Polizei wären jetzt da«, sagt sie, als erwarte sie ein Wurfgeschoss. Störungen muss er wirklich hassen.

»Halbe Minute«, antwortet er und wendet sich mir wieder zu. »Wir machen morgen weiter«, droht er wie der Reiter der Apokalypse. »Heute um dreiundzwanzig Uhr erhalten Sie das Beruhigungsmittel. Alkohol ist tabu, sonst war's das.«

Ich wage kaum aufzustehen und drücke mich vorsichtig aus dem Stuhl hoch. Er ist unbefleckt.

Während Rottmann sich in seinen Chefsessel verzieht und eine Handbewegung in meine Richtung macht, als wäre ich eine Fliege, sammle ich meine Rotzfahnen ein und verschwinde zur Vorzimmertür.

»Nicht da raus«, blökt er mich an und deutet auf die andere. Kaum bin ich draußen auf dem Gang, höre ich die zackige Stimme von Coordes, der ich in meinem Zustand offenbar nicht hatte begegnen sollen.

Geistesgegenwärtig wende ich mich zum Bewegungsraum. Zu meinem Entsetzen ist er noch immer verschlossen, alles Rütteln hilft nichts.

Das Kribbeln in meinem Bauch wird drängend. Ich muss wissen, was die Kommissarin Rottmann zu sagen hat. Ratlos starre ich das Türblatt an, als könnte ich mit meinen Augen ein Loch hineinbrennen.

Los, lass dir was einfallen, treibe ich mich an. Aber auch das ist altbekannt: Nach einer Heißmangel streikt mein Gehirn zuverlässig.

»Order vom Chef«, höre ich Seitz plötzlich hinter mir. »Für seine Sitzungen braucht er mehr Ruhe hier oben. Deshalb ist die Tanztherapie auf später verlegt. Sie haben sich bestimmt im Plan vertan.«

Als ich mich umdrehe, wird sein Ausdruck betroffen.

»Ist sowieso besser, wenn Sie sich jetzt erst mal ein bisschen hinlegen. Hm?« Seine Hand landet weich auf meinem Scheitel. »Muss leider los, die Angstgruppe wartet. Bin schon spät dran.«

Er lächelt entschuldigend, streicht mir kurz übers Haar und eilt davon. Je weiter er sich entfernt, desto klarer kristallisiert sich in mir plötzlich eine zündende Idee.

Bevor ich eintrete, lese ich zum ersten Mal bewusst das Schild neben der Tür. Rottmanns Vorzimmerfrau heißt also Anke Alteflor. Das passt. Sie sieht auch aus wie leicht angestaubtes Gewebe. Geduckt, gewissenhaft und dienstbar wartet sie unaufdringlich im Schattenwurf ihres Meisters auf die Erweckung.

Sie gibt gerade einen Behälter in die Rohrpost und schwenkt herum, als sie mich hört. Ich bin erstaunt, dass es ein solch unsicheres Postbeförderungssystem heute noch gibt. Immerhin können auf diesem Wege wichtige Inhalte verschwinden, wenn ein anderer als der erwartete Empfänger die Sendung entgegennimmt. Vor etlichen Jahren arbeitete ich mal in einem Verlag, dessen Inhaber darauf schwor, seine strategischen Dokumente von Hand zu verfassen und mit dem hauseigenen Rohrpostsystem zu versenden. Ihm kam auf diese Weise eine vertrauliche Expansionsplanung abhanden, da sich nie ermitteln ließ, wer damals seine langen Finger in den Empfangsschacht gesteckt hatte. Aber im Grunde passt diese Form von Anachronismus ganz ausgezeichnet zum Geheimniskrämer Rottmann, der mit Rita Kalo und Anke Alteflor garantiert auf zwei bedingungslos verschwiegene Untergebene zählen kann.

Letztere blickt mich gerade mit kraus gezogener Nase an. »Was kann ich –?«

»Pschhht.« Ich lege meinen Finger an die Lippen, mache ein konspiratives Gesicht und sehe mich um, als würde ich verfolgt. Dann trete ich ganz nah vor ihren Schreibtisch und beuge mich zu ihr hinab. »Kann er uns hören?«, frage ich flüsternd, deute zur Verbindungstür und auf ihre Gegensprechanlage.

»Nein«, flüstert sie automatisch zurück. »Ist kaputt. Außerdem hat er gerade eine wichtige Besprechung.«

Als wüsste ich das nicht. »Gut«, sage ich, »Seitz will nämlich mit Ihnen reden. Was ziemlich Dringendes, glaub ich.«

»Mit mir?« Zweifelnd sieht sie mich an. »Wieso kommt er dann nicht einfach selbst? Oder ruft an?«

»Weil *er* es nicht mitkriegen soll.« Mein Kinn schwenkt wieder zur Tür. »Es gibt wohl ein Problem, dass er nur mit Ihnen besprechen kann«, fahre ich fort. »Weil Sie so integriert sind, hat er gesagt. Sie wissen schon.«

»Integer«, hilft sie mir geschmeichelt auf die Sprünge.

Ich nicke bekräftigend. »Er wartet draußen im Park auf Sie. An der letzten Bank vor dem Strandaufgang. Da kann niemand mithören.«

»Was denn? Jetzt gleich?«

»Ja, sofort. Es eilt wohl sehr.«

Anke Alteflor mustert mich einen Augenblick. Ich an ihrer Stelle würde mich jetzt fragen, ob ich vernatzt werde und warum Seitz ausgerechnet diese Psychotante zu mir schickt. Aber ich bete, dass sie dafür gerade zu berauscht ist. Immerhin will ihr heimlicher Schwarm sie sprechen. Und zwar nur sie allein. Trotzdem setze ich noch einen drauf. Hoffentlich trügt meine Antenne mich nicht.

»Ich glaube, es geht um Ihre gemeinsame Zukunft.«

Wie auf ein Stichwort springt sie auf. Sie ist so sichtbar gespannt, dass sie mich völlig vergisst und aus dem Büro hetzt, ohne mich rauszuschmeißen und ordentlich abzuschließen.

Royal Flush. Das ist das erste Pokerspiel ohne Karten, das ich gewonnen habe.

Sie wird lang genug weg sein. Von hier bis zum Außenposten des Klinikgeländes braucht sie mindestens sieben Minuten. Das Gleiche nochmal zurück, es sei denn, sie rennt. Aber bis sie erkennt, dass sie reingefallen ist und zurückgestürmt kommt, bin ich sowieso längst über alle Berge.

Lautlos schleiche ich zur Verbindungstür und hocke mich nieder. Durch den knapp fingerbreiten Spalt überm Boden kann ich außer Füßen zwar nichts sehen, dafür aber umso besser lauschen.

Ich höre Papier rascheln und weiß wenige Minuten später, dass ich mich noch genau rechtzeitig auf meinen Grips besonnen habe.

»Gut«, sagt Deike Coordes. »Der Reihe nach.« Ihr Tonfall hat die Schärfe von spitz geschliffenem Glas. Ich forme mit meiner Hand einen Trichter und schiebe mein Ohr noch näher an den Schlitz unter der Tür. Wenn es zur Einleitung ein höfliches Vorgeplänkel zwischen ihr und Rottmann gegeben haben sollte, ist das jetzt eindeutig vorbei.

»Auf den ersten Blick scheint die Ursache für Mascha Holms Tod unzweifelhaft zu sein. Ihr Körper weist bis auf die Einschnitte an den Unterarmen keinerlei Verletzungen auf«, zitiert die Hauptkommissarin das Obduktionsergebnis und ich kann kaum fassen, dass ich mit meiner Weigerung, hübsch artig nach Rottmanns Regeln zu spielen, diesmal auf die Butterseite gefallen bin.

»Links ist der Schnitt so tief, dass sie die Arterie getroffen hat, rechts nur die Vene. In Verbindung mit der Tatsache, dass man die Schere in ihrer linken Hand gefunden hat, spricht das dafür, dass sie Rechtshänderin war.«

Mir ist sofort klar, worauf die Kommissarin anspielt. Die meisten Menschen benutzen automatisch ihre dominante Hand zuerst, egal für welche Verrichtung. Wenn man davon ausgeht, dass dies bei Mascha die rechte Hand war, ist es logisch, dass der Schnitt am linken Arm tiefer ist.

Mascha war aber Linkshänderin. In der Maltherapie konnte das jeder sehen, der sie beim Tagebuchschreiben und Zeichnen beobachtete. Ich bin überrascht, dass die Polizei davon keine Ahnung hat. Oder kommt da noch was?

»Allerdings hat sie fast zeitglich das Atmen eingestellt. Unfreiwillig, wie Sie sich denken können«, fährt Coordes fort und mir ist, als habe ich soeben in eine Steckdose gefasst. »Ursache war nach Erkenntnis unserer Experten in der Oldenburger Rechtsmedizin eine vorhergehende Atemdepression, also das kontinuierliche Absinken der Atemzüge bis hin zum völligen Stillstand.« In der Pause, die sie danach macht, versuche ich, mein Zittern wieder unter Kontrolle zu bringen. »Sie wissen, was das bedeutet.«

»Natürlich«, bestätigt Rottmann ohne jede erkennbare Emotion in der Stimme. »Fortschreitenden Sauerstoffmangel und verminderte Organfunktionen. Mit anderen Worten: wachsende Benebelung und Abschaltung der Systeme. Wie schnell das vonstattengeht, ist eine Frage der individuellen Konstitution.«

»So ist es«, pflichtet die Kommissarin ihm bei. »Nun war Mascha Holm zwar relativ jung und fit, was vermuten lässt, dass es eine Weile gedauert hat, bis sie vollständig abgetreten ist. Trotzdem mutet es höchst unwahrscheinlich an, dass sie in diesem Zustand permanent sinkender Sauerstoffversorgung noch in der Lage gewesen sein soll, sich die Pulsadern so lehrbuchmäßig sauber aufzuschneiden, als hätte sie ein Lineal angelegt.«

Einem sinnfreien Schutzreflex folgend halte ich mir beide Ohren zu, als könnte ich damit auch meine innere Stimme zum Schweigen bringen. Doch die hat mir längst geflüstert, was ich noch immer nicht wahrhaben will: Bei Maschas »Selbstmord« hat jemand nachgeholfen. Und dabei leichtes Spiel gehabt, denn mit zunehmender Benommenheit wird sie kaum mehr in der Lage gewesen sein, sich zu wehren.

»... müssen wir davon ausgehen, dass noch eine weitere Person beteiligt war, zumal unsere Rechtsmediziner auch den Auslöser für die Apnoe gefunden haben«, feuert die Coordes mein Entsetzen weiter an, als ich mich besinne und endlich wieder die Hände von den Ohren nehme.

»Mascha Holm hatte nämlich ein Substanzgemisch im Körper, das allein schon tödlich war.«

»Ach«, sagt Rottmann. »Und welches, wenn ich fragen darf?«

»Das«, entgegnet die Kommissarin wie beiläufig, »möchten wir jetzt gern von Ihnen wissen.«

Rottmann gibt einen belustigten Laut von sich. »Mit anderen Worten: Sie haben etwas gefunden, können es aber nicht identifizieren. Wie kommen Sie darauf, dass ausgerechnet ich Ihnen da weiterhelfen kann?«

»Sagen wir mal, die Substanzen konnten noch nicht eindeutig bestimmt werden«, ignoriert Coordes seine taktlose Unverfrorenheit. »Die entnommenen Gewebe-, Blut- und Urin-Proben liegen der Toxikologie jedoch bereits vor. Bis wir das Ergebnis haben, ist es also nur eine Frage der Zeit. Allerdings nahm ich an, es läge auch in Ihrem Interesse, die Ermittlungen zu beschleunigen, Doktor Rottmann.«

So schneidend, wie das klingt, liegt es in der Luft, dass sie ihn am liebsten mit härteren Bandagen angehen würde. Aber offenbar hat sie nichts in der Hand.

»Haben Sie diese …«, Rottmann genießt dieses Machtspiel offensichtlich, »dubiosen Substanzen denn auch bei Frau Mayfeldt gefunden?«

»Ihr Material wird ebenfalls gerade untersucht.«

»Also nicht. Mir ist ohnehin schleierhaft, wo Sie da eine Verbindung sehen. Frau Mayfeldt ist meines Wissens doch ziemlich eindeutig ertrunken. Oder etwa nicht?«

»Es stimmt, dass sie bei der Bergung noch Reste von Schaumpilz vor Mund und Nase hatte –«

»Der doch wohl typischerweise im Krampfstadium durch die Vermischung von Luft, Wasser und Bronchialsekret entsteht«, fällt Rottmann ihr harsch ins Wort. »Und, lassen Sie mich raten. Sie haben doch sicher auch Waschhaut an Händen und Füßen gefunden und festgestellt, dass ihre Lunge aufgebläht war. So wie ich es gelernt habe, weisen diese Merkmale allesamt auf Tod durch Ertrinken hin.«

»Das ist korrekt«, gibt die Kommissarin ungewohnt großzügig zu.

»Wobei auch hier der Atemstillstand das Finale bildet.«

»Eben«, sagt Coordes. Dem festen Ton nach hat sie ein bestimmtes Szenario vor Augen.

»Wenngleich er sich bis zum Eintritt einige qualvolle Minuten Zeit lässt. Ist also nicht gerade die netteste Methode, um aus dem Leben zu scheiden«, redet Rottmann dennoch weiter, als habe sie nichts gesagt. »Wer kurz und schmerzlos abtreten will, nimmt klugerweise den Strick und sieht zu, dass er sich das Genick bricht. Geht schneller.«

»Was wollen Sie damit sagen?«, mischt Coordes Assistent Albers sich zum ersten Mal ein.

Stimmt, da sind vier Füße vorm Schreibtisch. Erst jetzt wird mir klar, dass ein Paar davon natürlich nicht vom Klinikleiter stammt. Der nutzt den wuchtigen Tisch garantiert für seine »Ich König, du Lakai«-Clownerei. Anstelle der Kommissarin würde ich auch nicht allein mit Rottmann sprechen, wenn ich die Wahl hätte. Schon wegen der psychologischen Botschaft, dass zwei mehr sind als einer.

»Damit will ich sagen, dass bei Frau Mayfeldt alles kinderleicht gehen musste. Sie hätte sich niemals mehr Schmerz angetan als unbedingt nötig. Wenn sie sich hätte umbringen wollen, dann hätte sie ein anderes Mittel gewählt als leidvolles Ertrinken. Ergo muss es ein Unfall gewesen sein.«

Obwohl ich Rottmann nicht den leisesten Triumph über die Kommissarin gönne, wünschte ich, er hätte recht. Doch Coordes spricht aus, was auch mir im Kopf herumschwirrt.

»Es sei denn, wir finden hier ebenfalls den Hinweis auf ein Fremdverschulden. Immerhin haben beide Tode den Atemstillstand als Ursache –«

»Der bei Frau Mayfeldt aber nicht durch eine geheimnisvolle Substanz eingetreten sein kann, bevor sie unter die Wasseroberfläche geriet«, haut Rottmann wieder rücksichtslos dazwischen. »Denn dann wäre es ein Badetod gewesen und die eben genannten Symptome hätten sich, wenn überhaupt, nur in schwacher Ausprägung gezeigt.«

Was bewundere ich diese Frau in diesem Moment für ihre Beherrschung.

»Deshalb, verehrter Herr Doktor Rottmann, haben wir auch vor, mikroskopisch detailliert herauszufinden, wodurch der

Atemstillstand ausgelöst wurde und wann genau er jeweils einsetzte. Dürften wir nun auf Ihre Unterstützung zählen und von Ihnen eine Einschätzung bekommen, mit welchen Mitteln die beiden Frauen während ihres Aufenthaltes in Berührung gekommen sein könnten?«

»Womit wir es hier zu tun haben, kann ich Ihnen auch nicht beantworten«, sagt er ungefällig. »Ich bin kein Chemiker.«

»Aber Arzt, Doktor Rottmann. Mit den Medikamenten, die Sie hier verabreichen, müssten Sie sich doch auskennen.«

»Selbstverständlich. Was wir unseren Patienten nach sorgfältiger Prüfung geben, ist ja auch keine schwarze Magie, sondern Stand der Forschung in geprüfter Qualität. Je nach Notwendigkeit erhalten sie verlässlich wirkende, gut verträgliche Psychopharmaka, gängige Benzodiazepine zur Beruhigung und Schlafmittel. Alles Standard. Ich gebe Ihnen gern eine Liste, aber die gängigen Zusammensetzungen dürften auch Ihrem Labor bekannt sein.«

»Was wir bislang gefunden haben, ist aber keine übliche Zusammensetzung, sondern eine unbekannte. Und das Benzodiazepin Midazolam, das wir quasi daneben als Trägerstoff identifizieren konnten, ist zum bloßen Zweck der Beruhigung ein doch eher unkonventionelles Mittel. Meines Wissens wird es hauptsächlich zur Sedierung vor operativen Eingriffen eingesetzt. Für sich genommen kann es zwar auch eine Atemdepression auslösen, aber nur bei bestimmten Indikationen. Und die hatten Mascha Holm und Susann Mayfeldt nachweislich nicht. Die ermittelten Restwerte zeigen, dass die Dosierung außerdem sehr moderat war.«

»Welches Medikament ich zu welchem Zweck für richtig halte, müssen Sie mir schon überlassen. ›Dormicum‹ mit dem Wirkstoff Midazolam ist tatsächlich dasjenige Mittel, das bei vielen unserer Patienten am besten anschlägt. Also kriegen sie es zur Beruhigung. Sind Sie der Experte oder ich?«

»Wenn schon: *Expertin*, Doktor Rottmann. Aber es geht hier nicht darum, Ihren Sachverstand anzuzweifeln. Ich will wissen, was Frau Holm und Frau Mayfeldt darüber hinaus bekommen haben.«

»Nichts, meine Liebe.«

Sie schweigt.

»Jedenfalls nicht von mir. Was sie sonst noch zu sich genommen haben, entzieht sich meiner Kenntnis. Theoretisch kann ihnen jeder Patient in der Klinik etwas von seinen Arzneien abgegeben haben. Oder von privat mitgeführten Substanzen, die wir nicht kennen. Aber wir müssen hier auf Vertrauen setzen, Frau Coordes. Dopingkontrollen widersprechen unserer Philosophie.«

»Wie Sie meinen. Dann machen wir erst einmal an anderer Stelle weiter.« Der Stimme der Kommissarin folgt ein Rascheln und Kramen. Es kommt mir quälend umständlich vor. Als wolle sie ihn absichtlich hinhalten.

Dann, endlich: »Bei der Durchsicht von Susann Mayfeldts persönlicher Habe fanden wir verborgen unter ihren T-Shirts im Kleiderschrank dieses Schriftstück. Dank des Vergleichsmusters, das Sie uns mit den Akten zur Verfügung gestellt haben, konnte unser Graphologe zweifelsfrei bestätigen, dass es von Mascha Holm stammt.«

Diesmal hüllt Rottmann sich in Schweigen.

Von welchem Schriftstück redet die Coordes da? Hat Mascha doch einen Abschiedsbrief hinterlassen? Und wieso lag er dann bei Susann im Schrank?

»Darin wendet sie sich an einen Mitpatienten namens Lysander.«

»Falk«, ergänzt Rottmann. »Lysander Falk.«

Obwohl ich ja weiß, dass die beiden Kontakt hatten, bin ich hochgradig angespitzt. Ein handschriftlicher Brief hat in Smartphone-Zeiten schon ein beachtliches Bedeutungskaliber.

»Frau Holm bringt ihre Enttäuschung darüber zum Ausdruck, dass er nicht so reagiert hat, wie sie offensichtlich hoffte«, spricht Coordes weiter. »Scheinbar hat sie ein Gespräch mit ihm gesucht, in dem er sie jedoch abgeblockt hat. Wörtlich schreibt sie am Ende: ›Ich werde dich von nun an meiden und einen anderen Weg gehen.‹ Er brauche jetzt auch nicht mehr ankommen, um noch einmal mit ihr zu reden. Sie wünsche ihm trotzdem von Herzen nur Gutes. Unterschrieben mit ›Alles Liebe, Mascha‹.«

»Klingt nach einem nett verpackten Du-kannst-mich-mal.« Rottmanns Worte lassen nicht die geringste Betroffenheit erkennen. Dafür komme ich umso mehr ins Grübeln. Verbirgst du noch immer etwas vor mir, Lysander?

»Können Sie sich vorstellen, wie dieser Brief in Frau Mayfeldts Hände gelangt ist?«, schaltet Albers sich ein.

Das würde mich auch brennend interessieren.

»Kann ich nur vermuten. Darf ich mal sehen?« Wieder das Rascheln von Papier, danach: Stille. Rottmann lässt sich Zeit. Ich habe beinahe plastisch vor Augen, wie er mit der Kommissarin mentales Armdrücken spielt.

Nun sag schon, Mann.

»Sieht aus wie rausgerissen, womöglich aus einem Tagebuch«, erbarmt er sich schließlich. »Vielleicht hat die Mayfeldt den Zettel unbemerkt daraus entwendet. Die beiden hatten gelegentlich gemeinsam Gruppe.«

»Welche?«, fragt Coordes.

Alles klar. Die Pinselstunde. Ich hatte der Coordes doch davon erzählt.

»Therapeutisches Malen«, bestätigt Rottmann. »Aber das Wo ist doch wohl zweitrangig.« Er klingt, als würde er mit einer Fünfjährigen sprechen. »Wenn Sie das Tagebuch haben, sollten Sie besser erst einmal feststellen lassen, ob eine Seite fehlt und die Rissränder passen.«

Stimmt.

Jetzt schweigen die Kommissare.

Heißt das, sie haben das Buch nicht gefunden?

»Mal ganz abgesehen von den Fingerabdrücken«, schließt Rottmann seine Belehrung. Die Genugtuung trieft förmlich aus seiner Stimme.

Und mir kreist der Hut vor Adrenalin. Denn, was bedeutet es, wenn Susann den Brief entwendet hat? Warum bitte sollte sie das getan haben?

»Mal abgesehen von alledem«, nimmt die Coordes den Faden auf und hört sich völlig unbeeindruckt an, »stellt sich die Frage nach Frau Mayfeldts Motiv.«

Zwei Rädchen in meinem Kopf greifen ineinander und das eisige Lächeln der im Casino stehen gelassenen Susann erscheint auf meinem geistigen Bildschirm. Damals wirkte sie auf mich, als würde sie gleich überkochen, weil sie im Kampf um Lysanders Aufmerksamkeit gegen Mascha verloren hatte – und das auch noch vor aller Augen.

Ich rufe mir die letzte Maltherapiestunde auf den Schirm. Susann hatte das Tagebuch definitiv in der Hand. Mir war es so vorgekommen, als ginge es ihr nur darum, Mascha eine saftige Retourkutsche in Sachen Bloßstellung zu verpassen. Aber was, wenn das nur ein Ablenkungsmanöver war, um an den Brief zu kommen? Als Teil eines Plans, die verhasste Konkurrentin um Lysanders Gunst endlich wirksam auszuschalten?

Ebenso wie ich wird sie mitbekommen haben, dass Mascha etwas mit äußerster Sorgfalt in ihr Tagebuch schrieb. Nur hatte Susann offenbar genauer hingesehen und begriffen, was es war: ihre Gelegenheit. Wenn sie sichergehen wollte, dass Lysander das Lebewohl auch erhielt und Mascha keinen Rückzieher mehr machen konnte, musste sie sofort handeln. Damit wäre ihr Zielobjekt frei gewesen. Aber sie hatte Lysander den Brief nicht zugespielt. Er lag noch immer versteckt in Susanns Schrank, als sie selbst starb. Warum? Weil Maschas Tod die wirkungsvollere Lösung gewesen war?

Oh Gott, …

»Soweit mir zugetragen wurde haben beide Frauen um diesen Falk gebuhlt«, sagt Rottmann.

Aber, wer hat dann Susann …?

Oder ist sie am Ende doch ins Wasser gegangen, um nicht mehr herauszukommen, weil Lys sie trotz aller Mühen verschmähte?

»Das bestätigt die Ergebnisse unserer Befragungen«, stimmt Coordes zu. »Er ist das Bindeglied.«

Neben mir schrillt das Telefon der Sekretärin. Ich fahre zusammen und kann den Schreckenslaut noch so eben mit der Hand vorm Mund dämpfen. Natürlich hebt niemand ab. Dank meiner List ist die Alteflor ja auf privater Mission im Park unterwegs.

»Wäre es nicht vorstellbar, dass Herr Falk den Rückzug von Frau Holm nicht akzeptieren wollte?«, denkt die Kommissarin so laut, dass ich mir wieder die Ohren zuhalten möchte. »Er könnte mit ihr darüber gestritten und die Kontrolle verloren haben.«

Das Telefon schellt in Coordes' Kunstpause.

»Dann hätte es nur einen Menschen gegeben, der von dem Auslöser wusste: nämlich Susann Mayfeldt.«

Ich wage kaum noch zu atmen.

»Und wollte diese Susann sich laut der Sitzungsprotokolle in ihrer Akte nicht auch eine neue Existenz aufbauen? Was läge da näher als eine nette kleine Erpressung? Wenn sie schon nicht diesen Trüffel von Mann bekommen konnte, dann doch wenigstens sein Geld.«

Ich halte die Luft an. Als könnte ich die wahnwitzige Theorie der Kommissarin damit stoppen.

»Da ist nämlich noch etwas«, sagt sie. »Auf dem Brief, den wir bei Frau Mayfeldt gefunden haben, lag ein Puppenkopf. Er sieht aus, als wäre er gewaltsam vom Rumpf getrennt und mehrfach durchstochen worden, vor allem im Bereich der Augen.«

Meine Gedanken fangen an zu schleudern wie die Trommel einer Waschmaschine.

Es klingelt noch immer. Diesmal ist es der Apparat auf Rottmanns Schreibtisch. Abrupt wird es still.

»Für Sie«, höre ich ein paar Sekunden später in einem Ton, der vermutlich sogar Diamant zerschneiden könnte.

Durch den Türspalt sehe ich, wie Coordes' Füße sich nach hinten bewegen. Er zwingt sie, sich vorzubeugen.

»Ja?«

Schweigen.

Während sie horcht, steht Rottmann auf und kommt in meine Richtung. Im ersten Moment denke ich – durch all diese Spekulationen offenbar völlig irrsinnig geworden – an die abwesende Anke Alteflor. Die Härte seiner Schritte klingt nach infernalischem Anschiss. Die Arme darf während der Arbeitszeit wahrscheinlich nicht einmal ungestraft dem Ruf ihrer Blase folgen.

Dann kreischt mir die Panik ins Ohr. Du Hirni. Was jetzt? *Was jetzt?* Ich bin viel zu langsam. Gleich legt er seine Hand auf die Klinke und findet mich hinter der Tür. Schon sehe ich ihr Furnier auf mich zuschwingen.

»Bleiben Sie«, stoppt Coordes ihn im letzten Moment.

»Ihr Zuständigkeitsproblem können Sie später klären.« Rottmanns Gesichtsausdruck kann ich mir denken. Trotzdem hält er inne.

So leise wie möglich schnappe ich wieder nach Luft.

»Das war die Toxikologie. Dem Team ist es soeben gelungen, zumindest die Grundform der fraglichen Hauptsubstanz zu bestimmen.«

Wie ich Rottmann kenne, hebt er nur eben die Brauen. Ich dagegen bin gespannt wie ein Drahtseil über dem Abgrund und atme immer flacher, um ja kein Wort der Kommissarin zu verpassen.

»Ketamin«, sagt sie. »Oder besser: etwas, das sehr eng damit verwandt ist. Eine chemische Abwandlung quasi. Deutlich stärker allerdings.«

Mir wird ganz schwach.

Vom Klinikchef kommt keine Regung.

»Verwenden Sie Ketamin in dieser Klinik, Doktor Rottmann?«

»Ganz sicher nicht. Dafür gibt es hier keine Indikation«, entgegnet er ihr, die Ruhe selbst.

»Interessant«, kontert die Coordes. »Aber das Midazolam, das Sie Ihren Patienten geben, wenden Sie ja auch nicht im klassischen Sinne für Narkosen an, nicht wahr?«

Rottmanns Worte sind kalt wie Packeis. »Wenn etwas Stichhaltiges gegen die Klinik vorliegt, sprechen Sie, verehrte Kommissarin. Nur zu.«

»Vorerst genügt es, wenn Sie mir sagen, wie man das Zeug bekommt, wenn nicht aus Ihrem Medizinschrank.«

»Außer von den richtigen Leuten in einschlägigen Szene-Clubs?« Er pausiert kurz. »Wenn man in einem Krankenhaus arbeitet, zum Beispiel. Oder wen kennt, der das tut.«

»Und? Gibt es unter den Patienten so jemanden?«

»Falks Frau, soweit ich weiß.«

Ach, du Sch…

»Dann wird es allerhöchste Zeit, dass wir mit ihm sprechen. Wissen Sie, wo er sich in diesem Moment aufhält?«

Rottmann schreitet zu seinem Schreibtisch zurück und klackert auf der Computertastatur herum. »Er hat gerade Leerlauf«, sagt er wenig später. »Sein Sequenztraining beginnt erst in knapp zehn Minuten. Wenn Sie sich sputen, erwischen Sie ihn noch in seinem Zimmer. Trakt Alpha, obere Etage, Nummer neunundzwanzig.«

»Wir brauchen selbstverständlich die Akte«, höre ich Albers durch den Nebel in meinem Kopf sagen.

»Gefahr im Verzug sticht Schweigepflicht, ich weiß«, erwidert Rottmann so scheißfreundlich, als würde er lächeln. »Ich komme hin und bringe sie mit.«

Ich glaube noch immer nicht richtig, was ich eben gehört habe. Das kann doch alles nur ein Irrtum sein. Mein gesamtes System meldet eine Störung. Obwohl ich seit Rottmanns Anmarsch auf dem Sprung bin, sind meine Sinne wie gelähmt.

Erst als die Schritte schon fast an der Tür sind, zerbirst der Panzer der Schockstarre. Die Zeit gleich mit. Mir bleibt kaum genug davon übrig, um Lysander zu warnen.

Ich komme so schnell hoch, dass ich fast umkippe vor Schwindel. Beim Losstürmen ramme ich den Türrahmen und stolpere in den Gang. Zwei kostbare Sekunden vergehen, der glühende Schmerz fordert seinen Tribut. Mit Beinen so unkoordiniert, als hätte ich das Laufen eben erst gelernt, erreiche ich die Treppe. Der Versuch, die Stimmen hinter mir auszublenden, misslingt. Ich nehme die Stufen im Stakkato und sehe an der Anzeige im Foyer, dass die anderen den Aufzug gewählt haben. Er ist fast unten. Ausgerechnet jetzt war er frei. Den Sprint bis Alpha nehme ich kaum noch wahr, die Stufen hoch in die zweite Ebene überspringe ich im Doppelpack.

Lysander öffnet mir mit verstörtem Gesicht. Nicht weil ich geklopft habe wie eine Tobsüchtige, das sehe ich gleich.

Er verbirgt eine Hand hinter dem Rücken.

Ich werde noch panischer. »Was ist?«

Er geht ein paar Schritte rückwärts und zieht seinen Arm hervor. Dahinter kommt etwas zum Vorschein, das mein Gehirn nicht erkennen will.

In seinen blanken Augen suche ich nach einer Erklärung.

Deike Coordes gibt sie mir. Ich habe sie nicht kommen hören, die Tür war noch angelehnt.

»Geben Sie mir das Ketamin«, sagt sie zu ihm, den Finger auf die beiden kleinen Apothekenflaschen in seiner Hand gerichtet. Albers hält ihr einen Plastikbeutel hin.

»Und die Handschuhe auch.«

Das Blut darauf ist fast schwarz. Kleine Partikel bröckeln vom Gummi ab und rieseln zu Boden.

Mein Herz sinkt in den Magen.

»Der komische Geruch«, sagt Lysander wie in Trance. »Seit Tagen stört er mich. Ich habe die Quelle gesucht.« Sein Blick irrt hoch zum Kofferfach.

»Umdrehen«, sagt Coordes und legt ihm Handschellen an. »Lysander Falk, Sie sind hiermit festgenommen. Sie haben das Recht –«

»Es ist nicht so, wie es aussieht«, sagt er wie jemand, der selbst nicht glauben kann, was gerade passiert, und dessen Verwunderung allmählich in Entsetzen kippt.

»Interessant«, höre ich einen vertrauten Bariton hinter mir. »Haben Sie genau das nicht neulich schon einmal gesagt?« Rottmann hat sich seines Kittels entledigt. Ganz in Schwarz steht er im Türrahmen wie Zorro, der Rächer. Anstelle der Peitsche schwingt er lässig die Akte Falk in der linken Hand. Er klappt sie auf und zieht die Kopie eines Zeitungsartikels hervor. »Therapeut unter Missbrauchsverdacht« lautet die Schlagzeile auf dem Titel der »Havixbecker Post«.

Berno ist zur Mittagsstunde nicht wie verabredet vor der Düne. Aber mit Duldsamkeit gebe ich mich nicht mehr zufrieden. Von jetzt an werde ich fordern, was ich brauche.

Der Marsch nach Juist-City tut mir gut, auch wenn der Himmel sich zuzieht. Denn der Ostwind mildert die Schwüle zumindest ein bisschen und seine Böen blasen mir den Kopf frei, fegen jeden Zweifel endgültig in den Äther.

Ich hatte ihn. Ja.

Einen furchtbaren Augenblick lang dachte ich, Lysander sei ein psychotischer Frauenmörder, der alles von Anfang an eingefädelt hat. Aus Rache und als Kompensation für das, was ihm widerfahren ist. Und ich hätte mich ihm als sein nächstes Opfer ausgeliefert heute Nacht.

Er hatte mein Vertrauen und mich mit seiner Geschichte so sehr berührt, dass ich mögliche Zeichen ignoriert habe. Denn letztlich hätte alles bloß eine Masche sein können, die perfekt aufgegangen ist.

Zum Beispiel die nackten Füße als demonstrativer Beweis seiner Verletzlichkeit. Denn wenn er nicht erst in der Reha auf diese Idee gekommen, sondern tatsächlich schon seit Monaten barfuß herumgelaufen wäre, hätte er längst eine dickere Hornhaut haben müssen. So ist es aber nicht. Das habe ich zwar durchaus bemerkt, mir aber keine weiteren Gedanken darüber gemacht.

Genauso wenig habe ich ihn je gefragt, ob er unsere erste Begegnung am Strand inszeniert hat. Nämlich insofern, als dass in Wahrheit gar niemand seine Klamotten entwendet hat, sondern diese Finte nur dazu diente, meine Aufmerksamkeit zu erregen und mich mit der einfühlsamen Atmosphäre seines Zimmers einzulullen.

Aber als der Wind mir eben am Kopf zerrte, konnte ich mich plötzlich erinnern, gestern in seinem Bad den frisch benutzten Schaber gesehen zu haben, mit dem er sich die Verhornung immer wieder entfernt haben muss.

Und schließlich war ich vor Tagen in seinem Zimmer auf dieses Diekstra-Buch aufmerksam geworden, das wir beide besitzen. Er konnte nicht wissen, dass ich es kenne und ihn für eine sensible, verwandte Seele halten würde. Es gezielt zu platzieren, um mich zu beeindrucken, wäre der Glaube an einen Sechser im Lotto gewesen.

Für ebenso wenig taktisch halte ich die Narbe auf seiner Hand. Das Mitgefühl für seine Verwundung hätte er Monate im Voraus planen müssen. Abgesehen davon bin ich überzeugt, dass jemand, der die Kraft hat, sich so tief selbst zu verletzen, seinen Wutschmerz ausschließlich gegen sich richtet und nicht gegen andere. Ich muss nur meinen linken Arm ansehen, um das bestätigt zu finden. Seit Martys Ausfall mit Pia prägt die weiche Unterhaut ein bleicher Strich. Fein, aber aufgeworfen genug, um ihn nie zu vergessen.

Natürlich könnte ich immer noch annehmen, dass er die Situation mit Danny eingefädelt und ihn beschworen hat, in Verbindung mit Rottmann ein »Ketadingsda« zu erwähnen, um mich in die Irre zu führen. Immerhin war es seine Idee gewesen, ihn aufzusuchen, und wenn er ihm schon vorher versprochen hatte, ihm wegen seines Problems zu helfen, hätte der arme Hund sicher eine Menge für ihn getan. Dann wäre die ganze Szene in Alpha 10 nur Show gewesen.

Aber Dannys Trunkenheit war so bestürzend authentisch wie sein jetziges Delirium. Er wäre schlicht unfähig gewesen, einen konstruierten Zusammenhang vorzubringen. Was ich erlebt habe, war echt. Außerdem war das Risiko, mich mit »Ketadingsda« auf die *richtige* Spur zu bringen, viel zu groß. Meine forschenden Schritte hätte Lysander nicht in jeder Minute überwachen können.

Was mich aber wirklich von seiner Unschuld überzeugt hat, war der Blick in seine Augen, als die Kommissarin ihn vorhin aus dem Zimmer führte. Sie waren wieder vollkommen klar und ruhig. Darin stand das gleiche Verstehen, das ich erst jetzt gewinne. Und noch etwas las ich darin. Nicht Hoffnung, sondern die Gewissheit, dass ich es auch begreifen würde. Denn mit seiner Geschichte ist er der ideale Sündenbock. Das konnte Rottmann nicht eindrucksvoller hervorheben, als er den Zeitungsartikel vorlas.

Das Meiste entsprach dem, was ich bereits von ihm wusste, nur diesmal dargestellt aus der Perspektive zutiefst betroffener Bürger, die betonten, dass er ihnen von Anfang an suspekt gewesen sei. Verständlich, wenn man zu befürchten hatte, dass er durch seine Patienten früher oder später von Leichen erfahren würde, die schon länger in so manchem Keller faulten. Niemand brauchte einen Außenseiter mit zu wachem Blick auf das Vexierbild.

Er hatte schon damals keine Chance und auch heute nicht. Das Ketamin und die Handschuhe sprechen gegen ihn. Da ich Deike Coordes aber nur dann von ihrem Irrtum überzeugen kann, wenn ich die »Beweise« stichhaltig widerlege, muss ich unseren Plan heute Nacht unbedingt durchziehen. Und zwar heimlich, still und allein.

Denn wenn die Kommissarin davon erfährt, wird sie es mir verbieten oder mit Verstärkung anrücken. Aber ein falscher Zug und die Listspinne Rottmann ist gewarnt. Das kann ich nicht riskieren, trotz aller Gefahr. Ich muss es schaffen. Aufgeben ist keine Option mehr.

Die Bedienung im »Lütje Teehuus« erkennt mich wieder. Sie erinnert sich, dass ich neulich mit Berno gefrühstückt habe. Ohne zu fragen, warum ich ihn suche, deutet sie mit der schiefen Nase in Richtung Hafen. Da war ich schon. Vergeblich.

»Mog sin up de ›Inselwacht‹«, sagt sie und ergänzt auf meinen fragenden Blick hin: »Henks Kutter.«

Dann ist Bernos Freund also offensichtlich wieder im Lande.

Ich nicke ihr einen Abschied zu und mache mich auf den Weg zurück zum Hafen. Am Ende des Kais schaukelt etwas im aufgewühlten Becken, das meinem Bild eines kleinen Patrouillenschiffs entspricht. Ein schnittiges Motorboot blitzt weiß gegen das Dunkel des Himmels an. Auf dem Dach sind Blinklicht und Megafon montiert. Tatsächlich. »Inselwacht« steht in schwarzen Lettern am Bug, darunter »Juist-Memmert« und ein paar Zahlen. Sieht aus, als schaue Henk auf der unbewachten Vogelschutzinsel nach dem Rechten. Wie ich auf der Überfahrt nach Juist an der Reling aufgeschnappt habe, ist Memmert wohl immer wieder ein beliebtes Ziel für Ausflügler, die sich ein Boot mieten und glauben, niemand würde es bemerken, wenn sie trotz Verbots dort heimlich campen.

Während ich die Mole entlang auf das Boot zugehe, wird das Gewölk am Horizont dichter. Ich deute das als gutes Zeichen. Vermutlich ist Henks Kutter nur wegen des schlechten Wetters am Liegeplatz anzutreffen.

Kurz bevor ich ihn erreiche, kommt Berno an Deck. Seine raupenartigen Brauen zucken zusammen, als er mich sieht. Sofort bin ich in Hab-Acht-Stellung, meine Sinne geschärft bis zum Anschlag.

Er wirft einen Blick hinter sich und ich denke schon, er dreht einfach wieder ab in die Kajüte und lässt mich stehen. Doch dann kommt er ruckartig auf mich zu und hilft mir an Bord. Seine Hand ist rau. Aus dem Schiffsbauch weht mir der Song »Storm Coming« von Gnarls Barkley entgegen. Es ist, als wolle ein untalentierter Regisseur ein Menetekel inszenieren.

Wir gehen rein. Ein Mann steht mit dem Rücken zu uns vor einer winzigen Pantryküche und dreht das Radio leiser. Er fährt herum.

Jetzt weiß ich, was hier nicht stimmt.

Er starrt mich genauso entsetzt an wie ich ihn.

Seine Unterlippe sieht aus, als hätte sie eine unsanfte Begegnung mit einem Bulldozer gehabt. Sie ist großflächig aufgeplatzt. Eine frische Kruste versucht, sich darauf auszubreiten und sie zu versiegeln. Wahrscheinlich hat er daran geknibbelt, denn sie ist ausgefranst und unter den abgelösten Stückchen glänzt rosa Fleisch hervor.

»Henk, das ist die Deern, wo …« Berno verstummt abrupt, als er unsere synchrone Bestürzung sieht. Sein Kopf schwenkt von einem zum andern, die Stirnfalten verdichten sich. »Schiet noch mol«, sagt er.

Ich weiß sofort, welche Faust für die kaputte Lippe meines Gegenübers verantwortlich ist. Diese Augen erkenne ich wieder. Henks Skimaske hatte ihr helles Kieselgrau wie ein Passepartout in Szene gesetzt, als er in der Nacht von Susanns Tod vor meinem Fenster stand. Lysander hat ihn also voll erwischt.

Keiner von uns rührt sich, bis Bernos stoische Ruhe reißt wie ein überfordertes Tempotaschentuch. »Was geht hier ab?«

Meinen Impuls zu fliehen unterbindet er mit einem reflexhaften Schraubstock-Griff um meinen Oberarm. Dann nickt er Henk mit seinem Doppelkinn zu.

»Du bist dran«, sagt er zu ihm und wenn ich in diesem Moment in dessen Haut steckte, würde ich ziemlich bald den Mund aufmachen.

Aber Henk hat sich offenbar wieder gefangen, denn sein Blick ist jetzt eindeutig feindselig. Er verschränkt die Arme und fixiert mich, als wäre Berno nicht da. »Runter von meinem Boot«, sagt er und kommt langsam auf mich zu. »Mit eurem Schietkram hab ich nix anne Backen.«

»Ach ja?«, nehme ich meinen Mut zusammen. »Und warum hast du sie dir dann Samstagnacht polieren lassen?«

Er kommt noch näher. Dafür, dass er kein Fischer ist, hat er ein ziemlich breites Kreuz.

Berno lässt mich los und drängt sich wie ein Ringrichter zwischen uns. »Das tät mich auch interessieren«, sagt er.

»Du halt dich da raus.«

Berno schüttelt den Kopf und stoppt ihn mit erhobener Hand. »Warum bist du hier?«, fragt er mich, ohne den Blick von Henk zu wenden.

»Weil du nicht da warst. Und weil die Polizei einen Unschuldigen in der Zange hat«, sage ich. »Und weil ich wissen will, was ihr wisst, um ihm zu helfen.«

Berno brummt.

Henk sieht aus, als würde er jetzt erst recht dicht machen.

»Wenn du mit der Sache nichts zu tun hast, hast du doch nichts zu befürchten«, versuche ich es mit Logik. »Ich verpfeif dich auch nicht wegen Samstag.«

»Und warum soll ich dir das glauben?«

»Weil es mir nichts nützt. Ich weiß, wer Mascha und Susann getötet hat«, sage ich. »Aber je mehr Details ich kenne, desto größer ist meine Chance, ihm das auch nachzuweisen.«

Wenn ich mich irre und die ADI selbst Dreck am Stecken hat, wird das Eis, auf dem ich stehe, jetzt wegbrechen. Wer belastet sich schon selbst? Aber da ich sowieso in den Abgrund blicke, sind meine Alternativen dünn gesät.

»Was geht mich das an?«, mauert Henk noch immer. Doch hinter seiner ungerührten Fassade habe ich etwas aufblitzen sehen. Einen heftigen Schmerz.

Die Erkenntnis knallt mir wie ein kalter Waschlappen ins Gesicht. Er schweigt nicht, weil er die ADI schützen will, sondern etwas anderes. Plötzlich weiß ich, was Henk in der Nacht auf dem Gelände zu suchen hatte.

Noch einer, der von Susanns Schein geblendet war.

»Du warst das mit den Lilien«, sage ich wie betäubt und denke an die beigefügte Handynummer. Jetzt weiß ich auch, warum die Inhaberin des Blumenladens von einem auf den anderen Tag unter Gedächtnisschwund litt und mir angeblich nicht sagen konnte, wem sie die Sträuße besorgt hatte, obwohl sie über die vielen Bestellungen verwundert war. Auf der Insel hält man noch zusammen, wie es aussieht.

Henk wendet das Gesicht ab. In Bernos Augen sehe ich Überraschung und weiß, dass ich ins Schwarze getroffen habe.

Mit gesenktem Kopf geht Henk zur Sitzecke und lässt sich von einer stürmischen Wellenbewegung auf die Bank kippen. Dann vergräbt er sein Gesicht in den aufgestützten Händen. »Ich war oft da und hab sie gesucht. Wollte nur gucken, wie's ihr geht. Hab mir doch Sorgen gemacht.«

Sein Ton verrät mir, dass es mehr war als das, und plötzlich bin ich mir sicher, dass er der zuckende Schatten am Schwimmbad-Oberlicht gewesen ist.

»Da hab ich dann mal geseh'n, wie dieser Klinik-Heini ihr welche auf die Terrasse gelegt hat. Er hat mich erst drauf gebracht. Stumpf abgekupfert.«

»Welcher Heini?«

»Klein, schmächtig, mit 'nem Monster von Brille auf dem Kolben und so albernen Löckchen auf dem Deez.«

Schefer. Na klar, der konnte das aus ihrer Akte haben.

Vielleicht hatte er ja doch was mit Susanns Tod zu tun.

»Hast du ihn auch Samstagnacht gesehen?«

»Den Schmachtbolzen? Nee. In dieser Schietnacht habe ich gar keinen gesehen, außer dir und deinem Macker. Und das bloß, weil ich 'n Schrei gehört hab und gucken wollte, was los ist. Hätt ja auch Susann …«

Henk fährt sich durch die kurzen sonnengebleichten Haare, vor und zurück, immer wieder, wie ein Zwangsgestörter.

»Dabei wollt ich bloß mit ihr sprechen. Aber du has ja ewig den Strandweg blockiert wie 'ne verdammte Salzsäule. Bis ich dich endlich weggekriegt hab und runterkam, war sie weg.«

Die Geräusche.

Und ich hatte Danny in Verdacht. Henk hat nicht die leiseste Ahnung, wie viel Angst er mir eingejagt hat.

»Was heißt weg?«

Henk wirft die Hände in die Luft. »Nix mehr zu sehen von ihr. Am Strand nich, im Wasser nich. Nix. Nur Klamotten. Und auf 'mal hatt ich 'n irre komisches Gefühl, wie wenn einen jemand beobachtet. Da bin ich abgehauen.« Er schlägt sich mit den Fäusten gegen den Kopf. »Wär ich nicht so'n Döskopp gewesen, würd sie jetzt noch leben. Ich hätt schon längst was tun müssen.«

»Ich glaube nicht, dass du es hättest aufhalten können«, sage ich leise. »Rottmann hatte andere Pläne. Und wo hättest du im Wasser auch suchen wollen?«

Henk fährt hoch, als hätte ich ihm einen Stromschlag verpasst, seine Augen füllen sein Gesicht. »Rottmann?« Er starrt an mir vorbei, als sehe er etwas hinter mir durch die Tür kommen. Dann nickt er wie hypnotisiert. »Das würd zu dem Swienhund passen«, sagt er wie zu sich selbst.

»Henk versucht ihm schon länger den Garaus zu machen«, schaltet Berno sich ein.

Ich hatte ihn fast vergessen, weil er so still war.

»Dann redet endlich«, sage ich. »Wir sitzen doch im gleichen Boot.«

Erst als Henk mich giftig anblitzt, wird mir bewusst, dass dies gerade keine sonderlich geistreiche Metapher ist.

Trotzdem knickt seine Abwehr ein und er erzählt mir von seinen Beobachtungen, berichtet von der hochgewachsenen, dunklen Gestalt hinter den Fenstern, die mitten in der Nacht die Vorhänge schließt. Von dem unguten Gefühl, dass da was nicht in Ordnung ist. Als sollte es keine Zeugen geben. Nur wofür, das weiß er nicht, weil er nicht mehr als das gesehen hat. Ihm bleibt nur zu warten, bis irgendwer sich verrät.

In mir steht alles auf Alarm. Obwohl Henk nur Konturen erkennen konnte, könnte die Beschreibung auf Rottmann passen.

Oder seinen Mann fürs Grobe: Rudi Elmer. Schefers kleine Statur wäre eindeutig entlarvender gewesen.

»Was hast du vor?«, fragt Berno und einen Moment lang kommt er mir vor wie der fürsorgliche ältere Bruder, den ich nie hatte. Dafür ist es jetzt auch zu spät.

»Auch beobachten«, sage ich nur. »Aber von innen.« Ich habe nicht die Absicht, ihn meinen Plan vereiteln zu lassen. »Aus der Deckung«, ergänze ich vorsichtshalber vage. »Bin ja nicht lebensmüde.«

Berno nimmt den Kopf ein Stück zurück, Mund und Augen zu Schlitzen verengt. »Pass auf dich auf«, sagt er mir zum zweiten Mal.

Ich nicke trotz Rührung so unverbindlich wie ich kann und verschwinde rasch Richtung Deck.

Niemand hält mich auf.

Draußen ist das Wasser schon im Begriff, sich zurückzuziehen. Trotzdem schwankt der Kutter noch ganz ordentlich.

»Und wenn du nur ein Wort über das hier quatschst, werd ich alles leugnen«, ruft Henk mir dumpf aus der Kajüte hinterher.

Als ich mich mit einiger Mühe über die Reling auf die Mole hangele, höre ich, wie drinnen das Radio wieder lauter wird, obwohl die zwei ganz sicher mal Tacheles miteinander reden müssten, wenn mich einer fragen würde.

Mit halbem Ohr bekomme ich noch mit, wie der Nachrichtensprecher ein Sturmtief ankündigt, dessen Ausläufer die Inseln voraussichtlich am Abend erreichen werden. Meine Herren. Was für ein billiger Trip ist das hier eigentlich?

Schubste der Ostwind mich auf dem Hinweg regelrecht nach Juist-City, muss ich mich jetzt auf dem Weg zurück zur Klinik mit einiger Anstrengung dagegenstemmen. Grob drückt eine Böe mich vom Eingang weg wie ein drängelnder Mob. Fast so, als wolle sie mich davon abhalten, die Klinik zu betreten. Ich lasse das Toben trotzdem hinter mir und trete durch die Türen. Die Stille dahinter trifft mich mit Wucht. Empfang und Foyer sind verlassen.

Irritiert mache ich mich auf den Weg zum Casino und hoffe, dass der Nachhall des Dröhnens in meinen Ohren bald verblasst. Auch die Gänge sind wie ausgestorben, was mich immer nervöser macht. Als hätte es eine Evakuierung gegeben, die ich als Einzige verpasst habe. Doch dann fällt mir ein, dass es nur eine Erklärung dafür geben kann: Rottmann hält wieder Hof. Natürlich. Der Pranger für Lysander ist eröffnet. Das Volk will informiert sein.

Ich schaudere und nehme Kurs auf den Kaffeeautomaten. Den Teufel werd ich tun und mich dazugesellen. Ein paar Stunden bleiben mir noch, bevor ich seiner verlogenen Hoheit begegnen muss.

Bis dahin werde ich eine Menge braune Brühe brauchen. Sehnsüchtig denke ich an die Flasche Wein, die versteckt in meinem Schrank schlummert. Einen anständigen Schluck könnte ich jetzt gut gebrauchen, um meine flimmernden Nerven zu beruhigen. Aber wenn sie einmal auf ist, ist sie leer. Diesen Selbstbeschiss kann ich mir nicht mehr leisten.

Kurz bevor ich das launische Gerät in der Hoffnung erreiche, dass es mir mein Bohnengetränk diesmal ohne Fetteinlage serviert, passiere ich die Postfächer. Mein beiläufiger Blick bleibt an dem halb verstopften Schlitz von Alpha 9 hängen. Beim Näherkommen erkenne ich einen weißen Briefumschlag. Er fällt heraus, als ich das Fach öffne. Den Absender hatte ich erfolgreich verdrängt.

Marty. So viel Hartnäckigkeit hätte ich ihm gar nicht zugetraut. Ein bisschen bin ich beeindruckt, aber das Timing ist hundsmiserabel. Den Gedanken an ihn kann ich jetzt gar nicht gebrauchen. Ich hebe den Brief auf und stopfe ihn in meine

Gesäßtasche. Damit werde ich mich später befassen müssen. Wenn es ein Später gibt.

In Trakt Alpha steht die Luft wie ein unsichtbarer Körper. Sie drückt mir auf den Kopf, als sei ich damit in eine Schraubzwinge geraten. Deswegen glaube ich zuerst an eine Halluzination, als ich den riesigen schwarzen Umriss sehe, der wabernd die Scheiben bedeckt und nahezu alles Licht verschluckt.

Erschrocken bleibe ich stehen. Mein Hirn liefert keine Erklärung. Ich muss mit meiner Nase bis an das Glas heran, um zu begreifen, dass fast die gesamte Front mit einer Invasion von Marienkäfern bedeckt ist, die der Ostwind gewaltsam an die Fassade presst. Jetzt erinnere ich mich auch an den rötlichen Schimmer, der Teile des Gebäudes überzog, als ich darauf zulief. Ich habe dem ebenso wenig Aufmerksamkeit geschenkt wie der Frage, welche Insekten der Wind mir ständig in die Haare trieb, weil ich einzig damit beschäftigt war, mir die verwirbelten Strähnen aus Mund und Augen zu ziehen.

Wäre der Anblick der wogenden schwarzen Unterleiber an der Scheibe nicht so befremdlich, müsste ich mich freuen. Mit so vielen Vorboten des Glücks kann eigentlich nichts mehr schiefgehen. Stattdessen spüre ich ein allumfassendes Kribbeln auf meiner Haut und sehe zu, dass ich wegkomme. Unmäßige Übertreibungen lassen mich stets das Gegenteil vermuten.

In meinem Zimmer ist es so lähmend stickig, dass ich sofort wieder raus muss. Ich schleudere Martys Brief auf den Nachttisch, schnappe mir die Kladde und bewaffne mich mit meinem Lamy. Dann werde ich eben zur Bank gehen und dort alles aufschreiben, was heute geschehen ist. Zweimal sogar. Danach verstecke ich die Kladde in meinem Koffer und werfe das Doppel in den Briefkasten vor der Klinik. Ich muss nicht lang überlegen, an wen ich meinen Nachlass adressiere. Da ich allerdings nicht weiß, wo Berno wohnt, muss das »Lütje Teehuus« als Zielvorgabe reichen. Irgendwie traue ich ihm zu, dass er Rottmann schon drankriegen wird, falls es mich heute Nacht erwischt. Immerhin hätte er dann einen handfesten Beweis, um endlich in die Gänge zu kommen.

Im Park hinter der Klinik ist der Wind merklich schwächer. Trakt Alpha bremst die Böen aus wie eine Hügelkette. Deshalb herrscht hier noch immer eine Schwüle, die mich an die Tropen denken lässt und die meine Haut mit einem Schweißfilm überzieht. Der lauwarme Kaffee spendet weder Kraft, noch löscht er meinen Durst.

Als ich fertig bin, ist die Kladde fast voll und die Dämmerung schickt sich an hereinzubrechen. Dabei kann es kaum noch düsterer werden.

Während ich schrieb, rotteten sich die Wolken zu Ungetümen zusammen und bildeten Formationen, die aussahen, als würden sie Tonnen wiegen und stetig tiefer sinken. Irgendwann verschmolzen sie zu einer Fläche, die nun wie ein hermetischer Deckel über dem Boden hängt, so nah, dass ich mir einbilde, sie berühren zu können, hätte ich die Hände frei dafür.

Seit einer guten Stunde muss ich ständig nach Insekten schlagen, die mein Blut wollen. Der Wind hat auf Nordost gedreht und treibt sie immer unerbittlicher um das Gebäude herum. Inzwischen zerrt er so stark am Papier, dass ich mich ohnehin besser nach drinnen verlegen müsste. Aber es gibt sowieso nichts mehr zu sagen. Ich bin leer wie der Kaffeebecher, in dem ich meine aufgesammelten Kippenstummel versenke.

Im Gehen öffne ich den Blechcontainer neben der Bank und bereue es sofort. Der süßlich-faulige Gestank von Verwesung schlägt mir ins Gesicht und raubt mir den Atem. Obwohl ich den Becher auf der Stelle loslasse, bin ich nicht schnell genug, um zu entkommen.

Das Innere der Mülltonne ist lebendig. Legionen weißer Maden wimmeln bis zur Oberkante und kriechen mir wie ein einziger Organismus entgegen. Ein paar fallen schleimtropfengleich vom hochgekippten Deckel und klatschen auf meine Hand.

Mein Schrei erstickt in einem Würgen, das ich noch immer nicht im Griff habe, als ich Alpha 9 erreiche.

Deike Coordes stoppt ihren Tigerlauf durch das enge Raumquadrat und stützt sich auf den Tisch, als hätte sie Masse. Die hochgekrempelten Ärmel ihres leicht überdimensionierten Herrenhemdes geben Unterarme frei, die das widerlegen, auch wenn sie für ihren Umfang unerwartet muskulös sind. Lysander könnte ihre Handgelenke locker mit einer seiner Hände umfassen.

»Also nochmal von vorn, Herr Falk.«

Das ist euphemistisch formuliert. Bisher hat er zu den vorgehaltenen Tatverläufen nicht ein Wort gesagt. Geschweige denn einen Anwalt verlangt.

In Gary-Cooper-Manier lehnt sie sich so weit zu ihm herüber, dass er ihren Atem riechen kann. Schwarzer Kaffee, ohne Milch und Zucker. Ihm hat sie keinen angeboten. »Als Mascha Holm Sie nicht mehr wollte, haben Sie Ihre kleine Reiseapotheke zu Hilfe genommen. Die enthielt in weiser Voraussicht bereits das nette K.o.-Mittelchen Ketamin. Schließlich sollte es bei allem Spaß mit dem Kurschatten keine zweite Valerie geben, aber gefügig sollte sie schon sein, nicht wahr?«

Er weicht keinen Millimeter vor ihren forschenden Augen zurück. Mit Drohgebärden kann sie ihn nicht bedrängen. Ebenso wenig wie mit der leicht durchschaubaren Taktik, ihm den Platz in der Ecke zuzuweisen. Die gedankliche Wand in seinem Rücken ist viel härter als die echte. Gegen das, was sich in seinem Kopf abspielt, ist die von ihr provozierte Beklemmung der reinste Kindergarten.

Seit Stunden sitzt er hier und muss tatenlos zusehen, wie sich die Zeit auf der IKEA-Uhr vorarbeitet. Kaum noch eine Stunde und zehn Minuten bis zwölf.

Ob Ella die Spritze bereits bekommen hat? Rottmanns »zur Nacht« ist ein weites Feld. Nichts zu wissen, macht Lysander fast wahnsinnig. Vielleicht ist längst alles vorbei.

Oder zu spät.

Dann wird nur er morgen aus dem Schneider sein.

So oder so.

Nicht, weil Worte sprechen werden, sondern Taten. Die sichergestellte Spritze Rottmanns oder Ellas Tod. Vorausgesetzt, sie hat seinen Blick vorhin verstanden und macht weiter. Bei dem Gedanken spürt er, wie der Schweiß ihm am Rücken durchs Shirt dringt.

»Na gut«, sagt Deike Coordes schließlich, als er beharrlich weiterschweigt. »Wir haben massenhaft Zeit.« Mit der Stille, die ihr Verschwinden hinterlässt, wird das Ticken an der Wand immer unerträglicher.

Um sich von seinen Gedanken abzulenken, schließt Lysander die Augen und stellt sich vor, wie die Kommissarin auf dem Klo hockt. Dem einzigen Ort, wo sie nicht verleugnen kann, dass sie kein Kerl ist. Fast tut sie ihm leid in ihrer Überzogenheit. Das grenzt schon an Karikatur. Aber sich als Frau in diesem Verein zu behaupten, ist sicher auch kein leichtes Unterfangen. Je stählerner die Rüstung, desto tiefer die Wunden, denkt er, und schweift ab in seine eigene Lebenswirklichkeit. Doch die Gründe, mit denen er sein Schweigen vor sich selbst verteidigen will, entlasten ihn nicht. Immer wieder schieben sich Rottmanns Augen vor seine inneren Bilder. Seelenlos wie die eines toten Fischs.

Nach einer Stunde zieht Lysander sich die rahmengenähten Budapester aus und sucht den Boden unter sich mit Blicken ab. Eingeklemmt unter einem der hinteren Tischbeine entdeckt er das drahtige Bruchstück einer Büroklammer. Es ist kleiner als eine Nadel, aber groß genug, um sich damit in die Fußsohlen zu stechen.

Halb abgewandt und unbemerkt vom Aufpasser, der sich nach dem Weggang der Kommissarin neben der Tür postiert hat, beginnt Lysander, sich den Stachel mit minimalen Bewegungen ins Fleisch zu treiben. Immer und immer wieder. Bis er den Schmerz nicht mehr aushalten kann.

»Bitte rufen Sie Frau Coordes zurück«, sagt er endlich zu dem uniformierten Mann. »Ich muss mit ihr sprechen. Dringend.«

Dann kniet er sich auf das Linoleum und streift sich die Schuhe über die blutigen Füße.

Der Henker ist spät dran. Wie befohlen ist meine Zimmertür unverschlossen, um ihn einzulassen. Das Amulett mit dem Horus-Auge liegt zu meinem Schutz auf dem Nachttisch. So richtig glaube ich zwar nicht daran, aber schaden kann es ja auch nicht. Mental bin ich so gut vorbereitet, wie man das für einen Einsatz als Laborratte sein kann. Nur nicht darauf, dass Rottmann nicht kommt.

Mir ist noch immer speiübel. Mein Schlafanzug fühlt sich schon jetzt so klamm an wie nach 40 Grad Fieber. Trotzdem wage ich es nicht, aufzustehen und mich umzuziehen, als wäre jede Abwandlung von meinem Drehbuch ein schlechtes Omen.

Also liege ich rücklings auf dem Bett, beschienen nur vom schwachen Kegel der Nachttischfunzel, und horche in den Regen hinaus. Das Prasseln und Donnern hinter dem Glas meiner Fenster klingt wie Weltuntergang.

Den Briefkasten habe ich vorhin noch trockenen Fußes erreichen und füttern können, bevor der Himmel sein Bleigewand aufriss. Seitdem wirft er mit Blitzen um sich, die mein Zimmer durch die geöffneten Vorhänge alle paar Sekunden in Szene setzen wie ein Bühnenbild für die gleich folgende Ella-Horror-Picture-Show.

Mit der linken Hand umklammere ich die Austausch-Spritze. Neben mir liegt sie griffbereiter als unter dem Kopfkissen, gefüllt bis zum Anschlag mit 20 Millilitern Kochsalzlösung. Sobald ich sehe, wie hoch der Füllstand in Rottmanns Exemplar ist, kann ich, falls nötig, nach unten korrigieren, während er mir wie geplant das Wasser holt.

Weiter denke ich nicht, sonst drehe ich durch.

Plötzlich geht die Tür auf.

Zwanzig nach elf. Draußen tobt es so laut, dass ich die Schritte auf dem Gang überhört habe.

Rottmann kommt direkt auf mich zu, ohne sich zu entschuldigen. Er wirkt fahrig, als er einen unverpackten Blister aus seinem Kittel zieht und zwei Tabletten rausdrückt.

»Dormicum« lese ich blitzschnell auf der Unterseite, bevor er ihn wieder wegpackt. Ein Schlafmittel? Doch keine Spritze?

Ich werde panisch, versuche aber tapfer, weiterzuatmen als wäre nichts.

Bevor ich etwas sagen kann, steht er auf und holt mir ohne Umschweife ein Zahnputzglas voll Wasser aus dem Bad.

Großer Gott, was mache ich denn jetzt? Mein Ablenkungsmanöver ist damit für den Arsch.

»Hier«, sagt er und hält mir die Pillen hin.

Auf keinen Fall darf ich das Zeug wirklich schlucken.

Ich tue so, als legte ich mir beide Tabletten an die Schwelle zum Rachen. Während ich das Wasser hinzuspüle, schiebe ich eine jedoch ganz nach hinten in die obere Backentasche, die andere verstecke ich unter der Zunge. Dann schlucke ich übertrieben und röchle ein bisschen nach.

»Mund aufmachen«, sagt Rottmann und ich merke, wie mir das Blut in die Wangen schießt.

Ich gehorche. Was bleibt mir auch übrig? »Ich denk, ich krieg 'ne Beruhigungs*spritze*?«

Er stellt auf stur. »Zunge hoch.«

»Aber ich habe Angst vor Tabletten. Reicht nicht eine?«, nuschle ich. Mein Bammel ist echt, ich brauche die volle Kontrolle.

Er muss nicht antworten. Ich weiß, dass die Show hier zu Ende ist, wenn ich mich weigere.

Er steht auf und holt nochmal Wasser.

Also schlucke ich. Immerhin bin ich so geistesgegenwärtig, gleichzeitig Tablette Nummer zwei aus der Backe zu spülen und unter die Zunge gleiten zu lassen. Nichts taugt besser als ein einmal enttarntes Versteck.

Rottmann verlangt, dass ich den Mund wieder öffne und fährt meine äußeren Zahnreihen mit dem Finger ab. Unfassbar, was er sich rausnimmt. Sechzig Jahre früher hätte er dafür einen Orden bekommen.

Er nickt zufrieden und ich bin froh, dass mein Trick funktioniert hat. Bloß blöd, dass ich zumindest eine der Pillen intus habe. Mir bleibt nur die Hoffnung, dass das zu wenig ist für einen Knock-out.

Ich lehne mich wieder zurück und beobachte ihn. Da merke ich, dass er genauso zittert wie ich.

Er springt auf. »Warten Sie hier. Nicht rühren«, sagt er. »Ich bin gleich wieder da.«

Jetzt schließt er die Gardinen, denke ich, irre mich aber. Mit schnellem Schritt verschwindet er in meinem Bad. Ich höre ein »Verdammt!«, gefolgt von einem leisen Klirren.

Sofort steht er wieder vor mir. »Haben Sie irgendwas mit Zucker?«, fragt er mich und ich denke, jetzt dreht er völlig am Rad. Dann verstehe ich.

Er ist Diabetiker und hat zu viel Insulin im Blut.

Absichtlich schüttle ich den Kopf, obwohl Seitz' Schokoriegel noch immer in meinem Rucksack gammelt. Für den ersten Schub würde es vielleicht genügen, aber ich will, dass Rottmann geschwächt ist. Das macht mir das Austricksen leichter. Außerdem kann ich nicht sprechen. Die Tablette liegt noch immer unter meiner Zunge.

Rottmann flucht erneut und zischt mich an: »Sie bleiben, wo Sie sind.«

Dann ist er raus und ich sitze in meinem Bett wie nach einem bösen Traum. Ein gewaltiges Krachen von draußen bringt mich zur Besinnung. Es klingt, als wäre der Blitz direkt ins Dach der Klinik gefahren.

Ich bin sofort auf den Beinen, spucke im Laufen die Tablette aus, die schon dabei war sich aufzulösen, und rase ins Bad, wo ich sie in den Ausguss spüle. Auf der Waschtischablage liegt etwas, das mich jubilieren lässt. Offenbar hat Rottmann seine Kitteltaschen auf der Suche nach Essbarem geleert und vergessen, die Spritze wieder einzustecken. Endlich geht mal was leichter als ich dachte.

Ich packe sie und stürme zurück zum Bett. Sie ist kaum weniger gefüllt als mein Kochsalzexemplar und landet in der Nachttischschublade. Zum Schutz lege ich Martys Brief darüber. Mit der anderen flitze ich ins Bad. Meine Beine fahren gerade unter die Bettdecke, da geht die Tür wieder auf. Rottmann läuft schnurstracks in die Nasszelle und holt die Spritze. Das gibt mir noch fünf Sekunden. Ich drapiere das Plumeau und stelle mich leicht schläfrig, als sein Kopf um die Ecke biegt.

Er kaut noch. Wahrscheinlich war er im Schwesternzimmer und hat sich an dem Traubenzucker aus der Schale bedient, die dort im Regal steht. Sie ist mir am Tag der Blutentnahme aufgefallen. Sieht so aus, als wäre sein Unterzucker ein regelmäßiges Problem.

Ohne weiteres Aufhebens ergreift er meinen rechten Arm, schiebt das Nachtshirt hoch und tastet nach der Vene, als wäre die Unterbrechung nie gewesen.

»Sie werden jetzt lang schlafen«, sagt er und presst mir das Natriumchlorid so schnell und ruppig in die Ader, dass es wehtut.

»Das Nachgespräch ist morgen um vierzehn Uhr«, sagt er noch und erhebt sich vom Bettrand.

Aber da habe ich die Augen schon geschlossen und mache auf benommen. Das Internet-Universum hat mir verraten, dass Ketamin intravenös schon binnen Sekunden wirkt.

Zwischen zwei Donnergrollen höre ich, wie Rottmann die Tür schließt. Kaum ist er mutmaßlich außer Hörweite, springe ich aus dem Bett und verriegle sie. Das ist unsinnig, denn jetzt habe ich es überstanden. Trotzdem will ich mich so geborgen wie möglich fühlen, bevor ich wieder unter die Bettdecke krieche.

Jetzt mehr denn je, wo meine Glieder spürbar schwerer werden und mein Kopf so angenehm leer.

O.K. 0 Uhr. Keine Reaktion auf nix. D. hast es so gewollt. Morg. buch i. d. Zug. Dein Marty

Ich liege im Ozean und mache »tote Frau«. Das habe ich schon als Kind gemocht. Einfach treiben lassen ohne Sinn.

Das Wasser spielt mit mir, schwappt in Wellen an mir entlang. Ganz sanft. Ein bisschen wie Schaukeln, nur viel weicher. Unter mir klacken Kiesel aneinander, von der Kraft der Gezeiten in die Tiefe gezogen. Um mich herum ist das Licht ätherisch. Ich sehe Prismen in atemberaubenden Farben, so schön wie nie. Die Sonne muss im Zenit stehen, sie ist so strahlend hell, dass ich nicht hineinblicken kann. Nur spüren, wie ihr Gelb mich flutet.

Warm und geborgen.

Möwen durchschneiden den Himmel in goldenen Gefiedern und kreischen sich ihre Botschaften zu. Leicht geht der Wind über mich hinweg, streichelt mir eine Gänsehaut und trägt mir den Duft der Welt in die Nase. Von Fischen und Salz, Algen und Sand, Leibern und Sonnenhaut …

… und frischem Pfefferminz.

Pfefferminz?

Ein Bild flammt auf.

Ich erkenne es nicht. Zu unscharf.

Watte in meinem Kopf

Aber mein Körper wird instinktiv hart wie Schiffsstahl. Ich bin sofort da. Und Gott sei Dank klar genug, die Augen geschlossen zu halten.

Ich bin nicht allein.

Direkt neben mir atmet jemand.

Und dieser jemand denkt, ich schlafe tief und fest.

Nur Rottmann kann das wissen.

Was will er noch?

Sehen, ob es mir gut geht?

Wohl kaum. Das hat ihn noch nie interessiert.

Er stupst mich an. Ich bleibe reglos, aber mein Puls jagt mir bis unter die Schläfen. Krampfhaft versuche ich, die Luft in gleichmäßigen Zügen zu ventilieren.

Eine falsche Bewegung und ich folge Mascha und Susann. Das weiß ich so sicher, wie ich meine tatenlosen Hände spüre, die klein und kindlich nackt neben meinen Beinen liegen.

Etwa auf Höhe meiner Taille geht die Matratze hoch, als der Druck eines Gewichtes weicht. Der Körper, der ihn ausgeübt hat, erhebt sich. Er saß neben mir.

Etwas an ihm raschelt und fällt zu Boden.

Der Kittel?

Es folgt ein Geräusch, als streife er etwas über.

Jetzt geht er zum Fenster. Leise Schritte. Aber fest. Wie wenn jemand ganz bewusst einen Fuß vor den anderen setzt.

Ich höre, wie er die Vorhänge zuzieht. Dahinter tobt noch immer der brausende Sturm.

Meine Lider klappen auf wie Muscheln, bieten meinen Augen einen zögerlichen Spalt aus der Deckung.

Im Zimmer ist es stockdunkel. Alles ist vollkommen finster. Keine Chance, viel mehr als Konturen zu sehen.

Ich hätte schwören können, dass das Nachtlicht noch an war, als ich weggesackt bin. Er muss es eben gelöscht haben. Daneben steht das Kliniktelefon. Ob es eine Nottaste hat? Käme ich überhaupt dran?

Nein, zu weit weg.

Plötzlich ein Inferno aus Licht von draußen. Und eine schwarze Gestalt von hinten, ohne Haare, wie aus einem Guss. Ihre Hände leuchten auf wie Neon.

Mein Atem stockt, bis ich begreife.

Handschuhe.

Und wozu die Maske?

In meinen Ohren setzt lautstarkes Rauschen ein. Ich wusste nicht, dass Blut das so intensiv kann.

Er wird doch nicht …

Jetzt nicht durchdrehen. Weiteratmen. Weiteratmen.

Nicht schreien. Bloß nicht.

Wie wahnsinnig muss ich gewesen sein zu denken, mit Rottmanns Abgang sei es überstanden? Das wäre alles gewesen? Aus und vorbei. Am neuen Morgen bloß noch zur Polizei mit der Spritze und der Rest eine Formalität. Papierkram. Zeugenaussage. Schlagzeile. Berühmtheit.

Mein Hals schwillt zu.

Ella!

Renn!

Jetzt!

Ich bin vom Scheitel an gelähmt.

Der Schatten dreht sich. Nur auf Augenhöhe sind helle Löcher mit dunklen Punkten darin. Mehr sehe ich nicht.

Meine Lider schnellen runter wie Falltüren. Oh Gott, bitte. Hoffentlich hat er es nicht bemerkt.

Ich wage kaum zu schlucken. Schluckt man, wenn man schläft? Hilfe, warum weiß ich das nicht?

Die Gestalt bewegt sich auf mich zu.

Wie ist er nur reingekommen? Wie, verdammt? Ich hatte doch nach seinem Abgang abgesperrt.

Das Klacken der Steine in meinem Traum gerade. Es war die Tür, die leise wieder ins Schloss schnappte.

Aber wie …?

Mein umgehängtes Maltherapiebild schießt mir vors innere Auge. Natürlich. Wer einen Generalschlüssel hat, muss nicht durch Wände gehen.

Aber warum hat er das getan? Noch bevor ich mich für sein Programm entschied?

Warum? Warum ich?

In Wahrheit hat *er* geplant, nicht wir.

Unser großartiger Plan.

Großartig.

Scheiße.

Die Schritte stoppen. Jetzt ist er wieder bei mir angelangt. Fast kann ich ihn fühlen. Seine Präsenz neben dem Bett.

Oh nein. Bitte, bitte nicht.

Er ist nicht mehr der Jüngste. Aber immer noch ein Mann. Wie reell ist meine Chance gegen ihn?

Ich denke an Lysander. Unser zärtliches Balgen. Die verhaltene Kraft, die ich dahinter spürte. Vorsichtig dosiert. Wie schwer sein Körper danach war.

Plötzlich ein Blitz der Hoffnung.

Die Nachttischlampe. Sie hat einen Messingfuß.

Ein Ratschen zerreißt die Luft. Das Geräusch ist unmissverständlich. Ein Reißverschluss.

Im Handumdrehen ist die Decke weg. Mir bricht der Schweiß aus. Er ist eiskalt, macht mich frieren.

Der Schatten schnauft schneller. Unter der Maske kriegt er schlecht Luft.

Kann ich die Lampe packen?

Soll ich gleichzeitig schreien, wenn ich zuschlage?

Und wann ist der richtige Moment? Ich werde nur einen haben. Darf ihn nicht verfehlen.

Schon ist meine Schlafanzughose mit geübten Griffen bis zu den Füßen heruntergestreift. Entsetzen ist wirklich nackt.

Ich halte die Luft an.

Die Tränen wollen unter den Lidern hervorquellen. Ich blinzle und sehe ihn an. Kann nicht anders.

Er bemerkt es nicht, packt ein Kondom aus, rollt es ab.

Dann schiebt er sich über mich.

Ich versteife.

Jetzt oder nie!

Ich schreie heiser. Mein Arm schnellt hoch, greift ins Leere, rudert, stößt gegen die Lampe, schnappt sie, reißt sie rüber.

Etwas fällt und klatscht auf den Boden.

Der Stecker verhakt sich, das Kabel spannt.

Zu kurz, viel zu kurz.

Ich schlage zu. Nur mit dem Schirm.

Er zuckt zurück und ich nutze den Moment der Verblüffung, winde mich unter ihm hervor und robbe zur Bettkante.

Meine Füße erreichen den Boden, meine Hände stützen sich am Bord ab, tasten, finden nichts.

Er springt behände hoch und packt mich an der Schulter, reißt mich herum, so dass es knackt.

Ich rucke mich weg, der Schmerz bohrt sich tief ins Gelenk.

Er lässt los und ich verliere das Gleichgewicht, knalle rücklings aufs Parkett wie ein gefällter Baum.

Sofort ist er über mir, verschließt mir den Mund mit der Hand. Die andere langt nach meinem Arm.

Schreien geht nicht mehr. Ich brauche die Luft.

Ich trete mit den Knien nach ihm, hämmere mit der freien Faust auf seinen Schädel ein. Es klebt. Blut vom Lampenschirm. Doch härter getroffen. Mit dem Gestänge.

Aber ich bin viel zu kraftlos, noch halb betäubt von der Tablette. Kann nichts ausrichten. Er ist stärker als ich, lässt sich längs auf mich fallen, presst mir den Atem aus der Lunge, begräbt meine Arme unter sich und nimmt mir den letzten Raum für Bewegung.

Ich zapple, als ich seine Haut an meiner spürc, hebe den Kopf, werfe ihn hin und her. Er quetscht ihn seitlich zu Boden und dreht seine Hand jetzt so, dass sie auch meine Nase bedeckt.

Luft, ich kriege keine Luft mehr.

»Scheiße«, höre ich ihn fast lautlos keuchen, »Scheiße, Scheiße.«

Er hält einen Moment inne, beruhigt seinen Atem. Dann verlagert er das Gewicht nach rechts und streckt einen Arm zur Seite. Durch den Schleier meiner Panik nehme ich aus dem Augenwinkel wahr, wie er sich den Kittel heranzuziehen versucht. Er schimmert milchig neben dem Bett.

»In den Wald«, flüstert er zu sich. »Eigenmächtige Abreise. Und vermisst ist nicht tot.«

Ich bin fast irrsinnig vor Angst, muss mich davon ablenken. Seine Hand liegt auf meinem Gesicht wie ein Deckel. Gleich hat er mich erstickt, einfach so. Kann nicht denken. Jetzt auch noch Schmerzen an der Wange. Etwas liegt darunter auf dem Boden und drückt gegen den Knochen. Hart und kalt.

Das kann doch nur …

Lysanders. Kette. Sein.

Der Anhänger! Das silberne Auge des Horus. Das war es, was eben vom Nachttisch gefallen ist.

Rottmann beschimpft sich leise.

Ich verstehe nur noch Fragmente.

»Schwachkopf … hätte … danach …«

Seine Reichweite langt nicht. Er muss sich noch ein Stück weiter recken. Dann endlich kriegt er den Stoff zu packen.

Mein rechter Arm hat plötzlich Spiel. Millimeter für Millimeter arbeite ich ihn frei.

Es bemerkt es nicht, ist zu fokussiert auf das, was er sucht. Und findet seinen Notausgang.

Ich meinen auch. Wenn der Sauerstoffrest reicht.

Mir ist, als müsste ich gleich platzen.

Unterhalb des metallenen Auges befindet sich ein Steg.

Wie eine Tränenbahn.

In dem Moment, wo er sich mit der gezückten Spritze wieder zu mir dreht, packe ich das Amulett und ramme den Zapfen in Richtung Pupille.

Er sieht ihn kommen und dreht den Kopf.

Meine Waffe verfehlt ihr Ziel. Trifft nur den Winkel am Nasenbein.

Seine Hand zuckt reflexhaft zum Schmerz.

Ich japse tief und denke, meine Lunge birst. Kann nichts mehr tun als husten.

Er schnauft wie ein verwundeter Stier. Die Augen in den Maskenhöhlen sind nur noch Schlitze.

Das war's dann, Ella.

Ich habe ihm wehgetan. Aber nicht genug.

Der Husten schüttelt mich so, dass ich bebe. Dahinter sterbe ich gerade ab. Durchlebe den Traum von meiner Flucht durch den Dschungel ein zweites Mal. Das Zeichen der ersten Nacht. Da glaubte ich noch, dass Danny meine Heimsuchung sei. Mir ist, als halte ich die Wurzeln, an die ich mich krallte, noch immer in der Hand.

Und dann wird mir klar, dass es Leder ist, was ich in meiner Rechten spüre. Und beide Arme sind frei.

Horus gibt mir noch eine letzte Chance.

Plötzlich werde ich völlig ruhig.

Rottmann ist es schon. Sein Blick brennt sich in meinen Kopf. Wie können seine Augen nur so schwarz sein?

Er atmet tief durch. Dann beugt er sich vor und setzt die Nadel in einer geübten Bewegung auf meine Halsschlagader. Ich habe keinen Zweifel, dass sie diesmal tödlich ist. Wenn nicht ihr Inhalt, dann das, was Rottmann danach mit mir machen wird.

Wir sind beide ganz still.

Nur der Regen trommelt seinen Schlussakkord gegen die Scheiben.

Tausend Bilder ziehen mir durch den Kopf. Ich sehe Mascha vor mir. Ihr schüchternes Lächeln. Wie sie sich zurechtgemacht hat an dem Abend, als wir zum Fest gegangen sind. Sie strahlte wie ein Stern. Und Susann in ihrer aufgesetzten Weibchenhaftigkeit, dahinter der Hoffnungsschimmer in ihren Augen.

Die gebrochenen Frauen am anderen Ende der Hotline. Ihre Gesichter, die ich mir dazu vorgestellt habe. Zerschlagen und blau. Nur eine war stark.

»Wer anderen wehtut, hat selber Schmerzen«, hat sie gesagt. »Ich kann mir verzeihen, aber er muss in seiner Hölle leben.«

Und plötzlich weiß ich, wie es gehen kann. Es ist nur ein schmaler Grat. Aber Machthunger ist nichts anderes als ein Ersatz für mangelnde …

»Ich liebe dich«, sage ich und denke dabei an ein anderes Gesicht.

Die Spritze vibriert an meinem Hals. Er zittert.

»Mein letzter Wunsch ist dein Kuss.«

Ich schließe meine Augen, liefere mich aus.

Spüre, wie er näher kommt. Zögert.

Dann höre ich ein Rascheln. Die Maske schabt übers Kinn.

Als unsere Lippen sich berühren, lege ich ihm sanft die Hände um den Nacken. Er lässt es geschehen und sticht die Nadel langsam ein.

Seine Haut riecht nach frischer Wäsche.

Meine Augen springen auf und meine Hände sind so schnell, dass er nicht weiß, wie ihm geschieht.

Er hat den Stoff der Maske nur ein paar Zentimeter hochgeschoben, aber das reicht mir. Über dem schwarzen Rollkragen ist sein Hals ungeschützt.

Ich schlinge das Lederband um seine Kehle und ziehe es mit einem Ruck zusammen.

Meine Ketten lege ich immer geöffnet ab. Jetzt weiß ich, warum.

Dank einer unkontrollierten Bewegung rutscht die Spritze aus dem Einstich. Sie fällt auf den Boden und kullert weg. Er greift sich mit beiden Händen an den Hals, kommt aber nicht unter den Riemen. Seine Männerfinger sind zu dick, das Gummi seiner Handschuhe zu glatt.

Meine Kraft wächst mit jeder Sekunde.

Ich will leben. Bäume mich gegen ihn auf.

Er röchelt und fängt an zu zucken. Seine Zunge schießt unkontrolliert aus dem Mund.

Ich ziehe fester. Noch ein Stück.

Bis sich seine Augen verdrehen und er zusammenknickt.

Ich rolle ihn von mir und raffe meine Hose hoch.

Was jetzt?

Zur Vordertür laufen kann ich nicht mehr. Meine Beine sind taub. Außerdem wird er sie wieder abgeschlossen haben, um ganz ungestört mit mir zu sein. Mein Schlüssel liegt auf dem Nachttisch, hinter ihm, unerreichbar, in einem parallelen Universum.

Bleibt die Terrassentür. Ich krieche hin. An der Klinke ziehe ich mich auf die Knie. Sie bewegt sich ein wenig, aber die Tür lässt sich nicht öffnen. Ich rüttle wie eine Geisteskranke. Nichts passiert. Am Fenster, zu dem ich mich hochstemme, das Gleiche. Tränen nehmen mir die Sicht.

Ein Ächzen lässt mich herumfahren. Er hat meine Panik genutzt, um unbemerkt hinter dem Sessel heranzukriechen. Jetzt liegt er bäuchlings direkt hinter mir und grabscht nach meinem nackten Fuß. Er verfehlt ihn knapp. Die Maske ist so verrutscht, dass er nicht mehr richtig sehen kann.

Ich trete ihm voll ins Gesicht. Wieder und wieder. Bis er sich nicht mehr rührt. Mein nackter Fuß schmerzt höllisch, aber darum kann ich mich jetzt nicht kümmern. Stattdessen greife ich über den Maskierten hinweg zum Fernsehschrank und zerre die Wäscheleine heraus, die ich nie benutzt habe. Dass der Mistkerl nach Lenor duftet, ist meine Brücke ins Leben, sie hat mir die Erinnerung an das Seil geschenkt.

Ich knote es um seine Gelenke, komme auf die Füße und schleife ihn mit letzter Kraft zu der Säule, gegen die ich jede Nacht auf dem Weg zum Bad gestoßen bin.

Noch so eben schaffe ich es, Licht zu machen und seine ausgestreckten Arme um das Metall zu zurren.

Er stöhnt, wehrt sich aber nicht mehr.

Mit dem letzten Handgriff löse ich mich in überdrehter Erschöpfung auf, bin vom Haaransatz an nur noch Zittern. Mein Rücken rutscht an der Säule hinab. Ich spüre ihn nicht mehr.

Der Lauf der Zeit ist durchschnitten.

Ich will weg, aber ich kann mich nicht bewegen.

Darf es auch nicht.

Denn erst muss ich Antworten haben. Jetzt. Bevor mir das Nachbeben der Angst die Besinnung raubt. Aber ohne Maske. Sie macht ihn zum Gespenst, lässt mich den Kontakt zur Realität verlieren.

Zum Wegsprung bereit beuge ich mich über den reglosen Menschenfresser und hebe seinen Kopf vom Boden. Erst in diesem Moment sehe ich es. Vorher hat das »Dormicum« mich vernebelt. Die Panik hat es weggefegt.

Das glatte Fleisch mit dem blutigen Striemen über dem Rollkragen gehört nicht zu Rottmann.

Ich reiße die Maske hoch.

Das Gesicht auch nicht.

Blitze durchzucken die Schwärze der Nacht. In kurzen Abständen folgt ihnen ein tiefes Grollen, das über die Insel rumpelt, als würde ein Riese mit Felsbrocken Boule spielen und sie immer wieder mit einem ohrenbetäubenden Knall aufeinanderprallen lassen.

Ungeachtet dessen setzt der Helikopter endlich mit einem Ruck auf, nachdem er wie eine gereizte Wespe kurz vorm Angriff über dem Pflaster hin und her gependelt ist, um die geeignete Position zu finden. Lysander klettert Coordes und Albers hinterher, die den kleinen Hubschrauber umgehend verlassen haben, obwohl der Rotor noch flappt. Starkregen trifft ihn wie das

Trommelfeuer der Apokalypse. Derart unerbittlich mit Wind und Wasser beschossen hat er Mühe, ihnen zu folgen. Stattdessen läuft er in die falsche Richtung und schreit erschrocken auf.

Die dunkel schattierte Gestalt neben der Düne bewegt die Beine auf und ab, bleibt aber stehen. Erst beim zweiten Hinsehen erkennt Lysander, dass er einen hochgewachsenen Irish Tinker vor sich hat. Der Rappschecke ist vor einen Wagen gespannt und gibt keinen Mucks von sich. Beide starren sich an. Doch bevor Lysander sich aus seiner Überraschung reißen kann, hört er schon, wie Coordes ihn ruft, und kämpft sich geduckt zum Eingang vor.

»Da hinten steht ein Pferd mit Kutsche«, sagt er erschüttert und kommt sich vor wie ein entlaufener Irrer. »Was hat das zu –?«

»Dass wir nicht allein sind.« Die Kommissarin schwenkt wütend zu Albers herum, der von der Gebäudeseite her auf sie zugerannt kommt.

»Sie sind zu. Alle, die ich auf die Schnelle finden konnte«, brüllt er ihnen entgegen.

»Das gibt's doch nicht, verdammt noch mal.« Sie dreht sich zu Lysander. »Hat die Dunenburg irgendwo eine Hintertür?«

Verständnislos sieht er sie an.

»Herrgott, Falk! Sie wollen mir doch nicht erzählen, dass sich hier jeder an die Schließzeiten hält, oder was?«

»Nein, aber man muss ebenerdig wohnen und die Terrassentür auflassen. Oder wen kennen, der das getan hat.«

Sie wechselt einen hektischen Blick mit Albers, der mittlerweile wieder zu ihnen gestoßen ist. Für die Suche im Heuhaufen haben sie jetzt absolut keine Zeit.

Plötzlich sieht Lysander eine Bewegung hinter der Scheibe. Er rüttelt die Kommissarin an der Schulter. »Da ist was!«

Ihr Blick folgt seinem ausgestreckten Finger und irrlichtert an der Scheibe herum. »Tatsächlich«, sagt sie schließlich. »Und ich weiß auch, was.«

Jetzt weiß ich, was mit den Augen nicht stimmt. Die honigfarbene Iris sieht mich kläglich an. Sie ist blutgetränkt. Ich schnelle zurück wie nach einem Peitschenhieb.

Seitz' Wimmern klingt nach Tier.

Allmächtiger.

Dass ich nach hinten weiche, merke ich erst, als die Wand mich bremst.

Unter Stöhnen versucht er, sich aufzurichten, robbt auf Ellbogen und Knien zur Säule, rutscht an ihr ab und bleibt bizarr verdreht auf der Seite liegen. Sein Schwanz klemmt schlaff zwischen den Zähnen des Reißverschlusses fest. Das Kondom hängt wie Spucke am Zipfel.

Kraftlos zerrt er an der Fessel, aber sie schneidet ihm nur noch tiefer in die Gelenke.

Er sieht erbarmungswürdig aus.

Ich merke, dass ich weine. Die Tränen laufen mir in den Mund. Warum weine ich?

Ein Gefühl schiebt sich in die Trauer. Es ist kein Mitleid, sondern kalt wie ein erloschener Stern und wird mit jeder Sekunde gewaltiger.

Ich warte, bis es groß genug ist, um mir die Sprache wiederzugeben. Es reicht nur für ein einziges Wort.

»Warum?«

Er zuckt zusammen, als hätte er vergessen, dass ich ein Mensch bin, ein Wesen aus Fleisch und Blut, das sich artikulieren kann.

Sein Blick geht hohl an mir vorbei, versandet irgendwo an der Wand.

»Warum?«, wiederhole ich, obwohl ich sicher bin, dass er mich verstanden hat.

»Ich wollte das nicht«, sagt er schwach und schafft es nicht, mir in die Augen zu sehen. Quälend mühsam richtet er sich auf und lehnt sich ans Bett, die einzige halbwegs erträgliche Position, die seine gefesselten Hände ihm erlauben.

»Was wolltest du nicht?«, frage ich und merke, wie meine Stimme ihre Kraft zurückgewinnt. Die Höflichkeit eines »Sie« bringe ich nicht mehr über mich. »Das heimliche Ficken? Oder das Abstechen?« Es ist unbändige Wut, die hinter den Tränen hervorkommt und sich immer weiter in mir ausdehnt.

»Mascha«, sagt er und seine Stimme bröckelt, als hätte er Sand zwischen den Zähnen. »Mascha«, setzt er neu an, »das habe ich nicht gewollt. Es war ein … Unfall. Sie ist zu früh aufgewacht, diesmal. Mittendrin. Ich, … ich konnte nicht anders.« Er spricht abwesend, wie jemand, der einen Film sieht, während er redet und nur halb bei der Sache ist. »Sie hat nichts davon gemerkt. Es war alles ganz sauber, ohne Schmerzen. Ich wollte ihr nicht wehtun.«

Er starrt befremdet an sich hinab. Am liebsten würde ich seinen Beglücker um einen Kopf kürzer machen.

Zack und das Elend ist ab.

Er sieht meinen Blick und schreckt zusammen. »Sie fing plötzlich an, sich zu bewegen, machte die Augen auf. Da bin ich durchgedreht, hab nachgespritzt«, sagt er hastig, als könnte er mich damit besänftigen. »Ich habe immer was dabei. Für …«, er stockt, »für den Fall, dass … sowas passiert. Aber nur wenig. Ich wollte nicht, dass jemand stirbt, wirklich nicht.«

Sauber, strömt es mir bitter durch den Kopf, als wären meine Hirnsäfte durch Galle ersetzt worden. Ein sauberes Verbrechen. Der merkt gar nicht, dass er kaputter ist als all die Klinik-Freaks zusammen. Und ich hatte ihn für einen Mann mit Empathie gehalten, für kultiviert und sensibel, für ein zivilisiertes Wesen mit einer ausgeprägten Ethik, so herzlich und zugewandt, wie er mit uns in der Einführung umging. Ganz anders als Rottmann.

Alles Fassade.

Mir fällt unsere erste Begegnung ein. Wie er Kalo mit seinem spitzbübischen Lächeln blendete und aus der Klinik zur Kutsche humpelte. Seltsam, das habe ich ihm gleich nicht abgenommen. Aber er ist mir völlig aus dem Blick geraten. Wie jemand, der eine Tarnkappe trägt oder in einer geschickten Mimese mit seiner Umwelt verschmilzt.

Ein unsichtbarer Mörder, der von allen geliebt werden will.

Ich erschaudere und schlinge mir die Arme um die Schultern. »Ketamin«, stoße ich zwischen den Zähnen hervor. »Ihr betäubt die Frauen unter dem Deckmantel dieser ach so hilfreichen Therapie und dann macht ihr euch anschließend über sie her wie die Viecher.«

Jetzt endlich sieht er mich an. Überrascht, dann gibt er seinen letzten Rest Widerstand auf. »Nein«, sagt er schließlich. »Aurora. Und Rottmann weiß nicht, was ich nach seiner Spritze mit ihnen mache. Ich … es ist meine …«, er beißt sich auf die Unterlippe. »Das mache ich allein.«

Dass Rottmann von den Vergewaltigungen nichts weiß, fällt mir schwer zu glauben, wo er doch alles und jeden peinlichst unter Kontrolle zu halten versucht.

Aber wovon redet Seitz? Je mehr er preisgibt, desto kryptischer wird es. »Aurora? Deine Sache? Was soll das alles?«

Er senkt den Kopf. Ich fürchte, er macht dicht. Aber er scheint reden zu wollen. »Aurora, die Morgenröte, ist eine Modifikation. Die Wirkung des Ketamins ist erheblich potenziert. Durch die Verstärkung ist das euphorische und halluzinatorische Erleben noch viel intensiver. Eine Explosion der Synapsen quasi, mit außerkörperlicher Erfahrung. Aurora verändert das Bewusstsein im Kern. Die vorherige Gabe des Tranquilizers ›Dormicum‹ mit dem Wirkstoff Midazolam verlängert den Rausch und dämpft zugleich die negativen Effekte beim Wiederkommen.«

Also war es beileibe kein Schlafmittel, das Rottmann mich zu schlucken zwang, sondern eine Art Viagra für das Ketamin. »Hat Rottmann sich das selbst ausgedacht?«

Er sieht kurz auf, als wolle er sich versichern, dass ich die Frage ernst meine.

»Ich will es wissen«, sage ich gepresst vor Anspannung. »Alles.«

Er nickt und schlägt die Augen wieder nieder. Mit heiler Haut kommt er hier sowieso nicht mehr raus. Wenn ich ihn nicht massakriere, dann spätestens Rottmann. Dass er sich auf seine medizinische Fachsprache zurückziehen kann, scheint ihm aber irgendwie zu helfen. Er atmet ruhiger.

»Nein, Rottmann ist nur ein Rädchen. An dem Projekt arbeitet eine Gruppe von Spezialisten schon seit Jahren, natürlich im Hintergrund. Offizielle Forschungen versuchen, dem Tiger die Zähne zu ziehen und das Ketamin so abzuwandeln, dass es die Depression besiegt, ohne derart tief greifend auf die Psyche einzuwirken. Aber es gibt seit längerem ein paar Außenseiter, die sich gefragt haben, ob es eben nicht genau dieser eine, das Fundament erschütternde Effekt des Ketamins ist, der die Menschen erlöst. Sie sind davon überzeugt, dass gerade die existenzielle Grenzerfahrung die Depressiven aufrüttelt und schlagartig zu neuroplastischen Veränderungen in ihren Gehirnen führt. Damit wäre der Teufelskreis durchbrochen.«

Und ein neuer geschaffen, denke ich. Schon der Gedanke an die ewige Erlösung macht abhängig. Einmal angefixt, wird die Zielgruppe aus Panik vor Rückfällen immer wieder danach gieren, sobald sich nur ein Hauch schlechter Laune anschleicht. Wenn sie wissen, was ihnen hilft, werden die gequälten Seelen nur allzu bereit sein, fast jeden Preis zu zahlen. Als Ablass für ein neues Leben. Jetzt wird mir auch klar, warum sie das Zeug »Aurora« getauft haben.

»Aurum«, als Hinweis auf die goldene Nase, die sich damit verdienen lässt, wäre zu offensichtlich gewesen. An Zynismus ist das kaum zu überbieten.

»Außer der Dunenburg testen noch andere Kliniken, allesamt klein und unbehelligt von öffentlicher Aufmerksamkeit«, fährt Seitz fort. Er klingt resigniert. Dass er in einer dieser unbedeutenden Kliniken arbeitet, scheint nicht der einzige Grund dafür zu sein. Etwas anderes schwingt darin mit, das tiefer sitzt. Aber ich kann es nicht in Worte fassen.

»Und dann?«, frage ich stattdessen. »Ein Dealerring als Drehkreuz?«

»Genau das nicht«, sagt er. »Wir sprechen von angepassten Bürgern, die keine Berührung mit dem Schmutz der Drogenszene wollen. Und auch nicht das Risiko, gepanschtes Zeug zu kriegen. Sonst könnten sie sich ja schon längst in den entsprechenden Clubs versorgen. Die meisten wollen ja gerade nicht sterben. Nicht wirklich jedenfalls. Aber sie brauchen das Ketamin für die Zeit der ausweglosen Dunkelheit.«

»Wie dann? Und wer?«

Er sieht mich an, wägt ab, was er sagt. »Über ein Netzwerk. Mit den Tests versichern sie sich, dass alles rund läuft. Sie brauchen schließlich gute Mundpropaganda. Auf Bedarfsermittlung hin wird danach an Interessenten versandt. Über Briefkastenfirmen in handlichen Päckchen, alles fertig vorbereitet. Nur eben nicht legal.«

Mir schwant, welche Finanzkraft und Logistik dahinterstecken müssen. Würde mich nicht wundern, wenn namhafte Unternehmen im Hinterzimmer daran beteiligt sind, denen der offizielle Weg viel zu lange dauert. Mal abgesehen davon, ob so etwas wie Aurora überhaupt je genehmigt würde.

Ich war verrückt anzunehmen, Rottmann könnte das allein schaffen. Wer weiß, wie viele Menschen allein in dieser Republik scham- und ahnungslos für die Tests missbraucht werden.

»Und ihr glaubt allen Ernstes, die Leute spritzen sich das dann später selbst?«

»Ich glaube an gar nichts mehr«, sagt Seitz leise zu sich. Dann, lauter, an mich gewandt: »Nein, natürlich nicht. Intravenös wirkt es sofort. Du würdest nicht mal mehr die Spritze aus dem Arm kriegen. Außerdem ist es brandgefährlich, wenn man es zu schnell spritzt. Es kann eine Atemdepression auslösen. Wenn dann keine Intubation erfolgt, droht der Stillstand. Deswegen tüfteln sie an der Supertablette, alles in einem.«

War es das, was er vorhin mit mir vorhatte? Ein rascher Schuss Ketamin in die Halsschlagader und ich hauche mein Leben in den ewigen Jagdgründen aus? Muss nie mehr nach Luft schnappen und mir die Frage stellen, warum ich dieses Drecksleben doch noch will?

Klar. Für ihn ging es um alles. Jetzt ist er erledigt, weil er nicht geschafft hat, mich zu erledigen. Nur weil er der Sehnsucht nachgegeben hat, geliebt zu werden. Ich muss verdammt gut aufpassen, keinen Fehler zu machen. Wenn er versehentlich noch eine Chance kriegt, zerfleischt er mich wahrscheinlich, auch wenn er jetzt so friedlich dasitzt und kooperativ tut.

»Wer bezahlt das?«, versuche ich es nochmal, damit mein Einsatz sich lohnt.

Er sieht mich schräg an und schüttelt den Kopf. »Das ganze Land«, sagt er nur. »Es bekommt eine glückliche, gesunde Bevölkerung und steigert international seinen Wettbewerbsvorteil. *Operation Jericho.* Die Mauern der Depression werden zum Einsturz gebracht. Die Volkswirtschaft blüht. Der Einzelne lebt auf. Ein paar wenige werden reich. Eine Allianz zum Wohle aller. Ist das nicht fantastisch?«

Ich schlucke und fürchte, dass er mich kein bisschen verscheißert. Spüre, wie ich hin- und hergerissen bin. Es ist ein Teufelspakt, aber für die Gequälten trotz allem ein Gewinn, wenn es funktioniert. Ich muss daran denken, wie euphorisch Mascha war. Voller Pläne.

Die Wut kommt mit Wucht zurück. »Aber reich werden war nicht genug für dich, du wolltest mehr als das«, schleudere ich ihm hin.

Er schnauft bloß.

Klar, er ist nur ein kleines Licht. Noch kleiner als Rottmann. Wahrscheinlich war nicht viel für ihn drin.

»Verstehe. Du stehst am Ende der Nahrungskette. Da hast du dir ein kleines Zubrot besorgt. Den Beifang gefressen. Schnell konsumiert im Fahrwasser der Flotte. Ein Fick im blinden Fleck der Bewusstlosigkeit. Sie hat dich geschützt. Die Frauen wussten ja von nichts.« Ich wünschte, mein Blick könnte ihn verbrennen.

Jetzt, wo ich es ausspreche, wird mir jäh klar, was ich vom ersten Moment an in seinen Augen wahrgenommen habe: die flackernde Getriebenheit eines Süchtigen vor dem nächsten Schuss.

Er schweigt, starrt über den leblosen Schwanz hinweg seine ausgestreckten Beine an, das klassische Gesicht wie in Stein gemeißelt. Ich kann es nicht begreifen. Bei seinem Aussehen braucht er das doch nicht. Die Frauen hier reißen ihm mit ihren begehrlichen Blicken doch schon freiwillig die Hose runter. Aber darum geht es ja nie. Männer vergewaltigen, weil sie es können, rufe ich mir in den Sinn, was ich während der Nächte am Notruftelefon gelernt habe. Je geringer die Chance ist, dass sie dafür belangt werden, umso animalischer reißen sie ihre Beute. Wir sind immer im Krieg.

»Muss ein tolles Gefühl sein. So erhaben. Wie viele waren es denn, seit … wann startete das Projekt?«, fange ich an, ihn zu provozieren. Meine Wut halte ich nur noch mühsam im Zaum. Wer weiß, wie oft er sich allein an Mascha vergangen hat, die in ihrer Naivität dachte, das merkwürdige Gefühl im Unterleib sei bloß ihrem Unwillen zuzuschreiben, erwachsen zu werden.

Er reagiert nicht, gibt sich passiv und wehrlos.

»Aber bei Mascha lief es schief. Da musstest du handeln, damit du nicht auffliegst. Und das Projekt natürlich.«

»Auch wenn sie mich nicht erkannt hat, hätte sie geredet«, fährt er mir unerwartet dazwischen. »Mit irgendwem. Ich war überrumpelt, hab einfach den Kopf verloren. Das war nicht geplant. Ich konnte nicht anders.«

Seine Worte triefen so dermaßen vor Selbstmitleid, dass ich ihn schlagen könnte. Er war überrumpelt. *Er!* Unfassbar, wie man sich die Realität zurechtbiegen kann.

»Für eine Spontanaktion lief das Danach aber wie am Schnürchen«, gebe ich zurück. »Und Maschas frühere Selbstmordversuche kamen dir auch ganz wunderbar zupass. Genau wie die Vorgeschichte von Lysander Falk«, ergänze ich kalt. »Du hast doch gewusst, dass sie mit ihm geredet hat, wo hier immer alles gleich die Runde macht als gäbe es überall versteckte Kameras.«

»Ihr habt euch auch getroffen«, flüstert er und mein Herz wird zu einem Eisklumpen.

Meint er meine Begegnungen mit Mascha oder die mit Lysander? Und heißt das, dass er mich schon länger beobachtet hat?

Mir kommen die Verwüstungen meines Zimmers in den Sinn, das umgehängte Packpapier aus der Maltherapie. Die freundliche Gleichgültigkeit, mit der er mich meiner Verzweiflung überließ, mir in der Not bloß Schlaftabletten gab. In meinem Kopf fügt sich ein Pfeil zusammen, der unmissverständlich auf ihn zeigt: All das hat er getan, um mich mürbe zu machen. Nur wenn ich im Programm und betäubt war, konnte er auch zu *mir* kommen. Er hat mich Stück für Stück in Rottmanns Fänge getrieben, ohne dass ich es ahnte.

Mir wird ganz koddrig zumute.

Umso schroffer gehe ich ihn an. »Du wolltest es Lysander in die Schuhe schieben. Von Anfang an. Nicht nur, um nach Maschas Tod von dir abzulenken, sondern auch, damit ich meinen Beistand verliere. Zwei Fliegen mit einer Klappe.«

»Nein.« Er gibt sich ehrlich empört. »Erst Maschas Tagebuch hat mich auf die Idee gebracht. Es lag auf dem Boden am Bett. Ich habe es mitgenommen und gelesen. Ich dachte, vielleicht steht da was über mich drin. Oder das Projekt. Aber ich habe nur einen Brief an Falk gefunden. Sie war sauer auf ihn, ist auf Abstand gegangen. Es las sich wie das Ende einer Liebschaft.«

»Wie praktisch.«

»Ja. Daraufhin habe ich die Handschuhe in seinem Zimmer versteckt, oben im Kofferfach. Und handelsübliches Ketamin dazugepackt. Meine Frau war Veterinärmedizinerin. Sie benutzte es für die Narkose der Tiere. Damals.«

Sein Blick krallt sich hinter meinem Kopf an der Wand fest. Es sieht aus, als drifte er plötzlich in andere Sphären.

Also war *er* die Präsenz, die ich am Tag nach Susanns Tod in Lysanders Zimmer gespürt habe. Mir wird schlecht bei der Vorstellung, dass er hinter der Tür gelauert hat, als ich klopfte. »Wo ist es jetzt?«, hole ich ihn zurück.

Er guckt mich erstaunt an, als wäre er überrascht, dass ich hier bin. Oder als würde er mich zum ersten Mal sehen.

»Das Tagebuch«, helfe ich nach.

»Im Restefleischcontainer des Casinos«, sagt er und sieht mich an, als wäre ich das Monster und nicht er.

Nach dem, was ich gestern Abend in der Mülltonne an der Parkbank gesehen habe, kann ich mir vorstellen, dass davon bei dieser Witterung nichts übrig bleibt. »Und der Brief?«, versuche ich mich nicht beirren zu lassen.

»Den habe ich rausgerissen und zu Susanns Sachen gepackt. Zusammen mit diesem Puppenkopf. Es sollte nach Drama aussehen.«

»Weil du wusstest, dass die Polizei die Sachen dort finden würde, wenn sie nach ihrem Tod das Zimmer durchsucht. Weil du mit ihr das Gleiche geplant hast.«

»Nein.« Vehement schüttelt er den Kopf, als wolle er gleichzeitig einen Dämon loswerden, der ihm im Nacken sitzt. »Mit Susann hatte ich nichts geplant. Gar nichts. Ihr fehlte das Herz dafür. Sie ist bloß … dazwischengekommen.«

»Zu Mascha ins Zimmer?« Jetzt bin ich doch konfus. Was meint er mit Herz? Dass er sich nur an Frauen vergriffen hat, die eine gewisse Wärme ausstrahlten?

»Nein. Danach. Sie ist mir auf dem Gang begegnet. Mitten in der Nacht. Keine Ahnung, wo sie herkam. Ich verstehe das nicht. Es war doch alles verriegelt.«

Er sagt es genauso erschüttert, wie ich mich gerade fühle, während mir der Zusammenhang klar wird. Susann musste den Trick mit der Saunatür gekannt haben.

Als er meinen verstörten Blick bemerkt, deutet er mit dem Kinn auf seine Hosentasche. Diesmal keine Jeans, sondern schwarze Baumwolle. Er sieht aus wie eine schlechte Kopie Rottmanns.

»Ich habe eine Fernbedienung«, sagt er schwerfällig. Dabei habe ich ihn noch gar nicht gefragt, wie er alles verriegelt hat. »Von Rottmann geliehen. Nur für …«

Mir kriecht der Frost durch die Adern. Er spricht nicht von einem lächerlichen Generalschlüssel.

»Rottmann hat eine Zentralverriegelung für den ganzen Laden?« Für einen Moment vergesse ich meine Vorsicht und ziehe die Funksteuerung aus seiner leicht gebeulten Tasche. Er hält still.

Das schwarze Stück Gummi sieht genauso aus wie mein Schlüssel, nur dass ein »S« aufgeprägt ist.

»S für Silentium«, sagt Seitz, der meinen Blick sieht. Seine Stimme klingt fragil, wie die von jemandem, der gleich überschnappt. »Rottmann hat sich das Einschluss-System selbst ausgedacht. Es funktioniert nach dem Master-Slave-Prinzip, mit dem auch Mehrfachstecker ausgerüstet sind. Technisch umgesetzt hat es irgendwer vom Festland, der keine Fragen stellte. Für den Fall, dass man die Lage unter Kontrolle bringen muss, braucht man nur auf das »S« zu drücken und alle Türen und Fenster der Klinik sind dicht, von innen nicht mehr zu öffnen. Sie gehen erst wieder auf, wenn man den Knopf noch einmal betätigt.«

Ich schlucke. »Mit anderen Worten: Wer drin ist, dem hilft der schönste Standardschlüssel nichts.«

Er nickt.

»Wo ist Rottmann jetzt?«, frage ich.

»Eingesperrt, wie alle anderen. In seinem Büro. Ich hatte mir gerade den Zentralschlüssel aus seiner Schublade geholt, als er von dir zurückkehrte und sein Vorzimmer betrat. Er hat nicht mitgekriegt, wie ich auf den Gang entkommen bin.«

»Und die Informationen zu Jericho? Die Patientendaten? Die Testergebnisse? Wo finde ich die?«

»Ausschließlich auf Papier. Die Akten liegen in Rottmanns Tresor. Aber er ist der Einzige, der Zugang dazu hat. Da nützt dir der Zentralschlüssel rein gar nichts. Der Safe lässt sich nur mit einem separaten Exemplar öffnen und das gibt er niemals aus der Hand.«

Lysander kommt es wie eine Ewigkeit vor, bis sie kapieren, was der bullige Kerl hinter der Scheibe ihnen mit seinen Zeichen zu sagen versucht. Immer wieder deutet er nach hinten und bewegt Zeige- und Mittelfinger wie zwei Beine. Schließlich jagen sie in die angegebene Richtung und erreichen den blickdichten Zaun, der den Saunahof umschließt.

»Hierher«, brüllt es dahinter hervor und sie preschen durch das windgepeitschte Holztor zur Außentür der Sauna. Sie ist weit aufgerissen. Im Rahmen steht der Mann, den Lysander vor Tagen im »Lütje Teehuus« gesehen hat, und winkt sie zu sich.

»Wir werden ihre Tür eintreten müssen«, stößt er zwischen den Laufschritten hervor, mit denen er sie durch den Saunabereich dirigiert. »Die ganze Klinik ist dicht.«

Lysander hat keinen Zweifel, dass sie einen Weg finden werden. Wenn sie nur rechtzeitig kommen. »Ich weiß, wo es langgeht«, ruft er und setzt sich an die Spitze des Trupps. Dann rennen sie um Leben und Tod.

Ich drücke mit dem Daumen auf das »S« und höre ein sattes Klacken in den Türen.

Frei.

Nochmal.

Zu.

Nochmal.

Ich fasse es nicht.

Die Tür ist auf.

Kaum dass ich es begreife, entfaltet sie den Sog eines schwarzen Lochs.

Aber ich kann nicht gehen. Noch nicht.

»Damit konntest du sie alle einschließen wie die Zootiere und brauchtest nicht zu fürchten, dass jemand dich sieht. Aber dann ist es doch passiert.« Ich kann mir bestens vorstellen, wie selbstgewiss Susann durch die Gänge geschwebt ist, weil sie alle ausgetrickst hatte. Und dann ist sie geradewegs ihrem Mörder in die Arme gelaufen. Er konnte nicht wissen, was sie mitbekommen hatte. Das Risiko durfte er nicht eingehen.

»Wie?«, frage ich ihn. »Und warum erst zwei Nächte später?«

»Ich wollte an ihr vorbei. Ehrlich. Schließlich bin ich Arzt. Ich wollte einen Notfall vortäuschen, als müsste ich zu einem der oberen Zimmer.« Er sagt es ohne jede Ironie, bemerkt sie selbst nicht einmal. »Sie hat …, sie hat mich angemacht. ›Hey, Dr. Sexy‹ gesagt. ›Ich will auch mal.‹« Er stockt. »Sie ist mir direkt ans Hemd gegangen. Hat angefangen, es aufzuknöpfen.«

Na klar. Es sind immer die Frauen.

Ich muss an Lysander denken. Seine Geschichte.

Ist er wirklich anders?

»Ich habe mich mit ihr verabredet, für Samstagabend, zum Mondscheinschwimmen, und sie darauf eingeschworen, dass es unter uns bleibt. Mir ist spontan nichts Besseres eingefallen. Da wusste ich ehrlich noch nicht, wie ich es machen soll. Erst nach Maschas Brief kam mir die Idee, ihr eine Erpressung anzuhängen. Am Strand habe ich dann mit Sekt auf sie gewartet. Sie hat sich sofort ausgezogen. Nachts schwimmt sie immer nackt, hat sie gesagt.«

Er räuspert sich und mir wird fast schwarz vor Augen.

Ich hätte sie aufhalten können.

»In ihrem Glas war Aurora. Wir haben auf ex getrunken. Dann sind wir ins Wasser. Es hat ein paar Minuten gedauert, bis sie sich nicht mehr bewegen konnte. Da bin ich raus zum Strandkorb und weg. Ich hatte meine Sachen noch an. Bis auf die Jeans.« Er wirkt verschämt, als er das sagt, aber meine Gedanken sind ganz woanders.

»Du hast vom Strandkorb aus beobachtet, wie sie unterging«, sage ich voller Ekel.

»Nein, da war sie schon ... Aber plötzlich war jemand am Strand. Ein Mann. Ich musste warten, bis er verschwunden ist.«

Henk hat Susanns Untergang nur knapp verpasst.

»Und wenn er nicht abgehauen wäre, hättest du ihn gleich mit abgemurkst?«

Er antwortet nicht.

»Nein«, tue ich es selbst. »Du hattest keine feigen Tricks mehr parat und das konntest du Lysander nun wirklich nicht plausibel anhängen.«

Zumindest weiß ich jetzt, wie klar sich das Ganze für die Polizei zusammenfügt. Lysander steht da wie ein ordinärer Wiederholungstäter, gegen den das Missbrauchsverfahren noch läuft. Ein Arzt auf Abwegen, der sich das Ketamin bereits vorher problemlos hatte besorgen und auf die Insel mitnehmen können. Er betäubt Mascha gezielt mit K.o.-Tropfen und ritzt ihr die Pulsadern auf, damit es wie Selbstmord aussieht. Dass sich an den Handschuhen, die er benutzt hat, außerdem noch Fingerabdrücke anderer Personen befanden, spielt keine Rolle mehr. Er kann sie ja gestohlen haben.

Wie das Natriumchlorid, schießt es mir in den Kopf. Ich muss aufpassen, dass ich nicht den Verstand verliere.

Das Motiv hat Coordes ja auch schon parat. In beiden Fällen.

Für die Kommissarin passt damit eins ins andere, ohne dass sie auch nur eine leise Ahnung von der »Operation Jericho« hat, die im Hintergrund abläuft und der wahre Auslöser für das ganze Desaster ist. Seitz hat das Unternehmen nie gefährdet, solange sich vordergründig andere Erklärungen für die Tode finden ließen. Ein Selbstmord und ein Unfall waren erst einmal die perfekte Tarnung.

Zumal Ketamin, wie ich seit meiner Recherche weiß, wegen seiner kurzen Halbwertszeit sowieso nur für wenige Tage in Blut und Urin nachweisbar ist. Danach findet man es nur noch im Haar, aber dazu muss man schon wissen, wonach man sucht.

Doch selbst für den Fall, dass Mascha und Susann rechtzeitig obduziert und Reste des Ketamins gefunden werden sollten, hatte Seitz vorgesorgt. Durch die untergeschobenen Tatwerkzeuge machte er Lysander schlicht zum K.o.-Mörder. Wie sollte Coordes da jemals auf »Jericho« kommen?

Ich sitze wie festgebacken am Bodensatz meines Fassungsvermögens und versuche, ein Lösungsmittel zu finden. Irgendwas, womit ich diesen Sumpf bereinigen kann.

Nachdem er bei Mascha gepatzt hat, sind Seitz wahrlich ein paar glückliche Zufälle zu Hilfe gekommen, die er mit seinem perfiden Plan kombinieren konnte.

Fast glaube ich an Fügung.

In Wahrheit ist das Konstrukt aber nur beinahe perfekt. Seitz hat sich verraten, weil er zuerst Maschas linken Arm aufschlitzte. Doch wie kann ich belegen, dass er ihre dominante Hand nicht kannte, Lysander aber schon? Und reicht das überhaupt als Beweis?

Wenn das nicht der Fall ist, habe ich an Spuren nur die Fingerabdrücke an der Spritze, die Rottmann mir setzen wollte, und meine Blessuren. Keine Spermaspuren am Körper, keine Zeugen, kein verdecktes Aufnahmegerät, das bei Seitz' Beichte eben mitgelaufen ist.

Er könnte mich als Lysanders Komplizin beschuldigen und uns unterstellen, die Spritze selbst präpariert zu haben. Meine Kampfspuren könnten getürkt sein und mein Motiv ließe sich schon zurechtkonstruieren. So könnte ich Lys zum Beispiel hörig und darum froh sein, die Konkurrenz beseitigt zu wissen. Alles wahrscheinlich gut belegbar mit unseren Psychogrammen.

Es steht nur meine Aussage gegen die von Seitz. Und der sitzt hilflos gefesselt vor mir. Ich bin jetzt die Überlegene. Und wenn Rottmann ihn trotz allem noch deckt, um die »Operation

Jericho« um jeden Preis zu schützen, ist Seitz keineswegs so am Ende, wie ich bis geradeben noch dachte.

Dann wird die Polizei nichts gegen die beiden finden und ich bin die Dumme. Und mit mir Lysander und alle Frauen, die nach mir ins Programm kommen.

Plötzlich ist mir schwindelig. Ich komme mir vor wie ausgestopft. Innen nur Stroh. Trocken wie Zunder. Aber weit davon entfernt, einen heilsamen Flächenbrand zu entfachen.

In mir wächst ein mächtiger Fluchtimpuls.

Das hier ist zehn Nummern zu groß für mich.

Ich kann die Welt nicht retten.

Aber was ist die Alternative? Einfach abhauen und alles sich selbst überlassen? Lysander, Seitz, das Projekt und die Frauen? Durch die Tür gehen und rennen, bis das Wasser mich aufnimmt wie in meinem Traum? Oder mir doch besser einen Strick nehmen? Fast bin ich soweit. Aber eins will ich vorher wissen. Noch immer.

»Warum?«, frage ich Seitz ein letztes Mal. »Sag mir, wofür ich fast gestorben bin. Das bist du mir schuldig, nach allem.«

Er sieht mich kurz an, dann weicht er meinem Blick aus.

»Wegen Rottmann? Weil er das Alphamännchen ist und dich auflaufen lässt? Hat *er* dein verrottetes Ego zerschossen? Oder war es Mami?«

Er schüttelt heftig den Kopf. Fast flehentlich sieht er mich an, sitzt da wie ein Häufchen Asche. »Ich konnte nicht anders«, jammert er. »Es war stärker als ich.«

Plötzlich läuft alles wie ein Film vor mir ab. Ich durchlebe meine Todesangst ein zweites Mal. Tränen würgen sich hoch wie Erbrochenes. Vor Wut. »Dann gibt dir das einen Kick, Frauen zu quälen, ja?«, schnauze ich ihn an. »Endlich der omnipotente Superschwengel zu sein und keine beschwert sich! Lässt deine Frau dich nicht mehr ran mit dem kleinen Schwanz, oder was? Hat *er* dich etwa gezwungen?« Ich deute auf die bleiche Wurst zwischen seinen Beinen.

Seitz klappt die Augen zu und verpisst sich. Das macht mich rasend. Etwas in mir klinkt sich aus.

»Oh nein! So nicht, du Feigling!« Ich springe auf und weiß nicht, was in mich fährt. Es fühlt sich an wie ein Eissturm, der mich zum Bewegen zwingt. Ich will nicht erfrieren.

Mit dem Ballen trete ich voll auf sein angebliches Humpelknie.

Er jault gequält auf, keucht ein paar Atemzüge und sieht zu mir hoch. Der Ausdruck in seinen Augen verändert sich, von gepeinigt zu feindselig, als hätte er ein Recht, sich zu schützen. »Du verstehst doch gar nichts.«

»Was verstehe ich nicht? Dass Schwänze ein Eigenleben führen und ihre Träger dagegen völlig machtlos sind?«

Er hechelt wie ein in die Ecke gedrängtes Tier. Sein Blick schießt durch den Raum, als suche er einen Ausweg in letzter Sekunde. Aber es gibt keinen. »In Wahrheit wollt ihr das doch alle!«, schreit er mich plötzlich an. Sein sonst so ansehnliches Gesicht ist zur Fratze verzerrt. »Meinst du, ich kapiere die Blicke hinter dem keuschen Gehabe nicht? Die hochgepushten Brüste, die verlogenen Ausreden, um in meine Therapie zu kommen? Weißt du, wie das ist? *Weißt du das?*«

Oh nein, bitte nicht.

Das ist die mieseste Ausrede überhaupt. Damit hätte er mir jetzt nicht kommen dürfen. Ich habe sie so satt, diese armseligen Elmers, die verklemmten Sabberer im Casino und all die anderen vertrockneten Kleinpimmel dieser Welt, die sich immer schon animiert fühlen, nur weil Frauen *existieren*. Wir sind aber keine unausgesprochene Einladung, nur weil wir den Kelch zum Schampus haben.

Es tut so weh, dass ich es nicht mehr aushalte.

Blind vor Hass suche ich den Raum nach irgendetwas ab, womit ich ihn verletzten kann. Dann habe ich eine Eingebung. Der Streit mit Lysander vergangenen Sonntag kommt mir in den Sinn. Das zerbrochene Glas. Unter meinem Sideboard liegt noch immer eine abgesplitterte Scherbe, die die Putzfrau bis heute nicht entfernt hat. Als ich sie hervorhole, weiß ich genau, was ich will.

Rache.

Für Mascha und Susann und mich. Und für alle missbrauchten Frauen dieser Welt. Jetzt ist sowieso alles egal.

Prompt schneide ich mich. Die Scherbe liegt glitschig im Blut meines frischen Schnitts, als ich mich Seitz wieder zuwende. Er hat es geschafft, sich aufzurichten, kniet vor der Säule und reißt an der Wäscheleine. Ich nähere mich ihm von der Seite wie einem tollwütigen Hund. Ganz langsam. Dann stoße ich blitzschnell meine Hand nach vorne und lege ihm die Glasschneide an den Hals.

Er soll wissen, wie es ist.

»Doch«, sage ich leise auf seinen ungläubigen Blick hin. »Was du kannst, kann ich auch. Und jetzt rede. Sag mir, was es *wirklich* ist.«

Einen Moment denke ich, er tut es, sammelt nur die Worte in seinem Mund, holt Anlauf. Aber es ist sein Rotz, den er mir stattdessen ins Gesicht speit, die einzige Wehr, die ihm geblieben ist.

Angewidert fahre ich zurück. Die Scherbe zieht mit. Eine rote Linie bildet sich unter seinem Kinn.

Er hat noch nicht begriffen, in welcher Lage er ist. Zu was ich fähig bin.

Ich packe seinen Schwanz und setze die scharfe Bruchkante an. Oben an der Eichel. Dann befehle ich ihm, sich wieder mit dem Rücken ans Bett zu lehnen. Jetzt hat er die nackte Panik im Blick. Mit einer vorsichtigen Bewegung gehorcht er, die Augen blank wie Flusskiesel.

Seine gefesselten Arme spannen sich über unserem Stillleben. Wenn er sie irgendwie gegen mich einsetzt, ist er seine eigene Guillotine.

»Stück für Stück bis zur Wurzel«, sage ich, ohne seine Augen loszulassen. »Aber keine Sorge, ich mache ganz langsam.«

Zum Beweis drücke ich fester zu und ritze ein bisschen an der Schrumpelhaut. Darunter bildet sich ein Blutstropfen.

Er ist nicht beschnitten. Noch nicht.

Eindringlich sieht er mich an, zieht scharf die Luft ein und beißt sich auf die Lippen, gibt aber keinen Schmerzenslaut von sich. Auf seiner Stirn bilden sich Schweißperlen.

Er kann mich nicht erweichen.

Ich habe nichts zu verlieren.

»Keine Spielchen mehr«, zische ich. Er lacht bitter auf. Es klingt fast wie Schluchzen.

»Was weißt du denn?«, fährt er mich an, zieht das verletzte Knie hoch und rammt es in meinen Unterleib. Die Scherbe rutscht mir aus der Hand, aber sofort habe ich sie wieder und nehme ihn mit der anderen Hand in die Zange. Der Stoß glüht wie heiße Kohle zwischen meinen Beinen.

Ich packe fest zu.

»Dann hack ihn doch ab, ist mir doch scheißegal!«, brüllt er und fängt an, wie wild an der Leine zu zerren.

Ich presse mich gegen ihn, habe Mühe, mich in Position zu halten. Sein Pullover rutscht über den Bund, weil er versucht, sich nach oben zu ziehen.

»Kannst du gerne haben!«, keife ich zurück und drücke ihm das Glasstück noch tiefer ins Gemächt. Durch seine Bewegung sorgt er schon selbst für das Gemetzel.

Dann sehe ich die Wunden auf der freigelegten Haut seines Bauches. Zusammen mit dem Blut, das ihm jetzt flüssig aus den Schnitten sickert, bringen sie mich mit einem Schlag zur Besinnung. Entsetzt starre ich erst ihn an und dann meine Hand, fühle die Hitze seines geschundenen Körpers und lasse die Scherbe fallen wie eine giftige Qualle.

Trancehaft langsam schiebe ich sein Oberteil weiter hoch. Der ganze Brustkorb sieht aus wie zertreten, ist übersät mit Hämatomen, frischen Abschürfungen und schorfigen Krusten. Ihre kreisrunden Formen erinnert mich an etwas, aber mir will nicht einfallen, was.

Jetzt weiß ich, weshalb er beim Schwimm-Rendezvous mit Susann das T-Shirt angelassen hat, und begreife, was er schützen will.

Den letzten Rest seiner Würde

Mein Blick verschwimmt in Tränen.

Ich lege meine rot verschmierten Hände vor das Gesicht, als könnte ich damit meinen Ekel vor mir selbst verbergen. In diesem Moment möchte ich freiwillig aufhören zu atmen, aber meine Lunge pumpt weiter, als verlache sie mich.

Als die Tür auffliegt, sitzen wir voreinander, beide mit Schlimmerem besudelt als mit seinem Blut, und weinen uns den Rest unserer Seelen aus dem Leib.

Durch die Spalte meiner Hände sehe ich ihre Vollbremsung. Sechs dreckverschmierte Gummisohlen und zweimal genähtes Leder stoppen so abrupt, dass es quietscht. Unter ihnen bilden sich sofort Pfützen auf dem Parkett.

Ich drehe den Kopf gesenkt wieder weg und schließe die Augen vor der Stille, die dem ausgebremsten Schwung jetzt folgt und in meinem Schädel dröhnt, dass er mir platzen will.

Das Kommando rührt sich nicht. Sein Befremden ist greifbar. Es kam, um zu retten, und weiß nun nicht mehr, wen. Findet stattdessen zwei versehrte Kreaturen vor, die eine in ihrem blinden Schmerz genauso grausam wie die andere.

Ich spüre geballtes Starren in meinem Nacken, dann, nachdem Äonen vergehen, Arme, die sich um mich legen, und Lippen an meinen Haaransatz. Er wird feucht.

Coordes findet ihre Worte als Erste wieder. Ihre gedämpften Anweisungen an die Kollegen sind wie kosmisches Hintergrundrauschen. Nur am Rande werde ich gewahr, dass zwei Männer Seitz abbinden und hochziehen. Sie sollen ihn zu einer Schwester bringen, die ihn notdürftig versorgen wird.

Die Kommissarin murmelt ein widerwilliges »Danke« an jemanden, der seine Antwort nur brummt. Der Ton hat etwas Vertrautes, bleibt aber knapp neben meiner bewussten Wahrnehmung hängen. Er kommt von zu weit weg.

»Mach die Augen auf, Ella.« Ganz sacht zieht Lysander mir die Hände vom Gesicht und legt seine Stirn an meine. Ich lasse es zu. Er fühlt meinen Puls. »Bitte. Sieh mich an.«

Ich kann nicht. Zu sehr höre ich die Verstörung in seiner Stimme schwingen.

»Warum werde ich das Gefühl nicht los«, fragt Coordes rau dazwischen, »dass hier mächtig was schief gegangen ist?«

»Es war doch offensichtlich Notwehr«, sagt Lysander belegt und straft seine Worte Lügen, indem er mich noch fester umschließt, als wolle er mich beschützen wie eine Glucke ihr Junges.

»Für mich sieht das eher nach Selbstjustiz an einem Wehrlosen aus. Der Mann war gefesselt und …«, sie sucht nach Worten, »übelst zugerichtet.«

Lysander holt Luft. Ich öffne die Augen und finde seine. Er versucht zu verbergen, dass auch er um Fassung ringt, aber ich sehe es trotzdem.

»Sie hat recht«, sage ich und winde mich aus seiner Umarmung, weil ich keinen Funken besser bin als mein Peiniger. Seitz wäre elendig verblutet, wenn ich ihn kastriert hätte. Es hat nicht mehr viel gefehlt. Dass er noch lebt, ist nicht mein Verdienst. Wer immer ihn misshandelt hat, hat ihn am Ende damit gerettet. Ein letzter Appell an meine zerschrammte Menschlichkeit. »Ich habe deine Abscheu verdient«, höre ich mich sagen und fühle mich vernichtet wie ein Wrack im Sinkflug.

»Nein«, antwortet er mir, als hätte er Watte im Mund, und legt seine Hand fest in meine. »Ich hätte sofort mit der Kommissarin reden müssen, egal, was mit Valerie war. Meinetwegen warst du mit ihm allein. An unserem Plan festzuhalten, war blanker Irrsinn.«

»Als Herr Falk sich endlich dazu durchringen konnte, uns einzuweihen, wussten wir schon, dass Sie in Gefahr sind. Zumindest dachten wir das, nachdem Rottmann uns angerufen hat«, sagt Coordes spitz.

»Rottmann? Der Rottmann?« In mir rotiert plötzlich alles. Mein Sprachzentrum hat Aussetzer, aber mein Verstand kommt wirbelnd zurück.

Das kann nur bedeuten, dass er gewusst haben muss, was Seitz mit seinen Probandinnen trieb. Aber er hat weggesehen und es gedeckt, solange der Bogen nicht überspannt und das Projekt nicht gefährdet war. Wie ich es ahnte. Aber warum? Was ist er Seitz schuldig? Hat *er* ihn etwa auf dem Gewissen? Wieso lässt er ihn dann ausgerechnet jetzt fallen?

Und was weiß Coordes davon?

»Ja, *der* Rottmann, den ich mir jetzt höchstpersönlich vorknöpfen werde.« Offenbar hat die Kommissarin ihre Erschütterung überwunden. »Auf seine Erklärung für dieses Desaster hier bin ich gespannt.«

Ich auch.

Sie donnert zur Tür und rennt fast die beiden Männer um, die wie aus dem Nichts dort aufgetaucht sind.

Albers, nahezu durchsichtig, und Berno, der mich nur ausdruckslos ansieht.

»Ich will mit.«

Lysander versucht, mich am Aufstehen zu hindern, aber ich schüttle ihn ab.

»Das wüsste ich«, sagt Coordes scharf. »Sie bleiben hier, alle drei, und wehe, Sie rühren sich auch nur einen Millimeter.« Ihr Finger zielt auf Lysander. »Behalten Sie Frau Brandt im Auge.« Der Finger wandert weiter. »Und Sie auch, Herr Kollege«, herrscht sie Berno an. »Halten Sie sich endlich raus. Sie mögen sich auf Ihrer Insel auskennen, aber das hier ist Sache des Kommissariats. Ihr Alleingang gegen meine Anweisungen wird schon genug dienstrechtliche Konsequenzen für Sie haben.«

Berno ist ein Bulle. Ich fasse es nicht. Mir muss komplett entgangen sein, dass die Insel eine Polizeistation hat. Aber ich bin zu leer, um mich noch über irgendetwas zu wundern.

Mit dem traumatisiert dreinblickenden Albers im Kielwasser verlässt Coordes den Ort der verlorenen Unschuld. Der Assistent sieht aus, als könnte er nicht schnell genug wegkommen.

Mir geht es genauso. Aber ich habe noch einen zweiten Grund. Jede meiner Zellen arbeitet wieder. Jetzt sind alle Türen wieder auf. »Wie seid ihr hierhergekommen?« Mein Blick geht von einem zum anderen.

Lysander sieht mich hohlwangig an, die Gegenfrage nach dem Warum liegt ihm nur allzu deutlich auf der Zunge.

»Mit Quincy«, sagt Berno, der die Klinke zu meiner Zimmertür noch umschlossen hält und sofort schaltet.

Draußen hetzen die Schritte in Richtung Villa.

»Hubschrauber«, reagiert jetzt auch Lysander und erhebt sich mit einer zähflüssigen Bewegung. Der Schock sitzt ihm noch sichtbar in den Knochen.

»Sind beide unbewacht?«, drängle ich. Meine Unruhe wird Gewissheit, als Berno das für Quincy bejaht und sich augenblicklich herumwirft.

»Rottmann kann nicht einfach abhauen. Der Pilot ist doch noch da«, ruft Lysander ihm hinterher, aber der Mann, den ich für einen einfachen Kutscher hielt, ist schon durch die Tür.

Sekundenbruchteile später sind wir ihm auf den Fersen.

Im Gang stehen die Aufgeschreckten grüppchenweise zusammen und sperren die verschlafenen Augen noch weiter auf, als wir sie im Dauerlauf passieren.

Für den Moment vergesse ich, dass meine Beine Butter sind. Das hält so lange an, bis wir am Helikopter ankommen. Der Pilot steht davor und sieht mit offenem Mund in den Himmel, die Augen nur unzureichend mit der Hand gegen den Regen abgeschirmt.

Wie Berno und Lysander folge ich seinem Blick die Fassade hoch und halte die Luft an.

Im weit aufgerissenen Fenster seines erleuchteten Büros steht Rottmann, eine Hand am Rahmen, das Gesicht auf einen Punkt in der nachtschwarzen Ferne gerichtet. Er verharrt völlig unbewegt, als sei er zur Säule erstarrt.

Dahinter taucht ein rasierter Kopf auf, nähert sich in Zeitlupe. An Coordes' Lippenbewegung erahne ich, dass sie auf ihn einredet. Ohne sich umzudrehen, macht er eine Handbewegung und antwortet etwas, das hier unten nicht zu verstehen ist, seine Wirkung aber nicht verfehlt. Sie bleibt stehen.

Just in diesem Augenblick schiebt Albers den humpelnden Seitz durch die weggleitende Glastür aus dem Gebäude. Die Handschellen fixieren seine Arme vor dem Körper. So gebrochen wie er wirkt, scheint es mir, dass er sich auch ohne sie widerstandslos auf uns zu bugsieren lassen würde. Aber ich täusche mich. Er bleibt unvermittelt stehen und bockt wie ein störrisches Maultier. Erst denke ich, er scheut sich angesichts der Endgültigkeit, die der Hubschrauber für ihn verkörpert, in dessen Bauch hineinverfrachtet zu werden. Dann sehe ich, dass er an dem Fluggerät vorbeiblickt. Seine Augen sind geweitet, als sähe er seine wahre Nemesis. Für Rottmann hat er nicht einen Wimpernschlag übrig.

Ich drehe mich um und erblicke seine Frau Yvonne. Stand sie eben schon dort? Ich habe sie nicht gesehen, aber das muss nichts heißen, bei diesem Wetter und alldem, was um mich herum geschieht. Trotz des Starkregens trägt sie die Stöckelschuhe, mit denen ich sie vor Kalos Theke das erste Mal sah.

Sie ist durchnässt wie ein ertränktes Kätzchen. Tentakelgleich verkleben dicke Haarsträhnen ihr das Gesicht. Sie sieht aus, als hätte sie einen erlegten Oktopus auf dem Kopf. Aber ihre Augen sind frei und ihr Blick ist ein tödliches Geschoss.

Coordes muss sie benachrichtigt haben. Von ihrem Privathaus bis hierher ist es offenbar nicht so weit, dass man es nicht zu Fuß bewältigen kann. Doch niemand kümmert sich um sie. Wir alle stehen wie Spielfiguren auf einem Brett, als warteten wir darauf, dass Gottes Finger niederfährt und uns bewegt.

Da löst Yvonne sich aus dem Standbild und macht ein paar Schritte auf Seitz zu. Ihr rechter Schuh verfängt sich im Gully auf dem Pflaster, weil sein Absatz schmaler ist als die Ablaufschlitze. Und kreisrund.

»Ist das deine Schwester?«, fragt Lysander mich atemlos.

Ich schüttle den Kopf. Ich habe keine.

Noch bevor ich begreife, was das bedeutet, hat Rottmann seinen letzten Auftritt. Er lässt etwas fallen und springt dann selbst.

Es geht alles ganz schnell. Ein Gegenstand saust vorneweg durch die Luft, kommt auf dem Dach des Wintergartens auf, prallt davon ab, hüpft in einem Bogen aufs Vordach und von dort über die Kante und landet mit einem »Plonk« auf dem Pflasterstein.

Es ist eine Pistole, die da zerbirst.

Rottmann folgt ihr kerzengerade, stürzt in einem formvollendeten Köpper hinterher, die Arme vorgestreckt, die Beine zusammengepresst. Er rudert nicht, taucht mit Händen und Kopf voran durch das Dach des Glasrings wie in tiefes Wasser und knallt in einem Splitterregen auf die Stufen vor der Villa.

Die Stille, die dann folgt, hat ein Gewicht von tausend Tonnen, ebnet mein Gehör für ein Echo, das sich wieder und wieder in meinen Ohrknöchelchen bricht und einen Klangteppich aus alten Erinnerungen damit verwebt: meine Mutter, die den feuchten Teigfladen für die Weihnachtsplätzchen auf den Küchentisch klatscht, der Ast des Apfelbaums im Garten meiner Kindheit, der unter der Last rotgoldener Früchte bricht.

Mein Magen revoltiert.

Dann breche ich endlich.

Auf der Stelle zusammen.

11. Kapitel

Freitag, 24. Juni

Die Luft riecht wie frisch gewaschen. Der Sand unter unseren Füßen ist noch pappig und nass, weil die Sonne ihre volle Kraft erst entfalten muss. Lysander nimmt mir die Decke ab, die von meinen Schultern rutscht. Ich brauche sie nicht mehr, will den Wind auf meiner Haut spüren.

Versunken laufen wir in Richtung Kalfamer. Als er schließlich das Wort ergreift, spricht Lysander mir aus der Seele, die mächtig Schwierigkeiten hat, mit den Geschehnissen der vergangenen Tage fertig zu werden.

»Trotz allem bin ich froh, dass die Kommissarin so offen mit uns geredet hat«, sagt er. »Das macht es ein wenig fassbarer. Auch wenn wir das wohl eher nicht verdient haben.«

Ich stimme ihm zu. »So übel ist sie gar nicht. Ich glaube, sie kann auch nicht gut mit Fragezeichen leben.«

Nachdem die getrennte Befragung abgeschlossen war, zeigte Deike Coordes uns gestern Abend die Kopie eines handgeschriebenen Briefs, der in Rottmanns ansonsten gähnend leerem Tresor gelegen hatte.

Er war fast auf den Tag genau im Juni vor einem Jahr verfasst worden, exakt zwei Monate nach dem Tod von Luca, dem knapp dreijährigen Sohn von Yvonne und Boris Seitz.

»Er ist qualvoll im Sand erstickt«, hatte Coordes die ganze Tragödie vor uns ausgebreitet. »In einer Grube, die er mit seinem Vater gebuddelt hatte, einen halben Kilometer vom Klinikstrand entfernt in Richtung Westen.«

So stand es wohl in den Berichten, die sie sich noch in der Nacht hatte faxen lassen.

Lucas Todesengel hieß Annika, eine desolate Endzwanzigerin, die ausgerechnet an jenem Tag meinte, sich bei Seitz für ihre Bedürfnisse einsetzen zu müssen. So verquer hatte sie es jedenfalls danach fürs Protokoll formuliert. Ob sie wirklich therapeutischen Rat suchte oder doch genau das, was Seitz mir als Schutzbehauptung entgegengeschrien hat, darüber kann man nur spekulieren.

»Sie war also am Wasser entlang unterwegs, als sie Seitz in Badeshorts erkannte und zum Retter aus ihrer miesen Verfassung machen wollte. Seitz schaffte es nicht, seinen freien Tag zu verteidigen. In Wahrheit zog er den Kittel nie aus.« Die Kommissarin seufzte, als würde sie das kennen. »Laut damaliger Zeugen hat Annika auf ihn eingeredet, während er sie zu beschwichtigen versuchte. Er soll dabei immer wieder zur Wasserlinie geschaut haben, wo der kleine Kerl fleißig weitergrub. Aber das letzte Mal kam sein Blick zu spät. Da war Luca schon verschwunden.«

»An dieser Stelle hätte ich ihr am liebsten gesagt, dass sie aufhören soll«, gestehe ich Lysander.

»Ja«, sagt er. »Aber du wusstest, dass die Augen-zu-Methode dir nicht mehr helfen würde.«

Coordes fuhr fort: Zuerst war Seitz zum Wasser gerannt und hatte wie wild nach seinem Kind gerufen. Dann muss ihm ein furchtbarer Gedanke gekommen sein, denn er fing an zu graben. Bald darauf fand er seine Befürchtung aufs Grausigste bestätigt. Luca war in die Höhle gekrochen, seine gelbe Spielzeugschaufel lag noch unter ihm. Die Welle, die ihn überspült hatte, konnte nicht einmal sonderlich hoch gewesen sein, denn an jenem Tag war die See recht friedlich.

»Aber sie war stark genug, um den Sand mitzuziehen, der sich wie eine Lehmschicht über die Grube legte und dem Jungen die Orientierung nahm wie einem Ertrinkenden unterm Eis. Als Seitz es freigeschaufelt hatte, war sein Kind erstickt. Danach ging Seitz nie wieder runter ans Meer«, schloss die Kommissarin.

»Dann muss das Treffen mit Susann eine unfassbare Selbstüberwindung für ihn gewesen sein«, hatte ich eingeworfen.

»Schon«, entgegnete Lysander. »Aber der Drang, sich zu schützen, war offenbar noch größer als die Angst vor der Erinnerung. Außerdem durfte er vor diesem Hintergrund hoffen, dass niemand ihn mit Susanns Ertrinken in Verbindung bringen würde.«

Coordes ließ uns Rottmanns damaligen Brief an Seitz lesen. Darin fand der Gefühlslegastheniker nur mühsam Worte, die seinen zerstörten Ziehsohn wieder auf Kurs bringen sollten. Er drückte sich geschraubt und unspezifisch aus, versuchte den Angeschlagenen allen Ernstes damit zu motivieren, dass er den Blick nach vorn richten sollte, und versprach ihm eine bedeutende Aufgabe.

Womit er wohl das »Jericho«-Projekt meinte, das er etwa zeitgleich gestartet haben musste. Nun, Seitz hatte es tatsächlich genutzt, um sich wieder aufzurichten, wenn auch anders als gedacht.

»Seine Frau ist damals durchgedreht«, ergänzte Coordes ihre Ausführungen. »Sie hat Rottmann und seine Insel von Anfang an gehasst. Für sie war er nur Doktor Moreau. Und nachdem sie hier als Tierärztin kein Bein auf die Erde bekam, war Luca ihre einzige Zuflucht.«

»Und dafür, dass er ihr den Sohn genommen hat, ließ sie ihren Mann mit seinem Blut bezahlen«, stellte Lysander mit brechender Stimme fest. »Mein Gefühl sagte mir damals gleich, dass in dem Haus an der Dünenstraße jemand misshandelt wird. Aber ich habe ihm misstraut, weil ich gar nicht glauben wollte, dass eine Frau dazu fähig ist. Noch dazu eine so attraktive. Warum ist mir eure Ähnlichkeit nicht viel eher aufgefallen?«

Daraufhin hatte die Kommissarin mich eingehend gemustert. Mir selbst war als Letzter aufgegangen, wie sehr Yvonne mir glich. Offenbar hatte Seitz deshalb sein Finale mit mir geplant, wie er Deike Coordes gestanden hatte.

Unter der Kopie hatte ein weiterer Brief gleichen Datums gelegen. Eine Entschuldigung an Seitz, von Rottmann formuliert in einem sperrigen Satz, dem man ansah, dass sein Verfasser in derlei Sentimentalitäten unbeschlagen war. Von seinem Gönner hat Seitz ihn jedoch nicht erhalten. Diese Größe hat er nie besessen.

»Jetzt bezahle ich meinen Preis«, hatte Rottmann stattdessen zu Coordes gesagt, als sie ihn davon abhalten wollte zu springen. »Ob ich Sie dabei noch mitnehme, ist mir einerlei.«

Die Pistole, die er auf sie gerichtet hatte, ließ er erst los, als er sich mit seinem Sprung ins Nirwana katapultierte.

Das Blut schießt mir in die Wangen, wenn ich daran denke. Mit seinem spektakulären Abgang hat er sich doch nur wieder aus der Verantwortung gestohlen. Ultimativ diesmal. Das Wegräumen der Trümmer war wieder einmal Sache der anderen.

»Ich bin so stinkwütend auf diesen Feigling«, sage ich zu Lysander.

»Menschen werden von klein auf geprägt durch das, was ihnen widerfährt«, antwortet er mir.

»Ich weiß. Vor Gericht gibt das ja oft genug mildernde Umstände. Aber mir ist egal, ob Rottmann als Kind etwas Schlimmes widerfahren ist oder nicht. Selbst wenn, weigere ich mich einfach zu akzeptieren, dass seelische Obdachlosigkeit als Ausrede für jede Bosheit gelten darf.«

»Das tut sie auch nicht«, sagt er und nimmt meine Hand. »Komm, lass uns verschwinden.«

Auf meiner Terrasse trennen wir uns wenig später. Wir müssen beide packen und danach zu Coordes. Sie will nur noch unsere Unterschriften. Dann dürfen wir gehen, auch wenn sie und ihre Kollegen bisher nicht einen stichhaltigen Beweis für »Jericho« gefunden haben. Es scheint kein Aktenmaterial dazu zu geben und auch keine Computerdateien. Alles, was ihnen vorliegt, sind die Spritzen mit dem Ketamin oder besser: Aurora. Sie glauben uns nur, weil Seitz die Morde gestanden hat, ansonsten schweigt er beharrlich. Aurora haben sie noch nicht entschlüsselt.

Ich stehe für einen letzten Blick in der Tür und betrachte die dunstige Wiese, bevor ich mich abwende. Unser Poststein schaukelt nutzlos im Luftzug. Das Reh hat sich nicht mehr gezeigt.

Aus einigen Zimmern dringt geschäftiges Räumen. Nachdem die Befragungen heute abgeschlossen sind, werden wir alle entweder in die Freiheit entlassen oder in andere Einrichtungen verlegt. Die Klinik ist praktisch schon Geschichte. Vereinzelt sehe ich Mitpatienten, wie sie die kleinen persönlichen Dinge von den Liegestühlen klauben, die ihnen die Trennung erträglich machen sollten. Nackenkissen, Bücher, Lieblingskleider, vom Regen befeuchtet.

Ab heute wird jeder von ihnen wieder allein in seine Richtung ziehen, wo auch immer das ist. Mit Zuversicht im Gepäck oder Wehmut, das ist die persönliche Entscheidung.

Danny ist schon seit Mittwochnacht weg, wir konnten uns nicht mehr verabschieden. Auf Lysanders Bitten hin haben sie ihn noch mit in den Heli gepfercht. Seine Luftbrücke in ein neues Leben. Ohne sie hätte er es wohl nicht mehr rechtzeitig geschafft.

Unsere Fähre nähert sich dem Festland. Am Anleger herrscht dichtes Gedränge. Das Gewühl gleicht dem eines Viehmarktes, überall Fleisch in verschiedenen Garzuständen, aufgereiht in einer sich ruhelos windenden Schlange. Die Nachmittagssonne schickt sich an, sie richtig durchzubraten.

Selbst hier vom Deck aus ist mit flüchtigem Blick zu erkennen, wer länger auf der Insel bleibt. Bewohner und Dauergäste geben sich routiniert bis gelangweilt dem Warten hin. Die Tagesgäste dagegen treten ungeduldig von einem Bein aufs andere, als wären sie schon an Bord und müssten den Seegang ausgleichen.

Wohl die meisten von ihnen freuen sich auf die Insel, die ich vorerst nicht wieder betreten werde. Leid tut es mir nur um Berno, dessen eigensinniges Brummen ich wohl nie wieder hören werde. Am Ende haben wir uns doch umarmt, das erste und das letzte Mal. Er ist suspendiert. Aber er wird eh nicht weitermachen.

»Eigentlich war ich immer schon der Sohn meines Vaters«, hat er ohne erkennbare Reue gesagt. »Ein Kutscher.«

Wir sind spät dran. Das Wasser hat sich mit seiner Rückkehr länger Zeit gelassen als üblich. Schuld ist der kräftige Ostwind, der die Fahrrinne geputzt hat. Wären wir nicht so angezählt, hätten wir wahrscheinlich schneller übers Watt laufen können.

Das Gros der unverhofft in die Selbstständigkeit entlassenen Freaks hat bereits auf der ersten Fähre eingeschifft. Mir ist das nur lieb. Ich beantworte vorerst keine fremden Fragen mehr, nur noch meine eigenen.

Nicht zuletzt deswegen ist Lysander die ganze Zeit über auffallend still. Immer wieder sieht er mich von der Seite an, aber seine weichen Lippen öffnen sich nicht mehr für Worte. Nur seine Küsse sprechen eine leise Sprache, die seine Finger mit einem warmen Streicheln meiner Hände vertiefen, behutsam tastend, als müssten sie sich meiner Gegenwart versichern. Alles andere ist gesagt.

Schließlich legt die Fähre an. Vor den Schranken brandet die Unruhe hoch. Kinder winken zu uns herüber. Ihre Gesichter sind aufgeregt und glänzen speckig vor Sonnenmilch.

Lysander streicht mir übers Haar und stemmt sich hoch. »Lass uns das Feld räumen.«

Schon steht er neben mir und schwingt sich unsere Rucksäcke über die Schulter. Seine ausgestreckte Hand hilft mir auf die Füße.

Mit uns verlassen knapp siebzig Passagiere die Frisia-Fähre. Gut 200 warten auf der anderen Seite des Zauns und schieben sich im Gänsemarsch hintereinanderweg auf die Passagierbrücke.

»Währung und Sprache sind die gleiche wie auf'm Festland«, gibt der Fahrkartenkontrolleur jedem von ihnen launig mit auf den Weg. Einige verdrehen die Augen und drängeln sich geübt an den Verdutzten vorbei.

Wir gehen hinüber zum Bahnhof und schon nach wenigen Metern bin ich erschöpft. Mein Körper benimmt sich noch immer wie nach monatelanger Sieche und ich muss mir eingestehen, dass vor allem eine der vielen offenen Fragen mich zusätzlich niederdrückt.

»Warum hat Seitz sich nicht gewehrt?«, frage ich Lysander als Psychologen, weil es mir einfach nicht in den Kopf will. »Er war doch ein gestandener Mann. Seine Frau ist eine halbe Portion gegen ihn. Er hätte sie mit Leichtigkeit daran hindern können, ihn zu verletzen, sie festhalten, ihr die Stilettos wegnehmen. Zur Polizei gehen. Irgendwas.«

»Das hätte er nicht gedurft«, antwortet Lysander und dreht sich noch einmal zum Meer um. Die Insel flirrt hell am Horizont. »Es war der Preis für seine Schuld. Dass Männer, die sich von ihren Frauen schlagen lassen, noch immer ein Tabu sind und selten auf Verständnis hoffen können, hat ihm geholfen, sie zu begleichen.«

Und wie er das sagt, begreife ich: Jeder zahlt mit eigener Währung.

Der Zug ist überpünktlich. Ausgerechnet jetzt muss ich das erleben. Wir stehen eng umschlungen wie ein Wesen und blenden ihn aus. Aber es gelingt uns genauso wenig wie all den anderen vor uns, die Zeit anzuhalten.

Erst als die Durchsage kommt, löse ich mich aus unserer Verschmelzung. Der letzte Kuss ist salzig. Lysanders Lippen schaffen es nicht mehr, meine Wangen trocken zu tupfen.

Mit der letzten Berührung drückt er mir einen herzförmigen Seeigel in die Hand, den er am Strand aufgelesen hat.

Ich besteige den Zug und suche mir im überfüllten Gang einen Platz an der Scheibe.

Lysander steht draußen und sieht mich an. Uns trennen nur Zentimeter. Sie bedeuten zwei Welten.

In seiner wird er vorerst hierbleiben und sich ein Zimmer am Watt nehmen. Zur Einkehr. Havixbeck ist sein Pommerland. Er war dort nie zu Hause. Kaum vorstellbar, dass er jemals dahin zurückkehrt. Wenn er gekonnt hätte, wäre er wohl direkt nach Cadaqués gegangen. Aber bis zum Abschluss seines Verfahrens darf er Deutschland nicht verlassen.

Wir haben uns trotzdem versprochen, tapfer zu sein. Er macht jetzt den Anfang. Mit Augen und Grübchen. Das gibt mir eine Ahnung davon, wie verschmitzt und gewinnend er ist, wenn es ihm wirklich gut geht. Es kostet ihn sichtlich Mühe.

Der Zug fährt an.

Ich schenke ihm ein Lächeln zurück. Mein Herz ist eine nässende Wunde. Es klafft so gequält wie mein Mund.

Erst beim Umsteigen auf dem Bahnsteig in Emden drängt sich wieder Leben in meine Apathie. Es hat die Gestalt von Wiebke Ingelbach. Sie muss auf dem Schiff und im Zug gewesen sein. Ich habe sie nicht bemerkt.

»Hier«, sagt sie und hält mir die Versuchung unter die Nase. Eine dunkelgrüne Pepe, eingeschnürt mit elf anderen in ein flaches Blechetui. Weiß der Geier, wo sie ausgerechnet meine Sorte hier aufgetrieben hat.

Der Geruch des Tabaks schraubt sich direkt in mein Hirn. Unbeholfen klappt sie das Sturmfeuerzeug auf, um mich zum Zugreifen zu animieren.

»Ist hier verboten«, sage ich und deute auf das Schild über uns.

Sie blickt drei Mal nach links und rechts, als wollte sie eine vielbefahrene Straße zur Hauptverkehrszeit überqueren, und zuckt dann mit den Schultern. »Egal«, sagt sie und zeigt auf einen Halbstarken, der versucht, sein Akneproblem zu überspielen, indem er möglichst lässig auf der Rückenlehne einer Sitzbank lungert. »Gräten auf der Bank ausstrecken ist auch verboten und keiner sagt was.«

Genau. Mein Lungenschmacht stimmt ihr eifrig zu. Drei Leichen und ein Trauma sind außerdem Grund genug.

Trotzdem winke ich ab. Es tut gar nicht so weh, auch wenn der hässliche Rauchteufel in mir gerade Amok läuft. »Hab aufgesteckt.«

Und zum Proktologen gehe ich auch wieder, um meinen Darm endgültig in Ordnung bringen zu lassen. Aber diesmal suche ich mir einen einfühlsamen. Nur zwei von vielen spielend leicht zu bewältigenden Herausforderungen, die auf mich warten.

Wiebke sieht mich baff an. »Echt? Ich fang gerade erst an.«

Scheint's, sie hat auch kein Zuhause mehr.

»Na dann viel Spaß, Greta«, sage ich und drücke ihr den Schokoriegel von Seitz in die Hand. »Als Nachtisch.«

Dann lasse ich sie stehen.

Bin a. d. Weg z. dir. Komme a. Nachm. a. d. Insel an. Hab erst heute e. Zug gekr. Hoffe, es i. nicht z. spät f. eine Chance. Nervös. Marty

Zwanzig Minuten später sitze ich wieder am Fenster. Noch immer habe ich Lysanders letzten Satz im Ohr, dass sich für jede Tür, die ins Schloss fällt, eine neue öffnen wird.

Dessen bin ich mir nicht sicher.

Er wollte, dass ich bleibe.

Ich konnte es nicht.

Ungefähr mit der Hälfte der gewünschten Geschwindigkeit kommen wir gen Süden voran. Außer mir sitzt nur ein komplett beigefarbenes Rentnerpaar im Abteil, das immer wieder wegschnarcht.

Ich krame in meinem Rucksack und ziehe Martys Brief hervor. Dabei flattert die Anzeige auf den Boden wie ein altersschwacher Papierflieger. Sie hat sich dazugemogelt. »Gefährliche Körperverletzung«, lautet der Vorwurf gegen mich, »mittels einer das Leben gefährdenden Behandlung sowie eines gefährlichen Werkzeugs.« Es klingt noch fremd, aber ich werde mich wohl irgendwann daran gewöhnen müssen, dass von jetzt an auch dieser Teil zu mir gehört.

Abgesehen davon ist diese Anschuldigung einfach nur pervers, wenn man bedenkt, was Seitz den Frauen und mir zuvor angetan hat. Oder Rottmann mit seinen angeblich harmlosen Beruhigungsspritzen und dem gleichgültigen Zurücklassen der hilflosen Frauen. Vielleicht kann ich auf Notwehrüberschreitung setzen, wir werden sehen.

Ich betrachte das gefaltete Papier in meiner Hand.

Mich mit Martys Brief auseinanderzusetzen, fällt mir erheblich schwerer als die Beschäftigung mit juristischen Spitzfindigkeiten. Ersterer stammt aus einer alten Galaxie, in der bereits zahlreiche Sterne kollabiert sind. Zu viele vielleicht.

Ich öffne ihn trotzdem.

Ein Gegenzug rauscht ratternd vorbei und reißt mich aus der Qual, die in den Worten vor mir liegt.

Neues Futter für die Inseln, denke ich abwesend. Einen Augenblick lang sehe ich rüber. Die Körper hinter den Scheiben zerpixeln wie digitale Bilder bei schlechtem Empfang. Dann sind sie weg und ich spüre ein Ziehen im Leib, als hätten sie mir ein Stück Organ entnommen.

Den Rest der Reise bekomme ich nicht mehr mit, weil ich bloß noch damit beschäftigt bin, mich zusammenzuhalten.

Martys Brief besteht nur aus einem Satz:

»Ich liebe dich.«

Drei klare Worte, auf die ich bis vor elf Tagen vergeblich gewartet habe.

Es gibt eine Leere, die behaglich ist. Diese hier ist es nicht.

Ich lasse meinen Rucksack fallen und schließe die Tür. Die Sukkulenten auf der Fensterbank sehen konsequent vernachlässigt aus. Durch das halb geschlossene Rollo dringt fahles Münsterwetter, das die Wand hinter dem Schlafsofa aussehen lässt wie mit altem Eigelb besprenkelt. Sie ist eigentlich schilfgrün, als einzige. Das sollte die Farbe meiner Hoffnung sein. Sie tröstet mich nicht.

Mit ein paar Handgriffen verwandle ich das begründet günstige IKEA-Sofa in ein rückenfeindliches Bett. Ich werde trotzdem schlafen. Das ist alles, was ich im Moment noch will. Aus dem Regal fische ich noch eben die CD »Eyes open« von Snow Patrol. So erschöpft, wie ich bin, wird mich die schmeichelweiche Stimme des irischen Sängers trotz des paradox anmutenden Titels schnell ins Koma wiegen.

Gerade, als ich mich ausstrecken will, schellt es. Mein Nachbar Joost, ein unerschütterliches Gemüt aus Utrecht, hat den Joint noch im Mund, als er mir die spärliche Post auf den Klapptisch wirft.

»Is' heute angekommen.«

Das mit der rauchfreien Zone werde ich ihm ein andermal verklickern.

Er haut mir seine ledrige Hand auf den Rücken. »Wird schon wieder«, sagt er ohne eine Spur Verwunderung über meine vorzeitige Rückkehr und legt zu dem Schlüsselbund noch eine angetaute Pizza auf die Umschläge. »Ist clean«, fügt er zwinkernd mit Blick auf die nässende Pappe hinzu, »von Meneer Aldi. Und wennde noch was brauchst, einfach durchbimmeln.« Mit einem stilechten »Doei« verschwindet er.

Zwei Briefe hat er mir mit den üblichen Werbeblättchen auf den Tisch geschmissen, beide per Express verschickt und ohne Absender. Einer davon hat DIN-A4-Format und ist viel zu dick, um unverdächtig zu sein. Der andere ist in etwa so groß wie eine CD-Hülle und offenbar wattiert.

Ich zögere.

Mein Pensum an schlechten Nachrichten ist für die nächsten zehn Erdzeitalter gedeckt. Andererseits kann mich in diesem Leben nichts mehr schocken.

Okay.

Ich nehme sie mit zum Bett und beginne mit dem kleineren Kuvert. Als Erstes ziehe ich ein Lederband daraus hervor. Dann einen Anhänger. Mein Atem stockt.

Das Horus-Auge.

Es ist etwas kleiner als mein Lebensretter und hat eine Iris aus blauem Kristall. Sie schimmert wie die von Lysander. Sofort grabsche ich mir den Umschlag und durchwühle ihn. Tatsächlich, da ist noch ein Brief.

Er muss das Amulett sofort besorgt haben, nachdem Coordes das andere bis auf Weiteres sichergestellt hat, wie alles Übrige auch nur entfernt Verwertbare aus dieser Nacht. Oder er hatte ein zweites dabei. Und so schnell, wie der Brief mich erreicht hat, muss er noch vor mir gewusst haben, dass ich nicht bleiben würde. Mein Herz hämmert mir im Hals. Was soll ich davon halten? Dieser Mann bleibt mir ein Rätsel.

Ich lasse das Blatt mit seiner Handschrift fallen, weil meine Finger zu sehr zittern und mein Blick verschwimmt. Noch bin ich nicht bereit, es zu lesen. Und ich weiß auch nicht, ob ich die Bürde dieser Erinnerung jemals am Körper werde tragen können. Ich weiß gerade gar nichts mehr.

Nachdem ich ein paar tiefe Lungenzüge der stickigen Raumluft getankt habe, nehme ich mir den anderen Umschlag vor. Er ist schwer und nach unten hin gewölbt. Ich öffne ihn und sehe als Erstes einen Aktendeckel. Sofort kommt mir in den Sinn, was Seitz mir am Ende seiner Beichte zu »Jericho« gesagt hat. Sämtliche Informationen dazu befanden sich in Rottmanns Tresor. Doch der war, von den beiden Briefen abgesehen, leer, als die Polizei ihn knackte. Da Rottmann zuletzt in seinem Büro eingesperrt war und er die Unterlagen nirgendwo sonst hatte verbergen können, muss er den einzigen Weg gewählt haben, sie aus der Klinik zu schaffen, der ihm noch blieb: über die Rohrpost. Rottmann konnte zwar sein Büro nicht verlassen, aber er konnte zumindest ins Vorzimmer gelangen und die Akte in die Röhre packen, weil die Durchgangstür zur Alteflor nur ein einfaches Buntbartschloss hatte, dem Seitz' Sicherheitsschlüssel nichts anhaben konnte. Ob die Kalo nun wusste, welche Informationen darin enthalten waren, oder nicht, sie befolgte das letzte Geheiß ihres Chefs über dessen Tod hinaus und sandte mir die Akte an der Polizei vorbei.

Meine Hände zittern jetzt so sehr, dass sie mir kaum noch gehorchen. Ich zwinge mich, in das Kuvert zu greifen, ertaste einen kleinen rechteckigen Gegenstand, hole ihn hervor und traue meinen Augen nicht mehr. Als hätte er mir die Finger verbrannt, lasse ich ihn fallen. Vor mir liegt mein Handy, mit leerem Akku zwar, aber offenkundig unversehrt. Wie zum Teufel ist Rottmann darangekommen? Und welchen Wert sollte es für ihn gehabt haben? Um das zu erfahren, werde ich es wohl erst laden müssen. Sofort stehe ich auf und hänge es ans Netz.

Hastig greife ich erneut in den Umschlag und ziehe die mehrere Zentimeter dicke Akte heraus. Trotz ihres Volumens vibriert sie in meiner Hand.

Sie ist der Beweis für Rottmanns Hybris. Sein Vermächtnis an mich. Und sie enthält die gesammelten »Jericho«-Daten.

In der Sekunde, da ich realisiere, was das bedeutet, werde ich auf einmal vollkommen ruhig. Denn egal was ich nun mit diesem Wissen mache oder aus meinem Privatleben oder in beruflicher Hinsicht, hat Rottmann mir posthum die wichtigste Lektion erteilt:

Wer auch immer ich bisher war, ich kann jeden Tag neu mit mir anfangen. Ich muss es nur tun.

Und so seltsam das nach all dem, was in den letzten Tagen geschehen ist, klingen mag, weiß ich:

Er hat recht.

Epilog

Donnerstag, 23. Juni, zu Hause in mir

Ella, Liebe,

meine Ketten sind geborsten. Nicht allein deshalb, weil mein Name seine Prophezeiung am Ende doch erfüllt hat – er stammt aus dem Griechischen und bedeutet sinngemäß »der befreite Mann« – sondern, weil ich dir begegnen und etwas wiederfinden durfte, das ich verloren glaubte.
Danke dafür.
Ich werde dich immer in mir tragen, unter meiner Haut.
So wie du mich, vielleicht, in Horus' silberner Seele.
Aber wie auch immer du dich entscheidest, tu es frei und werde heil.
Yehudi Menuhin hat einmal etwas gesagt, an das ich mich zu halten versuche, um auf dem Weg zu bleiben. Vielleicht kann es auch dir ein Lichtpunkt im Schatten deiner Seele sein:
»Freiheit ist nicht Freiheit zu tun, was man will, sie ist die Verantwortung das zu tun, was man tun muss.«
Und ich bin sicher, sie ist auch der Ruf, das zu sein, was man ist.
Die Tür steht offen.

Aus dem Herzen
Lysander

Ein paar Worte noch

Wie es Ihnen mit Danksagungen am Buchende geht, liebe Leser, weiß ich nicht. Eigentlich bin ich selbst keine Freundin epischer Namensnennungen. Als Autorin möchte ich mich aber trotzdem unbedingt bei all den – mit viel Herzblut und meistens im Hintergrund wirkenden – guten Geistern bedanken, die dazu beigetragen haben, dass aus meiner vagen Anfangsidee dieses Debüt entstanden ist. Ich werde versuchen, mich kurz zu fassen, auch wenn das für alle, die mich kennen, wahrscheinlich ein Widerspruch in sich ist …

Zu der Idee haben mich gleich mehrere Menschen in meinem Umfeld inspiriert, die, bevor sie dem um sich greifenden Phänomen des Burnout-Syndroms zum Opfer gefallen sind, wacker im Leben standen. Vielleicht zu wacker. An ihren mitunter recht mühsamen Versuchen, sich wieder aufzurappeln, ließen sie mich teilhaben und brachten mich so zu der Frage: Wäre es nicht prima, wenn man ihnen helfen könnte, schneller wieder auf die Füße zu kommen, oder das Ausbrennen schon im Vorfeld zu vermeiden? Aber was wäre, wenn sich der vermeintliche Schutzraum Rehaklinik durch das eingesetzte Heilmittel in einen Ort des Verbrechens verwandeln würde? Nun …

Glücklicherweise haben in der Realität alle überlebt. Danke, Leute. Ihr wisst, wer gemeint ist.

Nachdem die Idee erst einmal gewachsen ist, braucht eine Autorin dann natürlich jede Menge Unterstützer, die an sie und das Projekt glauben. Das erste »freiwillige« Opfer ist meistens der Lebensmensch. Danke, Elmo. Aus tiefstem Herzen. Und ein inniges Dankeschön auch an Bee, Chris, Antonia, Ingrid, Elli, Anne, Nadine, Almuth, Karin, Michael, Goretti, Christiane, Sandra, Regine, Andreas und Ulrike, die sich abwechselnd als kritische Testleser und engagierte Ermunterer bewährt und mich ebenso gestärkt haben wie meine liebenswürdige Patchworkfamilie. Schön, dass es euch gibt.

Aber was wäre eine Autorin ohne kompetente Fachleute? Genau. Aufgeschmissen. Ganz besonders bedanke ich mich deshalb bei Dr. med. Karin Varchmin-Schultheiß, Fachärztin der Münsteraner Rechtsmedizin, Polizeioberkommissar Fritz-Helmut Bremer, Jörg Mau von der Pressestelle der Polizeiinspektion Aurich/Wittmund und Sabrina Rotter, Mitarbeiterin der Kurverwaltung Juist, die sich bereitwillig von mir haben löchern lassen. Kornelia Rippe von Juist Domizile und Burkhard Middeke von Bekocht & Bedient danke ich dafür, dass sie mir erlaubt haben, das »Café Baumann's«, das »Lütje Teehuus« sowie das Restaurant »Velero« als Schauplätze zu nutzen. Natürlich, nachdem ich ihre besuchenswerten Gastronomien selbst ausgiebig getestet habe.

Aus all dem wäre trotzdem nie etwas geworden, wenn ich in Anna Mechler, meiner Agentin von Lesen & Hören in Berlin, und in meiner Lektorin Julia Ströbel vom Sutton Verlag in Erfurt nicht so ermutigend beherzte Partnerinnen gefunden hätte. Ihnen und allen Mitarbeitern, die daran beteiligt waren, dieses Buch in die Welt zu bringen, ein dickes Dankeschön.

So, jetzt habe ich es doch getan. Und hoffentlich niemanden zu erwähnen vergessen. Wer jetzt noch fehlt, sind Sie, liebe Leser. Meinen herzlichen Dank für Ihre Aufmerksamkeit. Sie haben mir eine große Freude gemacht und wenn das auf Gegenseitigkeit beruht, lesen wir uns vielleicht bald wieder. Bis dahin passen Sie gut auf sich auf.

Ach ja: Alle Abweichungen von der Realität dürfen Sie getrost mir allein zuschreiben und wenn Sie glauben, dass es in dem Buch Personen gibt, die Ihnen ähneln oder bekannt vorkommen, kann ich Sie beruhigen. Das ist definitiv ein Irrtum. Sie sind alle frei erfunden. Genauso wie die Dunenburg-Klinik, Aurora und das Projekt Jericho.

Alice Spogis
im Sommer 2013

Buchhinweise

Nordhörn.
Ein Nordsee-Krimi

Jürgen Rath

12,00 €

978-3-86680-964-2

Nicht gerade eine Traumaufgabe für Archivar Steffen Stephan: das verlotterte Archiv der Inselgemeinde Nordhörn auf Vordermann bringen. Im Winter. Auf einer sturmumtosten Nordseeinsel, auf der das Wirtschaftswunder auch 1959 immer noch nicht angekommen ist. Als er erfährt, dass sein Vorgänger vor drei Jahren unter mysteriösen Umständen ums Leben gekommen ist, wird ihm langsam mulmig. Dann bricht die Verbindung zum Festland ab und die Feindseligkeit schlägt in offene Gewalt um.
Steffen wird gejagt. Auf einer Insel!